杨新城 ★ 著　长篇小说

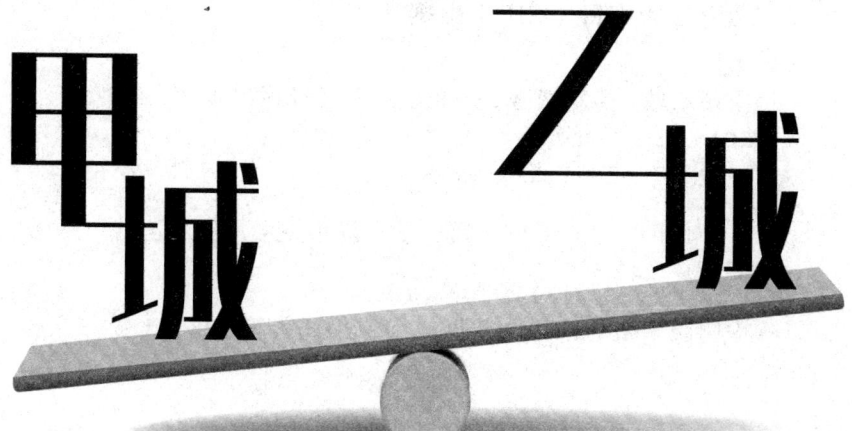
甲城　乙城

人民日报出版社

图书在版编目（CIP）数据

甲城乙城 / 杨新城著 . —北京：人民日报出版社，
2016.12
ISBN 978-7-5115-4399-8

Ⅰ . ①甲… Ⅱ . ①杨… Ⅲ . ①长篇小说—中国—当代
Ⅳ . ① I247.5

中国版本图书馆 CIP 数据核字（2016）第 028065 号

书　　名：	甲城乙城
作　　者：	杨新城
出 版 人：	董　伟
责任编辑：	郭晓飞
封面设计：	金　刚
出版发行：	人民日报出版社
社　　址：	北京金台西路 2 号
邮政编码：	100733
发行热线：	（010）65369509　65369527　65369846　65363528
邮购热线：	（010）65369530　65363527
编辑热线：	（010）65363524
网　　址：	www.peopledailypress.com
经　　销：	新华书店
印　　刷：	北京鑫瑞兴印刷有限公司
开　　本：	710mm×1000mm　　1/16
字　　数：	283 千字
印　　张：	17
印　　次：	2017 年 3 月第 1 版　　2017 年 3 月第 1 次印刷
书　　号：	ISBN 978-7-5115-4399-8
定　　价：	36.00 元

目 录

楔　子 / 1

一　　为什么说精神匮乏才是最大匮乏 / 3

二　　如何区别杂草和庄稼 / 7

三　　哪些与腐败相关的生意不再好做 / 12

四　　苦难是财富还是羞辱 / 18

五　　观念决定一个家庭的贫富吗 / 26

六　　八项规定从哪些方面做起 / 37

七　　如何听懂上级的弦外之音 / 45

八　　班子配备要注意哪几个要素 / 51

九　　怎么团结身边的人一起做事 / 60

十　　打虎也需靠地方 / 68

十一　如何一招致命地对待奸商、假货 / 77

十二　什么样的女人最容易受制于人 / 86

十三　人在什么情况下最容易上当受骗 / 95

十四　"阅"与"阅办"，领导签批有什么学问 / 106

十五　信仰与反腐有什么关联 / 112

十六　为什么解决观念问题必先解决经济问题 / 121

十　七　受骗后怎么根据线索找线索，谈判僵持时如何突破谈判僵局 / 131

十　八　怎么根据政策找机会 / 138

十　九　如何利用文娱做思想教育工作 / 147

二　十　信念决定结果吗 / 158

二十一　官场乱象，为何部分人不信国法信佛法 / 163

二十二　如何利用难题定政策 / 172

二十三　情到深处，如何区别对方是否有情义 / 182

二十四　双规要经过哪些程序 / 193

二十五　借助媒体怎么开展群众路线教育工作 / 204

二十六　同样是犯错误，为什么有的人容易被谅解 / 216

二十七　亲情、利益孰轻孰重 / 227

二十八　当对方不肯开口时，如何让其吐出有用信息 / 232

二十九　预知危险时，怎么做好事前应对 / 242

三　十　为什么说反腐败就是定规则 / 252

尾　声 / 260

后　记　向往生活 / 263

编后记　生活如是，如是生活 / 266

楔　子

金家墩村后那棵百年大柳树上绑着一个人，他的脚下是一大片不怕踩、不怕压，春夏绿茵茵、秋天如金黄地毯的本地蔓子草。

三道粗麻绳从胸到腰再一直延伸到膝盖，把那个人穿的一件灰色僧衣勒出了深深的皱褶，那个人却晃着一颗刮得光光的硕大头颅，笑嘻嘻地对着十来个脑肥体胖的壮汉说："来呀！来，来！"

河海市的风云人物金剑北正大声吆喝指挥着那些人对被绑的人用最近学会的清代风靡北半个中国的"半步崩拳"发起攻击。金剑北曾经是老市委书记徐波的大秘，后来担任过市委办公厅副主任、报社总编辑，退居二线后回村做官，现任金家墩农工商公司党委书记兼董事长。此时，他的一头自然黄发在秋阳的照耀下闪着金光，秋风吹来，露出寸寸白色的发根。他嘴里招呼着："俗话说'穷读书，富练武'，这几年咱村的大棚菜和工厂车间都实行了电子化管理，动动鼠标、敲敲键盘就把活干了，你们一个个都被养成了大肥猪，也都成了'高级干部'——血压高、血脂高、血糖高，去小广场跟着妇女跳广场舞都嫌丢人，我这才从盘古山明心寺请来了武功最高的智障禅师教你们修炼武术健身。叫你们拳打树皮嫌手疼，现在大师亲自当沙袋了，来，冲着他身上招呼。人绑着呢，又不怕他会跳到树上去，闪了你们的手。"

村委会副主任金马驹最听叔叔的话，他往手心吐了一口唾沫，搓了搓，"啪啪"拍了几下，攥紧拳头，像三步跳远一样，助跑了几步，两只拳头带起一阵微风，"咚咚"地打在智障禅师的胸膛上。

和尚依旧是笑嘻嘻的，金马驹却觉得如击皮革，身子被反震得倒退了好几步，一屁股坐在了草地上，两手疼得嘶嘶哈哈地出了声，哈着气吹手背。

在金剑北的鼓励下，其余几个壮汉也轮流冲了上去，但都得到了跟金马驹同样的下场。不一会儿，地上便横七竖八地倒下了一大片。金剑北嘴里骂着"一个个熊包"，也摩拳擦掌、跃跃欲试。正在这时，一辆挂着红色牌照的六缸奥迪车从宽阔的环村路上驶来，拐弯向着流花湖畔河海老书记徐波住的那个庄稼院方向去了。

曾经担任过河海市委书记后来又在边疆省份当领导的徐波，退休后虽然隐居到了自己的老秘书金剑北的故乡，但仍然按照党内的规定，享受着高级干部待遇，其中一项政治待遇，就是屋里安着一部可以直通党的一些核心部门领导的俗称"红机子"的电话。他还能定期、及时地看到党内的高级别的文件，参加一些不同的内部座谈会，在节日庆典大会主席台上露露面——这也是许多老干部最看重的。这些年，不断地有省委、市委的车来接他，人们都习以为常了。乡亲们都知道这个八十多岁的干巴老头不是凡人，而是他们心中的神，更是金剑北心中的神，是神中之神的顶级人物；但这次是中办的车来接他，虽然其他人还没太注意，却引起了在政界混了大半辈子，与中央和省委、市委许多关键人物有着千丝万缕关系的金剑北的注意。金剑北猜想着，中央可能要发生什么大事了。

　　就在金剑北沉思的时候，大柳树上捆绑着的和尚深吸了一口气，气沉丹田，大喝一声，三根麻绳同时被崩断，像被击中了七寸的蛇一样，软塌塌地落到地上。和尚轻轻一跃，坐在了老柳树的杈上，惬意地点燃一支烟，美美地吸了一口，冲着逐渐下坠的太阳吐出一个个蓝色的烟圈，烟圈逐渐融化于高远的蓝天。

　　金剑北站在树下对他说："大师，你刚才练的就是传说中的金钟罩铁布衫吧？是不是全身哪个地方都不怕打？"和尚把烟换到左手，摸了摸少了一半的右耳朵说："非也！任何武功都是靠吸天地之灵气练成的，进灵气的这个地方，按练武的行话来说，就叫罩门。罩门是敞开的，最不禁打，只要找到了这个罩门，3岁小孩都能打倒一个武林高手。我的罩门在哪儿，你们不知道，我也不能告诉你们。练武的人对阵，不是死打硬拼，关键是找到对方的罩门。这和办任何事情一样，事情办不成，是你的方向不对；方向对了再办不成，就是你的支持系统不够，那就要勤学苦练，把你的支持系统强大起来，这世界上就没有办不成的事。"

　　"罩门。"金剑北嘴里重复了一下，不再关心和尚说的武术的事，而是琢磨起他后半截那段颇有哲学意味的话。金剑北心里想着，这个和尚不简单，和他智障禅师的法号简直大相径庭。

　　就在他们说话的当口，那辆车又转回来了。看到老柳树下这么多人，坐在后面舒适座位上的年近九旬的徐波放下挡风玻璃，看着树上吸烟的僧人，惊奇地自言自语道："咦，这不是马家老二吗？他怎么在这儿？"

　　训练有素、机警而又善解人意的司机轻轻地点了一下刹车，徐波感觉到了，挥了挥手说："走吧，大事要紧。"随即靠在椅背上，陷入了沉思。

一 为什么说精神匮乏才是最大匮乏

今日的秋夜,苍穹难得的没有雾霾。瓦蓝的太空中,晶莹的群星像一个个被禁锢在绣楼里冬天的少女。春天来了,楼门开了,便争相跑出来眨动着美丽动人的眼睛;其中,尤以北斗七星最为明亮。

金家墩的制高点——村委会四楼宽阔的露台上,艳艳的秋菊和几棵高大的盆栽向日葵摆放在四周。一把天蓝色的遮阳伞下,金剑北正坐在一张舒适的藤椅上,拿着一架苏联红军高级指挥官配备的外表粗犷、彪悍的高倍望远镜再次巡地观天:近处,一座座别墅式二层小楼比前几年扩大了好几倍,经过这几年利用强大的经济实力吸引同姓认祖归宗,又实施与异姓联姻、共建党组织、共同兴办现代农业、并村联建等举措,使周围的十多个村庄都归了金家墩,人口达到了三万多,户数近万,土地增加了四万多亩。

"风流当年万户侯",金剑北得意之际看到有的人家还保持着农村的习惯——睡觉不拉窗帘或者是根本不挂窗帘,明亮的玻璃后面,可以清晰地看到大床上几对小夫妻在薄薄的被子下嬉戏半掩的裸体。金剑北不由得暗暗笑了,顿时又感到自己有些为老不尊,把目光转向了远处。一个个占地两亩多的塑钢结构的超级塑料蔬菜种植大棚,如同大海中的波浪,在微风中轻轻荡漾着。大棚周围是种植着"金苹果"、"银雪梨"、火龙果等最新品种的果园,这些品种是他通过曾在河海当过市长、书记,后来调到沿海省份当常委,前年又到农业部当领导的王嫣然从国家农科院引进来的;珍贵的品种间或种着本地最古老品种的高杆高粱、狼尾巴谷子、大马牙玉米、粒粒香芝麻、红珍珠小豆、金灿灿大黄豆等小杂粮。在这片绿海当中,矗立着按照金剑北自己设计的几座蓝墙白瓦,带着古建筑飞檐、振翅欲飞的现代化农产品加工厂房。此情此景,使人不禁想起歌曲:"军港的夜啊静悄悄,海浪把战舰轻轻地摇……"

金剑北转动着望远镜向北,先仰视看了一会儿北斗七星,嘴里不由自主地哼起了自己当年在河海东风机械厂文艺宣传队与工友在红旗漫天的舞台上合唱的歌曲："抬头望见北斗星，心中想念毛泽东，想念毛泽东，黑夜里想你有方向，迷路时想你心里明……"到底是老了，换气的时候，腹部没有鼓起来，歌声停顿，他深吸了一口今日难得的清新空气。想着前几天雾霾锁中原，呼吸都感到辛辣的味道，金剑北叹了一口气。上一代人在物质上很匮乏，但曾经享受过美好的环境；年轻一代可以住洋房、开汽车，却处在一个污染的时代，过着另一种意义上的匮乏生活。从匮乏到富足，再到更深层次的富足，一个村、一个乡镇、一个市县很难做到，一两代人也很难完成。

他转动着广角开始俯视，越过村北流花湖星河倒挂的水面，目光落在了老书记徐波住的那个庄稼院上。几棵高大的老榆树和四间土坯房都黑乎乎的，只有靠边的一间还闪动着蓝色荧屏的光。他知道那是三里五乡最会做农家饭的刘老善的房间，刘是他给老书记徐波配的专职炊事员。

老书记被车接走都过了十来天了，还没回来。在他的记忆中，老书记自从退休隐居在这里后，很少长时间出远门，最长的一次是到美国旧金山看望已经在那里结婚成家、生儿育女的独生女，护照签证是一个月，结果老书记不到10天就回来了。据老人讲，在那个毗邻世界著名的斯坦福大学的高档住宅区里，他在洋女婿和女儿的陪同下用3天的时间转完了那里的风景区，以后的日子就是在客厅里独自看央视四套节目，到街上溜达时全是看不懂的洋文和听不懂的洋话，唯一的盼望就是在晚霞中等着与上小学的孙女回来后聊上几句。看到爷爷整天闷闷不乐的样子，聪明的孙女拉着他的手出门直接到了很近的公园说："爷爷，你看这里的花是多么鲜艳啊，水多么清啊，草多么绿啊，天多么蓝啊。"老人看着那片大得惊人的绿莹莹的草坪，逗她说："我看着还不如咱老家的那块玉米地好。"曾经回过国的孙女不乐意了，噘起小嘴说："那里好什么呀，脏兮兮的，空气吸到嘴里黏糊糊的，人们都不讲卫生乱吐痰，上车乱挤、抢座，说话像吵架。肮脏的中国，哼！"老人的脸色变了，本能地扬起了满是青筋的手，看到孙女那娇嫩天真的小脸，又慢慢放下了。他掏出了一支烟，但立刻被孙女夺走了，并警告他说，在公共场所吸烟是犯法的，会被警察罚款的。第二天，他坚决地辞别亲人，坐上了回国的航班。在首都机场3号航站楼出港后，他坐上金剑北的车说："在国外，是好山好水好寂寞啊；咱国内，是好脏好乱好热闹啊。再怎么不好，也是咱的家，还是家里好。"

金剑北记得有一次到省城和自己的挚友、现任省委副秘书长兼政研室主任的柳枫聊天，讨论什么是幸福，对方说，幸福是由三个关键词构成的，那就是物质、情感和精神。只有物质基础、情感依靠、精神支柱这三种因素的分数都不错，加起来幸福指数才会高。

想想老书记的一生，艰苦朴素了一辈子，几乎对物质没什么要求。跟他下乡调研，从不让摆酒席，就只是要一碗饺子一碗汤，还说那是原汤化原食，对胃有好处，是最好的养胃办法。有一次他们到陶林县一个村庄蹲点，去了好几个部门足有十多个人，都住在一个大闲院子里，睡硬板床加麦秸草，往上面铺自己带来的被褥。老书记让大家轮流到群众家里吃派饭，说那才是最好的调查研究。好多年没见干部这么下乡了，许多群众家里都准备了酒，可大家都不敢喝，纷纷来请示，老书记问金剑北："你说这酒该喝不该喝？"他耍了个滑头说："不喝要是影响到干群关系就喝。"老书记严肃地说："我的干群关系就是饺子、面条加原汤，你们谁要觉得在村里住得委屈就回去，回单位也不用再上班了。"大家都不敢说话了。

老书记在情感上呢，和从农村带出来的老伴儿平时共同的语言并不多。老伴儿只是默默地伺候他，一辈子除了在中药厂当过临时工外，也没安排过正式工作，就在书记住的大院子里种菜、喂养他喜爱的那几只鸽子和一条大黄狗。在她走了以后，老书记也没有再娶，他们应该是在一种道德约束下的淡淡的、分数不是很高的情感。

柳枫所说的幸福的关键词，剩下的就是精神信念了。他每次看到老书记阅读中央文件时都是那么专注，参加某种会议之前总是戴着老花镜一笔一画地彻夜写发言提纲，心中都会产生一丝淡淡的悲哀和满腔由衷的敬佩。看来老书记这一代人的幸福完全都寄托在柳枫所说的第三个关键词上了。

金剑北又联想到自己，自己的物质基本是极大丰富了：通过和北京的扶疏建筑集团联合开发龙阳河畔的房地产，以及和吴阿杜、"大运摩托"、谈丽萍、齐曼联手斗败了生铁锅一伙，取得了大鬼洼3000亩土地的使用权，无论是他们个人还是自己的公司，都赚得盆满钵满。另外，这几年他走南闯北去了许多国家和地区，豪华的房子住过，好酒好饭也吃了不少，好风景更是看得更多。情感上呢，这是个最不好说的问题。妻子尽职尽责，自己也没亏待她，给她家的七大姑八大姨都安排了体面的工作，她对自己只有感恩的份。她出身农村，见的世面少，思想极其保守传统，房事上从来没有主动过，两个人也没有卿卿我我过，她也从不过问他在外面的事,这也算是情感上的缺憾吧。精神上,金剑北自己总结,这几十年的经历都是带着一股气去做的。当年他因家贫辍学回村修理地球,20世纪70年代大招工时,看到许多家里有人在县乡当干部的子弟都进了工厂,自己便费尽心机巴结支书也进了工厂,让家里因此有了一点儿活泛钱,那是为了争气;在报社时运作柳枫上位,把当时的市委副书记穆昌远一伙送进了监狱,是看到他们那样坑害自己的工友心里来气;辞职回家建设,按孙乃夫说的是新农村样板,那是对上边瞎搞什么合村并镇、让农民上楼的那股邪气进行抵制,让他们看看什么叫新农村建设和对传统文化的继承;和生铁锅一伙的排兵布阵、血拼厮杀,一开始则是来自对老工友齐曼的愧疚和悲悯……

"人争一口气,佛争一炷香啊!"可现在气都出完了,金剑北心里反而感到空虚了,最大的空虚是好几年没人给自己开会了,每周的例会都是自己给下边的人安排工作并讲话。金剑北虽然是这个村的党委书记,但乡里、县里开会从来不敢叫他。有一年县里开三级干部大会,通知的是他的侄子金马驹。正好他去县里办事,碰到一个县委副书记,他问:"我也是你治下的村官,怎么不让我来啊?"对方抱拳作揖说:"算了吧,我的金大主任、金大总编!你给老书记当大秘书的时候,我刚参加工作,我爸爸当时在政府办当科长,我算小辈啊。就连咱县的一把手,你当主任时,他也才是组织部的一个科长。谁敢叫您老人家啊!"当天中午,这个副书记拉着几个书记、县长请金剑北喝了一顿酒,并说他来参加会可以,但是,必须坐主席台。金剑北当然不会去了,但心里总有一种失散的士兵找不到连队、在外野跑的孩子累了饿了看不到母亲的感觉。

二 如何区别杂草和庄稼

21世纪第12个秋天的庄稼长得特别好，高粱举着红火炬，鼓鼓囊囊的玉米穗子在微风中甩动着红缨，满地的绿豆角咧着嘴绽开了笑意。河海的老书记徐波起床后溜溜达达满意地看了一遍自己一年的劳动成果，迎着刚刚殷红的朝霞，拧着井辘轳浇完了三畦清凌凌的秋菜。已经八十多岁高龄、须发皆白的老人苍老的额头上渗出了细细的汗珠。看着清清的水流顺着两旁长满蒲公英、苦菜花的笔直的土垄沟汩汩地流进了在阳光下愈发黝黑的土地里，老书记感到浑身通泰。

坐在刘老善摆在老榆树下的那张简单餐桌前，老书记惬意地喝了一碗熬得黏黏的散发着新粮清香的小米粥和一杯牛奶，吃了一根油条和一个笨鸡蛋，又抽了一袋掺着芝麻叶的老旱烟，拿起轻易不用的手机，给金剑北打了一个电话。

他们有约，老书记规定非经他允许金剑北不得随便来看他，最多一个月来一次；来的时候不许带客人、不许开汽车，来后不许汇报村里的工作，也不允许扯乡里、县里、市里杂七杂八的事，只是回忆过去有意思的岁月。

此时，接到这个电话，金剑北高兴得几乎蹦了起来。前几天老书记从北京开会回来，正好到了一个月的时间，他去了之后，看到老书记正戴着老花镜研读一堆打着机密字号的文件，还拿着一根红蓝铅笔在某些段落下画上了一道道杠。金剑北知道那些文件是他这个级别不能看的，就在一旁小板凳上坐着等着。老书记好半天才抬起头来，扯了没几句闲话就让他回村了。这才过了不到10天，就电话招他了。金剑北心里兴奋得不得了，对前来化缘叫他给县统战部赞助两万块钱，还故意站在他坐的皮转椅后边，两条粗长腿尽情地卖弄着骚情，肥腰微弯用长发撩拨着他的耳根、丰硕的乳房蹭着他肩膀的女部长高敏说："好了，给你三万。姐们儿，我有急事。"他无视那双不安分的眼睛里发出的调情的闪闪电光，疾步下了楼，推起看门人徐老碾的破自行车，飞身上车，咣里咣当地向着村北的那个庄稼院疾驰而去。

金剑北在经过北斗门的时候，看见智障禅师正坐在巨大的青石门墩上读书，边读边不时往北面眺望。禅师是他通过关系请来的，不打招呼不好，多说又没时间，就想在疾驰中右手挥臂致意、随便说句客气话过去，谁知越忙越出错，加上近几年自行车骑得少，金剑北刚左手扶把，车子就摆起了乌龙，前轮撞上了不知谁家顽皮孩子扔在路上的一块半截砖头。眼看就要车倒人摔，只见大和尚飞身而起，平地横飞3尺，一个鱼跃过来扶住了他，手中的书掉在了地上。金剑北瞥了一眼，是国内某个著名学者写的《中国社会各阶层的分析》。咦，和尚不读经书怎么看这个呢？他知道这个话题扯起来很长，便机灵地换了个角度说："老禅师在望什么？"智障禅师答："在望气。世间万物，聚则成形，散则为气，流花湖旁那所庄稼院里有股祥气。"金剑北回答说"是是"，赶紧上车走了，心里想，真是扯淡，那里住着我的恩人、信念最坚定的共产党老党员，没有祥气才是怪事！

老书记的脸上不仅是祥气，更是喜气，不仅红光满面、神采飞扬，而且把胡子刮得干干净净，还把三十多年来苍白了的头发焗上了油，满头乌发梳理得整整齐齐，一瞬间年轻了二十多岁，两眼放出敏锐的光芒。他把里屋靠墙的写字台搬到了堂屋的中间，上面摆满了文件、签字笔、报纸，自己则坐在了后面的藤椅上，桌前放了一把普通木椅，恢复了几十年前在各个岗位当领导时的气势。

金剑北在老书记面前是从来不敢放肆的，看到这个架势，喜从心底来，马上恢复了秘书的角色，提起灶台上的暖水瓶，拿起老书记用了好几十年的印有毛主席亲笔题词的"农业学大寨"鲜红字体的搪瓷茶缸，放茶，倒水，而后老老实实地坐在那张木椅上，拿出一个印有"河海市委工作手册"的本子以及一支碳素笔。

老书记满意地笑了，习惯性地喝了一口茶，清了清嗓子，稍微低头看了一眼自己划出的文件重点说："这次中央对下次党代会准备的座谈会，真是叫人振奋啊，真正拿出了党的'八大'提出的发扬革命传统，保持艰苦朴素的作风、密切联系群众、批评与自我批评的法宝。大家畅所欲言，客观地、实事求是地总结了改革开放近40年来的经验教训。叫我看，改革开放40年，确实让国家、民众由贫穷走向了富裕，但是，带来的负面东西也不少，起码有五个背离：一是个人背离了组织。许多人作为一名在党旗下宣过誓的党员干部，不好好听从组织的安排，不和党同心同德，而是拉帮结派、搞关系网、组建山头帮，想被提拔不是好好干工作，而是找门子、爬窗户、抱粗腿。把党内变成了名利场，把社会当成了江湖，乱了朝纲啊！我们那时提拔调动自己根本不知道，等组织谈话时才明白，而且是把自己当成组织的一块砖，哪里需要就往哪里搬，从来不讲条件、不要价钱。你还记得你提拔的时候吧,当时内定你当办公厅副主任,你小子不知从哪里知道了一点儿风声,跑来问我。我跟你说了什么,你还记得吗?"

金剑北说:"记得。当时你的脸色非常难看,只说了一句,'谁告诉你的?这是组织的事,以后组织部会跟你谈的。'连出门的话都没给我啊。"

老书记点点头,继续说:"第二是行动背离了宗旨。党内不少人把入党誓言忘得干干净净,把党章和毛主席'为人民服务'的教导抛在了脑后,不给钱不办事,给了钱乱办事;酒杯一端,政策放宽,红包一送,万事变通,遇见红灯绕着走,那能行吗?有些底线是不能突破的啊。什么'弯道超车',简直是瞎提口号。弯道应该放慢速度,还加油超车,不撞车、不掉在沟里才怪!一点儿也不按客观规律办事,忘了共产党实事求是的原则。生活上糜烂腐化,和大款称兄道弟,整天不干正事;干工作不行,吃喝玩乐样样精通,谁的钱都敢要,多奢华的宴席都敢吃,什么女人都敢沾,什么大话、空话都敢说,什么龌龊的事都敢干;遇到一起不是交流工作怎么干、有什么困难需要克服,而是比谁戴的表值钱、谁的衣服是哪国产的、皮鞋是哪儿专卖的、谁坐的车好,好好的车子挂上警牌、警灯,下乡嗷嗷叫,跟老百姓耍威风。比谁抽的烟贵,谁的衣服值钱,谁的表是哪国生产的,这和清朝八旗子弟提鸟笼子、斗蟋蟀有什么区别?心中哪里还有群众的疾苦,哪里还有对人民的责任之心!豆腐渣工程比比皆是,受了冤屈的群众告状无门,这哪里还像为人民当家做主的机关,哪里还配共产党员的称号?唉,一群败家子啊!"

说到这里,老书记虎目圆睁,疾言厉色。金剑北赶紧给他弄了一袋烟,划着火柴点上,又倒了一杯水才重新坐好,继续听讲。

"第三是人心背离了良心。丢掉了'人之初,性本善'的本性,把人性中恶的一面全张扬起来了,不再是'狠斗私字一闪念',而是为了升官发财什么都干。干部造假学历、假档案、假数字、假政绩,官出数字,数字出官。不法企业造假设备、假化肥、假种子,盖假房子,商贩卖假货,食用油成了地沟油、面粉里面掺滑石粉、小米里面加黄染料、大米里面掺石蜡,炸油条的用尿素、卖面条的加明胶、养鳖的喂避孕药,连鸡蛋都有假的,你说让人们怎么吃?这都是坏了良心啊!军队演习作假、教授论文造假、警察办假案,你说还让人民怎么相信这国家的柱石、人类灵魂的工程师?好端端的国家让他们糟蹋成了这样子,对得起祖宗吗?这样下去,还用外人来打吗,自己就完蛋了!怪不得美国前国务卿杜勒斯在上世纪50年代朝鲜战争结束后就说,把变颜色的希望寄托在第三代、第四代身上，许多老同志都痛心疾首啊！这次我和南方的一个老中央委员住在一起，他说：'现在是13亿人民10亿假，剩下的人在吹大话。'

"第四是价格背离了价值。写几个字、画几幅画就要几万，几个破石头、破铜块、破盘子、破罐子就卖几百万，谁要啊？还不是送给那些贪官了！唱支歌、念几句台词、跳几分钟的舞出场费就是几十万，值那么多钱吗？还不是国家、地方财政的钱，老百姓的血汗钱啊！当年，咱们搞庆祝会，把你们厂里的那些姑娘、小伙子组成的文艺宣传队叫来，红歌唱得带劲，舞跳得接地气，我看比现在那些红歌星们强得多！他们唱红歌没有一颗红心，对革命先辈没有感情，哪能唱好呢？嘴里唱着长征歌，歌颂着穿草鞋、过草地的红军，心里却想着一场出场费能买多少外国的化妆品、几双外国鞋、几辆外国车、何时能住上外国的别墅。

"第五是某些政策背离了群众的意愿。我这么多年的经验是做人要有定盘星，尤其是作为高级领导干部或是国家领导人，要有自己的主见，要深刻了解自己所管的地方是什么特点。中国革命的胜利其实就是马克思列宁主义和中国革命具体实践相结合的胜利。学习西方先进的东西，但不能照抄照搬，耳朵根子不能软。留美的回来了，讲一通那里的成功，你就拿过来；从日本从欧洲的回来了，说那里如何成功，你又试行一番，中国这么大，试验田乱搞不得啊！说实在的，改革是对的，但是有些还是不适合国情，不符合大多数人民的利益。垄断的国企该市场化没市场化，关系到劳苦大众的医疗、保险、住房却市场化了……我们不搞多党执政、不搞三权鼎立的领导体制，但我们党有自我净化的能力，这就需要有一个好带头人，有一个好班子。你看着吧，随着新一届党代会的召开，新的领导人必有一番新的作为。

"对了，你还不到60岁吧，还差两三年吧，还拿着工资吧？这叫吃空饷，国家也是不允许的。我看你准备一下等着去上班吧，你还能有些作为的。河海新任的书记姓刘，我见他了，是个干事的人。"

听到这里，金剑北心里"咯噔"了一下，莫名其妙地充满了喜悦，一股热血涌上来，竟然有种老将多年在家赋闲练武、研读兵书，即将再挂帅出征的感觉。

这些自然没逃出老书记睿智的眼睛，他舒心地"呵呵"笑了，说："怎么，坐不住了吧？到底是个老党员啊。对了，这次开会还见到了北师大的小葛老师，也就是你们那个东方晨书记。有出息啊，现在已经成了中央智库挑大梁的人物了。另外，你要是再出山，要替我照顾一下马家老二他们一家，也就是你请来的那个和尚，他和我有点儿亲戚关系。"看着金剑北惊异的目光，徐波说，"这事以后再告诉你。走，让你看一下我的试验田。"老书记拉着他出门向院子后面一片槐树林走去。其实，也算不上树林，只是三面单行的槐树，由于老书记采用的是不加修整的自然生长法，所以从上到下都枝叶茂密，远看很有气势。

走过一个用紫穗槐和蒲草扎成的篱笆门，里面是一小块用塑料大棚盖起来的耕地。金剑北一看就笑了，好端端的一块平整的土地不知何时被老书记弄成了七沟八壑，有的地方有水有肥、湿润肥沃，有的地方干枯贫瘠，更可笑的是长出的植物杂乱得毫无章法，玉米、大豆、谷子、红薯和当地的几种野草混合长在了一起，尤其是野草，不像是自然生长出来的，是和其他粮食种子一起种的，不少野草长在了肥沃地点，不少庄稼却长在了贫瘠的位置，蔫蔫的，无精打采，就是长在肥沃地块的庄稼也被野草挤得东倒西歪的。

老书记站在田埂上，负手而立，含笑问："看明白了吗？"金摇摇头。老书记说："这块地是我故意搞成这个样子的，预先洒了除草剂，可以说是一块封闭的原始净土。有一天，我打开了门，把混杂在一起的粮食、野草的种子随便一洒，就长成了这个样子。就好像咱们的改革开放，门一开、政策一放宽，什么东西就都进来了，在监管不严的环境下野蛮生长起来。部分对人民有益的东西没有放在合适的位置发扬，而是受到了虐待，一些该铲除的东西却因此蓬勃生长了。今后，我们党的一个重要任务就是在继续坚持改革开放的基础上，给各种东西重新定位，按东方晨说的那样：'上帝的归上帝，恺撒的归恺撒。'我不太懂他说的洋文，只知道把好东西移位到沃土里，野草回归到该去的地方，不听话的坚决铲除。"

金剑北若有所思地点了点头说："老书记，任务艰巨啊！许多野草都是上连着天、下连着地，根深蒂固啊！"

老书记望着高远的蓝天说："在真正的共产党人面前，没有打不倒的反动势力，没有克服不了的困难，将来进中央领导核心的都是在黄土地里摸爬滚打过的，一定会出台一整套改变中国的政策，中国一定会发生翻天覆地的变化。我是老了，可能看不到了。"他说完，一阵眩晕，坐到了地上。金剑北赶紧把他背到了屋里，随即拿起电话叫医生，但被老书记制止了。他自己吃了一片药，缓过神来说："不要浪费农村可怜的医疗资源了。我这用了快100年的身体机器，各部分零件都老化了，也该停下来了。你要是事不多，就常来陪陪我吧。"

自此，金剑北像得了皇帝恩准可以在紫禁城骑马坐轿的圣旨，满心欢喜地天天往这个庄稼院里来了。

三 哪些与腐败相关的生意不再好做

乡村的秋夜是迷人的：洒满了水银般如水月光的田间小路、摇曳的树影、似有似无缥缈如轻纱般的薄雾、新粮的清香、秋虫的唧唧、庄稼院附近玉米地里小动物求偶的呢喃、间或流花湖里鱼儿跃出水面荡起的涟漪声……但在金剑北的眼里，更迷人的是老书记讲他和马家老二，也就是自己请来教练大家武术的明心寺智障禅师的故事。

一盘土炕，炕洞里烧的是红红的玉米秆，暖洋洋的，炕中间一个红漆小炕桌，摆着茶壶茶碗。金剑北拿出3个红枣，在下面的炕洞里烧出一串甜香后放进壶里，加上一把茉莉花茶，把刚开的水倒进去，盖上盖子。趁着这工夫，他又铺上白生生的棉花做的大褥子，靠墙的地方放上一床被子，加了个大枕头。给老书记洗完脚，让他舒舒服服地半躺好，金剑北倒上一杯香茶，自己坐在旁边，听这位八十多岁的老人沧海桑田地娓娓道来。

天呐，老书记竟然在河海赫赫有名的马家大院里住过，那个智障和尚竟然是他的表兄弟！见多识广的金剑北惊呆了。

河海还是小县城的时候，往西10里地是紧邻芦苇洼有名的马家镇，村东头就是有名的马家大院。能并排过两辆大车的马家大稍门、马家的13盘打马掌的铁匠炉子……马家大院被远近百里的人传诵，但它兴盛了好几个朝代的缘由最初还是因为战争。相传元朝忽必烈大军南征路过此地，大雨时而如注，时而如细丝，连绵半个月，上万蒙古铁骑驻扎在这里，草料供应成了问题。按说那时的中原也是地广人稀，那时还叫小马庄的马家镇周围都是大草甸子，十里之外是有名的万顷洼。多少年了，万顷洼只长杂草不长庄稼，里面强人出没，一般人也不敢去耕种。但马儿要吃草，元军就逼着老百姓去割。大家都畏畏缩缩，蒙古人拔出了刀，声称谁不去就地砍头。一个懂蒙语的老者，也就是当时到过关外擀过毡、因睡了王爷的小妾被赶出门开了铁匠铺的马家掌门人找到这群兵的头，说明了情况。带队的军官微微一笑，随即派出一队骑兵开进了洼荡深处。战马嘶鸣，军旗猎猎,弯刀挥舞,杀得几百个草甸匪徒身首异处、血肉横飞。

有了草料吃的战马并没有安静下来,而是一个个炕起了蹶子,踢翻了马槽,踢坏了土墙,踢倒了马棚……最后一检查,原来是因天气潮湿阴坏了蹄子,烂肉脓血下的马掌脱落了。马家的掌门人拾起几个生锈的马掌,在自家给乡亲们打铁锹、锄头的铁匠炉前琢磨了几天,让儿子们抡锤,自己小锤敲打,很快打出了几个新马掌。元军头目大乐,把给军马换马掌的活儿包给了他。马老掌柜提出,为了让天朝的大军早日荡平南方,马家要扩大生产,要把现在的炉子增加到13盘,把所有烂蹄子的战马都集中到这儿来请兽医统一诊治、喂养、换新马掌,但是院子狭小容不下那么多马匹。那个军官想了想说:"给你一匹马、一炷香的工夫,跑一圈,圈里的地就都是你的了。"

马老掌柜喜不自禁,到帐外解下一匹骏马,出了自己家的大门,先向南,再往东、往北、往西,再往南,一炷香烧完,跑出了一个四四方方的院子,足有百八十亩地大小。那时没有国土局之类的单位,大军在侧,虎视眈眈,平头百姓谁敢言声?马家大院从此崛起,大院里面战马成群,草料成山,13盘铁匠炉日夜叮叮当当、火花四溅,熊熊的火焰映红了半边天。马家大院先是用秫秸围起来,后来换成了木桩栅栏,再后来变成了土墙,盖起了能并排进四辆马车的大梢门,还无师自通地吃起了塞外的羊肉火锅。马家人丁兴旺,男的荷尔蒙活跃,女人也不弱,生出了一茬儿又一茬儿的男男女女。人多干的事就杂,拽文的、经商的、从军的、在官场混的都有,把触角伸向了各个领域。尽管紫禁城城头变幻大王旗,这个大院却始终保持了下来。随着城市的发展,马家大院也和河海城连成了一片。

河海这个地方地理位置偏僻,抗战胜利后,国民党的部队没来这里,河海就算解放了。但共产党依然用的是当初夺取政权的老办法,在农村轰轰烈烈地斗地主、反恶霸。当时的马家掌门人叫马老栓,他听完下乡参加土改工作队的大儿子马雨辰说的村里的情况以及一个美国人在万顷洼办农场改良本地庄稼品种的消息后,躺在小老婆的雕花红木床上抽了一夜的关东大烟叶,任那小妇人搓香胰子洗澡、换睡衣、解兜肚,怎么撩拨他就是不上马。第二天一早,马老栓进了县政府,表示要把自己的大院捐献给那个农场做制种基地。政府主事的正为找一个又有自来水井又能和周围的农作物隔离开的地方发愁,正瞌睡就找到了枕头,于是大力表扬马老栓是开明绅士,并把他的大儿子马雨辰转成了国家干部,后又将马雨辰调进了市委大院当了一名管后勤的头头。马老栓也不傻，让出了大片土地，不仅逃脱了地主的帽子，还在临街的地方盖起了一溜十间大瓦房，大稍门变成了朱漆门楼。那房子盖得也绝，空间特大。河海这个地方盖房一般用五根檩条，南北空间达到5米就算大房子了，他家却用了十根，中间垒了一堵墙，成了朝南朝北的两间。门楼朝北，面临河海的礼堂后街，朝南的房子自家住，在大炕上一醒来就能看见美国那个农艺师耕种的绿油油的庄稼地，很是养眼；北面的房间全部对着大街开门设窗，除自家搞了一个杂货店和一个铁匠铺外，其余全租给焊白铁壶的、捆笤帚的、蒸大馅包子和炸油条、做老豆腐的，收入虽然不多，但比一般人的家境好多了。粮食实行统购统销后，大多数人都觉得吃的紧张，马家人因为一来院子大，能种些蔬菜瓜果、小杂粮（城里人不爱串门，大家也看不见）；二来有些小房租，日子过得比大家要宽裕得多。

就是在那个时代，徐波从农村来到河海上农业专科学校，农专的试验田就在原来美国人制种的地方。徐母是马家镇嫁出的闺女，和马老栓还没出五服，就让儿子投奔了远房的舅舅马老栓。徐波在那个马家大院里度过了这辈子都难忘的3年时光。

那年正是全国要闹饥荒的前兆时期。徐波的母亲把儿子送到马老栓这里，跑了一百多里路拜见多年不见的娘家哥哥，拿出了多年积存的20斤城里人需要用票买的白棉花，有些让十六七岁的孩子在这儿沾点光、多吃几顿饱饭的意思。马老栓为人还不错，也有自己的算计。大儿子马雨辰在市委上班管伙食，做采买兼司务长，本来干得好好的，谁知这小子有了点儿小权力就不知道自己姓什么了，竟然勾搭上了一个女菜贩，还把对方肚子弄大了。那个时候这种事可是天大的事，也有人劝他，认了这门亲事算了。马老栓想着自己的祖宗，想着门当户对的祖训，坚决不同意。结果女方闹到了市委，老八路出身信奉孔孟之道的老秘书长拍案而起，大声指责马雨辰是流氓行为，一纸调令，把马雨辰调到了河海最东边的华黄县，让他到那里安家落户去了。二儿子马雨未正在上小学，几个闺女按马家的传统，是从来不干重活的。马老栓正愁自己家里的自留地缺劳力呢，现在来了一个小伙子，还是学农的，自然高兴。马老栓给这个远房的外甥安排了住处，指点了家里该干的活。

穷人家的孩子早当家、早懂事，徐波自然知道吃人家嘴短的道理，干活也不惜力气。他住在马家守菜园的小屋里，每天天刚蒙蒙亮就起床，浇园、拔草、上肥、扫院子、挑水，把马家足有两亩大的菜园加杂粮地收拾得干干净净，各种作物长势喜人。俗话说，半大小子，吃死老子。徐波活干得多，又是长身体的年月，吃得自然也多，每顿都是3个干粮一碗饭，要是面条能吃3大碗，这就引起了舅妈的不满。有些女人天生小算计，有对付人的阴招。有一天早晨，家里的开饭时间提前了半小时，等徐波干完该干的活，马家全家人已经吃完饭了。等他洗净腿上的泥巴来到伙房时，舅妈告诉他："闺女儿子上学早了，你舅还得出去应付差事，都吃完走了。饭在锅里，你自己吃完了把锅、碗刷好。"他掀开锅盖一看，稀粥一碗、冷玉米窝头一个，连咸菜都没有，他只得忍气吞声吃个半饱去上学。开始他还以为是个别现象，谁知中午回来挑完水后，面条也是黏糊糊的一碗，西红柿鸡蛋卤也不见了，代替的是一撮韭菜花。上了农专的小知识分子自然知道"士可杀不可辱"的道理，他愤怒了，不声不响地把自己的铺盖搬到了学校，发誓永远不进马家的大门。可是学校里就供应每天八大两，一碗稀饭一个窝头上趟厕所就没了。一个周末的下午，他和同学正在宿舍里顶着要长出手谋取食物的胃做作业时，8岁的小表弟马雨未来了，瞪着两只亮晶晶的大眼睛朝他使眼色，招手让他出来。马雨未把他拉到了一棵大柳树下，从小书包里掏出了两个咸鸡蛋和一块发面饼，奶声稚气地说："大哥哥，这是我从家里偷拿的，你快吃吧。我妈妈自私，不学雷锋。"说完就蹦蹦跳跳地走了。看着小表弟的背影，徐波的眼泪唰的一下就掉下来了。在以后的日子，隔一两个星期他就会吃到小表弟送来的吃食，间或还有几块糖，他的心里甜极了。

老书记说到这里，深深地吸了一口气，幽幽地说："要说马家，我那老舅去世之后，最有出息的就是这个老二了。后来他上了北京大学，可惜，可恶的"文革"让这群小青年迷失了方向，当什么红卫兵乱闹腾，吃了大亏。他和他哥哥的关系也不好，好几十年没有音信。记得1967年咱们省里的一伙造反派让我们这些小走资派到北京去参加批判在省里工作过、后来调到中央去的一个领导，我还无意中见了他一面，可惜他那时还昏迷着呢。他怎么就当了和尚呢？我们也好几十年没见了，一会儿我给你个东西，必要时你去见他一下。还有，你要上了班，对马家那帮人也要照顾一下，毕竟是我老亲戚啊！"

毕竟是人老了，说着说着，老书记竟然睡着了。金剑北拿起一条毛巾，在热水里泡了一下，试了试温度，轻轻擦去了老书记嘴角上的一点儿口水，又给他掖了掖被子，把炕洞里的火弄旺了，靠在被头上琢磨起老书记的一番话来，不知道什么时候才迷糊着了。

　　人的生物钟是随着环境变化的，尤其是年轻时的训练，会让你记一辈子。和老书记在一个炕上睡觉，唤醒了金剑北最初做秘书时的习惯。第二天听到老人有了动静，他马上就醒了。但还是有点儿晚了，徐波已经坐在霞光普照的窗前研读文件了，保密本上还写了好几篇心得体会。他对金剑北说："你的工友中和你一起下来的二线干部做生意的不少吧？我告诉你，以后这几种生意可能不好做了，要及早转型。一是烟酒业。用公款购买高档酒、年份酒、天价烟的时代要过去了，那些东西价格高得离谱，有钱人也消费不起。二是高端餐饮业。有人搞过调查，到星级酒店吃顿饭超过一万以上的金额，而且有一半以上是靠公款宴请的。一年吃掉两个三峡工程啊！这帮败家子，中央不禁止还了得？三是花卉业。各级穷讲究，开个会就到处摆鲜花、臭摆谱，一盆君子兰卖到了几千元，瞎胡闹！四是购物卡和茶叶。送东西怕扎眼，还怕别人不稀罕，送现金又怕被发现，一张小卡里有多少腐败啊！还有茶叶。喝茶本来是中国人的传统，但一些茶叶的价格被人为炒作，导致茶叶也成了高端消费品。什么龙井、大红袍、铁观音，动辄五六千元一斤，是老百姓喝的吗？买的人自己肯定不喝，都送礼了。五是演艺行业。中央一定会发一个'勤俭办晚会'的通知，一定会对邀请什么大牌明星、歌手、主持人有个规定，谁愿意邀请就自己拿钱，公家、财政的钱一律不能动。"

　　老人说完，非常解气地把笔投到了一个用黄泥捏成、在砖窑里捎带着烧制的笔筒里，站起来望着一轮冉冉上升的红日，脸上荡漾着笑意。

　　金剑北的脑细胞急速地转动着。

　　一个月后，还是在那座庄稼院里，金剑北陪着徐波看完了新一届全国党的代表大会召开的实况。听了大会的主旨报告后，老人兴奋异常，拿出了自己珍藏的30年的一瓶茅台酒连干三杯。他红光满面，突然站了起来，推开后窗户，仰望着北斗七星，拉着金剑北的手说："来，为新的时代即将到来，我们唱支歌吧！"随即，苍劲的声音飘荡出去，在原野里响起："起来，不愿做奴隶的人们，把我们的血肉筑成我们新的长城，中华民族到了最危险的时候……"而后躺在炕上，溘然长逝。

　　老书记追悼会的规格很高。省城殡仪馆里，去见马克思的老人身上覆盖着鲜红的党旗，周围摆满了鲜花。按照老书记的遗嘱，只通知了他的直系亲属。省委领导来了，老书记在各个工作岗位上工作时的老战友来了，当然，作为出生地的当地领导是必须来的。河海的书记、市长出国了，来的是戴着白框眼镜、表面上文文静静、脸总往天上看的市委副书记秦山雨。金剑北是作为亲朋好友来的，按照官场的规矩，他自然是站到了最后一排，这个位置很有利于他观察别人的行动与表现。

在省委组织部长致悼词时，从外面闪进来一个中年女人，表面上看打扮知性、风姿绰约，但从她那做了双眼皮的小肉眼里、纹得极细的眉毛里以及注射了羊胎素的脸上不真实的光洁里，分明看到的是高傲、风骚和拼命想要留住年轻的欲望。

她悄悄地站在了秦山雨旁边，金剑北开始以为他们是夫妻，但很快就否定了。他看见那个女人的手放在秦山雨的手心里，并且用食指在男人手中画着圈，渐渐地男人的手也不老实起来，先是把玩着女人涂了红指甲油的手，后来毫无顾忌地拍了拍女人肥硕的臀部，最后竟然把手放在了女人的大腿根部。女人似乎有些战栗，水蛇腰不停地抖动着。

金剑北愤怒了，居然在老书记肃穆的追悼会上调情。"一对狗男女！"他心里骂着，要不是在这个场合，他准得冲上去揍得他们3个月生活不能自理。

追悼会一结束，金剑北就匆匆赶回了老家，在老书记下葬之前，他还有一件大事未办。按照河海当地的风俗，人在入土之前，要先去报庙，也就是说要找一个大的、有名望的庙宇，让僧人把这个人的死讯传到阴间，念超度经，让那边给安排一个位置。如果这个人生前声望好，和寺庙里的关系好，和尚们念经时就真诚，越真诚这个人在那边就越有好位子。

身在农村，很多习俗自然要遵守，又是直系亲属强烈要求，给老书记做有关佛法的身后事，金剑北首先想到了明心寺，想到了智障和尚。为了寄托自己的哀思，也为了让老书记在天国的灵魂安息，他带上了徐波临终前给他的和马家老二有关的用牛皮纸包着的东西，开车去了明心寺。

四　苦难是财富还是羞辱

这几年部分人信仰缺失，新的全国党代会开过之后，官场上部分人心中小鼓猛敲，不信国法信佛法，总想让虚无缥缈的佛帮自己混过去，所以佛教盛行。

汽车沿着山路前行，沿途可见新建了几座寺庙，可能是投资小，道路不畅，也可能是没有高僧主持，转行的乡村神汉、巫婆们的法力唬不住来求神拜佛的达贵官人，自然是门前冷落车马稀。

金剑北驾车绕行而过，直到顶峰时才看到一座道路平坦又便于停车的寺庙，涂得黑亮的金丝楠木牌匾上写着三个规规矩矩的隶书大字——"明心寺"。与沿途冷清寺庙不同的是，这里的香火明显旺得多。寺门口停着一辆中巴车，更多的是小轿车和越野车，看牌照多来自省城和河海市，号码百号以内和吉利号的较多，如"888""6666"等，显然是党政机关的头头和大款、富豪们的座驾。

明心寺依山而建，是一所小有规模的寺院。门前钟楼雄伟壮观，具有中唐时期的建筑风格；两扇厚重的木门上布满了铜钉，院子里正对大门的是一棵巨大的古槐，此时叶子已经落得差不多了，只有苍劲的树身和虬髯的枝丫向人们诉说着岁月的沧桑。寺院的后面依山而上的是一条陡峭的石梯路，长长的石阶好像一条蜿蜒的绸带向上延伸，逐渐隐没于缭绕的云雾中。

智障禅师一改在金家墩教练武术的顽皮样，披着黄色袈裟，显出了几分佛像的庄严。他拾级而下，双手合十，轻轻地呼唤了一声："阿弥陀佛，金施主别来无恙，老衲在此等候多时。"金剑北也装模作样地说了一声"阿弥陀佛"，上前一把拽住他的袍角，看了看旁边的小沙弥，低声说："走，大和尚，找一净室，我要揭开你这个佛门弟子的真面目。"

在虎背熊腰的金剑北面前，在善男信女的众目睽睽之下，有些矮胖的智障禅师不敢施展武功，只得像待宰的羔羊一样被一个壮汉拉得趔趔趄趄，不由自主地向前走着，嘴里说着："佛门净地，不可动粗。"

二人进了大殿，西天如来和南海观音慈眉善目，法相端庄，不少人跪在蒲团上，还有的在往功德箱里投钱，有的在上香、许愿。大殿的两头还各有一间厢房，窗明几净，佛像和大殿中佛像的一样大，但却是镀了金的，通体发出金灿灿的光芒，光洁的大理石地面上铺着一个又厚又宽的锦垫。此时，在东厢房里，跪着一个素面朝天、低调而不张扬的中年妇女，衣着虽淡雅但富贵内敛，一看就知道是出自法国或意大利名牌服装设计师之手。旁边的功德箱里放了厚厚的三四捆百元人民币大钞，这引起了金剑北的注意，他不由得多看了几眼，手劲也放松了几分。

智障禅师感觉到了，轻轻地告诉金剑北，这是他专设的私密许愿室，这位女士是河海市委副书记秦山雨的妻子，叫马可华。智障禅师随即高宣佛号"阿弥陀佛"后说："可怜的羔羊啊，丈夫在外花天酒地、左拥右抱，自己独守空房，还在为他人担忧，每次一跪一整天啊！我佛慈悲，普度有缘之人！"金剑北冷笑了一声说："你大概是看中了她的钱袋吧？"智障禅师说："罪过，罪过！人有善缘，钱有原德；不义之财，佛门收来，普度众生，实为善哉啊！"

金剑北灵机一动，喜上心头，想说什么，但又没说，脸上荡开了笑意。

穿过大殿，向东一拐，一丛修竹绿意盎然，掩映着一所精舍，白墙黑瓦圆形窗的徽派建筑，里外两间，红木条几方桌，酸枝木的太师椅。金剑北忽然觉得自己双脚离开了地面，在虚浮的低空中转了一个身，轻飘飘地坐在了椅子上，力道和方向拿捏得非常准确，感觉像是被人抱起又缓缓地放在了太师椅上。金剑北知道刚才在外面是大和尚给他留了面子，但他并不领情，而是从提包里拿出了一个铝制的小盒子，晃了晃上面的小铜锁和一把钥匙，神色肃穆，面带悲戚，缓缓而又悲痛地说："他走了，给你留下了这个东西。我也没看，你自己打开吧。"说完，下巴顶着桌面，硕大的头颅放在桌子上，两眼直直地看着那个小盒子，期待地等着。他帮老书记搬过无数次家，每次响在耳边的提醒语都是"放好了，别弄丢了"，但一直不知道里面是什么，他也不敢问。

智障禅师从认识金剑北那一天起，看到的都是他放荡不羁、把什么都不放在眼里、认为这个世界上没有他办不到的事的江湖侠客形象，第一次看到他这样严肃认真而又带着无限崇敬和悲哀的模样，不禁有些愣了。

不过，僧人毕竟是僧人，何况是一个经历过惊涛骇浪的僧人，佛家的淡定使禅师慢慢拿起了那把钥匙，打开小铜锁。揭开盒盖，里面是一个褪了色的红袖章，但用黄色油漆写上的草体"红卫兵"三个大字还清清楚楚，散发着一种狂野的气息，袖章的背面有首都大专院校的编号和持有者的名字，都是用着色极强的那个时代的名牌"鸵鸟"黑蓝墨水灌在木制印章里印上去的。还有一枚毛主席去安源的瓷质像章，上面有暗红色的斑斑血迹，已经渗透到了有些粗糙的瓷质里。

看到这儿，佛家的淡定立刻溜走了，智障和尚的脸变形地扭动着，眼里射出骇人的光芒。他"哇"地大叫了一声，拿起袖章贴在脸上仔细辨认了一番，又赶紧贴在胸口上，最后撕开僧袍放进贴身的内衣口袋里，可能还觉得不保险，又拿出来重新放回盒子里，盖住，锁好，在屋子里急速地转了一圈，似乎是在找一个珍藏的地方，最终紧紧地夹在了腋窝里。他伸出干瘦的五指，粗暴地把金剑北提至半空，厉声喊道："你说，这些东西怎么会在你手里，你从哪儿得来的，他在哪里？"

金剑北不动声色地看着他，一阵悲痛袭遍全身，他强压下去，淡淡地说："他就在你说的那个有股祥气的庄稼院里。他已经走了，让我带给你。"

"阿弥陀佛！"智障禅师高宣一声佛号，放开了金剑北，随即一屁股坐在地上，像野狼一样长号，"老表哥——"两行热泪喷涌而出。他迅疾跑到里屋，打开一个虎牌保险柜，拿出一个写有徐波名字的毛主席语录本和半斤当年的全国粮票，还有一条上面印着鲜红的"农业学大寨"五个大字的白毛巾，上面也都有褪了色的大片血渍。他恭恭敬敬地放在桌子上，长身而立默哀，三拜九叩之后，跪在桌前，用咸湿的泪水伴着口水，念起了大悲咒和超生咒。

金剑北的眼睛也湿润了，拿出手帕给他擦了擦眼泪，沉声说："雨未兄，人死不能复生，节哀吧；讲讲你的故事吧。"说着，要把他扶起来。

"不！"大和尚执拗地拧了拧身子，"既然你把我的名字都喊出来了，他肯定告诉了你很多，你应该是他最亲近、最值得信赖的人。在大表哥的英灵面前，我没资格坐着，我要在这儿跪着说。"

金剑北默然地点了点头，简要地说了自己和徐波书记几十年的关系，重点讲了那个月挂中天的夜晚在炕头上说的话。

智障禅师站起身，深深地向金剑北鞠了一个躬，又重新跪下，缓缓地讲述了自己几十年的坎坷人生。

"人这一辈子的重大经验就是别高兴过了头，乐极生悲，福兮祸之所伏，有些事是在劫难逃。"一句哲学式的开篇语过后，年过花甲的老和尚慈眉善目的形象不见了，取而代之的是双目炯炯，眼睛里闪动着奇异的光。他时而低沉叙述，时而娓娓而谈，时而慷慨激昂，金剑北眼前出现了一幕幕不同年代的不同画面。

河海老城旧街，古老的孔庙大红木门前，身着白衬衫蓝裤子和黑裙子花衬衫的青年男女涌动向前，看着全国著名的河海中学贴出的大学高考录取榜。圣人墙上红纸黑字，老校长亲自书写的隶书庄重古朴，他抖着花白的胡子亲自唱榜，用国文老师教授诗经的声调喊道："第一名，马雨未，北京大学……"一个嘴边上刚长出绒毛的小伙子跳跃向前，向老校长鞠了一个躬，快步离去。

马家老宅，院子里几个孩子正在打闹，个个滚得像土猴。不大的堂屋里，马雨未兴高采烈地向刚刚由边远县城调回河海的哥哥马雨辰说了自己考上北京大学的消息。头顶微秃、吃得油光满面的市委行政副科长看了一眼旁边体矬身宽，两头尖、中间大枣核型，长着满脸横肉的老婆，从提兜里拿出半盒从市委招待所餐桌上顺手偷来的大前门烟，点着后美美地抽了一口说："你考上了是好事，你是咱家的第一个大学生，据说还是个名牌，咱爹死得早，我这个哥哥得管你。"还没等他说完，他那胖老婆噘着厚厚的嘴唇，忽闪着两个大白眼珠子抢着说："北京的大学有什么好？道又远，还多花钱，还不如在市里上个中专呢，在家吃饭，花钱又少，还能帮着干点儿活，还能早毕业、早上班早挣钱。你哥一个月就那么四十多块钱的工资，你的几个侄子、侄女往前也到了要花钱的时候，老爷子留下的那几间房子的租金也没多少。你哥儿俩掂量着办吧，反正不能让我和几个孩子喝西北风。当年我在华黄县嫁给你的时候，说家里有良田、有大院、有房子，谁知道还养着一个吃闲饭的，我算倒了八辈子霉了！"一顿连珠炮放过，胖老婆扭着两只白薯脚进里屋了。

马雨未孤身负气而去，哥哥赶在他报名前偷偷塞学费给他，但管得了当下，管不了以后，雨未从此开始了自食其力的生活。

大学校园里，马雨未迎着晨曦跑步；明亮的教室里，听讲读书；晚霞中，和爱好武术的同学拜剑术高手为师；月光下，长剑挥洒，寒星点点，舞动清风……

盛夏暑假的校园静悄悄的，马雨未穿上劳动布的工作服，头戴一顶破草帽，骑上一辆叮当乱响的自行车，来到京郊的一个砖瓦厂脱坯烧砖，他干得大汗淋漓，从一个小工头模样的人手里接过几张破旧的人民币；寒风刺骨的冬天，他做贼似的跑到大食堂后边的草丛里，拿出几根草绳，把平时积攒的垃圾捆到一块儿，艰难地背起，出了后门，交到废品收购站；在春节震耳的鞭炮中，他蹲在空荡荡的宿舍里啃完了两个烤红薯，站起来看着家乡河海的方向，流下两行清泪……

整个京城红旗招展、红标语、红语录、红袖章铺天盖地，校园的大喇叭里播送着"文化大革命就是好，就是好"的战歌，分成各个派别的学生占据了教学楼、大礼堂、办公楼。世道变了，成了一个没有麻烦只有畅想的时代、没有怀疑只有相信的时代、没有背叛只有忠诚的时代。大学生们戴着各种各样的红袖章，奔跑、呼喊、打架、撞击。马雨未和一帮爱好武术、练过剑道的同学手提寒光闪闪的长剑，赶走了占据教学楼的另一派学生，他矫健地登上楼顶，把一面鲜艳的红旗插在上面……

一帮带着柳条帽、手拿大砍刀的队伍在大学生的引领下进了教学楼，他们摇旗呐喊，一时间土炮轰鸣，厮杀混战后，马雨未一伙仓皇逃出。大砍刀队紧追不舍，一路向北，过了安贞桥，来到了一片荒草丛生的坟场。剑术队喊着"下定决心，不怕牺牲，排除万难，去争取胜利"的口号返身迎敌，大砍刀队也高呼"要扫除一切害人虫，全无敌"勇猛进攻，刀剑相撞，血花飞溅。马雨未一人面对两把砍刀，对方力大招沉，一个力劈华山，马雨未横剑架梁，"当"的一声，长剑断为两截，另一个柳条帽大刀斜飞，冲着他的脖颈削来。马雨未矮身缩头，脸一偏，刀锋所过，一个耳朵掉了半个，肩膀流血，当场倒在了荒野里。

大砍刀队得胜回朝，只有蒲公英叶子上的血珠在慢慢凝固，引来一队队蚂蚁争相吞噬……

一辆老旧的卡车开了过来，车厢里是或坐或站的十几个脖子上挂着"走资派"黑牌子的县、乡干部。车停下了，驾驶室跳下一个神气活现的造反派小头目，他大声说着："XX是咱省里最大的走资派，虽然调到了北京，还是被揪出来了。这次让你们来看他的批斗会、揭发他，就是为了让你们这帮顽固的走资派触动灵魂，思想深处闹革命，好好交代问题，别再存有幻想，想着蒙混过关。他的官这么大，都被革命群众识破了，你们这些小喽啰根本不算什么东西。他妈的，在城里找个厕所都难，这里是天然的大茅坑，赶紧的，该尿就尿，该拉就拉。麻利点儿，晚上赶到河海还有你们的一场批斗会呢！"

挂着"河海市农业战线走资派"黑牌子的徐波下了车，早晨吃的野菜团子在肚子里开始滑动，他想要大便，走到荒草深处刚要蹲下，就发现了昏迷的马雨未。徐波的心哆嗦了一下，摸了摸马雨未的鼻孔和脉搏微微有气，赶紧解下脖子上的白毛巾，缠住他受伤的肩膀，擦干他半个耳朵上的血迹，摘下了他的红卫兵袖章和胸前的毛主席像章，向不远处拾柴的老人招了招手，拿出5元钱，央求了对方半天，又从自己的布包里拿出了一个毛主席语录本和100元钱、30斤全国通用粮票，拜托地向对方鞠了一个躬，这才在造反派小头目的催促下上了卡车，目送着拾柴老汉把马雨禾抱上一辆小拉车，用芦苇和树枝盖上他，拉起车快步向城里走去……

出了医院的马雨禾耳朵上裹着纱布，回到校园，见大楼的墙壁上赫然贴着用斗大的狂草写的通告"XX组织已被定为反革命、反社会主义组织"，下面是对在逃分子的通缉令。他只看了一眼，就赶紧用那块白毛巾盖住了半张脸，在暮色中仓皇出逃……

河海，马家老宅门前，深沉的夜色中几盏路灯由于电压不足忽明忽暗，宛如鬼火，疲惫不堪的马雨禾轻轻敲门。马雨辰和胖老婆拿着手电筒照着来人，胖老婆恶狠狠地低声说："你这个害人精，还有脸回来，北京的造反派来找你好几次了！呸呸，倒霉鬼！你想把我们全家害死啊？"大门哐当一声紧闭，马雨禾无力地一屁股坐在了潮湿的地上。一会儿，一个小包袱隔墙飞来，他上前一摸，是几个玉米面窝头和一件旧夹袄，大概是哥哥趁着嫂子不备扔出来的。他咬牙切齿地跺了跺脚，擦干了悲愤的泪水，大踏步地向火车站奔去……

阴雨的早晨，火车停在一个山区小站，马雨禾懵懵懂懂地下了车，就着雨水抹了一把脸，警惕地看了一下四周，从地上捡起一截山民捆猪仔用的麻绳系在腰间，沿着一条羊肠小道向山上爬去……

古树参天的庙宇里，换上了僧衣的马雨禾白天挖野菜、劈柴、烧火、做饭，夜晚在青灯古佛下研读经书。下弦月升起来了，他削木为剑，在老和尚的指导下练剑、打坐、运气，功行三十六周天后，头上冒出腾腾的白气……

江南的四月，草长莺飞，万物峥嵘，在《春天的故事》醉人的乐曲声中，马雨禾健步如飞，来到了长江边上的一个城市，考取了一所佛学院的研究生，苦心研读《天演论》《大道轮回》，与台湾星云大师论道讲坛，到龙虎山、九华山、峨眉山挂单讲经。三年后，马雨禾来盘古山"开山立柜"……

金剑北对眼前跪在蒲团上的大和尚肃然起敬。

"文革"前京城名牌大学的毕业生，经历了那么多的磨难，之后有了佛教学院硕士的经历，一定把世界上的一切都看透了。他超然物外地生活了那么多年，今日竟然把心中埋葬多年的最柔软、最让人撕心裂肺的东西讲了出来，当然这是老书记给他的遗物起了关键性的作用，但也不排除和自己有缘分。世界上的人很多，一个人认识的人也很多，但大部分都是生命中的匆匆过客，或者是某一个阶段互相利用的节点和支点，真正有缘分的不多。既然自己和他有了缘分，又有老书记和他的特殊关系，那就要好好利用这种缘分。金剑北的想法目前虽然还是一种大的朦胧框架，但觉得很快就会清晰起来。

正如金剑北估计的那样，知识分子就是冷静清醒，佛家就是佛家，高僧就是高僧，"逝者如斯夫"，智障和尚深知世界上的万物都有自己独特的运行规律，都有自己的起点和终点，他并没有像其他凡夫俗子那样呼天抢地，没有怨恨金剑北为什么不早告诉他徐波住在这里，也没有后悔自己为什么没有早去找徐波。在那个以阶级成分和亲戚关系为敏感点的阴魂还没散尽的年代，他知道，在老表哥如日中天的时候，自己去找表哥，表哥认了他这门亲戚会是什么后果，何况自己也不需要表哥什么帮助。他也没有后悔世道平顺之后与表哥至死都没能相见，他相信一切都是缘分。

智障和尚站起来，给金剑北和自己各倒了一杯茶，缓缓地说道："春去秋来，草木枯荣，潮流汹涌，物是人非，时间的变迁使我们收获很多，同时一些往昔被我们奉若神明的东西正逐渐黯淡。我是上过大当、受过大骗的人，岁月蹉跎、城头变幻大王旗，也曾使我失去活着的信心，是老表哥那100元钱、几十斤粮票和那条白毛巾感动了我。你知道，那时我们是真正的对立面啊。一个走资派去救一个坚决要把他打倒的红卫兵，仅仅因为我们是亲戚吗？你知道，那时有多少家庭因派别不同，夫妻、父子、母女、兄弟、姐妹反目啊！再看看自改革开放以来，甘霖没有亏待过任何一个阶层的人。按佛家言，是人类的纠合依存始终有一种叫作'爱'的东西在维系着。虽然我们几十年没见过面，但我和老表哥的心始终是相通的，这一点从我们互相珍藏的东西就可以看得出来。我虽然身居深山古寺，可现代的传媒手段使世界越过了千山万水变成了地球村，冲破了京城与山野的界限、偏僻和繁华的隔膜。"他指了指旁边桌子上的电脑、电视机和大功率的收音机，继续说，"我心即我佛，世事洞明皆学问。不知道大千世界形形色色和不断变幻的色彩，不了解芸芸众生迷茫、善恶和心中的块垒，佛家如何度人向善、向上？岂不空披了佛家让人脱离苦海的外衣？在你们眼里，老表哥是个严于律己、一心为党的事业奋斗终生的共产党员；在我的心目中，他是个真意向善、爱心传播的善人、凡人，他以一种对世界的歉疚感，对他人的宽容和对自己的刻薄，给这个世界、给他所管辖的地方营造着淡淡的温暖。我每每从媒体上看到他的行踪、讲话、文章，总觉得他有一种精神在鼓舞着我、鞭策着我应该为这个世界再做些什么，但我总觉得时辰还不到。近一个多月来，我那颗沉寂的心开始萌动，佛祖在九天之上明示我，应该做点什么了。"

说着，他突然长身站了起来，两眼中闪动着用内家气功聚起的两道寒光，逼视着金剑北说："他临走的那几天，跟你说了什么，让你看到了什么？这一定和天道有变有关。"他的语调斩钉截铁，边说边向金剑北逼近，最后到了双方相距约30厘米的地方，他的两眼还是那么雪亮，甚至连眼珠都没眨一下。

金剑北的身体虽然岿然不动，但眼神游离了，心被震撼了，老老实实地讲了老书记去世前几天和他在一起的一切。

智障和尚听完之后，又平静地高宣一声佛号"阿弥陀佛"，尔后恢复了佛家慈眉善目的表情，拉着金剑北的手说："施主请随我来。"进了里间"慧心斋"，智障和尚打开柜子，拿出了四幅画请他品味，每幅画上都有两三个画面，喻意历届领导班子及作为。

金剑北感到自己这几年来静夜中思考的块垒和朦朦胧胧的想法完全清晰了，他平生第一次向除了自己的长辈和老书记之外的人——眼前这位智障禅师恭敬地深深鞠了一躬，匆匆下山而去，对老和尚要给老书记做水陆道场的事，一句也没听进去。

五　观念决定一个家庭的贫富吗

马家老宅旧貌换新颜，原来蓝砖黑瓦的老房子和偌大的菜园不见了，取而代之的是五栋漂亮的小别墅。

这得感谢"大森林"书记来河海执政后的大拆迁。博士书记走了之后，中央按照干部大交流的原则，从遥远的东北林区空降了一个书记，高高的个子、豹头鹰眼，表面看很阳光，见谁都打招呼，说话也很幽默，但两只雪亮的眼睛发着贼光。据说这人是伐木工出身，从青年突击队队长一直干到了市长。在和市里的局级干部见面会上，他开口就讲自己来自东北一个叫"春"的城市，那里绿涛林浪、林海雪原、山峦起伏，来到华北大平原后，到处是一眼望不到边的一马平川，心里很是振奋，一定要大干一场，尽平生所学、所能，为官一场，造福一方。

他说这话的时候，两眼贼光四射，专门往女干部坐的地方看。台下，给书记写了好几年讲话稿、一向拿开大会不当回事、坐在那里总走神又爱观察琢磨人的市委办公厅副主任姬北华对旁边的人小声说："什么叫春的城市？这是几个无聊的文人琢磨出来的，早被媒体批判了，他还在这儿胡显摆，我看这家伙是个闷骚货。"

"大森林"可不管下边说什么，他说干就干，先是成立了解放思想大讨论办公室，自己亲任组长，带着几个亲信大江南北转了一圈，回来后把全市的干部折腾了一个遍，而后警车开道，前呼后拥、大马金刀地视察了一圈，站在夕阳映照的龙阳河大桥上，激扬文字，指点江山。在几个花红柳绿的女记者环绕下，在河海为数不多的几部高清摄像机面前，他心里夸奖着懂事的报社总编和电视台长，指着河北岸城区大片低矮的楼房和寥寥不多的几个商厦说："新时代要有新思路，干大事业要有大气魄，我们要让河海这个农民城市大起来、高起来、美起来，实现三年大变样，从今天起，搞大拆迁。"

不几天，拆迁指挥部成立了，不但各个常委、副市长，就连人大、政协这些橡皮图章也都成了各个片区的指挥部负责人。"大森林"带着城建、规划、城管、公安部门的头头儿走遍了河海城的街道小巷,只要看到平房和不顺眼的楼房用手一指,推土机、大铲车就一拥而上,被老百姓称为"一指没"。有好事者还编了顺口溜:"大森林,一指没,开发商笑弯了眉,有房有地的更神气,成捆的钞票往家里飞。"

马家就是在这时候发起来的。马家在河海根基厚,有老祖宗留下的房地产证,老宅占地广阔,足有十多亩,就在新开发的市中心旁边,况且又全是平房,容积率自不用说,稍微有点儿脑子的人都能看出开发出来利润不是一般的大。开发商趋之若鹜,纷纷找上了门。马雨辰这个在行政机关后勤打拼了一辈子的市委退休干部心里乐开了花,把小算盘打得精精的。当时正值仲夏,他在朝北的大门洞里放了一张藤制带脚蹬的躺椅,旁边搁一小茶几,周围摆几个小圆凳,沏上一杯龙井茶,享受着过堂风,抽着开发商们上贡的"大中华",舒适地躺在躺椅上面,好像渭水边上钓鱼的姜太公,和坐在小圆凳上忍着大肚子折磨的房地产商们一个一个地慢慢谈,最后和其中一个开发商达成了协议:他出让靠街一半的地给开发商用,他们盖多高他也不管,自己也不以土地入股,给他四间门市即可;剩下的地他自己设计监工,让开发商拿钱盖五栋小别墅,中间的三层带大凉台,四角的两层。

别墅盖好后,他在这个被高墙圈起来的院子里足足转了三天,临搬家的前一个晚上,他一个人在中间的那个三层楼凉台上足足坐了三个多小时。他的白薯脚老婆打电话用震耳欲聋的声音骂他"是不是找了个女鬼,被抽干了回不了家"他都没理,他在回忆自己的一生。

马雨辰自从当年进了市委行政科当食堂的采买,就每天骑着一辆市公安局淘汰下来的、送给市委的苏联产三轮跨斗摩托到老桥头去买菜买肉。那时河海大街上也就跑着几辆市委、市政府的吉普车和运输社的大卡车,狭窄的小巷里和熙熙攘攘的集市上是小推车、大马车和毛驴车,很少见烧汽油的玩意儿,他那个快要报废的三轮跨斗摩托排气管子突突地黑烟一冒、小喇叭嘀嘀一响,很是惹眼,老头小孩、大闺女小媳妇乱看,他也特神气。为了招摇,他还特意做了面小红旗,上书"河海市委",插在跨斗上,好像他不是一个买菜打杂的,倒像是一个部队的开路先锋侦察兵。一来二去,他认识了一个头戴一顶麦秸秆草帽、脖子上搭着一条雪白毛巾、身穿一件水红小花褂的郊区女菜贩,平日里挑着一担菜前胸和臀部都能走出一道风景。买菜时他不再看筐里青青的韭菜绿绿的葱、圆圆的茄子嫩白菜、红红的辣椒黄花菜，而是专看菜贩脖子以下的地方；带钩子挂铁砣的秤也不用了，他先是掂掂筐估计斤数，后是看堆说斤两，当然是每次都比实际的斤两要多得多。女菜贩也不傻，时不时地给他买盒烟抽。他更大方，过去是先买菜后买肉，现在倒过来了，买完了肉，他就拿旧报纸包起一块五花后臀尖或是剁成三节的肋排骨，在女菜贩往他的三轮摩托上装菜时塞给她，趁机摸摸对方的手和其他女人敏感的地方。女菜贩也不恼，他心里就长了草。夏日的一天，他说要给领导买几个西瓜消消暑，女菜贩说她家的园子里有就是还不太熟，明天应该差不多。他说领导交代的事不能过夜，拉着她坐上三轮摩托突突的一阵响，进了四面是高粱地的菜园子。二人刚蹲下挑瓜，天上突然刮来一阵风，带来一片云，下起了豆大的雨点子，把他们赶进了用三根柳叉子、几捆玉米秸支起的马架子看瓜棚。夏天衣衫单薄，女菜贩的小红花褂子沾满了水，贴在身上，身形毕露。小采买看直了眼，解下她脖子上的白毛巾，假装替她擦长发上的雨珠贴了上去，演出了一场外面阴天雨哗哗、里面春意无限盎然的现代春宫戏。

俗话说，善门难开，善门难闭。马雨辰不再去老桥头买菜，而是直接到野地里装车，小小的看瓜棚成了他们的幽会地。过了一个月，女方说身上那个没来，说他上了她的身，她就得跟他走，要进马家大院当媳妇。他一听头都大了，连连摆手说不行。女人随手拿出了磨得飞快地裁衣剪往脖子上比画，被他一把夺下来；对方又甩出麻绳往柳树杈上挂，被他扯下后又拿出了一个农药瓶子晃着里面的大半瓶液体打开盖比画，马雨辰赶紧求饶，说回家要跟父母商量。马家是河海地面上的大户人家，当地的知名绅士、新中国成立后因多有开明之举还被选为政协委员的马老栓岂能容一个女菜贩登堂入室？他一把撅断了乌木烟袋杆，白铜烟袋锅飞到了不争气的儿子脑门上，摔了3个青瓷茶碗，当场骂了他3声"浑球"，并要动家法，吓得他头上带着一个大青包，一溜烟跑回了市委大院，3天没敢归家。

从此，小小菜园里再不见了那辆三轮跨斗摩托，老石桥边也不见了马雨辰买菜的身影，他把采购地点转移到了东关的礼堂后街。躲过了初一，躲不过十五。河海附近的土著居民因为离衙门近，背着粪筐上访是经常的事，不怕官，不怕事，且生性刁蛮。女菜贩和一个长得和母夜叉似的据说是她姨的中年女人挑着两桶屎汤子，推着一车粪来到市委大门口，字字血、声声泪地控诉市委干部要流氓,欺负民女,声称不给个说法就泼脏大门口。有人把信传给了马雨辰,他被吓得躲进厨房大师傅盛米、存面的小仓库里,头上盖了一个大箩筐不敢出来。在人们围观和看门的刁老头劝说之时,老八路出身的秘书长步行上班路过,听了情况后大发雷霆,说这是破坏了人民军队的三大纪律八项注意,如果在战争期间必定杀无赦。但想想马家毕竟对革命有功,立即下令,马委员家自己平息此事,但马雨辰立即调离市委机关,发配到河海最东靠近海盐场的华黄县,永远不得调入市委、市政府机关。

当时共产党刚刚执掌政权没几年,纪律严明。马雨辰交还了在河海街上整天显摆的跨斗摩托车钥匙,瘟头瘟脑地背着小铺盖卷,坐上破旧的公共汽车,到了多见盐碱地少见人、满地都是茇茇草、隔着10里地就能闻到晒盐场咸盐腥味的华黄县。虽然还在县政府后勤科,但不当采买了,在大伙房里劈柴、烧火、拉风箱、蒸馒头。

寒风冻住了盐池,春风吹开了海水,晒出的白花花的海盐一堆又一堆,被无数辆大卡车拉向了四面八方,晒盐的犯了轻罪的劳改犯们也换了一拨又一拨,转眼间马雨辰也二十七八岁了,到了谈婚论嫁的年龄。天下没有不透风的墙,华黄虽然离河海不近,但毕竟是一个地区,相互异地交叉工作的人也不少,他那点儿丑事也瞒不住。尽管他长得人高马大、模样周正,又有正式工作,但一般正经人家的闺女还是望而却步,父母爱面子的更是不允许闺女与其交往。

后来机会来了。

领导总吃馒头觉得口里淡,有时打发蒸馒头的他到门口流动小吃摊买几根当地人叫炸果子的油条。卖油条的人叫王大花,人高体壮,嗓门大、脚大、胳膊长手也大,还露着一嘴和油条一样颜色的黄板牙。她一生嫁了两个丈夫,头一个是在大木船上拉网打鱼的,据说是出海时没拜神,赶上了大风大浪,在荆棘岛附近翻了船,鱼没打上来,人反倒成了大鱼的点心。第二个是城关供销社的一个杀猪的宽肩膀矬胖子,古铜色的胸口上一圈黑毛,干活特利索,甭管多大的猪绝对一刀毙命,鼓起腮帮子能一口气把一头猪吹得溜圆。那时猪肉是定量供应的,养猪也受限制,一天只能宰杀一头猪。他三下五除二干完活后,拎着一挂猪下水到盐场和看守盐堆的人喝酒,顺便偷点儿盐回去,趁晚上或者大中午没人的时候到乡下去卖,日子过得很是富裕。和王大花结婚后,他拿出了这几年贩私盐挣的钱,贿赂了供销社主任几条烟和一个红包,竟然在门市后面职工集体宿舍旁边的空地上盖了一大间房,生下了一个闺女,小日子挺红火。一天,他那上初中的和他一样长得又胖又矮的闺女大彩在上课时发现了一个新同学,是从北京城里转来的在此地劳动改造的一个右派的女儿。当天那个小姑娘穿了一双小红皮凉鞋,身着白色连衣裙,头发上还戴着一个绿色的蝴蝶结。大彩回家非要同样打扮不可。看着女儿胖嘟嘟的脸上挂着泪花,噘着嘴不肯吃饭,王大花心软了。她翻了翻钱匣子,见只有一张五块的纸币和几张毛票,便冲着在院子里磨刀的杀猪佬发了火。杀猪佬一看比他高一头的老婆阔嘴板牙地河东狮吼,想着昨夜在她身上做神仙的舒坦,马上说:"你放心,我保准叫闺女明天穿上她要的。"他中午哄着闺女吃了饭,下午到前面门市跟主任说了一声要到盐场东边的碱厂庄收一头大肥猪,便推上一辆小车,暗地里拿上了三个卤煮耳朵和两瓶老白干,直接奔了晒盐池子旁边的露天仓库,想着把那个嗜酒如命的赵老头灌醉,推上百八十斤盐巴连夜到乡下去卖。

  盐碱滩上不长树,赵老头白天就在大盐堆旁用几根竹竿顶起一块白布,坐在里面打瞌睡。看见杀猪佬带来的酒和菜,赵老头嘴巴咧到了耳朵后面。两人你一杯我三杯地喝了起来。这场酒从日头偏西喝到了月挂中天,白惨惨的月光照着白惨惨的盐堆,盐堆下面是两个醉得不省人事的人。天有不测风云,半夜,渤海湾刮起了大风,平原无遮拦,一股旋风平地起,席卷了整个盐场,把高高的盐堆削去了多半截,两个醉鬼被埋在里面,成了咸鱼干。

  王大花大呼小叫,蹲坐在主任办公室里鼻涕一把泪一把,非说自己的丈夫是因公牺牲的不可,一要抚恤金,二得自己顶替他到供销社上班,养活闺女。她一连三天不回家,主任家吃嘛她吃嘛,晚上就打地铺睡在主任家的堂屋里。主任愁得只撮牙花。招一个农业户口、没文化况且又是四十多岁的女人,上级根本不允许,不过主任自己也得过杀猪佬的好处,而且杀猪佬出去时确实说过是到乡下收猪,自己也允许了,主任就和上级好说歹说,同意他闺女初中毕业后到单位来顶班。就这样,大彩成了集体单位的一名员工。由于她模样不周正,个子小,站柜台有碍观瞻,就被分到了食品组,操刀卖肉,也算是女承父业。

  不几年,闺女二十多了,婆家还没着落,油条婆心里着了急。看着来买油条的马雨辰,心里起了意,找到和自己是远房亲戚的在政府做饭的方大嘴打听了一番,才知道马家在河海家大业大,便下了决心。至于马雨辰和女菜贩的那点儿丑事,她根本就没往心里搁。这个从小就在男人堆里混,过日子经过两个男人的女人知道，黄花闺女是宝贝，童男子根本就没有，或许不算个事——哪个小子到了十七八没有跑过马、没有手淫过？按她的经验，经过了一个女人和没经过女人的男人用起来基本没什么区别，能让这没爹的孩子一辈子过上好日子才是真格的。

找了方大嘴做媒，油条婆亲自安排未来的女婿到家里见面。她下厨做饭，把他的衣裳拿来缝缝补补、洗洗涮涮，让这个久久离开家的男人感到了女人的温暖。王大花随后又拉皮条地安排他和闺女两个人私下喝个小酒、唱个小曲，单独见了几次面，故意往暧昧了弄。丑得精怪的大彩一直没人追没人要，对男人的渴求正是虚火上升时期，当妈的不在跟前的时候，对着小伙夫摸摸索索，碰碰上边碰碰下边，挤眉弄眼地拉拉手唱唱歌还说是卖萌。卖萌这种事，长得好的叫卖萌，长得丑的叫现眼。大彩之丑，按民间粗俗的说法，丑得有点下不去屄，但瞌睡遇到枕头，顾着下面就顾不了上面了，小伙夫牙一咬，眼一闭，很快结婚成家，算是在华黄县里安家落户了。

那个年代，县里还不时兴盖什么家属院，县政府后边的几排平房都让头头脑脑的占了，根本没有一个小伙夫的份儿。王大花早就看准了这一点，把女婿接到了家里。杀猪佬盖的房子虽是一间，但面积大，足有40多平方米，王大花弄了几捆秫秸打了个隔断墙，外面抹上石灰，分成了里外间。外间搭了个小铺，里间放了个双人床，挂上一个大红门帘。

偷过腥的猫更馋。二十七八的小伙子面对长得不怎么样，但还是姑娘的闺女，自然是日夜耕作，全然不顾不隔音的秫秸墙那边的感受，两人只要睁着眼就折腾得天昏地暗。有耕耘就有收获，辛勤的劳动换来的是成绩斐然，没几年就生出一个小子仨闺女。他按照自己的追求，给孩子起名用了一个盼望的词组——"富丽华美"：小子叫马可富，三个女儿依次叫马可丽、马可华、马可美。

"富丽华美"是他的愿望，也是将来的事，现实是双人床上挤满了，姥姥的小铺上也满满当当的。三个大人一商量，干脆拆掉了隔墙，学着东北满洲人的做法，盘了一个拐弯大炕，一家七口睡到了一起。夏天做饭在门口点炉子，冬天在屋里的灶台上烧火炕，大尿盆子放在屋子中间。一次，马雨辰晚上值班多喝了水，半夜回家尿多，又困，没尿完就迷迷糊糊往炕上走，一点儿剩余的尿液随走随滴答，有两滴洒到了睡在炕边上的王大花脸上。王大花睡得热乎乎地被浇醒了，她抹了一把脸，把手凑近鼻子闻了闻，啪地打了女婿的屁股一下说："你他妈不会抖搂干净了再上炕啊！"她那在街上卖油条练就的嗓门本来就大，又是夏天开着窗户，住的是门前即通道的集体宿舍，恰巧被两个睡不着在一架紫藤葡萄架下乘凉的人听见了，两人都憋不住，不约而同地"扑哧"一声笑了起来，第二天上班当笑话说给了同事。一传十，十传百，一时成了小县城的笑谈。王大花知道了以后，在人们正集中乘凉的时候骂了一回大街，说："那是俺们自己家的东西，愿意什么时候抖搂就什么时候抖搂，愿意抖搂几下就抖搂几下，你们咸吃萝卜淡操心，管得着啊！"

马家老辈人会算计，遗传基因也不会从马雨辰这里丢掉。马雨辰在成家生孩子的岁月里，别的也没闲着。他本来脑子不笨，手也巧，随着新伙夫充实进来，他也从烧火工升到了白案师傅，蒸馒头、擀面条、包饺子都做得得心应手。和领导接触多了，就发现了机会。那年，从广东调来一个县长，星期天没事爱弄点儿小鱼小虾吃。南方人爱干净，总觉得渤海的水浑浊，不如南海的水清凉，总是洗了又洗，涮了又涮，有时也会叫手脚勤快的马雨辰帮忙，马雨辰帮着帮着来了灵感。他小时候听走南闯北的爷爷说过，南方人时兴吃早茶，吃小笼虾饺和蟹黄包。礼拜天，他叫上已经能干活的大小子和大女儿早早到了盐场，专门拣把海水放进来晒盐时带来的小螃蟹、小虾米，一点儿一点儿地往外挤虾肉，小心翼翼地剥蟹黄，皮让孩子们炒了吃，虾肉和蟹黄分别放进小桶带回县政府的伙房。这点儿经历后来成了大女儿马可丽当上记者吹牛的资本，说自己是在海滨长大的，从小拿着螃蟹当干粮吃，每天家里都蒸一锅，上学回来饿了就拿，而且是掰开光吃黄，八条腿全扔掉，对于现在人们啃着吃的皮皮虾，那叫海蝎子，她连看都不看。这是后话不提。

当时由小伙夫升到师傅的马雨辰挤好了虾肉蟹黄，里面的原料有了，他又找来了细细的马尾箩，把蒸馒头的面粉筛了好几遍，再加上当地老百姓度春荒用的榆树皮面增加韧性，擀成能照见人影的面皮；跑到北关里折了关帝庙前的大柳树上几根柔韧的枝条，剥皮，做了几个小笼屉；挖了几棵野葱，细细地切成葱丝，浇上几滴小磨香油。第二天，两小笼不亚于广州白天鹅酒店的透明小虾饺和蟹黄包就端上了县长的餐桌。县长吃得满口清香，心肝直颤，马雨辰的好运也来了：先是成了县政府领导小灶的主管，紧接着被提成了后勤科长，还兼着政府办公室的副主任，成了正科级干部。官运到，一切都到。政府盖家属院时，他按照职务分到手两间大平房一个小院，把大小子留给丈母娘做伴，自己和大彩带着三个闺女搬进去，一家人过起了好日子。有一次，县长的一个在国外使馆工作的老同学来看他，带来几桶巴西咖啡，正赶上马雨辰来问晚上安排什么饭，县长一高兴，就给了他一桶，他也不知道怎么喝，回家顺手扔到了餐桌上。大女儿马可丽放学回来，看着稀罕，挖了两勺也没加糖兑水就往嘴里倒，结果苦、涩得全吐出来了。这个后来也成了她假装贵族出身的小姐、贵夫人吹牛的资本，说自己是喝着咖啡、听着钢琴成长起来的，因此受到了京城出身的一个真正贵族的羞辱。这也是后话。

　　本来马雨辰打算就这样在偏僻的华黄县过下去了，但正像老话说的那样，"兔子走时运，城墙挡不住。"县长升官了，到河海市委当了副书记，人却打心里放不下那虾饺蟹黄包，领导一句话，马雨辰被调回了河海市委，住进了阔别多年的马家老宅。大彩兴奋地在偌大的宅子里转了好几圈，孩子们更是又跑、又跳、又闹，尤其是大女儿马可丽，更觉得自己是贵族出身，不亚于清朝的格格。昔日的女卖肉工居然进了税务局，几个孩子也分别上了最好的中学、小学。八路军出身的老秘书长早已退休还乡，挡道的人没有了，马雨辰一去就当了行政处副处长，没多久就成了处长，并挂了一个副秘书长的名头。

　　市委和市政府两个院，都有一套管行政的系统。那个时候物质匮乏，下面县有时给上级送几大车水果、大葱等农产品，大车一到，马雨辰总要多扒拉点儿，这引起了政府那边的不满，一致怂恿和他平级的副秘书长去交涉。马雨辰把嘴一撇，满脸蔑视地看着对方说："你还来找，你算算，你们院里几个常委，这边又有几个常委啊？"机关人都知道，政府那边只有市长和常务副市长是常委，书记、副书记、秘书长、组织部长、宣传部长、纪委书记、统战部长等都是常委，都在市委这边住着。一句话，把那边的人顶了个烧鸡大窝脖，而他迈着高傲的步子走开了。

　　按照编制规定，副秘书长属市委领导行列。大都是咬笔杆子的文人，经常参加常委会，是给领导当高参的人，对马雨辰这种伙夫出身的人颇有些瞧不起，有耻与之为伍的意思，平时都爱拽个词嘲笑他，他也不在乎，从心里也瞧不起他们，心想你们知道什么，写材料也就是需要多认几个字、掌握点儿政策而已，顶多是研究熟悉一下领导喜欢什么语气而已。我这行政处长可是既要懂政治，也要懂经济，还需要知道并办好领导的全部生活需要，是私下里和领导走得最近的人；别看我不上主席台，不能和领导坐一个车下去调研，像你们一样狐假虎威的那么威风，其实你们那些都是表面的，和领导关系最铁的是我。确实，在机关，看关系好不好不是看谁和谁经常在一起，更深层次是看办私事。

大人定位之后，就看下边谁的孩子安排得好。别看马雨辰从资历上瞧不起那些搞文字的，但从学问上还是发自内心地佩服那帮秀才，可他自己没多少墨水，所以总想在第二辈上找回来。大儿子马可富学习成绩一直不错，高中毕业后考上了一所工学院，到了大学觉得自己的名字太俗，就自作主张地改成了马可夫，毕业后老爷子运作一番，进了机电厂很快当上了副总；大女儿马可丽赶上了"文革"，15岁初中没毕业就进了河海最高级的人称"金娃娃"聚集的地方电子元件厂，仅仅干了一年就上了不用考试的北河大学中文系，分到了《河海日报》；二女儿马可华下乡插队没几天，就被经常给市委送大蒜的公社书记推荐到了农学院；三女儿马可美的运气就没那么好了，"文革"结束了，不用考试拼爹娘就可以上大学的好时光一去不复返了，她复习了3年才考上了河海师范的一个幼儿教师班，仗着母亲遗传的好嗓门，毕业后没去当孩子王，而是进了市群众艺术馆。那年月各地搞的各种庆祝会、招商会、纪念会很多，领导好大喜功，也愿意和名人尤其是女演员握手、合影留照，甚至拿起麦克五音不全、荒腔走板地合唱情歌。企业家也不敢不拿钱，都争着请京城的大腕明星、文艺团体来助兴。京城来人首先和当地的同行对接，马可美姿色中等偏上，很快成了一个明星大腕出差时床上需要的代用品，再加上她本人技艺娴熟、服务到位，那个大腕喜欢得了不得，经常带上她到外地演出。她在台上跑跑龙套、唱上两首民族的或者是通俗的歌，日子过得风流快活，钱也没少挣。她自我的感觉良好，认为自己也成了一个大人物，经常开着一辆奥迪车，和当记者的大姐四处招摇过市，说自己在京城和省委认识什么大官和大官的秘书、儿女，骗吃骗喝，收礼发财。

做官要五子登科，哪个朝代也不例外。位子、票子、车子、子女都安排好了，下面就是房子了。马雨辰能在大拆迁中获得丰厚的利润，除了他自己能算计外，在"大森林"书记采取强硬政策的过程中，他服务过的老领导也没少给他说情和出谋划策，所以才有了这座整个河海市独一无二的小别墅群大院。

五座小别墅都是一个样式，按大闺女马可丽说的，这是西班牙的哥特式建筑。他居中，四边一个角上一个，像哨兵给他站岗。子女家都是两层，他住的是三层，还带一个大凉台。他有事没事就坐在凉台上喝茶，夏天在太阳伞底下坐着监视着四座小楼的情况；冬天在楼顶的花草暖房里架上了一台高倍望远镜，名义上是看着四周防贼防盗，实际上是看女婿是不是欺负女儿、媳妇是不是欺负儿子。有一年夏天，天热，他看到儿子和儿媳妇行房事，儿媳妇居然爬到了儿子身上，他不由大怒，但作为老公公又不能直说。周日一大家子聚集在他别墅前的葡萄架下吃饭时，他无缘无故地拿起汤勺投向了家里喂的一只母鸡，骂道："看你能的，昨天竟然爬到了公鸡身上去了，再这样，我把你开除出马家大院，再不行就宰了你。"说得儿子面红耳赤，儿媳羞愧难当，一摔筷子快步离去。他还不解气，冲着她的背影说："像你这号鸡，就得立立规矩。"但在第二天夜里，他在大女儿马可丽房子里又看到了同样的一幕，却呵呵地笑了，自言自语地说："我家闺女就是好样的。"

  人无远虑，必有近忧。虽然这十几年来儿女们的婚事有些变故，但总的来说，老马家的日子过得还是蒸蒸日上、自在悠然，可是近来却有些不顺了。在官场混了一辈子的人，别说退了休，就是到死对政治也是非常敏感的。马雨辰除了从媒体上和每周一次到市委老干处看到的文件上感到政治风向正在剧烈的变化外，还从每周一次的家庭聚会上看到了诸多端倪。首先是和机电厂吕吉水分道扬镳后自办矿山机械厂的大儿子马可夫生产的产品销路不畅了，过去几乎每次回家都是奔驰、奥迪、悍马越野轮着开的马可夫，如今每次都坐着一辆老款的大众车，到家后也没了财大气粗的模样，而是两眼望着天花板直走神，闷闷地喝茶抽烟；其次是离了婚的大女儿马可丽回家吃饭的时候多了，不再为众多饭局的邀请、选择而显摆，也不再为到哪个饭店和什么级别的人吃饭而把衣柜翻个七荤八素、捯饬半天了；二女儿马可华前几年经过大姐可丽介绍再婚的女婿、堂堂的市委副书记秦山雨也不那么趾高气扬了，专车上没了警牌，人也蔫蔫的，手里总拿着《反侦察技巧》之类的书翻着，也没听说他的分工有什么变化；小女儿马可美还是一副明星派头，不是穿得嘀里当啷，就是袒胸露臂，脸上化得五颜六色，但出去演出的机会少了，不再吹嘘到了哪个海滨城市、和哪个大腕同台、受到了哪个大人物接待了，进门就嚷嚷着说，社会在摧残艺术，人民在冷落艺术家，她的许多明星大腕朋友活少了，不如原来挣钱多了，说中国落后不如西方自由，她不想活了。

  马雨辰从沉思中回过神来。今天是周末，又是马家大院聚会的日子。这不，快到中午了，只有昨夜上网发微信聊天到快天明的现在还在赖床的马可美的那辆小红车孤零零地停在院子里，其余的子女都还没回来，连个电话也不打回来。这让马雨辰很是气恼，但他还是憋着劲，不给他们打电话。他坐在三楼的大凉台上，看着小女儿那辆车发呆，想着从前一到周末，家门前就豪车云集让邻居艳羡的日子。尤其是那一年，他和老伴要上北京，因为首都限号，和孩子们商量着坐哪辆车去，大儿子马可夫张扬地说："那好办，我公司里有豪车三四辆，上网查一下哪个号让进京，我就给你派哪辆车。"儿媳妇也说："咱家车多，哪个也限制不住咱，每天换一辆车也没问题。"暗地里和嫂子不太对眼的马可丽看不上嫂子那张狂劲，妩媚地看了一眼她给离了婚的妹子引进门的当时还是市委副秘书长的秦山雨，对方立刻会意，马上从自己专车的后备厢里拿出了公安、武警、军分区还有驻地部队的好几套车牌以及成套的手续，说："坐我的车去吧，叫司机换上牌照即可，而且还不用交高速公路费用，不用怕违章。"一下子把富豪马可夫两口子给镇住了。马可夫只得认输，讪讪地对妹夫说："还是你厉害！兄弟，给我弄一套怎么样？买也可，花多少钱也行。"

秦山雨淡淡地说："我负责联系军警、公安部门，为了工作方便而已，对了，我还有一套上校军装呢。老兄，好多东西不是用钱能买来的啊！"

马可丽谄媚地撇着嘴，看着嫂子说："就是！对了，秘书长，往前要八一了，我们报社想报道一下驻军军营沸腾的生活，他们级别高，不愿意接待我们记者，你给联系一下啊。"说着凑到秦山雨面前，轻轻地摘掉了他头发上的一片树叶，四目相对，脉脉含情。小妹马可美没心没肺地说："你们看呐，大姨子和妹夫对上眼了啊！哥哥你也别生气，咱们家是要钱有钱要权又有权，在河海数这个。"说着伸出大拇指，得意地笑着。

对于孩子们的斗嘴，马雨辰从来不在意，反而觉得家庭生机勃勃的很兴旺，也跟着笑着说："对，咱们家是各个方面都有人啊！"只有在一旁正拿着仪器给花浇水分析花盆土壤结构的女农艺师马可华狠狠地瞪了他们一眼，这个从来在家里不受待见、从小跟着保姆长大、不爱说话、脸上总挂着一副旧社会表情的家庭成员转脸掉下了一颗委屈的眼泪。旁边的小板凳上，放着她随时研读的一本佛经。

此时，就在马雨辰预感到政治风向正在变化但庆幸自己家族在河海各方面都有人、没有办不到的事的时候，却不知各方面都遇到了问题。

六　八项规定从哪些方面做起

老书记的预测非常准确，金剑北接到通知去河海市委报到。他按照老书记的嘱咐换掉了路虎越野大吉普，临走前，开着新买的本田小飞度到了智障禅师精心设计的老书记墓前。那座墓造型别致，四周栽满了按照五行八卦太极图定位的苍松翠柏，据说是头顶朱雀、脚踏北斗七星。金剑北先恭恭敬敬地按照旧式传统行礼，行的是真正的三叩九拜之礼，每下跪一次，都要双手合十往空作揖三次、磕三个头，而后献上了自己用红辣椒、黄玉米、紫花苜蓿草、豌豆花精心编织的代表老书记一生所爱的花篮。想起老书记临终前和他合唱《国歌》的情景，他低声唱起了《毛主席窗前一盏灯》："毛主席窗前一盏灯，春夏秋冬夜长明，伟大的领袖灯前坐，铺开祖国锦绣前程……"墓碑上镶嵌的，是金剑北精心挑选的那年徐波在桃州挽着裤腿、戴着草帽，和农民一起挥汗如雨在谷子地里锄草的大照片。看着照片，金剑北想着老书记那晚跟他说目前党的干部的五个背离时沉痛的表情："人啊，尤其是共产党人，首先是要自律啊，管不了别人是没本事，如果管不了自己那是没出息啊！小金啊，根据你和你们那批提前离岗的小老干部斗败郭铁生那帮侵吞集体资产蛀虫的事，我想，你再去上班，很可能是参与中央八项规定下发后的打老虎、拍苍蝇的工作。打铁还得本身硬啊，自己身上的毛病要尽快地改一改啊！"

金剑北虽然一生放荡不羁，但对老书记的话从来是句句照办不走样。酒换成了普通老白干，烟还原成了"红塔山"，把原来村委会买的茅台、五粮液，大中华、精南京都放了起来。原来这些烟、酒专门预备着给上级来人招待用，可近来省、市、县来人少了，来了不吃饭的人多了，借口开车、身体不好等理由不喝酒、抽烟的人多了，这样倒是为村里省下来不少钱。金剑北平时好开个玩笑、说话撩个骚的做派也刻意收敛了不少，尤其是跟一些他一直拒绝、但却一直忽悠拽着他当顾问向他不停开口要利益却不给劳务费乱七八糟的企业保持了一定距离。不要说金剑北不缺钱，企业办事不给钱，就是企业真给，金剑北也不敢接啊。

自己虽然暂时脱离了机关一阵子,虽然一直嘻嘻哈哈跟群众打成一片,但骨子里金剑北还是拎得清的:

从情义上,情义得对着情义讲,他对他的一帮老工友、对一帮志同道合的人,哪怕刀山火海,也情义为先;对商人也不是不能为友,但奸商难交心。他爱交人、爱帮人,但离开机关这一阵,见到了过去不曾见的一些企业家的另一面——过去那些求他、用他、巴结他的,现在是办成就开心、办不成就翻脸,说句难听点儿的,变脸比射精还快。对那些只要结果、不择手段、随时变脸、时刻踩着法律的警戒线,尤其是办事时专门派出来什么话都敢说、什么酒都敢喝、什么床都敢上的名片上印着副总、秘书实则是女公关来公关的小老板,金剑北心里一直刻意保持着一定距离——挣起不义之财来,连亲王老子都能翻脸不认的,还能认谁?

从组织纪律上,金剑北一直坚守党员该有的戒律底线,对有利益相求的保持警惕,一旦涉及有悖法律、良心的,坚决不做逾规之举、不交危险之人。过去为了招商引资,他常周旋于企业,免不了和有些别有用心的企业派出的小姑娘、老姑娘喝喝酒、唱唱歌、跳跳贴面舞,有时也主动叫她们出来陪陪酒、买买单,但深入生活却从不深入实际,既不交情也不交心。金剑北也交女性朋友,但从不交这些人。为了生存而妥协和为了物欲而出卖是有区别的,后者眼里没有娇羞、没有底线,写着直勾勾、赤裸裸的欲望。她们为了满足自身的虚荣,求财若渴,他对这些人避之不及,这些人一贱二脏。

被人利用了傻乐呵一阵子,被人陷害了就会毁了一辈子。非常时期,必须防止非常手段,无心之举防止被有心之人做了文章,着了别人的道。

前几天,金剑北碰到了一个原来在县里管过教育的副县长、后来栽倒在一个女教师身上被贬为科长的家伙。那家伙在县里工作时,教师节节目联欢,一个叫"小溪"的民办院校短发女教师在台上唱歌时不断地向坐在前排的他抛媚眼,后来生拉硬拽把他拉到台上,逼着他合唱《心雨》二重唱,表演时故意和他靠得很近,用手勾他的手心。再之后撩扯他去一个叫什么"河海热线"的聊天室,给他频发照片,有时竟还发裸照,说一些令人脸红心跳的淫荡话,晚上常跑到他宿舍里献媚撩骚,贱兮兮地坐在他怀里要他办这办那。一来二去,两人勾搭成奸。有一段时间那个女教师因为和多人的狂放作风问题被当事人的家属找到学校闹得待不下去,磨着他非要去南方当记者,逼着他找他在南京大报当总编的同学安排工作，后来又要去当地电视台，让他跟台长打招呼。南京的工作因为她改了主意没去成，当地电视台倒是去成了，却因为业务不行、人品不行整天被一帮记者欺负，只好灰溜溜跑回来，后来又借他的力承包了学校的建设工程从中中饱私囊。东窗事发后，那女人翻脸不认人，说是他勾搭的她。这个家伙一下声名狼藉，背了处分不说，还被降级免职，在机关大院里混得人不人、鬼不鬼的。他对金剑北哭诉时，后悔得顿首跺脚，一把鼻涕一把泪，说了很多细节，说自己一直都是被设计的。

　　他说了很多，金剑北一点儿也没可怜他。这个叫小溪的女人，金剑北也认识，过去还被她纠缠过，很无耻地暗示她自己是名副其实的小溪水让他体验。金剑北不搭理她，她死缠乱打地跑到他的QQ空间里去，看到正常的工作留言也跟着留言莫名其妙争风吃醋。当时有两个媒体约他的一个讲话稿要在报上发表，她在下面说了很多不该说的话，还说两个媒体争稿，他这个人还挺吃香的，闹得精明的媒体人看出端倪。他厌烦得几次三番地切断跟她的联系，微信拉黑、QQ拉黑，她就一而再、再而三锲而不舍地加回来。有一次，他发贺卡，邮件错发给她，她兴奋地又回信又打电话，让他一定保持联系。这个民办学校的女老师得知金剑北偏好蓝色，QQ头像讨好地换成脖子上围了蓝丝巾低头顺眉的样子，金剑北看着这个不知耻的女人头像像得了颈椎病似的抬不起头、歪着脖子缠着仿若蓝绷带的做作样，脑海里蹦出八个字：东施效颦，不伦不类；当时就厌烦得不行，连带着自己偏爱的蓝色也不觉得喜爱了，觉得这个人一是玷污了教师这么神圣的职业，是教师界的耻辱；二是玷污了蓝色这么圣洁的颜色，硬是把蓝丝巾这么轻灵的物件作践成妓女招嫖的绢帕一类的工具；三是玷污了小溪这么欢快的自然界馈赠，女性同胞都因她而蒙羞。

　　同样是被诱惑、同样是被纠缠，为什么自己没着道而昔日主管教育的副县长掉进陷阱了呢？金剑北斥责这个至死也不知悔改既不长眼也不知耻的科长说："篱笆没扎牢，还怨恨猪狗进来吗？这样的女人你都敢沾，你是缺心眼吗？你以为她看中的是你这个人，其实看中的不是你的身份和权力吗？"

　　身边一个个活生生的类似从副县长到科长一撸到底的案例，让金剑北不由自主地暗暗赞叹：中央看似平常的一招厉害啊，文件字字击中了要害，规定切断了一切歪门邪道，也就是智障禅师所说的罩门啊。过去潜规则的潜不了了，藏在暗处的藏不住了，有问题的被揪出来了，金剑北赞叹的同时把中央的规定自觉地转化为心中的清规戒律，戒财、戒"色"、戒不义之"友"，为返回官场做足了准备。

八项规定改变着中国，春江水暖鸭先知，金凤未动蝉先觉……正天马行空地想着，烟瘾袭来，金剑北赶紧去兜里掏，拿出的却是一个瘪瘪的烟盒。抽烟的人有一个毛病，瘾头上来之后，恨不得马上到手。还好后备厢里有他的侄子金马驹用报纸包好的几条"红塔山"，他拿到手后正要撕开，眼睛却被一张省报四版副刊上老友、原河海市委办公厅主任孙乃夫写的字数不多的一篇散文吸引住了。

为"诸事不顺"喝彩

年届花甲，离开工作岗位，度过最初的凄惶和孤寂，淡定思考后，想自己一生与文字为伴，对文学情有独钟，回忆40多年来种地、从军、从政、为文的经历，如晴川历历，感悟、感慨甚多，不自觉地做起感悟人生的散文来，逐渐在市报、省报和几个专门做心灵鸡汤的杂志上发表了几十篇文章，没想到反映甚好。于是，政坛沉寂了几年的我在文学界有了点儿小名气，各个社会领域里的老友联系又多了起来，许多人邀请到他那儿餐叙。深知自己是在野之人，工作时间别人也不便，便拣国庆长假，慢悠悠地驾车前往，一一叙过旧情之后，很自然地谈到了各自的工作、事业以及前程。

首先聚会的是过去跟着我写材料的几个小兄弟，地点在一个中等饭店。寒暄过后，其中一个业务水平不高却总想升到县处级的人说："老领导，你在位的时候把我提成了正科，如今4年了，老上不去，心里着急啊！我也到省里找了一些关系，和一把手挂上了钩，但去了之后送他东西不收，送钱他都给退回来了。唉，不顺啊！"他刚说完，饭店女老板进来敬酒说："你不顺，谁顺啊？自从八项规定出来以后，我这饭店光赔了。各单位不互相请了，企业请客也少了，三十多个雅间每天只有五六桌，不赔才怪。这么多服务员、厨师都闲着，辞退吧又怕万一有一天形势好转呢。"大家都安慰了她，谁也没说破逆转是不可能的。

饭局结束后出门时碰到了一个当年在省城开过个人独唱音乐会的女歌手，也算是本地的名人。本人曾在市委简报上给她发过稿子，便打趣说："老妹子最近在哪里发财啊？"她柳眉倒竖说："发什么财啊？去年还跟着北京那些大腕们走穴挣了几万呢，今年一个场也没有了。别说我，那些世界级、国家级的大牌都不行了啊。上边一个令不让搞节庆、不让请明星，一下全完了，不顺啊！我那帮学生都看清了，当歌星来不了大钱了，许多人都退学了。老兄，你说，这日子到什么时候是个头啊？"说完，唉声叹气地走了。尽管50多岁了，她还是在夜风中甩了一下染成金黄色的长发，翘臀扭腰，故意迈出了富有弹性的步伐。

酒后好睡眠。一觉醒来，日上三竿，按照与一做机械加工橡胶产品的老板约定，开车出城到开发区。想到多日不见，过去白吃白喝人家不少，最近稿费颇丰，就停在一家比较高档的礼品店前打算带点东西过去。过去熙熙攘攘的礼品店现在冷冷清清，老板坐在一旁喝茶发呆，两个营业员低头玩微信。此店在市委旁边，本人过去常来，与老板彼此熟识。和商人见面必然先问生意，他连连摆手说："别问这个，烦着呢，不顺，不顺啊！你是知道的，我这里没假货，五粮液、茅台、软中华，都是下边来人给你们大楼上用的，过去哪天不走几箱货啊？自从那个什么规定下来之后，完了，和你们楼上过去提拔干部一样了，不跑不送，基本不动了。"

他不顺，我的路倒是挺顺。装上一盒茶叶，启动车子往南，一马平川，道路宽阔，不到一个小时就到了经济开发区的一家橡胶机械厂，见了老板。此公原来也是公务员，后来因官运不顺，下海办企业，也颇辉煌了几年。他极为迷信数字，车号后面的尾数是"888"，企业的门牌号尾数是"99"，这两者我在位时为他做了贡献；他的办公室当然是自己说了算，没管别的房间排号顺序，在二楼上搞了一个"666"。整个意思大概是坐上车跑业务发发，企业久久，办事顺利吧。

这老兄年轻时也是在机关吃写材料这碗饭的，企业的大门是罗马式建筑，倒是显得雄伟气魄，只是少了往日里拉原料、外运产品时车水马龙的繁华，几个车间里都静悄悄的。看着他的一双熊猫眼我问："昨晚上没睡好吧？"他苦笑了一声说："何止是昨晚，有好长一段时间睡不好了，尤其是半夜，我看着悬在空中无根无垠的月亮，就有一种随时坠落的感觉。唉，不顺啊！过去跑个业务、上个项目，给有关人员吃点儿、喝点儿、送点儿就都办了，现在可好，他们吃喝玩不敢出来了，送礼也不要了，可是事也没人给你办了。国家搞了个经济升级版，京津冀治理雾霾，咱这种低端制造业的产品也不好销了。我也知道需要升级换代，也想通过挂靠个国家大企业或者是大的科研院所上个新项目，可难呐，你得去各个部门去跑啊。现在人都胆小了，家里不让去，请客不出来，到办公室去了人家态度倒是挺好，客客气气的，但就是打着官腔不办事啊。看来今年我是流年不利，不顺啊！"我只得尽自己对政策的理解，说这是新常态下的情况，随着国家审批权力的逐步下放，企业只要抓住新技术的制高点，慢慢会转型升级成功的。

他这才凑合着喝了几杯酒，但不是很尽兴。

傍晚到休闲广场遛弯，遇到几个老干部闲谈，其中一个说："这一段时间我心里很痛快，八项规定改变着中国，揪出了这么多贪官，吃喝浪费遏制住了，习近平这两下子行！"旁边的几个摊贩也说："俺们也很痛快，工商税务不敢随便罚款了，办个手续也不吃拿卡要了，警察、城管也不耍横了，买卖好做了。"

我们为他们的"诸事不顺"喝彩，更要为老百姓的痛快喝彩！

说实在的，这篇文章写得不是很有文采，但很朴实。孙乃夫不是在柳枫的建议下去了市委成立的重大决策咨询委员会吗，怎么闲起来了呢？金剑北小心翼翼地把报纸叠起来，放进口袋里，点燃一支烟，开车向河海奔去。

看到金剑北安排的小饭馆、门前停的飞度车、掏出的"红塔山"，吴阿杜、谈丽萍、魏正义还有冒险者李俊都有点儿发愣。金剑北根本不管这个，照例和大家说了一通久别重逢的话，打了一圈酒，还弹了李俊一个脑瓜崩，然后安静下来等着大家说话。

精神有些萎靡的谈丽萍说："金哥，你也太瞧不起我了啊！虽然说在那个什么规定下我的饭店不景气了，但请你吃顿好饭还是没问题的啊！你们说也怪了，过去下那么多文件都没能管住人们那张贪吃的嘴，怎么这次就管事了呢？海参、鲍鱼在冰箱里放了好几个月了，就是不走货。豪华包间过去抢不上，现在没人用，一个月净赔十来万！这是谁的事啊，真想告他们去。"

李俊打趣说："告谁去呀？大形势就是这样，你是狗咬月亮，无处下嘴。"谈丽萍啐了他一口说："滚一边去，酒鬼！"

看着这几年来腰身越来越粗、肚子开始和乳房一争高低、很少读书看报、已经显出了一副蠢样的小师妹，金剑北莫名有了厌恶感，虎起脸来说："住嘴！你懂什么！"吓得她不言声了。

不吸烟的吴阿杜摆弄着金剑北的烟盒说："兄弟，对吸烟我不反对，我的主张是抽好一点儿，抽少一点儿。我知道你回来上班，村里的高薪不能拿了，机关的工资又不是很多，但我们是企业，招待的烟酒还没有被限制，一个月供你几条中华还是没问题的。"

魏正义看着金剑北停在门外的车也在一旁说："把我的迈腾换给你吧，这车开着也忒寒碜了点儿。"金剑北含笑坚决地一一拒绝了。

只有颇有兴趣地玩弄着杯里老白干酒的孙乃夫笑呵呵地说:"众位错矣！金主任此次重出江湖，必有重任。要揽瓷器活，必先练就金刚钻啊！"

金剑北哈哈大笑说:"知我者，老夫子也！到底是读过大学的人啊，和咱们这些土鳖不一样啊。快说说，你不是在咨询委员会干得好好的吗，怎么忽然闲起来当起文人来了？"

孙乃夫抿了一口酒，慢悠悠地说:"还是按你说的，话说天下大势吧。咱们市里的事就和公社化时期搞水利建设挖沟修渠一样，张书记挖，李书记填，王书记来了不知怎么办。自从博士书记走了之后，"大森林"书记来了，那家伙特强势，市长又是个小年轻，基本一切都是他说了算。这个重大决策老干部咨询委员会他也没说撤，可是重大事情都不跟你通报了，开党政联席会也不让参加了，我们根据市委公开的工作部署搞了几个调研报告，送上去也如泥牛入海无消息了。没多久，给我们服务的那几个年轻的干部也以搞大拆迁的名义被抽调走了，配备的一辆车趴窝了也不给钱修，办公经费也停了。咱们的刘老市长到书记楼上找了一次，让秘书客客气气地挡了驾，说书记很忙，以后一定去登门拜访。可整整一个月，只听楼梯响，不见人下来。你说，不散还等着什么？"

"现在呢？文件还发给你们吗？"金剑北问。

"文件倒是照发，中央的、省委的、市委的，还有各市县、各局处的一点儿都不少，都在办公室堆着呢。可这不也因为刚调整了市委班子嘛。刘鸣弦书记刚来几个月，人倒是稳稳当当的，还没看出什么来，倒是从北京空降来的女纪委书记西岭雪像个干实事的人。风风火火地抓反腐，揪出了几个贪官，组织了专门的工作队——我看是侦缉队——配备了自拍神器，侦骑四出，明察暗访。不按时上下班的、吃拿卡要的、大吃大喝大办红白事的，让她抓了不少。下手狠，抓一个处理一个，纪委的通报几乎每周一期。大宫县的一个组织部长因为超标车没及时更换，让她抓个正着，报市委研究后当场免职。"

谈丽萍说:"对，就是这个小娘儿们！她那个便衣队三天上我的酒店里两次，抓住了好几个局长、处长，好多人都不敢去了。"

一生都在河海、当了好几年大企业的老总、对世事体会更深的吴阿杜说:"西岭雪毕竟缺乏历练啊，她抓的也就是小鱼小虾，河海真正的大老虎她还没抓着，也不好抓啊！"

魏正义说:"河海真正的大老虎是市委副书记秦山雨，他暗地支持的山土建材集团和霸占河海低端餐饮业的惠能集团，这一切均和马家大院的马大小姐联系在一起。"

　　金剑北的眉头皱了一下，若有所思地点了点头。散场后，金剑北跟着孙乃夫去了他的办公室，抱回一大摞文件回到宿舍，如同在沙漠里行走的干渴的旅人进了绿洲见到了甘泉，如饥似渴地读了起来。尤其是十八大以来的中央、省委、市委的红头文件和主要领导的讲话，他几乎一字不漏地吃了进去，对于市委办、纪委、组织部、宣传部等重要部门的上报、下发和同级参考的信息看得特别认真，顺便浏览了一下其他部门和各市县去年的工作总结及今年的计划打算和完成进度。他发现了三个特点：一是市委书记刘鸣弦的讲话特别简短；二是副书记秦山雨的讲话中反腐的调门很高；三是纪委书记西岭雪的讲话短促、有力，显示出一种急躁情绪，就像一头雪豹，牙尖爪利，就是找不到猎物下口，急得在山崖间团团转，还像一个在深山里按照武林秘籍练就了一身超人武功的高手，手拿上古神器却苦苦找不到对手一样。

七　如何听懂上级的弦外之音

到市委报到的那天，一向自以为熟悉官场规律、料事如神的金剑北大跌眼镜。原来金剑北认为，像他这样还有两三年就要退休的干部，在中央的严令下再安排工作是迫不得已、应景的事，也就是到某个单位待遇不变、挂个闲职而已。谁知他到组织部一去，副部长兼干部一处处长立刻热情地起身让座，沏茶递烟。当金剑北问自己要到哪个单位去的时候，副部长满脸堆笑地说："金主任，你的事我可做不了主，部务会也没研究过。你等会儿啊，我打个电话报告一下。"说着拿起海蓝色的内部机要电话拨通了，身体站得笔直，腰微弯，毕恭毕敬地向对方轻声地说了几句，随即说："金主任，刘书记有请，我带你去。"说完他马上打开门，弯腰手往外一伸，做了个请的姿势。等金剑北出门后，他又紧走两步到了前面，迈着小碎步在前边引路。完全是店小二巴结贵宾引到包间的样子，令金剑北大惑不解、深感意外。

市委大楼是好大喜功的"大森林"书记在任时建起来的，21层，象征着21世纪；外表庄严，里面宽阔，双楼道，中间是卫生间和电梯，大厅整洁光滑。尤其是书记、副书记、常委所在的第16层，还铺了吸尘、吸音的地毯，各个屋里的门关得紧紧的，连柔和的电话铃声都听不见，更不用说大声喧哗了，令每一个到这里的人都感到进了一个无比神圣的地方，不由自主地脚步放轻、声音放低。按照几千年来传下以东为上的规矩，掌管六百多万人的市委书记在最东边的房间里办公。

河海新来的市委书记叫刘鸣弦，稍微有点儿文化底蕴的人都能看得出，这人祖辈读过圣贤书。这个名字来自《论语·阳货》中的典故"子之武城，闻弦歌之声"，意思是说子游在武城以礼乐为教，故邑人皆弦歌。后人以"鸣弦"喻指官吏执政有道，百姓生活欢乐。据报社一个懂得易经也采访过刘的记者说，此人有富贵相，内敛而不外露，还算宽阔的脸庞上总挂着一层微笑，虽然不是太真实，却给人一种亲切感。

组织部副部长把金引领到一扇深紫色的门前，轻轻扣，低声唤，慢开门，为二人互相介绍后弓着身子，满脸献媚含笑地倒退而去，几乎无声无息地带上了门。

　　刘鸣弦对处长的表现视而不见，紧紧地握着金剑北的手说："快坐。"说着也没叫秘书，自己动手倒水沏茶。书记不坐，自己岂能随便坐下？金剑北从侧面打量着这位河海的新当家人：中等个头，穿得很整齐，头发黑亮，显然是高级染发剂的作用；眼睛不大也不是很明亮，但很深邃，在眼神深处跳跃着一些灵动的东西，沉稳而精明。在办公桌前方的白墙上，依旧挂有书法作品，但不是大多数人平时挂的以显示自己人品与责任的"厚德载物"，也不像有的人赶时髦挂着"开拓、奋进"来空洞地表态，更没有挂象征着时代印记如毛泽东诗词或是"为人民服务"的条幅，而是挂着用遒劲的隶书写的"天命之谓性，率性之谓道，修道之谓教。道也者，不可须臾离也，可离非道也"。金剑北原来在报社当总编时，在一次出版例会上研究开办一个国学专栏讲孔子的修身学时说了外行话，受到了一个出身北大的老编辑的奚落，之后是在五经四书方面下过功夫的。他知道，眼前这幅书法作品的内容是《中庸》里的原文。

　　刘鸣弦倒完水后，并没有像以往接见下级时那样坐在宽大办公桌后的皮转椅上，而是双手把金剑北按到了沙发上，自己则坐在一旁，顺手把茶杯端了过来。金知道，这可是领导接见下属的最高礼仪了——不是把你当下级，而是当成老朋友了，心里不由得一阵感动。

　　"老金啊，你可是咱市委的老人了啊。"刘鸣弦眼睛深处的火花又开始跳动，说着，把属于金剑北的茶杯往前推了推，金剑北赶紧诚惶诚恐地接过来，主动给对方的茶杯揭开了盖子。

　　书记呵呵笑了一声，继续说："当初我在城固县工作时，你还帮过我一个很大的忙，还没来得及感谢你呐。"

　　金剑北愣住了。

　　"记得那个制种基地吗？"刘鸣弦不紧不慢地微微笑着提示，并顺手给他的杯子里续了一点儿水。

　　哦，想起来了，金的记忆立刻穿越回30年前。

　　金剑北给老书记当秘书的时候，有一天组织部长汇报说，省委组织部要给河海安排一个副县级干部，是邻市宝义地区的一个公社党委书记，叫刘鸣弦。他治理的那个公社3年无群众上访，引起了中央有关部门的注意，在那里开了现场会。中央一个管信访的大员当场对省委的一个领导说，此人应该重用。但宝义的书记是个官场上贼精的人，说自己那里职数满满的，省委领导顺便对旁边省委组织部的一个副部长说，那你们就和河海说一下。徐波是个执行上级指示不走样的人，嗯了一声，看了一下组织部长手里拿的刘鸣弦的简历，是学农的，就说："让他到咱们城固县新建的省级农业开发试验区吧，挂县委常委，也是副县级。"说实在的，一个地级市管十六个县区，加上市直的一百多个部委局，县级干部有上千人，不用说副县级干部，就是不太重要的如党史办、地名办、残联这些单位的一把手，在金剑北这个市委大秘书的脑子里也根本挂不上号，要不是后来发生的那件事，他早就把这个从外地调来的刘鸣弦忘了。

开发试验区设在城固县的东野庄公社，那里的党委书记是金剑北的工友师兄吴阿杜的父亲，整天为了让各个生产大队如何多打粮食发愁。刘鸣弦去了之后，详细调研了那里的土壤性质和氮磷钾含量，通过大学同学的关系向中央农业部良种司争取了一笔玉米制种资金，准备在东野庄搞一个万亩优良品种园地。正当两个人在夜晚星斗下的公社大院里的葡萄架下吃着猪头肉、喝着小酒、算计着资金到了之后能把全公社的粮食产量提高多少时，县政府来了电话，说那笔资金已到了政府财政局的账上，县长董一民决定将制种基地的事缓一缓，先在县城的小广场上搞一个地标性建筑。两人蒙了头，刘鸣弦知道这个姓董的县长是市委管干部的副书记穆昌远的嫡系，在县里连书记他也不放在眼里，自己初来乍到、无根无稍，根本无力和对方抗衡。老公社书记可不认这个，他想起儿子的工友是徐波书记的大秘书，便特意跑了一趟河海，让儿子求金剑北给疏通一下。看到自己应该叫叔叔的老公社书记一脸汗水、一身风尘、一双期待的眼睛，想起当年在东风机械厂文艺宣传队时到城固县演出，十多个人到吴家吃饭，老两口把一个月供应的细粮、肉票都拿出来了，让大家美美地吃了两顿饺子和当地特有的大肉馅馅饼，金剑北沉思了一下说："这件事我一定办，但得等机会。"

很快机会就来了。中央农业委员会通知徐波到相邻的东山省开一个调整种植结构、发展高效农业的座谈会，回来的路上正好路过城固县。金剑北让吴阿杜先回老家，告诉了他书记最爱吃的饭和生活习惯，而后让他依计而行。散会后，金剑北指挥着司机胖刘掌握着速度，为了拖延时间，他还故意装着肚子不好，连续停了两次车去厕所，快到城固县的时候已将近中午，他向徐波提议说："咱们不去县政府了，省得麻烦，到我的老工友家里去吃饺子，原汤化原食。"并说老工友的母亲特会熬汤,煮饺子时里面掺上海鲜小料,很好喝,一下子就抓住了徐波吃饭的兴奋点,徐波欣然同意。吃饭期间,金剑北偷偷给县长董一民打了电话,说书记在此,请他来一趟陪餐。顶头上司在此,县长岂敢怠慢,迅疾而至。在大家吃完三鲜馅饺子,喝着带海鲜味的汤闲聊时,金剑北故意把话题往那万亩优良品种园地上引。吴阿杜的父亲立刻会意,详细汇报了一番。徐波本是学农业出身,这次到东山省开的又是农业座谈会,立刻说,这是一个大好事,城固县要抓紧落实。金剑北立刻说:"董县长,建议你以政府的名义给市政府管农业的市长写个报告,我给协调一下,让市里也出点儿钱。"就这样一个看似无意实际是有意安排的小饭局把董一民打得落花流水,以刘鸣弦的胜利而告终。不过,那天刘鸣弦并没有出席,足见此人心机之深。

忆及往事,金剑北笑着对刘鸣弦说:"你不说我都忘了,那时你用自己的私人关系为地方争取了那么一大笔资金,足见一颗爱民之心啊!"看到刘眼神底下跳动的火花,金剑北不失时机地吹捧了一句。

刘鸣弦说:"也说不上多爱民,升了官总要做点儿事嘛!那是我当了副县级干部以后做的第一件大事,也是遇到的第一个坎,尽管被你解决了,但随着老书记的调走、水三清的到来、穆昌远的弄权,我一看势头不好,还是通过省委的一个关系调走了,到了海沧市当了几年县长、县委书记,市委的副书记、市长,这不又回到河海了。说起来咱们都是河海的老人、老同志了,老同志见面,就不来虚的了,掏心窝子说实话,说说咱河海这盘棋怎么下。"他适时地转了话题。

金剑北深深地感到了对方的沉稳和老辣,在这个时候、这种氛围下,他只有听的份儿。

刘鸣弦也没有让金剑北说的意思,他站起身,望着窗外蓝天丽日下远处漂浮着的几团乌云说:"新一届中央委员会上任后,顺应历史潮流,挽救中国,解人民于苦难,高压反腐,揪出了几只大老虎,确实振奋人心啊,使亿万国人看到了希望。但是,反腐光靠中央不行啊,地方必须有所作为。那些大老虎毕竟离人民太远,尤其是离我们河海的人民更远。你是知道的,我们河海是欠发达地区,那些大老虎的魔爪往这里伸的不多。农民也最讲实际,那些大老虎被抓,只是让他们兴奋了一阵子,并未让他们得到实际利益,只有把他们身边那些小老虎、小狼崽,烦人的专门盯他们血汗的苍蝇、蚊子们打掉,才能给予他们实惠。我们这个地方虽然穷,但是,由于历史的原因、文化的原因、体制的原因,也出了不少贪官污吏。据纪委反映，举报信倒是不少，只是证人难找过硬的仗才难打，黑钱也难找啊。西岭雪同志主张把案件上交，让上级或者是别的市的纪委检察来办案，我没同意。我们穷啊，要把这部分钱留在我们河海，给老百姓干点儿事。这次你的工作安排，我和其他常委议了一下，让你到纪委当正县级检查员或者是纪委副书记，帮助西岭雪同志工作。同时，按照省委的要求，成立了联系群众办公室，我是领导小组组长，你来当主任，也把干部作风抓一下。这些想法在北京开会的时候，我和老书记沟通过，他是支持的。他不是也交给你任务了吗？你有特殊的政治和人缘优势啊！河海目前的情况，我也不多说了，想必你的铁杆工友和你原来在市委工作的铁杆朋友都跟你说了不少，官方的报道、文件简报上的你也看了。其实啊，人在一起搭班子、干工作要做到三解——了解、理解、谅解。首先是要互相了解，只要了解对方基本素质不错，是好人，有良知，人之初、性本善就可以了。再就是互相理解，人在官场，在社会上，都要遇到来自不同方面时常纠结的事，这些事左右着每个人每天、每个阶段的情绪；鸡狗猪猫还有发情闹脾气的时候呐，何况人呢？所以在理解的基础上，发生了个别问题时谅解就容易了。

"另外，我一直在想，河海的干部大多数都是泥腿子出身，混到这一步也不容易。他们对本地的情况吃得透，抓本地特色的经济发展也内行，也做了不少工作，我也不愿意把他们一棍子都打死，还是要按毛主席说的'惩前毖后，治病救人'，当然除个别人以外。民间有个说法：把乡级以上的干部全部抓起来有冤枉的，隔一个抓一个有漏网的。这个说法有点儿道理，但也很偏激；都换了不现实，再说换上来的也不一定比他们强，起码抓经济的生瓜蛋子多，也不利于河海的发展。我的意思是，能不能找一条这样的路子，既让他们把黑钱交出来造福百姓又让他们别都到监狱里吃窝头咸菜。毕竟十到这一步不容易啊，每个人的后面都是一大家子人和一堆亲戚啊！当然，该给的处分还是要给的，首恶也必须严惩不贷。

"我也五十多了，在河海可能是最后一站了，别看我的头发这么黑，其实都是染的。"

刘鸣弦说完，有滋有味地端起茶杯品起茶来，似乎是在等待着金剑北的反应，但看他闲适的表情，又好像没有等。

屋里静得很，金剑北的脑子急速地旋转着，判断、理解、归纳刘鸣弦这个城府很深的书记说出这番话的真实含义。看似直白的语言里面藏着很多机锋，平铺直叙的谈话中信息的蕴藏量很大。尽管自己才来河海没两天，但行动显然是在市委书记的掌控之下。应该说，刘鸣弦是个成熟的政治人物，和老书记有着一种默契的关系，或许还有点儿别的交情。也很可能老书记把马家大院的事也托付给他了，他接了，没全接，接了之后不准备直接办，转手交给了自己。同时他也表明了作为书记的态度：执行中央的决策没问题，但不愿把所有的干部都弄进牢房，更重要的是不想把他们贪污河海的钱弄到外地去，要用来给河海的老百姓造福。他骨子里儒家思想的根基很深，中庸之道很可能是他的人生信条。虽然表白了河海是自己的最后一站，但显然是不真实的。官场是一条不归路，只要走上去了，必然勇往直前。他年龄在55～57岁之间，如果不出什么意外，明年省里换届，上半步，虽然去不了省委、省政府，到省人大、省政协弄个副职还是很有可能的。进入国家高级干部行列，医疗、住房一生无忧，那是在基层为官一生最理想的境界。回过头来，自己的定位又是什么呢，怎么实现老书记和现任书记的嘱托和要求呢？金剑北理了一下思路，正要开口，门被轻柔有节奏地敲响了。一个长发披肩，明眸皓齿，眼波流转，目光深处闪动着机警、威严和狡黠的四十来岁的女人走了进来，手里拿着一叠信件。刘鸣弦介绍说："这是我们新来的河海市委常委、纪委书记西岭雪同志，这位是原河海日报社社长兼总编辑金剑北同志。"金剑北自然赶紧站了起来，西岭雪伸手跟他握了一下。二人目光对视，金剑北是沉稳尊重，而她却露出了一点儿调皮与狡黠。

  西岭雪是个很开朗的女人，也许早知道了他的任命，在金剑北面前毫不顾忌，扬着手里的信件说："你看，举报山土集团和惠能总公司的信越来越多。"

  金剑北知道自己该走了，立即起身告辞。刘鸣弦也没留他，转身对西岭雪说："我这里也有几封，你先看看。"说着把金剑北送出了门。正当二人握手告别时，对面的一扇门打开了，市委副书记秦山雨正送马可丽出来。看到一把手，秦山雨立刻把贪婪、淫欲的目光从渐行渐远的女人扭动的臀部收回，换上了一脸灿烂，对书记微笑着说："刘书记在送客人啊。"刘鸣弦把金剑北介绍给他以后就回屋了，秦山雨的笑容马上不见了，表情也转换成了冷冰冰的冬天，习惯性地把白框眼镜往上推了一下，摸了一下鼻子下边，两手下垂在肚脐以下，以军人的习惯交叉站定，拒绝了握手，似笑非笑地说："老将出马，一个顶俩啊！其实，都这个岁数了，还不如到树底下坐着看蚂蚁搬家呢。"

八　班子配备要注意哪几个要素

　　市委副书记秦山雨有个习惯，不管白天黑夜，办公室的窗帘都拉得严严的，在偌大的办公桌上的一盏台灯下办公，常常把自己闹得不知道是白天还是夜晚，司机也不知道该什么时候把车开到楼前等着他。

　　他做事是讲究感觉的。这几个月来，他总的感觉就是别扭，尽管今天中午把大姨子马可丽叫来在里屋的休息室里发泄了一通，在登上巅峰的时候感到很痛快，但是下来之后还是觉得心中块垒未消。十八大之后，他感觉到了寒意、怯意、退意，更多的是不得意，是50岁之后最不得意的阶段。时也，命也！他相信命运，更相信奋斗和人与人之间的互相算计。尽管他的家乡离窦尔敦做过皇帝的地方不远，据说自己祖上还在那个短命的皇宫里做过侍卫，但到了他父亲这一辈，就穷透了气。不止兄弟们多，连土改时分的三间土房在一个大雨天倒了之后再没盖起来，几十年一直借房子住。只要村里哪个孤老死了，他爹就领着他们兄弟三个拼命往前凑，挖坟、抬棺材、搭灵棚、盘锅台、挑水抢着干，一来为了混个肚子圆，二来给死者的远亲近邻磕头，哀求着借房住。只要他家的人走在街上，人们就会说是死人房里出来的。那年他在县城上高中，一个女同学暑假时来看他，在村口打听他家在哪儿，一个在大槐树下纳鞋底的老太太把扁扁的嘴一撇，轻蔑地说："在死人房住。我看你挺好的一个大闺女，找那穷鬼干什么？""死人房"和"鬼"这几个字把那个姑娘吓了回去，使他也失去了初恋时懵懵懂懂的爱情。家里人多，吃是最大的事，他从小就知道了偷和储存。那时家家都是土墙头，村民们冬天蒸了干粮都是放在厨房的大缸里。他手巧，会配钥匙，加上村里都是老式锁头，他晚上翻墙过去，悄悄打开锁，偷几个干粮就走，从不多拿，主人即使发现了，也就骂几声猫和老鼠。他一晚上走几家，收获颇多。但他并不拿回家，而是藏在一个谁也不敢去的据说是闹过鬼的破房子里，在家里喝完稀粥后，跑到那里独自享用。有时明明够吃好几天了，他还要去偷，就是为了看着高兴，就像他现在看存折一样。他从小就立下了目标，发迹后一定要盖一处村里最好的房子，盖过所有人，存多多的钱。

人间的事有时还真按着想的去发展。秦山雨高中没毕业就辍学回家，正赶上征兵。也许是祖上当过皇宫侍卫的原因，他们村去了十个人，就他一个身体合格。闷罐子车把他带到了四川阿坝藏族羌族自治州。那时上过高中的人还比较少，他被一个首长选中当了警卫员。首长早年读过大学，对知识情有独钟，平时闲暇时最爱读书，自然也影响和督促了警卫员。那年恢复高考，在首长的鼓励下他走进考场，对部队战士的加分使他居然上了一个不错的大学。临走时他到被服仓库里偷了一套四个兜的军官服，常年穿在身上，很有点鹤立鸡群的样子，引起了许多农村去的女生的热捧。4年后，他随一个叫云中燕的女同学来到了河海。云中燕的父亲原来在河海下面的桃李县一个村干了二十多年的支部书记，她也当了二十多年的公主。后来云父被人整下台，云中燕看中秦山雨是因为他在部队就是党员、班干部，认定他将来一定能当大官，只要他管住家乡那个县，就能把父亲扶上台；可秦山雨去的是党史办，干了3年多，不见多大出息。那年代大学生还是天之骄子，云中燕看到和他们一起分配的人有的去了组织部、纪委或者是政府办，很快当了科长、副科长；有的虽然没当上官，但部门重要，到下边县很受地方领导的重视，给家乡办点儿事也很容易。唯独这个破党史办，按她的话说，"一点儿屁用没有"。她对当时住邻居的也是他们那个学校毕业的工农兵学员马可丽说："我一看见别人升官能办事就对秦山雨恨得牙根疼。"马可丽当时也对自己的窝囊老公不满，说："就是！别看我们家那个在市委研究室，那还是我们家老爷子通过关系弄进去的，可屁材料也不会写，给领导写讲话让秘书长删得就剩下3个字'同志们'，丢人现眼啊，说不定哪一天一脚蹬了他。"马可丽说的是气话，云中燕可是真话。她是教师，不久就和一个经常坐着公车来接孩子的下边县里的副县长勾搭上了，拿着菜刀逼散了对方的家庭，和秦山雨一刀两断。中间虽然为此精神分裂治疗了一段时间，但总算如愿了。

俗话说，情场失意，官场得意。从省委党史办来了一个领导到河海挂职副书记，给他配秘书时他说从对口单位找一个吧。党史办大都是老头子，就秦山雨一人年轻，还有学历，非他莫属，秦山雨自然进了市委办。那个副书记挂职时人缘不错，上边也有人，快两年时就走了。机关有个不成文的规矩，就是领导临走时会把秘书、司机安排一下，秦就被安排到了团市委当了副书记。共青团的干部更新快，秦山雨刚过30岁，就到县里当了副书记，这时他才感觉到给挂职副书记当秘书是人生多么重要的一步。有了权,自然也就有了钱,他对升到省委的老领导逢年过节不断地去拜望,老领导也就不断地为他说话,他也一路蹿红,县长、书记一路干了上来。随着那个老领导一路被提拔到了中央某部门,他也就先成了河海主管城建的副市长,随后成了河海的市委副书记。

秦山雨在柳林当县委副书记时管招商引资,看准了一个叫马萧萧的老板。马萧萧在家乡因为成分高、家族小,在村里总受气,一气之下跑到海滨城市做石雕、开歌舞厅赚大钱。秦山雨在那个海边和马萧萧喝了3天酒,许诺给他家改成分,给他受过处分的老爹平反,把马萧萧拉回家乡投资,给他划了一大块地,办起了石雕厂,并提拔他当了副乡长兼任马所在村的支部书记;命令党群和政府部门都给马萧萧发奖状、锦旗,妇联会发热爱儿童奖,共青团发关爱青年创业奖,武装部发民兵建设奖,连地名办也要给其发勘察奖,使马家原来光秃秃的墙上挂满了各种奇形怪状的奖状和旗子。这还不算,每逢过年过节,秦山雨除了带着乡党委书记、乡长和各局的头头到马家拜年外,还让小学生给马家敲锣打鼓地送对联,把马萧萧捧得整天找不着北,认为祖辈从他起大翻身了,家里的祖坟冒了青烟了。尤其是秦山雨带的一大溜车队停到他家门口时,马萧萧心里特别神气,站在门口大声招呼,让全村羡慕不已,高兴得马家老太太没事就坐在街上吹嘘。马萧萧说,他这一辈子的恩人就是秦书记,自己要肝脑涂地报答。马除了把自己的企业做大外,当然私下里少不了秦山雨的好处。就是那一年,秦山雨回到了自己的老村,马萧萧开来了建筑队,盖起了三进大院的"山雨乐园";也是那一年,柳林县的招商引资任务完成得最好,县委领导分包的企业中秦山雨的成绩最大,市委考察过后,因他的成绩盖过了县长,被提拔成了县委书记。事后有人问经验,他在喝了几杯酒后说:"人嘛,就怕尊重,中国人最爱面子,最喜欢别人捧着,再说,那些奖状、锦旗都是虚的,又不值钱,发给谁不是发?做官嘛,就是要会耍、会玩人。"

在人们盼着他在经济上狠抓一下时,他的打法又变了,把杂事交给县长,专门管干部。那时有句俚语:"群众要想富,少生孩子多栽树;领导要想富,调整班子动干部。"他的办法是不断到各局调研,到各乡镇视察,不辞劳苦地和各单位的一二把手以及班子成员单独谈话,互相之间谈的什么谁都不知道,但每个人从他那里出来都笑嘻嘻的。每季度他都要开一次干部思想、能力、政绩分析会,充分发挥了自己学哲学的优势,形式逻辑和辩证逻辑结合得天衣无缝,把干部分成思考型、奋进型、冲动型、守旧型、懒惰型等,讲领导班子配备要注重年龄结构、知识结构、性格结构、专业结构、地域结构,正当人们听得天花乱坠的时候,他又一下把话题拉回现实,让各局、各乡镇单位一把手和全体领导干部开展自我对照和讨论,对照自己是哪个类型的干部,自己班子的结构是否合理,目前在自己的岗位上是否能发挥才能,班子需不需要调整,每个人有什么想法都可以找他谈,总之,目的只有一个:在一起快快乐乐工作,共同完成党交给的任务。尽管说得冠冕堂皇,但明白人一琢磨就知道,秦书记要动干部了,而且是经常动,要想升迁,就得常上他那里走动。

  秦书记的办公室是两明一暗,外面两间办公,里面是卧室,和其他的书记是一样的。但有两个地方不一样,一是巨大的办公桌前有一个往外开的抽屉。二是在卧室和办公室相隔的墙上有一块巨大的特殊玻璃,从外面看,是一幅平常的风景画,但从里面看,能把外面的一切都看得清清楚楚。他对来送礼者也有个原则:不要烟酒、不要古玩、不要支票、不要购物卡,只收现金。收的方式也很特别,看到对方有送礼的意思,他几句话后就借口去里面的卫生间方便,装模作样找卫生纸把对着来人的办公桌往外开的抽屉拉开,自己抽身进里屋,通过特殊玻璃看着外面。如果对方把钱放进去了又关上了抽屉,他就会装着系腰带若无其事地走出来说:"××同志啊,每个人做的工作县委心里都是有数的,不会埋没人才的。"然后示意对方离开。既没有录像,也没有录音,干干净净,不会留下一点儿把柄。如果对方没关上抽屉,他就会严肃地批评一番,义正词严地让人把钱拿走。遇到这种情况,即使有录像录音也不怕,出来的只能是他廉洁清正的形象。基层干部都是人精,没有几个不关上抽屉的,只有个别傻蛋才会遭到他的批评。基层干部都是本县人,有同学、同村、亲戚关系的很多,也保不住秘密,酒喝大了的时候,经验也就互相交流了。久而久之,那个县就传出了顺口溜:"秦山雨,一大怪,办公桌抽屉往外开。大镜子是监视器,看你会不会关抽屉。会关的,升官发财有朝气;不会的,跑跑颠颠没出息。"

  秦山雨想,那个年月真是好啊,简直是人生的黄金时代啊!虽然自己是一个小小七品顶戴,可统领一方土地,管辖上百万人,出门视察警车开道,到处是献媚的笑脸。到京城、进大都市、去海边,下属都会提前安排五星以上的豪华酒店,让他尽情潇洒。和市委、省委不在一起,看见的管不着,管着的看不见,做皇帝也就如此吧?每次周末回家,他都把整捆的现金装在一个小衣服箱子里,进门之后，把箱子往沙发上一扔，跷起二郎腿，对着从小跟着干娘长大、在马家不吃香的低眉顺眼的二婚妻马可华说："收起来吧，这是咱一个礼拜的收成。"当然，有的钱也是不给她的。这个面色沉静，走路、做事像猫一样温婉可人，蜂肩细腰的女人拿来拖鞋给他换上，把睡衣搭在沙发扶手上，把他一个星期的旧衣服扔到全自动洗衣机里，把钱放到小偷都不容易找到的地方，然后悄悄地到洗浴间放上水，在他洗澡的时候，把烟灰缸和大中华烟以及打火机搁在床头柜上。

　　她从来不与他同浴，哪怕做了多年夫妻洗澡也总是一个人。他也弄不清什么原因，反正不耽误使用，也就不去想了。据那个情到深处不管什么都往外讲的马可丽说，她爹马雨辰一直认为她这个妹妹是她母亲大彩年轻时在外偷情所生。从外表看她和可美都是中等个儿，胖乎乎的，唯独这个可华细腰长腿、皮肤细白，跟她们不同的还有从小就爱哭，而且哭得倔强，不屈不挠。当时还在华黄县，中午吃饭不知道为了什么她又哭了起来，急着睡午觉的马雨辰把她抱起来，一下扔到柴房里锁上门说："让她哭，谁也不准管她。"她竟然哭了一个下午。那时家里孩子多，雇了个保姆。可华因为父母不亲、姥姥不爱，就跟保姆睡，保姆回家探亲她就哭，保姆只得带她回老家。可华后来当知青下乡时到的是保姆那个村，倔强的她竟然瞒着全家和保姆的儿子结了婚。马雨辰怒不可遏，但毕竟名义上是马家的闺女，岂能让她羞辱门风？便会同当地的公社干部，对那个农村老太太和小伙子威逼利诱，硬生生地拆散了那段姻缘，把可华弄到了农学院做了工农兵学员。她毕业后分到了农科所，除了那个短暂婚史30多岁了一直未再嫁。秦山雨当团委副书记时，正是马家要盖小别墅的时候，早已和他有了苟且行为的马可丽做媒，老机关马雨辰也看出了这个岁数年轻的副县级干部的政治前途，况且是二婚对二婚，谁也不吃亏，便欣然同意了。马可华在姐姐的劝说和父亲的高压下就是不表态。秦山雨那时在机关混得有些小政客模样了，又是知识分子，对马可丽说："你甭管了，周日你把她约出来就行了。"秦山雨开出了团委唯一的一辆上海牌轿车，拉着马可华到了她插队的地方，在老保姆家住了一夜，回来后两个人就结了婚。他自此搬出了狭窄的两室一厅，得到了一处好房子住，之后她为他生了个儿子，他将儿子送到了省城的贵族学校。这么多年就这么过下来了，她也不管他，对他和她姐姐的事似乎不知道似乎也知道，但心中唯一热情都放在儿子和干娘一家身上。他回来了好好伺候，除了管管儿子，对他尽到了义务。至于他在她身上得到什么乐趣，是不是和姐姐或者是其他什么女人比较也懒得想，想也没用，而秦山雨要的正是这种状态，得意得很。

　　当上县委书记才是秦山雨得意的开始，更得意的还在后边。没几年，他成了河海管城建的副市长。在视察全城做未来城市规划时，他一眼就看上了城东的红土岗丘陵。城建局的老工程师介绍说，这片是河海这种沙土地居多的地方不多见的红土性质的岗子，是做建筑材料的好地方。说者无心，整天想着弄钱升官的他听了以后却记在了心里，立刻命令他在柳林县搞小建筑队的弟弟秦山土撤出他任过职的县，以极少的钱承包了这个土岗子；名义上是搞景观树育苗，其实也就是移栽了几棵南方的枫香树围住了红土岗，用红荆棵子和洋槐枝子做围墙，里面建起了三十二个门的大转盘窑。挖土机轰轰隆隆，制砖机马达轰鸣，摔坯子声此起彼伏，炉火熊熊、浓烟滚滚，烧出的砖四角平，硬邦邦。主管城建的副市长弟弟开砖厂卖砖，建筑企业岂敢不要？按经常咧着嘴、露着黄板牙的秦山土说法是，每天赚一辆桑塔纳轿车。后来国家有令，不让生产黏土砖了，那个红土岗也让他们挖得差不多了，便留下了一座小窑，继续供给农村盖房户，其余的大坑用推土机一平，做起了水泥预制件和搅拌站，再一次垄断了河海建筑业的主要材料供应。

　　秦山雨在他们村里死人房里住的时候，晚上经常对露着星星的屋顶琢磨，人生在世，其实就是吃、住、行。他是经常到大饭店吃喝的人，每逢坐着车看到围绕在宾馆门口众多的小吃摊就琢磨，慢慢心里有了主意。那时占领河海低端餐饮业的是由原来国有蔬菜公司经理张惠能领办的惠能集团，利用的是原来遍布全城的国有蔬菜店，小门市和小吃摊遍布了大街小巷，获利颇丰，最大的优势是花钱少，不像那些大饭店有欠账的，都是现售现给钱。秦山雨算了一笔账，河海市区60万人约有一半的人到街上吃早餐，每人花五块钱惠能集团就能赚一块钱，这样每天就可以赚到三四十万元；这可是块肥肉，自己得想办法吃一口。正好省里来了文件，要开展创建文明卫生城活动，他一声令下，城管、公安、卫生、监督四支大檐帽队伍如野狼一样涌向街头，小吃摊被赶了干干净净，小门市也以有碍观瞻为由用花花绿绿的标语牌遮挡起来了。惠能集团的生意一落千丈，每天倒赔几万元。张惠能也不是吃干饭的，他琢磨着，以往也搞文明城市建设，顶多就是让他的小吃摊把小车子擦干净，白布帘多洗两遍，怎么这个秦市长来了之后把自己往绝路上逼呢？他找到了经常到他的一个麻辣龙虾小馆子白吃的报社记者马可丽。马可丽收了他一个大红包，掂了一兜新鲜的龙虾走了。3天后，她带来了秦山雨中专毕业的妹妹秦山花，言明山花做他的副总兼财务部主任，自己做他企业的文化顾问，自己的报酬是每月一万元并参加年底分红。他同意，明天全部开业；不同意，呵呵，就不说了。张惠能屈服了，但他也不是吃素的，后面有了秦山雨这个大靠山，兼之每年还要给他们家供奉几十万元，只有羊毛出在羊身上了：小粮店卖的小米掺上了黄染料，大米用工业白蜡搅拌擦亮冒充东北五常米，面粉里用上滑石粉，馒头用硫黄熏得雪白，炸油条用尿素。小鱼小虾也不从外地进了，由泼辣的秦山花出面，在金角湖北部最向阳的地方圈了一大块水面，搞起了网箱养鱼、养虾，大批的避孕药和着饲料倒进去，那鱼、那虾、那王八光吃不动，吹气似的往大了长。

对这两个企业，秦山雨既不参股也不出面要钱，全部由马可丽做文化顾问。至于她每年从这两个企业弄来的上百万元是怎么处理的，给不给秦山雨，别看她嘴贱，可这件事却从来没对外说过。

一顺百顺，芝麻开花节节高。穷小子出身的秦山雨越来越觉得钱是个好东西，自己爱，上边也爱。别看有些家伙在主席台上正襟危坐，口若悬河地讲改革开放、讲廉洁清正，见了钱也是两眼冒绿光，一副贪婪相。只要送得得当，一样给办事。过去他攀上了省委组织部长，平时也不大去，只要听说对方要出国或是到外地考察，他就去买一个能盛大约100万元人民币的意大利名牌小衣箱前去拜访，轻描淡写地说："听说首长要出门，我这里闲着个小箱子，密码锁，还带着小滑轮，出去方便。"放下就走。送了几个衣箱后，他成了河海主管干部的副书记。"大森林"书记来了之后，那家伙不是个善茬子，提拔任命干部拿着干部名册往上画对号，然后让组织部研究通过。开始他忍了，两批干部研究之后他没收成，烦了，和组织部长一嘀咕，对划对号的干部考察时不是民意测验不过关就是有这样那样的问题。部务会总是通不过，"大森林"书记也不傻，有一天卜班后，屈尊到了他的宿舍，开门见山地进行谈判，说："咱们都是在一口锅里吃饭，你吃肉，也得让别人喝点儿汤。"最后两人达成了协议，各单位正职和重要单位的副职由一把手说了算，副职归秦山雨提名。他的收成又多了起来，还是在柳林具的老办法，抽屉往外开。不过，市委大楼是统一装修的，不能安特殊镜子，就在隐蔽的天花板上安了一个摄像头，监控画面在他里屋的床头上，只有他和大姨子马可丽知道。

不顺是从刘鸣弦来了之后开始的。研究提拔干部刘鸣弦自己也不做主，而是在常委会上公开征集大家的意见，并说管人和管事结合，要多听主管某项工作的常委、副市长的推荐人选，还搞在全国还没有全部实行的什么市委全体委员投票制度，挡了自己收钱的路。更可恨的是从北京空降了一个纪委书记西岭雪，提出不管谁提出的干部人选，纪委要先查一查有没有告状信，还要先行调查，只要群众有反映，实行一票否决。这个建议居然让刘鸣弦肯定并采用了，让他好生气恼。

这个女纪委书记模样长得不错，尤其是那一口纯正的京味口音很让人着迷，可说出的话很不中听，厉害得很。初见面时，他说："好名字啊，窗含西岭千秋雪啊，象征着洁白纯洁啊。"对方说："我这西岭指的是喜马拉雅，那里最纯洁了。你是秦山雨雾灰蒙蒙啊，是受了污染的。"他不舒服了，开始带刺了，说："书记大概是复姓西门吧，这西门在历史上，尤其是宋代很出名的啊。"西岭雪知道他说的是《水浒传》和《金瓶梅》里的西门庆，马上说："战国时代更出名啊，西门豹治邺就是制住了那些搜刮人民钱财的神婆巫汉，其实也是当地的贪官污吏的代表，相当于当今中央提出的老虎和苍蝇。"她说这话的时候，脸上虽然挂着嘲讽和有点调皮的微笑，但两只眼睛雪亮，似乎能刺穿人的五脏六腑，把他打得败下阵来。后来在一次反腐联席会议上，当着不少的常委、副市长、公检法的三长和众多的局长，在刘鸣弦传达了中央和省委的文件后，她说："由于某些政策的偏颇，各行各业总有一部分人不再忠诚于自己的职守，操守失贞，商人不像商人，整天西服革履，频繁出入于各个机关，更像干部；干部不像干部，繁忙地奔走于各个企业，穿针引线、承揽工程、倒卖批文，和老板出入酒楼歌厅按摩房，猜拳行令、一拍即合、勾搭成奸，更像商人；警察不像警察，斜穿衣、歪戴帽、吃拿卡要，更像强盗；小偷盗贼，衣冠楚楚，出入某些官员养外房的私宅，明偷暗抢、敲诈勒索，出入平安，无人报案，更像文明执法的警察……凡此种种，不一一列举。总之，就是这些不在自己的岗位上恪尽职守，离位、越位、胡乱蹦跶的害群之马搅乱了天下，动摇了党的执政基础。我们纪委作为维护党的纪律的工具，就是要举起铁榔头，把那些不自觉归位者、乱政害民者敲碎、打死。"说着，她还攥紧了拳头，"砰"的一声砸在了桌子上，举座皆惊。

这小娘儿们真是自己的克星。秦山雨想到这里，把皮转椅向后移动一下，双脚搭在写字台上，咳一声重重地叹了一口气。正在这时，那部登记时不是自己的名字但时刻带在身上轻易不不响的手机响了起来，弟弟秦山土急切地说："哥，不好了！砖窑塌了，砸死人了！"每临大事有静气是秦山雨多年在官场上练出来的功夫，他沉声问："怎么死的？"对方说："那个老砖窑年久失修，烧好的砖急着往外出，上面一浇水，冷热对激，就塌了。"山土毕竟是建筑专科学校毕业的，说得很清楚。秦山雨问死了几个人，哪里的民工，山土说死了四个，四川阿坝的。秦山雨的脑子里急速地搜索着国家有关事故伤人的规定，指示说按死亡两个处理上报。对方说可是是四个人啊，安全部门是要来验尸的啊。他说："你亲自干，用8号铅丝把两个人脸对脸拧在一起，装在两个黑塑料袋里，别的部门我打招呼。"

九　怎么团结身边的人一起做事

金剑北的办公室也在16楼，和西岭雪书记的办公室是隔壁，两人的关系已经亲密无间了。那天，他刚在行政处几个人的配合下安好电脑，摆好文件，翻看了每天由专门的机要局的人送来的各种简报，似乎是长期在沙漠里跋涉的骆驼回到了绿洲，吃上了嫩草，喝上了甘泉，心里非常充实，正在打算着下一步工作的时候，一阵清脆的高跟鞋敲击着地面的声音由远而近，门被轻轻推开了。西岭雪笑意盈盈地说："真是德高邻不孤啊。我说这两天来16楼的人怎么多起来了呢，原来是旁边有贤邻啊，特来拜会。"金剑北赶紧起身，恭敬让座，嘴里不卑不亢地说："岭雪书记快请坐！我有何德何能让书记亲自来啊，我应该主动去汇报才对。"西岭雪笑意更浓，脸上再次露出了调皮和狡黠说："老金，金大侠！别装了，你不觉得难受吗？那个省里的柳枫当时要是听你的，我的小外甥都得好几岁了，害得我姐现在还是孤身一人。你们河海的男人啊，就是缺乏担当精神！"

"你，你是……"金剑北虽然有点儿明白，但还是有些猝不及防，有些结巴地问道。西岭雪开朗地笑着说："告诉你，王嫣然是我大姨家的大表姐，明白了吗？你那金家墩王国的发展，这几年嫣然表姐没少帮你，你也得好好帮帮我。小女子孤身出京闯河海，单枪匹马挑战吊睛白额大虫，虽有金牌护腰，但也是深感力单身薄啊！"怀旧的情怀，感恩的心，立刻使金剑北豪气冲天，肥厚的曾经做过锻工的坚硬双手立即握住了对方柔软但是很骨感的手。

此后，二人秘谈多次。后来，在列席了几次常委会，参加了几次基本路线教育会、反腐联席会，和办公厅的几个老弟兄促膝长谈之后，金剑北才知道当初在一股豪气下跟西岭雪说的那些大话兑现起来有多难，金剑北恨不得抽自己两个嘴巴。

那天他在9楼的市委办公厅转悠，看到专门给领导写讲话、整天加班加点的综合一处竟是悠闲状态，有的在看新闻，有的在摆弄着报纸。综合处的女处长张海霞一边翻着电脑的网页一边哼着付笛声和任静的《知心爱人》，显示出新婚后的甜蜜。看到金剑北惊异的神色，她说自从鸣弦书记来了之后，综合处从地狱回到了天堂，加班到半夜不回家的日子一去不复返了，而且讲话稿也短小多了。刘书记第一次在群众路线基本教育大会上的讲话，张海霞按照老路子分成提高认识、全党参与、分清责任、强化考核、加强领导五部分共写了一万多字，尤其是提高认识部分，因为是新工作，她写得特别透彻，占的篇幅也多。刘鸣弦看了一眼，拿起笔把第一部分画了个方框，连续好几页都删掉了，并说："关于这项工作的意义，文件上、领导的讲话上、《人民日报》的社论上、数不清的杂志上，还有那些党校的、社科院的教授们都讲得够多了，我再讲也说不过人家，白浪费大家的时间。咱就根据咱们河海市的实际说说怎么干就行了。别穿鞋，不用戴帽，实实在在地弄几条就行了。"结果，原来计划开三个小时的会议，不到一个小时就散会了。

  隔壁的办公厅副主任姬北华迈着悠闲的步子，叼着一支烟凑过来说："刘书记是个举重若轻的人，从基层上来的，是办实事的干部，可惜，历史的惯性太大了。"随即把金剑北拉到了自己的办公室，让金剑北看看自己的书法练习。铺着毛毡的宣纸上写着两句他擅自改动的唐诗"两岸猿声啼不住，轻舟难过万重山"，问其何以然时，他说："老主任，当年你从党校把我调进市委办，已经经过了六任市委书记啊，除了老书记徐波、东方晨书记，有谁真正为河海办过实事呢？刘鸣弦也应该算是准备办实事的一个，不过，没有自己的圈子、自己的队伍，很难做成啊。"金剑北知道他是个良禽择木而栖的人，便学着他的学究语调说，已遇英主，何不投而从之？姬北华说谈何容易啊，他指着隔壁办公厅主任彭殿格说："这家伙的家乡和魏忠贤的老家离得很近，祖上可能也是太监出身，原来和秦山雨搭过班子，是秦推荐上来的，特会伺候人，也特会踩人。让王小二在长白山设了黑猪肉、蘑菇、粉条采购站，还请来了哈尔滨的厨师，大炖菜比宜春本地的还地道，征服了"大森林"的胃。像我这样只会填方格的人早就被边缘化了。你不知道吧，在"大森林"书记时代，我这个管综合的主任竟然见不到书记，每份材料咋写都是由王小二来传达。综合处几次都写不好，总挨批。我看不过去了，去找"大森林"书记，进屋后，王小二正好在，我说，自古以来，大臣见不到皇帝，永远写不好诏书。虽然太监极其聪明，但因文化底蕴和责任的不同，传达得再全面，也有挂一漏万的时候，何况还心怀鬼胎，有意让别人在领导眼里落个坏印象呢？当时，说得彭殿格和那个王小二面红耳赤，本人扬长而去。所以，新书记来了之后，我持同样态度，到现在刘书记还不一定认识我呢。"金剑北当即就答应他跟自己去群联办，当面给刘鸣弦打了电话，两人因此成了一个战壕的战友，说话自然也敞开了许多。姬北华尽自己所知，把这几年河海的情况和自己的观察以及对各派政治力量的分布分析了一番。

金剑北越分析、越琢磨，越觉得自己像当年的山西军阀阎锡山在抗战初期一样，是在三个鸡蛋上跳舞，不过不是在共产党、蒋介石和日本人的三个鸡蛋上跳舞，而是在老书记的嘱托、刘鸣弦的政治取向、西岭雪疾恶如仇的政治抱负上闪转腾移，但总的方向是一致的，就是让和马家大院有丝丝缕缕亲戚关系的一伙腐败集团份子归位，但归位的方式却大相径庭：老书记的意思是说，在让他们归位的过程中有所照顾，不要让老表哥和他的后代家破人亡；刘书记的意愿是走中庸之道的路子，惩前毖后，治病救人，自己的事情自己解决，最不愿让钱跑到外地去。为此，昨天晚上，刘书记还带着他到了被"大森林"书记搞表面文章、原东风机械厂街面上豪华大楼后面的工人宿舍。老工友史大个子、田翠翠等人还住在上世纪70年代建筑的平房里，坑洼不平的小巷里污水横流，昏暗的电灯闪着鬼火，露天厕所臭味熏天。田翠翠蹬着小三轮捡来了垃圾，她八十多岁的老娘正在用旧报纸引燃碎木头做饭，烟熏火燎下，一双老眼红红地流着泪。

刘鸣弦无可奈何地苦笑着说："这是我前任留下来的，看前面像到了东京的银座，看后面是上世纪30年代的贫民窟，一步之遥两重天啊！但也不能怨他啊，我们就是这样，一走两清账。你来当这个市委书记，就好像旧社会买卖破了产你来包股一样，就这一堆一块，好也得接、赖也得接过来啊。你看，大门堵住了，车辆进不来，地域狭小，开发商是不会进来的。搞城市化建设、改造提升市民的生活品味光靠市场化运作、经营城市是不行的，还是需要政府往里投钱。如果我们不是通过税收增加收入，或者是有人自动捐出一笔钱来，那多好！"他指着远处高达二十多层的用霓虹灯打出的惠能大厦说，"你说，这么一个大厦，起码也得值几个亿吧？得改造多少这样的贫民窟啊。"说完，还意味深长地看了他一眼。不过，政治家就是政治家，看到金剑北有些为难的样子，刘书记又说："当然，你的群联办也不要按上边的套路走，还是要解决群众的当务之急的好。临时单位嘛，你也可以多抽些人过来。"在书记的默许下，他抽调了魏正义和孙乃夫的人做了各个处室的负责人，并发展了一批群众联络员，把智障禅师和他的一些伙伴也网罗了进来。

上次反腐联席会议后,他和西岭雪对群众反映最多的惠能集团、山土集团、秦山雨以及建设局付立柱的告状信和初步调查的结果细细地分析了一遍。对于张惠能,他是了解的。此人原来也是东风机械厂的,大个子,很有把子力气,刚进厂时组织学徒工到战备砖窑里出砖,别人一次背十五块,他背三十块,给厂长留下了很好的印象,分配工种时被分去开天车。有一次,急着吊大件,高压线上的变压器出了毛病,电工不在,张惠能发挥从小爬树偷枣的特长,噌噌地上去修好了,正好被来督促生产进度的市工业局的局长看到了,用那个年代毛主席的语言表扬他说:"这个小伙子有一不怕苦、二不怕死的精神,值得培养。"人的命运就是这样,尤其是那个时候的年轻人,在极端政治高压的年代里,往往因为一个大领导的一句话而改变命运。年底,张惠能成了工业学大庆先进工作者,被推荐去了培养年轻干部的系统党校。在那里,他认识了一个商业局局长,不久就调到了饮食服务公司,并当了副经理。这期间,金剑北与他没什么联系,都是一个工厂出来的,偶尔见个面也就是笑骂两句。两人原来都是翻砂班的,班上没有一个女性,粗野惯了,开口就把对方家里的女性和上两代挂在嘴上。具体深刻的接触是金剑北到报社当了副总编后在李俊组织的一次车间工友聚会上,聚会地点是在东风机械厂旁边的一个叫"好再来"的小饭店。那天大家坐定之后,还空着两个座位,李俊说:"他妈的张惠能当了官了,盛不开这个狗日的了,每次都他娘的晚来。你看,这小子来了。"金剑北往外一看,是他来了。只见张惠能伸着长颈鹿一般的脖子,宽大的身体走起来东摇西晃,两只胳膊大幅度地摆动着,好像走廊盛不开他的样子。李俊开口就骂:"晃他娘的什么晃,小心晃洒了油。"原来的木型工董良说:"这小子是副经理,管着好几百人,该人家晃哩。不过,再怎么晃,也是小辈。"嘴里虽然这么说着、骂着,但脸上还是显出了羡慕巴结的神情。张惠能看到金剑北也在,先是愣了一下,然后大刺刺地坐在了主位上,说:"你们几个小兔崽子,半辈子才混了个小工人,董良你才是个班长,李俊你小子才到农机站当了个股长,有什么资格骂你大爷?"随着看了金剑北一眼,又说,"昨天我去强枣县了,和县委书记高晨喝酒了,那老小子把我灌得不轻,每次我去了他都亲自陪着我喝。你们懂什么,井里的蛤蟆见过多大天啊!"金剑北接过话头说:"今天是咱们工友聚会,你和县委书记喝酒关这里屁事啊?"张惠能说:"你认识那个县委书记吗?"金剑北说:"不认识,那么大官我哪能接触上啊。"张说:"你胡说,你小子原来是书记的秘书,现在是报社的副总编,能不认识县委书记？"金剑北说："你他妈咋呼啥啊，不就是个副科级干部吗？市委办公厅接电话的都比你大，你算个蛋啊！告诉你，如果一个级别算一辈的话，你这副科和我这正县差三辈，应该叫我爷爷，在座都是你爷爷，你得分清谁是大爷、二爷、三爷！"张惠能立即转了话头说："你认识武理工吗？现在是平利的县委书记，是我一担挑，孩子他姨夫，是市委的后备干部，很有希望升到副厅。我看你这个正县级干部也到头了，何况还是副职按正县待遇的虚职。"金剑北立刻说："他升官与你何干？他媳妇又不是你媳妇，你媳妇也不是他媳妇，不过这俩娘儿们是姐妹而已，你能和他通用啊，那不乱伦了吗？"说得大家哈哈大笑。张惠能很羞恼，最后说："我一定比你小子有钱，当你富大爷。"平时金剑北不来参加这种聚餐时，张惠能总充大尾巴鹰，这次让金剑北折了翅膀，大家觉得痛快无比，齐声说："我们早就是你大爷了。"

  还别说，这小子后来还真发了。他的饮食摊点主要集中在繁荣街两侧，除了原来的菜店以外，大部分租的是几个机关的靠街平房，因为有房租所以利润不是很大。后来他和秦山雨搭上线后，秦副市长以扩充街道为名，以市政府的名义下了个文件，让繁荣街所有机关把临街的平房都拆掉，后退30米。这些机关都是吃财政饭的单位，头头们也犯不上给上级找别扭，当然按文件照办。谁知拆除后，并没有人来整修路面，空旷了半年之后，张惠能突然拉来了一支建筑队伍，土地使用证、规划证、开工证齐全，在原来的地址上盖起了一溜轻钢结构的小二层楼房，公用地变成了私人财产，房子变成了张惠能自己的，有的往外租，有的卖，有的自己用，收入提高了一大截。再加上他加工外卖的商品掺假售假、以次充好，自然是日进斗金。

  明眼人都看得出，张惠能发财的路是秦山雨铺就的，依着秦山雨的个性，从来不会让谁平白无故地挣大钱，张惠能也不可能不给他送钱，但是据调查，两个人平时来往并不多，张惠能的钱是怎么送给秦山雨的，又是通过什么渠道送的呢？

  山土集团也是这样。没有秦山雨，就没有他弟弟在红土岗的砖窑和建筑预制构件厂。按秦山雨自私贪婪的性格，里面不会没有他的利益。据外界传，他兄弟俩的关系并不好，马可丽对外人说："别看秦山土赚那么多钱，也是个不懂事的玩意儿，春节上我妹夫家去，就带了半爿猪肉和几桶花生油。你们说，我们家还缺这个啊？让我妹妹可华给扔了出去，连门都没让进。"

  可这些都是真的吗，是不是她放出的烟幕弹啊？在研究与秦山雨有关的案子的时候，西岭雪咬着碳素笔杆说："马可丽不是这两个公司的文化顾问吗，很可能她是收钱的媒介。十来年了，按照理论数字，秦山雨收的钱最少也有上千万了，这笔钱的流向也值得研究，马家大院的大公子马可夫的工厂也值得研究、怀疑。"

纪委书记一下说出了马家大院的两个人，金剑北有些坐不住了，说："马可夫的企业现在可是资不抵债了，秦山雨会往里投钱吗？我听说，马可夫还算个技术型的企业家，当年是基于对机电厂的吕吉水侵吞国有资产不满，才拉出一帮工友另起炉灶搞矿山设备的。"

西岭雪神情严肃地说："不尽然啊！据说前年他进过几台价值不菲的高精尖的机械设备，按他厂里生产煤矿用的卷扬机和支撑锚杆产品是根本用不着的。"

"那是干什么用的？大概是为了以后的产品升级换代做准备吧。"金剑北说。

"不是，那时他的产品正热销，河海的企业家也没有这么高的站位，没有生产一代、储存一代、研发一代的战略定位，就是有，也得先说产品，不会进那么高级的设备。老金，我只能告诉你一点点儿，那些设备可以制造武器。"西岭雪果断地卡住了话头。

金剑北脊梁上冒出了汗水，心脏像受到了冷水刺激一样抽搐了几下。他不敢往下想了，难道小小的河海竟与社会上暗暗传播的前年省城的一个刺杀大案相连？

西岭雪也没有让他想，迅疾地布置了下一步工作：群众路线教育与打老虎、拍苍蝇同时进行，对秦山雨暗暗调查，正面和河海一姐马可丽交锋；对直接危害群众利益的事和各级官员在新常态下懒政、怠政不作为的现象给予严厉整治。违反中央八项规定的检查由纪委巡视组负责，对秦山雨的调查和马可丽的接触由她和金剑北配合，做好预案，争取一举突破。

谁知这个决定在第二天的联席会议上就遭到了反对。领导小组成员、组织部副部长赵宏说："群众路线教育是中央和省委经过精心策划后安排的，有明确步骤，不能随便搞自选动作。还是从学习开始，一步一步来，别的事应该暂时放一放。另外，要充分认识到，我们的干部绝大多数还是好的，是有爱民、亲民、为民意识和行动的，我们河海改革开放的大好形势是广大干部做出了极大的努力取得的。"发言显示出了组织部门干部的中规中矩，又符合了他一贯冠冕堂皇的油滑，都是正确、空虚、无用却让别人挑不出毛病的废话。其实他的意思还是很明白的，就是一切暂缓，好让某些人做好一定的准备。西岭雪也不是吃素的，她随即说："赵副部长的意见有一定道理，谁也不能否定改革开放的成果，但是，资产阶级糟粕在相当长的历史时期中必然存在的客观事实，其于各种人群中不断化生并将其改造的特质，决定了不可能以毕其功于一役的方式将其消灭，而只能在与其共处的过程中对其进行驾驭调控。对资产阶级糟粕的驾驭，本质上是对其所代表的资本逻辑的驾驭。就是要将驾驭打击和改造相结合，任何一种形式都是为目的而存在，民为本，让民感到切身舒服的体验是我们教育活动的最终目标。"高屋建瓴的针锋相对，使平时只会琢磨人、看提拔谁能得到多少好处、不学无术的赵宏张口结舌。

在两个人争论的时候，姬北华悄悄地对金剑北说，此人是秦山雨嫡系，在这个领导小组里是祸害，最好把他赶出庙堂。金剑北想，领导小组是市委定的，虽然西岭雪是主管，是常委，但随便把一个组织部副部长清出去也不是件容易的事，只有用非正常手段来完成。他看到西岭雪干净、整洁的样子，想到下午刘书记也会来参加会议，此公也是一个注重仪表、讲究环境的人，联想到智障禅师曾说的一个秘方，金剑北叫来秘书处管会议室的小刘，如此这般地布置了一番。

下午开会时，小刘特意往赵宏的茶杯里放了东西，把他的座位调得挨着书记和西岭雪。开会没到10分钟，赵宏的肚子便开始虚空地咕噜着叫起来，连忙去了厕所，蹲下之后却未大便，只是虚空地排除了一连串的废气。他大便规律得很，早晨已经排完，今天中午又是在家吃的，也没吃什么特殊的东西，不知道是怎么回事。和书记在一起开会时缺席是大不敬的事，赵宏赶紧回到座位上。但是，随即肠子里又跑开了马，一串串气泡后浪推前浪，争着找出口，他只得悄悄地嵌起屁股，让它们毫无声息地跑出来。但声音可以隐蔽，味道却瞒不住，受害的首先是挨他最近的刘书记和西岭雪，西岭雪不断地皱眉头，拿出手帕纸装擦脸捂鼻子，刘鸣弦起初还忍着，后来也受不了了。不过书记就是书记，他从提包里翻出一份组织部不知道什么时候报的一个文件，低声对赵宏说："你去把这个文件再改一下，马上去，我等着看。"一下就把他赶出了会场，西岭雪回报一笑。

散会时，刘鸣弦说，这个赵宏身体是不是有什么毛病啊，大庭广众之下做这种不雅之事，素质差了点儿。西岭雪趁机说，反正和他在一起挺别扭的。金剑北在旁边说，毒气熏天的，别是有什么传染病，还是让他离领导远点儿好。做了大官的人更注意自己的身体保养，尤其是看到一个年轻女子跟着遭罪，刘鸣弦当场拍板说，那就叫组织部再换个人吧。事后，姬北华问那天下午的原因，金告诉他："智障和尚行走江湖多了，得到了许多民间奇妙的方子，其中一个就是取江河水或者是老人口水边的泡沫晒干,加进少许胡椒粉拌匀,拿出一点儿来加入他人的茶酒中,饮后立即放屁连连,但对身体无碍。闲聊时听着新奇,就从庙里拿了一点儿,想不到用上了。"过了几天,三人在一起研究工作时,姬北华忍不住把这件事讲了出来,西岭雪乐不可支,笑弯了腰指着金剑北说:"你啊,你这个老金啊,真是个嘎人啊,按我们家乡话说就是坏小子一个啊!"金剑北不慌不忙地说:"这也叫用民间智慧整治刁民吧。河海是农民城市、熟人社会,许多干部是在外上了几年学的农民,共产主义信念不是很坚定,对党的信仰、党员的责任嘴上讲得不少,但骨子里还是农民,最相信的还是农民传统文化的东西多,所以,挖贪官、打老虎、拍苍蝇,你在政治上保持高压、讲政策、讲纪律的同时,我用民间的智慧从旁助你一臂之力,抓住人性的弱点。咱们双管齐下,攻下他们设置的层层障碍,打碎他们的关系网、假面具,尽快还河海人民一片晴朗的天。"

西岭雪默然应允。

十　打虎也需靠地方

　　黑金矿山机械设备总公司经理马可夫感到自己陷入了深深的危机。连续几个月了，他白天没精神、夜晚睡不着，一过夜半，便坐在办公室伸出去的宽大阳台上看月亮。夜半的月亮高挂在无垠的太空，四周的天空幽然空洞，他现在觉得自己就像它一样，虚空得很，没有任何保险措施地飘浮在天空，虽看起来光华明亮，但正如在它的幽辉下或恣意欢乐或想入非非或思绪万千的许多人一样，说不定什么时候就会坠入无边的深渊。他轻轻叹了一口气，自言自语："诸事不顺啊！"

　　当年机电厂改制，厂长吕吉水勾结情妇、厂财务科长水淼淼用厂里用来给职工盖宿舍楼的土地抵押给银行，得了一大批贷款，独家买断了股权。作为副厂长的他气愤不过，与他们大吵了一架后，带着几个技术好的兄弟愤愤然出走，在老爹的运作下，到新建的开发区要了一块地，制造煤矿生产用的卷扬机和锚杆立柱。世道不平钱做马，愁城欲破酒为军，不尽财源滚滚来。那时真是风光啊，名车豪驾好几辆，酒楼饭店任潇洒。可花无百日红，人没三年顺，国家治雾霾，西山省煤炭压产整顿，大批货款不归，新的订单稀少，账上的钱越来越少，银行贷款到期，小额贷款债主逼债日紧。上个月他亲自出马，到了西山省的眉山市，找一个曾经得了他的大钱、在一起嫖过娼的局长，对方一看他的手机号，马上说在外地出差。他不信那个鬼，把宝马车停在路边，放下两个手机用路旁的公用电话拨通了对方办公室的座机，约其吃饭。那个局长连连拒绝，并低声下气地哀求说："兄弟，饶了我吧！风声太紧啊，我欠你的今后一定还。"还没等他说话，便匆匆挂断了。

　　富贵的生活习惯难以改变，职工的工资还得发。总想着有一天可以想出一个天上掉金元宝的良策妙法，看到手机上不断发来的国策培训班、销售策划大师、成功学等培训总裁的课程，这些让你一夜之间转变思路便可赚到黄金万两的信息，马可夫也偷偷地交了天价的学费听课，被忽悠得天地清凉，满脑子新词，一时间似乎找到了上千条企业脱困的路子。但下课之后仔细想想，依然是夜里想了千条路，早晨还得卖豆腐。直到今年春天他在机场航站楼遇到一个当年大学的老师，讲了自己的苦恼后，那个准备飞到大洋彼岸给闺女看孩子的老教授说："中国的乱象要结束了，再靠不三不四手段发财的事别想了。你堂堂一个受过高等教育的大学生，怎么会相信那些打着科学的幌子瞎忽悠的人啊！什么成功学啊、销售多少招啊，那都是骗人的。给别人讲发财的人，自己可能一辈子是穷光蛋；给别人讲如何升官的人，自己一生可能连个科长都混不上；给别人算命、指点迷津的人，几十年还在路边拿一个马扎，对着一本麻衣相术书在尘土里讨生活。企业嘛，还是要靠自己实实在在的产品打开市场。简单的低附加值的加工业已经走到了尽头，任何工业革命的开端都是技术材料领头，唯一的出路就是上一些高科技项目，起码要业内领先、国内没有，迅速占领市场。"临上飞机前，老教授给了他一个在中科院做物理化学所主任的老同学的电话号码，说可以上那里找个好项目。他按图索骥，见到了一个白发苍苍的老太太，对方说手里有一项低温纳米技术正在进入中试阶段，可先期投资，而后五五分成，总款项6000多万。他拿着这项技术的有关资料，辗转询问了多家科研单位，都说老教授所言不虚。但是，6000万哪里来又成了问题。他的副手曾经多次暗示他说，楼下的人防地下室里有几台好设备可以抵押或者卖掉，他都摇了摇头坚决否定了。那是他大妹马可丽和秦山雨弄来的，他可不想沾那个边。

　　记得两年前，马可丽开着一台不知道从哪里弄来的越野宝马车到了他的企业，后边还跟着一辆警车。从宝马车下来了市委副书记秦山雨和一名穿便装的军人，站着原地不动看风景。开警车的人直接到了马可夫的办公室，两个便衣警察当场往他办公桌上摔出了他在海滨城市嫖娼的一沓照片和海关逃税的发票证据，二话不说就要抓人、带走。双方正在僵持，秦山雨和马可丽不失时机地进来了。马可丽说情，秦山雨拍板，警察才暂时放了他一马，条件是征用他的地下人防工程，做一项保密试验，如同意，免征一年的所得税和印花税。他只得点头同意。按照对方的要求，全厂放假3天，夜里门口换了他们派来的人站岗。据一个在后门守夜的老职工说，那几天夜里，好几辆大汽车拉来了油光发亮的精密加工机械。在以后的几个月里，地下防空设备的小铁门换成了厚厚的钢板与混凝土压成的保险门，加上了密码锁。每天有几个人夜里来上班，天明就走，还戴着口罩和大墨镜，谁也没见过他们的真面目，连他们坐的车牌子也用黑纸护着。有时马可夫晚上不回家住在企业，夜深人静的时候，能隐约听到地下机器的轰鸣声，但造的什么谁也不知道。曾听那个在后门守夜的老职工说，有一天他半夜起来撒尿时，隐隐约约地看到一个像大炮的家伙被拉走了。直到现在，那个地下室房门的控制权他们也没交还给他，他也懒得去问。

  月亮并没有掉入深渊，黎明时平平安安地落下去了。马可夫回到屋里似睡非睡地躺了一会儿，揉着发红的眼睛回到家里，看到大门口停着一辆红色的奥迪TT，道是他那个不靠谱的整天换车开的大妹马可丽不知从哪里弄来的。虽然是一母所生，但马可夫对这个妹子实在不敢恭维。她早年仗着老爹的门路，进工厂没几天也没考试就上了一个二流大学的中文系，先被分到报社做记者，后来在秦山雨的运作下，到了一个处级单位办的半死不活的文化报当了个总编。但不好好办报，游走于政界、商界、文化界之间，对着商人吹些从文摘上看来的自己都不甚了解的文化，诸如类似心灵鸡汤的警句、励志的语言、国外偏激的新潮观点；对着政界的小公务员说自己和哪个大老板关系亲密、有多少钱；对有点儿职务的就说自己的哪个同学在中央哪个部门任要职，同学的哪个亲戚是中央首长的老战友；对着文化人说政界的不知是真是假的秘闻逸事。有时还会出卖一点儿小色相，靠唬、蒙、骗、吹胡混了多半生，经常和市委、市政府老领导不成器的公子哥儿混在一起，对外人说自己的父亲也是市委的老干部，和他们是子一辈、父一辈的关系，把外人唬得一愣一愣的。不过，她倒是没少捞钱，也给家里办了不少事。往往是有人托她调个工作，她先说自己和某某局长是哥儿们，但也需要润滑一下；拿了对方的钱后，就去找那个单位主事的人，吹吹自己和市委领导的关系，再发发贱，事也就办了，钱也落进了自己腰包。马可丽一生离了两次婚，第一个是自己搞的。她在市委整党办帮忙时，看上了一个材料写得不错的高个子年轻人，小伙子思想极为西化。1989年闹学潮时，全民思想活跃，他更甚，在一次党小组会上，问一位副书记："当党的利益和群众的利益发生冲突时，党应该如何？"那位副书记说："共产党除了群众的利益没有自己的利益。"狂妄的小伙子看到对方吸烟用的是日本的打火机，马上说："当年如果不打走日本鬼子，中国也脱亚入欧，早就进入现代化了。"引起众人反感。又一次，当地的大学生上街游行，市委严令干部一律不得参与、观看，只有他下楼帮着喊口号。类似这样的行为当然不会被容忍，他也就被判了仕途上的死刑。跟他做了夫妻的势利眼马可丽立刻觉得对方满腹经纶如同败草。马老爷子是在机关混了一辈子的人，自然知道里面的轻重利害，坚决支持把他一脚蹬出门。马可丽留下女儿自己抚养（小姑娘现在在北京一所民办高校读书），后来，马老爷子给马可丽在自己蹲过点的城南县找了过去老房东的儿子，想法把这个大学毕业在一家工厂做技术员的小伙子先是调到了河海人事劳动部门，转手又调进了市委研究室，铺开了一条仕途高升的路。可这个出身农村的小子是学工科的，材料写得稀松不说，思想还特传统。在家当老大，横草不动，油瓶倒了不扶，开始马可丽还因为对方长得帅，可以拉到台面上显摆，因而忍让着，可没想到对方却不忍她。他看不惯她经常中午不回、深夜不归，给她规定了晚上回来的时间。马可丽是野惯了的人，哪里拿这个禁令当回事，3次违规之后，对方就动上了手。一个夏天的夜半，马可丽带着一身酒气和歌厅肮脏的气味开门回来，他正在屋里打电脑游戏，全不顾女人脱光了准备洗澡露出的丰乳肥臀，上去一巴掌把马可丽拍倒在沙发上。这次挨打的结果，据后来马可丽对闺中密友云中燕说："过去写稿子总写某某被打得眼冒金星可不知道是什么感受，次是深深体会到了。""我把你从县城调上来你不知道感恩，住着我的别墅还打我闺女！"马老爷子当然是怒不可遏。因马可夫不愿掺和此事，老爷子从老家叫来几个本家的愣小子，把这个女婿痛打一顿，离婚自然是最好的结局。农村人最讲究的是为自家人出气，出了气也就落下了最大的人情，从此，就有久久不联系的老家人来找马家大院的人了，今天找你安排个工作，明天有个亲戚要调个岗位，后天谁的车被扣了，都理直气壮地找上门来。马老爷子年龄已高，许多事心有余而力不足，别的儿女社交面窄，自然都落到了马可丽头上。离了婚的她没了羁绊，一身轻松，仗着记者的身份与名义上的妹夫秦山雨的关系，登堂入室，游走于市委、市政府各个机关，涉水下河，横行于企业、商场，办这些事倒是绰绰有余。当然，她也没放过这些本家的兄弟姐妹，以润滑关系为名，从中抽成拿钱，放到了只有她和秦山雨知道的一个遥远的地方。

这不，马可丽昨天找交警支队队长厮混了半夜，给老家一个办企业的表兄弟消了20条车辆的违章记录，办了3个驾驶本，拿到了5万元崭新的人民币，搂着睡了个好觉。早晨起来在自己动过美容手术的脸上抹了三遍油，两遍粉，勾了眼影，涂了红，正要开着一个大款老婆借给她的新车去街上显摆，看到哥哥愁眉苦脸的样子后说："有什么发愁的事啊，在河海还有咱家办不了的事吗？"河海有句俗话，叫有病乱投医，溺水的人临死抓住根稻草都当麻绳。马可夫屈尊向妹妹说了当前的处境，马可丽撇了嘴说："不就是缺点儿钱嘛，这还算个事啊？上次山雨去北京，他的一个朋友在中央一个关键部门工作，权力大得很，那些大老板、各个银行的行长都巴结他。听说在北京饭店贵宾楼吃饭，法式大餐，蜗牛都是从里昂空运来的，喝的路易十三，300平方米的椰林厅就他们一桌，还有专门弹琵琶的，弹一曲《步步高》1000元，说是连喝带玩地花了十几万，好几个大老板和银行的高管争着买单。去找他，准能弄着钱，不过，不能让人家请客了。"

当天下午，马可夫狠了狠心，找一个私募小额贷款公司借了200万，拉着马可丽进京了。

与此同时，金剑北开始出手了。

经过省纪委领导同意后，在启动对秦山雨秘密调查的第二天，刘鸣弦再次把金剑北叫到了他的办公室。这次没有了上次的客套，只是在大办公桌后虚虚地挥了一下手，让金剑北坐在对面平时下属汇报工作的小椅子上，神情严肃地说："老金啊，现在反腐已经过了中央揪出几个大老虎、老百姓欢欣鼓舞的时候了，群众要的是实实在在的利益。尤其是咱们河海穷，需要钱来改善人民的生活啊。民间传言说谁谁贪污受贿多少万，关键是要证据啊。当然，反腐要讲政策是对的，你我都是从基层上来的，你相信把某人关在一个地方，给他讲腐败给国家、给党带来的巨大危害，讲党员的责任和操守，讲犯罪后的后果，再咋呼一顿，他就能乖乖就范吗？"刘书记出了一个既不肯定又不否定、既深刻又浅显的漂亮的设问句，直视着金剑北，又似乎不是让他回答，看他摇头又说，"还得运用毛主席的战略战术，以农村包围城市，从基层做起，从周围开始，清理小鱼小虾，一块块地拔出野草，弄出那些明里暗里偷吃民众利益的小猫小狗，断了大老虎的食物链。"刘鸣弦最后说："皇帝不差饿兵。我这里不发钱粮，只给权力，你可以以群联办和纪委的名义调动各个部门的力量。"

"对，砍了蒿棵才能露出狼来，打哭了孩子大人自然就会出来的。刘书记，您请好吧！"金剑北坚决地表了态，回去调兵遣将了。

第一路人马找来了办事精细、曾经协调过政法部门的姬北华。姬北华随即到交警支队找到好友马子超，利用车辆定位系统把河海进京的车辆查了一遍，弄清了马可丽兄妹的去向和活动区域，派出了市委办扎根河海、据说也是高干家庭出身的老知青的后代、在北京读完大学又回到了河海的邱明亮，住进西城区一个宾馆。

第二路人马金剑北找来了自己在报社工作时的下级也是挚友、现在是总编辑的夏青和电视台泼辣的女台长田敏,叫来了魏正义的队伍,如此这般地布置了一番。

第三路人马把从公安局抽来的现为群联办信访处处长曾在部队当过侦察连连长的丁金辉叫来,让他和孙乃夫一起潜入了位于红土岗的山土集团。

最后,金剑北和担任过电业公司总工程师、精通电脑的李涛秘密见了面,密谋了一番,然后把老工友叫到一起,宣布说:"明天是礼拜天,带领大家到盘古山明心寺吃斋拜佛卧谈。"李俊瞪着一双傻傻憨憨的眼睛不解地说:"吃斋念佛咱知道,什么叫卧谈呢?"

经过了两年的休整调理,特别是女儿在柳枫的帮助下已经大学毕业并参加了工作的齐曼已经恢复了当年青春时期的风采:花白的头发焗得黑亮,半高跟的橘红色皮鞋、挺括的天蓝色的制服裤子,雪白的夹克衫半敞着衬着大红色羊绒衫,显出了几分英姿勃勃。她朗声说道:"古人有联榻而叙、抵足而眠之说,也就是躺着说话到天明。"李俊问:"那,不分男女啊?"金剑北说:"当然啦,圆梦啊!你们说,当年我们在文艺宣传队里时,那可真是漂亮的姑娘十八九,小伙子二十刚出头啊,也他妈的怪了,该发生的没发生,不该发生的也没发生。明天给大家一个机会,把一切该发生的、不该发生的发生一回,也不枉人生、不枉咱们将近四十年的你思我想。"齐曼说:"金老大你想好事去吧,可惜晚了三十多年了,原来你是有那个贼心没那个贼胆。"王燕接了一句说:"现在是贼心、贼胆都有了,贼不行了。"杜慧在大家哈哈的笑声中说:"大家请注意啊,我们去的可是明心寺,要虔诚,不要在那里玷污佛祖啊,要遭报应的。"

第二天,在峨眉大酒店门前,吴阿杜开来了一辆考斯特面包车,大家嘻嘻哈哈地上了车。李涛最后一个赶来,除了旅行包外,还带来了一个闪着银光的铝制大箱子。贪吃的肥圆的谈丽萍说:"涛哥,给大家带的什么好吃的呀?"王雯雯说:"这家伙挣钱多,老婆贤惠,一定是好水果、好点心。"说着,就要打开箱子盖,李涛一把捂住说:"可别乱动,里边是活物,小心咬着你!"金剑北点燃一支烟,不动声色地说:"李涛这几年总在外边野跑,不是重装汽车越野,就是带着睡袋住高山湖泊,对野生动物有研究,发现盘古山上的蜈蚣、蝎子、毒蛇品种有些退化,最近从老爷岭搞来了几个,准备去杂交配种。"此言一出,吓得几个徐娘半老的女人像小姑娘一样直往车后面躲,嘴里还骂着"讨厌,缺德"。

吴阿杜将车打着火,鸣了一声喇叭,转动着方向盘,用浑厚的男中音唱起歌来:"革命人永远是年轻,它好比大松树冬常青,它不怕风吹雨打,它不怕天寒地冻,它不摇也不动,永远挺立在山巅……"一人唱,众人合。那个年代从来不用想起永远不会忘记的歌,激起了这伙已经不年轻的人心中那青春如火、如火青春的情感。一路走,一路唱,看到什么唱什么,大家配合默契。看到城郊平展展的麦田,放开嗓音唱:"麦苗儿青来菜花儿黄,毛主席来到咱们农庄,千家万户齐欢笑啊,好像那春雷响四方……"其他人立即接上:"主席对咱微微笑啊,劳动的热情高万丈……"而且还自动分成两个声部。歌声飘出窗外,路旁穿梭而过的车辆里的年轻人说:"都什么年代了,还放这么老的歌,哪里来的这么老的光盘?"

　　车到盘古山,来到明心寺前,大家下了车,歌瘾还没过够,顺着高高的台阶往上爬,又唱起了《我们走在大路上》。"我们走在大路上,意气风发斗志昂扬。共产党领导革命队伍,披荆斩棘奔向前方……"走到半截的时候,上面传来了雄迈的男声:"向前进向前进,革命气势不可阻挡。向前进向前进,朝着胜利的方向……"大家抬头一看,见智障禅师正站在朱红油漆的庙门前脸兴奋地两手打着拍子,扯开嗓子使劲地吼着。到底是一个时代的人,承载着一代人感情和梦想的歌声把大家的心连在了一起。

　　智障禅师看着大家上来之后说:"好久没听见这样雄壮的歌声了。"金剑北向他耳语几句后,他领大家入内。几个小沙弥奉上香茶,智障禅师双手合十说:"阿弥陀佛,各位都是歌者,老衲正好有一事相求。我从南方的寺庙里要了《因果歌》的光盘,歌词不错,但曲调有点苏杭评弹的味道,不是很能打动人心,也不适合北方善男信女的口味。几位施主都是饱经沧桑的人,就做做善事,再唱一遍,我录下来再往外放。"说着,他把大家引到大殿后面的一间静室,打开音响,一首劝人行善莫作恶的《三世因果歌》飘然飞出。

善男信女听言因　听念三世因果歌　因果报应非小可　佛言真语莫看轻
今生做官为何因　三世黄金装佛身　穿绸穿缎为何因　前世施衣济僧人
有食有穿为何因　前世衣食施贫人　无食无穿为何因　前世不肯舍分文
相貌端严为何因　前世花果供佛前　聪明智慧为何因　前世诵经念佛人
父母双全为何因　前世敬重孤独人　多子多孙为何因　前世开笼放鸟人
今生长寿为何因　前世买物多放生　今生短命为何因　前世宰杀众生人
今生聋哑为何因　前世恶口骂双亲　今生驼背为何因　前世笑了拜佛人

今生无病为何因	前世施药救病人	雷打火烧为何因	大秤小斗不公平
万般自作还自受	地狱受苦怨何人	莫道因果无人见	远在儿孙近在身
不信吃斋多布施	但看眼前受福人	前世修来今世受	今生修积后世身
若人不信因果报	后世堕落无人身	若是因果无感应	目莲救母为何因
若人深信因果经	同生西方极乐国	三世因果说不尽	皇天不亏善心人
三宝门中福好修	一文喜舍万文收	为君寄在坚牢库	世世生生福不休

大家听了一遍，确实是江南小调，而且是个女孩子唱的，有些轻佻。齐曼说："所谓佛也好，道也好，儒也好，还有西方的基督教也是，都是让人们有良心，做好事，别做恶事。万教归一，万流归宗，这就和毛主席提倡的学雷锋一样，毫不利己、专门利人，做一个纯粹的人，有益于人民的人。"

精通音律的吴阿杜只听了一遍就把谱子写出来了，建议分成两个声部，男声唱得要深沉，女声唱得要幽怨，体现出一种对人生喜悦、感悟、悔恨和向上、向善的情绪。他随后从车上拿出永不离身的小提琴，指挥着大家排练起来。众人每人一个草蒲团，智障禅师佛号高宣，几个老歌者低吟浅唱，体会着其中的千滋百味，慢慢融入了自己一生的荣辱艰难以及对生活的感悟、对个人历史的总结、对社会的观察与思考中，使这支很直白的劝世歌有了特殊的韵味。

在大家进入禅理的境界时，金剑北向李涛使了个眼色，两人悄悄离开，到了外面，打开那个铝制的白色箱子，潜入大殿旁豪华的私密许愿忏悔室，把一套小巧的高清录音、录像设备安在了佛像身上一个隐蔽的地方。

金剑北所说的不分男女都躺在一张床上聊天卧谈当然是笑谈。不过，在几十年之后，几个年轻时代关系亲密的男女离开熟悉的城市、离开家庭和自己混了多半辈子已经没什么感觉的另一重聚在一个山野寺庙里，心情自然是放飞而轻松的。中午吃斋饭时，没酒没肉、嘴里觉得特寡淡的李俊憨头憨脑地问智障禅师："你这里就是一堆泥胎，你说什么是佛呢？"

"明心见性，我心即我佛。诸恶莫做，诸善奉行。"智障禅师看着李俊迷茫的眼睛，正要往下解释，被山下传的汽车鸣声打断了，不久，大殿门前来了一个人——秦山雨的秘书王如风趾高气扬地进来了。他好像是宫里的太监对着大臣宣读圣旨一样说道："老和尚，明天秦书记要带着几位上级领导来拜佛，你把那个小密室整理好，闲杂人等一律不准靠近。"说完，低头看了一眼金剑北他们，两眼望天地走了。

金剑北和李涛相视一笑。

当晚，几个人住在庙里。李涛自作主张地给大家分配着两个人一间的知客房，嚷嚷着要和谈丽萍住一个屋，说要按金大哥说的抵榻而眠，呢喃到天亮。王燕也跟着起哄，说："你想得美！你凭什么啊？人家李俊还给丽萍以冒险者的名字写过情书呢！"谈丽萍说："切！贼都不行了，还想那贼事呢？

当晚，河海市委大楼里，王如风向秦山雨毕恭毕敬地汇，并说了见到金剑北一伙人的情况。秦山雨习惯性地往上推了推白框眼睛，又摸了摸鼻子说："一伙连大学门都没进过的家伙，土包子，懂什么佛！"

十一　如何一招致命地对待奸商、假货

河海惠能集团的副总兼财务总监、秦山雨的妹妹秦山花来到集团下属的一个小饭店里，脱下驼色的羊绒短大衣，理了理配着方头方脸的齐耳短发，向前挪了挪圆滚滚的身子，龇着龅牙吃了一碗老豆腐和大饼卷熏肉。她坐在宽板凳上，上身笔直前倾，双脚稍稍离地，左脚勾到右脚踝上，左胳膊下垂，手压到了左大腿上，一看就是坐过农村土炕沿的主儿。她抬起左手，看了看腕上的罗马金表，抖了一下手臂，又看了看右手上的翡翠镯子，自言自语地说："这么个玩意儿怎么价值20多万呐？"尽管两只手腕上都戴的是贵重东西，但秦山花在抖搂的时候，总让人觉得是两只手拔起了地里长着的两个白萝卜后在抖搂上面的泥土。

她粗暴地挥了挥手，挡住了满脸巴结献媚的女服务员给她沏的茶水，训斥道："谁让你沏的？又浪费了一杯茶！真是崽卖爷娘的田不心疼，扣你一天的工资！"随后她上了门前停着的一辆由帅哥开的本田车，一溜风似的进了惠能大厦的办公室。翻开当天的营业额报表，她不禁喜上眉梢，张开大龅牙嘴，嘴角咧到了脖子后边，两只大白眼珠子骨碌碌地闪着光转着，拿起电话就冲着对方嚷嚷道："张总啊，今天咱们的买卖疯长啊，比昨天增长了百分之三十！"听筒里传来了噼里啪啦的打麻将声，张惠能高声说："好啊，都是托秦书记的福，你给他报个喜吧。"

秦山花虽然嘴里嗯嗯地答应着，但给她哥哥这个电话是万万不敢打的。在她进入惠能集团时，秦山雨就跟她有严格的约法三章：一是牢牢把控住惠能集团的财务收支情况；二是按月给马可丽顾问费，每一笔都要记清楚，要有音频、视频证据；三是他公开的电话不能打，那个私密电话不到万不得已时不能打，一切都通过马可丽联系。为了使这个嘴像漏斗的妹妹践约，秦山雨还带着从母亲那儿学来的迷信的东西，带她到家里的祖先和佛像前发过誓。开始秦山很不服气，觉得自己好赖也是和哥哥从一个娘肚子里爬出来的，别人再怎么着也是外人，尤其那个狐狸精马可丽，身不动，膀不摇，平时到各个饭店里白吃白喝，有空来公司里

白话几句什么企业文化，凭什么月月从这里几万几万的拿钱？每次还要现金，还得打好包装送到她那个挺好看的小红车里。在对比了两个嫂子又和她哥、马可丽二人出过一次门后，她彻底服气了。第一个嫂子云中燕就不用说了，结婚的第一个春节回老家，一进门，不要说当地媳妇进门刷锅洗碗的规矩不遵守，连年都不给老人拜，一直大声喊，在炕上盖上厚被子，让哥哥给烧炕、往屋里送饭，嘴里还"穷家，穷鬼，穷小子"地骂着，早晨连尿盆都是哥哥端出来的。邻居们都说，秦家的小子上了大学娶的这个媳妇，哪叫媳妇啊，简直是个奶奶啊！就是这样，云中燕还在外边找野男人跟哥哥离了婚。第二个嫂子她也见过，二婚不说，本来脸就长，还整天哭丧着，像个蔫皮虮子。见了自己头不抬、眼不睁，说话顶多在鼻子里哼一声，好像谁都欠她马可华的钱一样。4年前，自己刚来河海，正赶上五一放假，马可华被单位派到海南育种没在家，哥哥带着她和马可丽到海边一个城市旅游。三个人在星级酒店里包了一个大套间，主卧是他俩，次卧是自己，她算见识了马可丽的讲究和伺候男人的本领。二人去汗蒸时，自己虽然比马可丽还小几岁，可皮肤黑、腿短不说，站着时肚子和奶子一般高，脱了衣服肚皮耷拉着，像刚擀成的厚面片，能成好几层。再看马可丽，个子高高的、奶子鼓鼓的、屁股翘翘的、腿长长的，浑身雪白不算，腹部还平平的，肉皮绷得紧紧的，连妊娠纹都没有。洗澡时也不像她用香皂搓得满是沫子，冲一遍就拉倒，而是在浴缸里倒上鲜牛奶、放上玫瑰花瓣，先泡一会儿，再洗一遍，用沐浴露细细地抹，再洗再冲，还喷上外国香水，浑身滑溜溜、香艳艳，不用说男人，就是作为女人的自己都想把她抱在怀里。哥哥是个成功的男人，就该享受这样的女人。但她又一想，这么妖艳的女人，又比哥哥岁数小，还不把哥哥累坏了啊？不管怎么着，身体总是第一位的。到了吃饭时，她再次见识到了这个女人的不寻常：每一道菜都是马可丽精选的，并亲自夹到哥哥的小盘里，说这个是补肾的那个是明目的，这个是清肺的那个是补钙的，还有哪个是有益于血脉畅通的。哥哥爱吃炝锅面，马可丽看餐厅做得不好，就给了大师傅一点儿小费，亲自下厨，把面条擀得细细的，葱花、鲍鱼丝切得短短的，又要来了刚从海里捞出来的新鲜的大虾，剥开皮，炝锅后搁在里面，再加上老母鸡炖出的高汤，最后点上纯农村的小磨香油。那碗面条真是色香味俱全，既养眼又逗得你嘴馋，是营养品，更是艺术品。晚饭后在客厅里，马可丽拿着德国宾利小刀削梨皮，莱阳梨在她手里轻轻一转，梨皮接连脱落，白白的果肉毕现。马可丽拿着梨送到哥哥嘴边，西瓜也是剥皮去子用牙签插着喂。入夜，经过夫妻之事成年女人的她怎么也睡不着，听着隔壁的动静。先是客厅里响起了《梁祝》的小提琴乐曲声，从门缝里可以看到哥哥和马可丽在互相搂着跳舞，还对唱"碧草青青花盛开，彩蝶双双久徘徊"，后来听到主卧里马可丽给哥哥放洗澡水声、搓背和按摩声，做那事时马可丽温柔轻声地问："这样舒服不舒服？来，你累了，我也别小妹妹坐船头，让哥哥拉纤卖力气了，我做一回渔家女来摇橹，你坐船头吧。"天呐，原来是她在上边卖力气，让男人享受啊！原来夫妻生活还可以这样美啊，秦山花深深地为自己做女人的失败而羞愧，想起她和那后来做包工头的丈夫。他想了，就把她搬过来上去发泄一通，也不管她的感受如何，出了那股子邪劲就打起如雷的呼噜；同样，她想了，也是不管对方在做啥，拽住他的耳朵弄醒对方。当然，那次出游，马可丽对她也不错，给她买了几身真丝睡衣和高档的香奈儿外套，还有几套法国化妆品，给她讲什么叫淡妆、晚妆，怎么画眼影、涂嘴唇，可惜自己的自然条件太差、原始积累太薄，多年在盐碱地里砍猪草、拾柴火以致皮肤里渗进去的土腥味太浓，近几年尽管花了大钱捯饬，但却收效甚微、涛声依旧，想要旧貌换新颜，难于上青天。

　　想到钱，她又纳闷了，这几年马可丽从她这儿，也就是从惠能集团拿走了至少有四五百万，她给哥哥了吗，不会是这个娘儿们都独吞了吧？看他俩那个好劲，又不像。这两年回老家过春节，父亲总嘟囔着要把家里的三进四合院建成小别墅，压住和他一辈子不对劲的村东头靠倒卖皮毛盖起二层小楼的黄二秃子他家，哥哥总是习惯性地往上抬抬白框眼镜，摸一下鼻子不表态，更别说往外拿钱了。

　　秦山花正想着钱，外面要钱的来了。惠能大厦门前，魏正义法律服务队的"小精豆子"指挥着几个彪形大汉，用不知从哪个门店里卸下的一块门板抬着口吐白沫的"鬼难缠"直往里面闯。几个人喊着口号："惠能集团黑心卖有毒饭菜，我们要讨还血债！"后边还跟着一大群看热闹的人。门口的保安自然当仁不让地堵截上去，但被一个满脸络腮胡子的大汉随便用两只胳膊的扩胸动作一伸一缩，三个保安就龇牙咧嘴，一个弯着腰捂着肚子，一个揉着腮帮子、嘴里嘶嘶地冒凉气，剩下的一个用手掐住肋骨，扶住桌子的一角直哎哟，哆哆嗦嗦地用对讲机向楼上报告。门板被放在了光可鉴人的大理石地面上，白沫和黏黏糊糊的口水流了一地，随着大小便的臭味向四处挥发、散布着。

　　张惠能迈着两只长颈鹿似的鹭鸶腿一蹦一跳地下了楼。他站在大厅里，连夜在麻将桌上奋战的红肿的眼睛还没来得及看清一切便开口骂道:"谁他妈来这儿捣乱,谁说我们的饭菜有毒?你们睁开狗眼看看,墙上挂的是什么?"他指着两块黄铜金属写着"市级文明单位""河海市卫生先进单位"的牌子继续说:"看见了吗,这都是我们的光荣!"

"小精豆子"毫不示弱地回击:"那是花钱买来的吧,也可能是你们自己造出来的。这年头啊,最不可靠的就是这些所谓哪一级发的牌牌。我告诉你,今天我们几个弟兄高兴,连吃了你的几个小饭店,这不,好几个人都食物中毒了。他是最轻的一个,还有几个在便民诊所输液呢,你说咋办?"

"咋办?凉拌!"张惠能还是一副蛮不讲理的样子说,"打官司也好,讹人也好,是需要证据的,你们有吗?"

"当然有!""小精豆子"掏出诊所的化验单说,"你看看,是食物农药残留超标中毒,各项指标都在上边写着呢。"随着围观的人越来越多,他煽动说,"老乡们呐,谁都知道惠能集团这几年赚的都是昧心钱啊。海鲜里有马尔福林、王八汤里有避孕药啊,大米里掺白矾、小米里搅拌的是黄染料啊,油条里掺尿素、白面里是滑石粉啊,吃到肚里就要得肿瘤啊!"

来小吃街吃饭的都是平民阶层,平时最怕得病。他这一煽乎,引起了众人的共鸣。惠能大厦前面是一个小广场,平时是跳广场舞的地方,本来人气就旺,此时有了事,有了热闹看,聚的人更多了。惠能集团的政治背景大家是心知肚明的,再加上劳苦大众仇富、仇官的情绪积怨甚久,此刻也算找到了发泄的口子。"害人精!""不是东西的玩意儿!""赚黑心钱全家不得好死!""炸了他们这个肮脏的大楼!""把他们的饭店都封了!"各种喊声此起彼伏。

张惠能并不慌张,他轻蔑地瞟了那张化验单一眼,往地上一扔:"小诊所的化验单你们也信?他们根本没有资格,法律证据只有三甲医院的才能认定。"

"是啊,现在是依法治国了。"东风机械厂的老工人史大个子站了出来。他退休后家庭困难,数次想在小吃街上卖祖传的铁锅烧饼却被张惠能的手下赶得没法干,对张惠能充满了仇恨,也颇知道些斗争策略,他说:"小医院不算,可以找大医院啊!反正人病了,在这儿摆着呢。前几天电视上不是说,各个部门不是都成立了为民110吗,不是还有免费的法律援助吗?我就不信没有说理的地方!"

"你们看,正义法律服务所的人不是已经来了吗?"有人指着不远处一棵梧桐树下站着的几个人说。

"小精豆子"乐了，心里想："这事还用你说，打不打电话他们都会来的。张惠能，一会儿就有你的好看！"

　　如黑炭头似的、这几年在河海声名鹊起的魏正义正带着几个手下拿着摄像器材在鼓捣着什么，还搬来了几张桌子、椅子，一条"为人民伸张正义"的条幅挂在了两棵树之间。

　　张惠能也看到了，心里不禁打了一个哆嗦。虽然这么多年他一直在基层没升上去，但在社会上摸爬滚打多了，也算是老江湖了。他立刻想到了当年东风机械厂的三剑客：魏正义、吴阿杜和可怕的金剑北。上次河海的集资事件，生铁锅和吕吉水那么大的势力，有钱、有权的都聚合到一块了，还是让他们斗败了。听说金剑北这小子最近又回来上班了，还是什么纪委的副书记和群联办主任，自己绝不是对手。他又想起当年和秦山雨、马可丽打交道签订城下之盟的屈辱过程，虽然钱赚多了，但总觉得自己是个窝囊废，是个被人提着线表演跳舞的木偶。今天这个场面自己无论如何是应付不了的，也不该自己来应付。三十六计，走为上策。他给楼上的秦山花发了一条信息就从后门溜走了。

　　他走了，这里可热闹了。等秦山花带着她的市场部和财务部的人下楼之后，主要由惠能集团上百个小吃部、小饭店、商店组成的饮食一条街早已经是人头攒动、车辆云集了。首先是以外国人命名的市第一医院的救护车开来了，拉走了口吐白沫的实际是豆浆加吐沫的"鬼难缠"；紧接着来了全能医疗车，当场对各个小吃店的食物进行抽样化验。警笛声声，卫生局的车过来了，下来了一批手持检测设备的白大褂，直奔厨房和原料库采样；喷着红蓝道的食品药品监督局的车开过来了，执法大队进入了惠能集团的粮店、菜店、米店；带着大盖帽的工商局的人来了……

　　人们兴奋异常，纷纷跟着这些穿制式服装代表国家机关的人涌进了一家又一家的店里。

　　这边，魏正义和史大个子等几个市民代表签好了委托书，要求当场公布化验结果。

　　金剑北当了群联办主任后组织领导小组时，就把这些部门的头头列入了小组领导成员。他们一看组长是市委一把手书记刘鸣弦，是个直接接触领导的好机会，自然都踊跃参加。他们的单位也成了重点联系部门，并承诺群联办领导可以直接调遣。在河海没什么根基、直接从外地调来的工商局局长老牛甚至对金剑北和姬北华说:"两位领导,我老牛是一头最勤劳、最听话的牛,你怎么吆喝我怎么干,鞭子指向哪里我就去哪块地里干活。从此以后,我的局就是你们的局,人、财、物随便调动。"他这么一说,其他人也不甘落后地跟着呼应。金剑北也没亏待他们,随即拉来了市委书记刘鸣弦。在研究重大事项时人数参加的最少的书记办公会的小会议室里,享受了一次小范围受大领导接见的待遇。

有默契,有备而来。这些在老百姓眼里最官僚、最神气的队伍今天态度特别认真,效率出奇高。他们配合默契、分工明确,技术人员管采样化验,执法人员管控制采买人员和向小老板问话。一件件采样、一组组数据、一张张化验单、一页页被询问人签字画押的口供记录像计算机里预先编好的程序,源源不断地输送出来。

魏正义站在桌子上,拿着一只电喇叭用铜锣嗓子念着:"惠能集团所有炒菜、炸油条、做烧饼用油是国家明令禁止的地沟油,是用剩菜垃圾和动物皮下脂肪加上化学制剂提炼而成的;人们每天吃的油条里面都含有尿素膨胀剂,所有海鲜产品里都含有医院消毒用的福尔马林;所有的菜都不是他们吹嘘的来自无公害蔬菜的产区嘉谷县,而是来自红土岗的垃圾场,农药残留量均超过了国家规定的标准。他们所标榜的野生龟大补汤原料都来自金角湖北岸的养殖场,都含有避孕药的成分,他们卖的大米、小米和面粉里面都掺有白矾、固体黄染料和滑石粉……"

魏正义念这些结果时,尽管嗓门很大,但语调冷冰冰的,像是拿着一把锋利无情的刀子揭开华丽的外皮露出里面的丑陋。他心里充满了厌恶,上下两排牙齿咬合得很密,语言从那里挤出来,冒着丝丝凉气,让人感到阵阵凉意;又像忍着巨大的怒气,引而不发,让人感到暴风骤雨和排空巨浪即将来临,心生恐惧。当然,在这个时候,最恐惧的就是看傻了眼的秦山花。

果然,魏正义爆发了。他把所有化验检查结果排成扇形,两手各拿几张,脸色铁青、两眼喷火、声调激愤:"老乡们,朋友们,大伙看到了吗?这都是权威部门的化验结果,挂着市级文明单位和卫生先进单位的惠能集团是真正挂羊头卖狗肉的地方,不,连狗肉都不是,是卖毒品!我们是花着血汗钱吃他们的毒粮、毒菜、毒肉,这是要让我们中毒得病啊!他们的所作所为完全违背了《中华人民共和国食品安全法》和中央以民为本的精神。大家说,应该怎么办?"

下面的群众早已义愤填膺,一个老太太首先尖叫着说:"这帮害人精啊!我儿子体格弱，生不出孙子，我叫他多喝王八汤，闹了半天里面有避孕药啊！伤天害理啊，这是要我们家绝后啊！不能轻饶这帮缺了八辈子德的王八蛋、死孩子啊！"随即有人喊道："对！把他们送法院，关到监狱去坐班房去！"更多的人响应着："对，叫公安局来，逮捕他们，把这些坑爹的玩意儿枪毙了！"

史大个子从小三轮车上拿起一根螺纹钢铁棍子说："弟兄们，砸了他们的黑店，让他们赔咱们的血汗钱！"

众人纷纷涌上来，有的拿起木棍，有的抽出自行车上的链子锁，有的弯腰捡起路边的板砖，还有的把小吃摊摆在外边的桌椅一脚踹倒，掰下桌子腿和椅子面，分成几伙向门店冲去。女服务员吓得抱头尖叫往后面钻，厨师们把头躲在了案板下面。看到傻怔怔地站在街上的秦山花，小店长们胆大的拿起菜刀在门口挥舞着，胆小的虚张声势地喊着，身子直往一边躲。

就在骚乱要起之际，市委办公厅副主任、市联办副主任姬北华出现了。他稳稳当当地站在桌子上，接过魏正义手中的电喇叭，中气十足地对大家说："同志们、市民朋友们，不要冲动，冲动是魔鬼。刚才的一切我都看见了，我代表市委、代表市群联办对各个执法部门的行动坚决支持，对医务人员抢救食物中毒者表示感谢，对大家的情绪和愤慨深深的理解，对惠能集团掺假售假、坑害百姓、违法经营的活动绝不姑息，一定要给予严惩。"

"怎么严惩？"底下有人喊道。这几年底层的老百姓听够了官员的官话、套话，见多了只许诺不落实的花架子，许多人也跟着喊。

"马上落实。"姬北华剑眉往上一扬，手一招，只听哨子一响，从繁荣街两头跑来了三支队伍，其中两队都戴着大盖帽，但颜色不同：一支是黑警装的公安，另一支是灰色制式服装的工商执法；第三支队伍就是杂七杂八的服装了，既有俊男也有靓女，带队的是《河海日报》总编辑夏青和泼辣的河海电视台女台长田敏。夏青和田敏指挥拿着摄录机、照相机、采访本的记者们横扫街道，找人采访、查看魏正义手中的证据，而后随着三人一组的公安、工商队伍进入各个门店。警察在外面站岗，防止出现意外；工商执法进去清点物品，往外驱赶人员，关门贴上封条，出手利索，秩序井然。只是在大补乌龟汤店里发生了一点儿意外：在工商人员贴封条时，一个和张惠能沾点亲戚的二杆子厨师嘴里不干不净地骂着，抢起擀面杖冲着一个大盖帽的腰砸了过去，旁边的大个子女警察伸臂一挡，擀面杖飞上了天；女警察一个扫堂腿，厨师摔了一个大马趴。警察一个箭步向前，厚重的作战靴踏在了厨师背上，咔嚓一声上了背铐，两手一拎，双臂较劲，把那个家伙扔到了警车上。人们一阵喝彩，大声喊着："女警察，好样的！"

姬北华是个很会审时度势的人，趁着人们注意力和情绪转换，高声宣布："一、从现在开始，惠能集团的所有饭店一律停止营业；二、今天的检查情况各新闻单位要在重要时段、重要版面公开曝光；三、正义法律事务所继续搜集证据，向法庭起诉惠能集团，依法做出惩罚判决；四、组成专门工作组，对惠能饮食集团的原材料来源地进行调查，拿出处理意见。"

"好！"人们一阵欢呼。

"看，共产党的老作风又回来了啊，八路军又回来了！"史大个子和几个老工友兴奋地议论着，激动地举起了拳头，高声喊起了"共产党万岁"的口号。

这时，从事件开始就脸色蜡黄、精神恍惚、委顿地坐在了地上的秦山花突然"嗷"的一声站了起来，像跳大神的农村老太婆一样挥舞着两条胳膊，张牙舞爪地喊道："我的那个天呐，我们没法过了啊，你们这是欺负人啊，我要告你们去啊！"见有人耻笑，有人像看耍猴那样看着她，她扭动着肥胖的身子跑到姬北华面前，扑通跪下，磕着头说："领导，饶了我们吧！我哥哥也是在市委上班的。"

姬北华厌恶地躲开，向女警察挥挥手，示意把秦山花架到一边，带着大队人马走了。

秦山花肥大的屁股往下使劲，打着千斤坠甩开了女警察，歪歪斜斜地倒在地上，头发上沾满了树叶，一只白塑料袋挂在发卡上，高档西服上满是泥土，扣子也掉了一个，里面桃红色的羊绒衫卷起，露出了黝黑的肚皮。她躺在一棵快落完叶子的大槐树下，翻着两只大白眼珠子想主意，之后摸出手机给张惠能打电话，可对方关机，想给哥哥秦山雨打又不敢，便拨通了马可丽的手机。电话好半天才接通，还没等她说话，耳机里先是传来"嘤嘤"的哭声随后是委屈的骂声："我怎么这么倒霉啊，北京人怎么这么缺德啊！你谁啊？别烦我！"随即挂掉了电话，任凭秦山花再怎么拨就是不接了。

第二天，《河海日报》以头版位置刊登了惠能集团掺假售假、坑害百姓的报道，消息、照片、文字、专访图文并茂，并发了一条征求食品行业不良线索的启事，公布了联系邮箱和电话。电视台做得更绝，不仅完整播出了那天整个事件的录像，还到金角湖惠能集团的养殖基地拍了片子揭露，同时组织了卫生、食品、检验部门的专家，多角度分析了惠能集团的食品加工和材料来源对健康的危害。几个群众代表义愤填膺地控诉了一番，整个河海一片舆论哗然。有一个中学退休语文老教师还自制了一副对联贴在了惠能大厦的门口，上联是繁荣街并不繁荣繁荣来自假，下联是光荣牌并无光荣光荣来自权，横批倒是很通俗——大树十字坡，意思是孙二娘开的黑店。这副对联也被报社总编夏青派记者拍了照片，登在了头版上，还配发了一篇评论，题目也很特别：《繁荣、光荣、黑店》，很抢眼球，不用看内容就让人遐想无限，吸引读者非读下去不可。

十二　什么样的女人最容易受制于人

马可丽是一个经常把羡慕、空想、谎言变成现实的人。哪怕这种现实只是昙花一现的荣光，她也要跋山涉水、不辞劳苦地去追求。她始终认为，万古永恒的山脉并不能胜过瞬息凋零的玫瑰，那种在人前显摆露面子的一刹胜过人间无数。为了这个目的，她半生都在跟自己较劲、和周围的人较劲、和社会较劲。

当年，她 17 岁进了河海人人羡慕的电子元件厂，仗着老爹的面子被分到了化验车间，虽然风不吹、雨不淋，穿着白大褂拿量杯，捣鼓简单的仪器，但比起坐在办公楼上一人一张桌子一把椅子的那些人，还是低了一截子，尤其是开会时，厂部的人都是坐在第一排，有时还和厂领导在一起，她尽管是穿白大褂的，可也是小工人一个，也得老老实实地拿着小马扎坐在那些油渍麻花的工人中间。她找到厂长要求调到办公室去。老清华出身的厂长虽然和她爹认识，但还是坚决地拒绝了，说："小姑娘，那些人可都是读过十几年书、上过四年本科的大学生啊，你可是只上了两年半初中啊！当这个化验员已经是照顾你了，你连 ABC 都认不全啊！"

"我要上大学，我要进科室。"回家后她就冲着马雨辰嚷嚷。刚刚从市委伙房里拿了一块肘子肉准备享用的马秘书长为难地摸了摸微秃的脑门说："现在大学都停办了，你到哪里去上啊？再说，你连高中都没上过，初中光上地里野跑学农去了，你也考不上啊。"可是，不久机会来了，远在北京的领袖发出了号召，招收工农兵学员，上大学凭出身、凭手上的老茧，要让这些人去上大学、管大学，用毛泽东思想改造大学。上边说得再好，下面钻空子也执行不好。马秘书长回了一趟华黄县，竟然给自己的女儿弄来了一张中学生劳动模范的奖状。有了这个硬件，他上下运作一番后，初中没毕业的马可丽竟然进入了省里一所重点院校——北河大学。在选择专业的时候，理工科根本不敢碰，马可丽到那时只能念报纸、写大批判稿的中文系。虽说是招收工农兵，其实真正的工农子弟并不多，地方和部队头头脑脑的孩子占了多数。中文系里混子最多，见过世面的人也多。出生在光秃秃晒盐的县城、成长在河海大村镇一样的小城市里的马可丽很快就感觉到了自己丑小鸭的形象。河海市的普通话在这里成了乡音，纯正的京片子是那样的悦耳，一个穿军装的个子不低的小伙子吸引了她。此同学姓蔡，据说父亲是开国少将，曾在莫斯科和几个欧洲大使馆做过武官，现在是军长。同学刚见面的时候，这个家伙把只有两个兜的士兵服上衣往旁边一甩，说："他妈的，老子当兵八个月了，也不给提个干部，只能来上大学了。"那天下午，歌颂毛主席革命路线的文艺晚会结束后，他从宿舍拿出了一架手风琴，对大家说："什么破节目！走，咱们到河边开篝火晚会去。"几个同学拿着几张大字报的废纸来到月下的古城河堤上，堆起了树枝。公子哥儿拿出那个时代很少见的部队防风打火机，一股蓝烟冒出，却怎么也点不着，呛得大家直咳嗽。马可丽这时发挥了从小就烧柴火做饭、鼓捣灶膛的特长和优势，知道火要虚的道理，三拨两弄，篝火熊熊燃烧起来。蔡公子赞许地看了她一眼，盯着她弯腰凸起的臀部说了一句俄语"哈拉硕"，也就是好的意思。马可丽的虚荣心立刻膨胀了起来，既巴结又有些矜持还有几分炫耀地说："其实，我在中学读书的时候也在野外开篝火晚会的。"蔡公子鄙夷地看了她一眼，拉响了64贝斯的大功率、音色纯正的手风琴："正当梨花开遍了天涯，河上飘着柔曼的轻纱！喀秋莎站在峻峭的岸上，歌声好像明媚的春光。"风靡世界的苏联民歌在河面上飘荡开来，他随后把琴递给了旁边的一个同学。伏尔加船夫曲响起来时，他脱下军用胶鞋，换上了长筒马靴，跳起了哥萨克水兵舞，边跳边向马可丽站的方位招手。在众人面前出人头地、显示能耐、得瑟是马可丽毕生的追求，看着身边几个女同学迟疑的神色她更来劲了，勇敢地冲了上去。但是，她只跳过毛主席语录"忠字舞"，那点基础哪里知道苏联民族舞的特点，没两步就踩在了蔡公子的脚上。随着一个四只手相拉脚下横移、背靠背变位拉花的大跨度动作，马可丽一个趔趄就往地上摔去。蔡公子不愧是跳舞蹈的高手，甩开长臂朝她的腰间做了一个海底捞月的动作，摸到了她最柔软的地方，坏笑着对她耳语："姑娘，你那点点火的本事大概是在村里捅灶膛炼出来的吧？不要紧，只要你对哥哥好，我带你去见见世面。"马可丽脸红了，两种感觉涌上心头，一种是被人摸了18年没有被男人碰过的私处的羞愧，另一种是被人看穿了的悲哀。但是，女人有时就是那么贱，你越捧着她，她越拿架子；你越是瞧不起她，她就越凑合巴结你，马可丽就属于后一种。那年暑假，她随着这位蔡公子到了京城，夜晚在使馆区进了一家那个年代很少见的酒吧。这位驻苏联大使馆前武官的儿子让她品尝了玫瑰鹅肝、鱼子酱、北海道的海洋大虾和螃蟹。当她又说起他们家在海边长大，拿着蟹黄当干粮吃时，蔡公子再次轻蔑地笑着说，那是内陆沿海农民的吃法，真正吃螃蟹既不用蒸煮，也不用葱姜炒，而是用烤箱慢慢烤熟，一点儿也不失去海洋的鲜味。她又一次脸红了，不是为说谎而红，而是为自己的没见识。随着红烛的点亮和克莱德曼钢琴曲的飘飞，蔡公子打开了红酒，她那爱显摆的劲头又上来了。仗着自己喝过老白干的底子，上去主动和对方碰了一下，一口喝下去一大杯。对方又无言地笑了，一边摆弄着各种器皿一边说，白酒可以一口一口地喝，喝红酒重在一个"品"字：从醒酒到闻香，再到用嘴唇触摸它的质感，然后是舌尖对它的把玩，直至用口腔与喉咙感受它琼浆般的温润。红酒是慢生活的象征，是体现浪漫、舒适与情调的一种方式。马可丽被对方羞辱得口服心服，像只乖乖的羊羔一样，鞭子指到哪儿她就走向哪儿。红酒过后是伏特加，让怎么喝她就怎么喝，最后感觉浑身发软，躺在了宽大的沙发上。在温暖舒适的酒吧单间里衣服离开了身体，一个硬硬的东西进入了她的身体，先是一阵疼痛，后来是战栗。对这段经历，她既后悔又高兴，后悔的是那么早就被一个男人毁坏了童贞，高兴的是知道了什么是上流世界，以后在河海这个小城里自己就是公主、淑女、是贵妇人，有了显摆的资本。到了21世纪，河海人开始喝红酒时，她那有点儿屈辱的经历就成了光荣的历史，每逢有红酒上桌的时候，她都要大讲特讲，还给服务员做示范，以至于全城的人都非常崇拜她，说她是见过大世面的人，很让她得意了一阵子。但女人总是要面子的，在毕业后的二十多年里，他们这帮既不是大学生也不是中专生，最后被国家定位于大普班的人聚会时，她只要听说有蔡公子在就从来不去。况且，以她虚荣的本质，她也老觉得处处高人一等，大学生活给了她一个身份，她却自抬自贵，把自己说成是北大、清华毕业生，说得多了，连自己也当了真，再不屑于和老同学来往，怕他们泄了她的底。斩钉截铁地和老同学断绝了来往，也因此后来被蔡公子骗得丢盔卸甲时失去了向老同学寻根溯源的线索，这是后话。

马可丽从她自认高人一等的大学胡混了3年出来，堂而皇之地进了河海报社当了记者，在老爷子的运作下进了要闻部，专管采访党政军活动的消息，自然都是在一版刊登。她开始周旋于河海官场的上流社会，参加各种高规格的会议，随领导下乡调研，时不时地给电视台摄像一个嗲笑，给报社的摄影记者一点儿她从别处拿的不想要的礼品，在调研现场尽量往大领导跟前凑。因此，她有时也能在荧屏上闪动几秒钟、在报纸上露个小脸，也就成了名人了。知道她的说她是个记者,不知道的还以为她是哪个领导的秘书或者是市委哪个部门的女领导呢。有不明真相的人问起时,她故意骄傲地含糊其辞:"那有什么呀,我们经常在一起的,不仅是工作,还经常在一起吃饭呢。其实,他们也没什么,我大学的那些同学好多是高干子弟,有的自己都当了高干了,他们还找我办事呢。"

此言一出,请她吃饭的人就更多了。本来记者应酬就多,尤其是女记者,长得又有几分姿色,还经常在市委、市政府晃荡,不怀好意的男人喝酒又愿意有个女人作陪当下酒菜,尤其是这种放得开的女人。她的饭局一多,就给自己定了原则:有市级领导就不理县级的,有正县不理副县级的。身为报社的小记者,报社的车是轮不着她坐的,但每次的活动都要第二天见报,她非得回报社交稿子不可,于是,她就叫各位领导的车来接她,来了也不上车,得等到大家下班时才下楼,在众人的艳羡中一步三摇,按她自己的说法是款款走向领导的专车。

牟利是人的本质,也是她家老辈里传下的天性。既然要混在体面的上流社会里,就要有体面的包装,就需要钱。在那段时间,马可丽建立了三个圈子:一个是河海高干子弟的圈子,那时已经有了高干子弟接班了,仗着马雨辰在市委混过伙夫的底子,说自己也和他们一样,是在一个院子里长大的,是子一辈、父一辈的关系。女人说话又发着嗲,也没人和她较真,慢慢地她自己也就觉得自己的老爹,当年差点儿被开除、贬职发配的小伙夫真的是市委老领导了。再一个是领导秘书、大的实权局领导和企业老板的圈子。另外一个圈子是她觉得自己是记者,也算文人,就和市委领导、民间群众真正佩服的几个文人成了朋友。时不时地分块、分段小聚,当着文人说老板如何有钱,当着老板说文化,和领导秘书、局长见面就发嗲。既然说文化,马可丽自己在那个有名无实的大学里又没学到什么,于是就看点儿唐诗宋词、摘录几段各种文摘上的心灵鸡汤和格言警句,看准时机就拽上几句。比如和领导下乡,适逢刚下过一场小雨,她就会不失时机地背诵"天街小雨润如酥,草色遥看近却无,最是一年春好处,绝胜烟柳满皇都",引起注意和赞扬。其实,这种赞扬虚假的成分很多,市委领导大多是高学历的人,不会不知道这首妇孺皆知的诗,只不过看她是女同志又是记者的面子上顺口应付而已。那些跟领导下乡的各局领导以及那些秘书长、秘书们要表现的是对自己分管的工作现状的改革措施和未来的规划发展,而不是背什么唐诗宋词、展示不务正业的风骚。对这些深层次的思考,马可丽是没有的,还自鸣得意地以为就她一个人能。她和报社的同伴们说:"你别看那些市长啊、常委啊、局长啊什么的,连我背诵首唐诗他们都觉得新鲜，真是没文化。"同伴们看在她是"头牌"记者的分上，也就随葫芦打汤地附和她两句，她还当真了，以致她和在市委研究室上班的第二个丈夫离婚后去找当时的一个姓宫的秘书长显摆她那点儿鸡零狗碎的文化时闹出了笑话。她当时对这位宫秘书长说："你知道吗，男人是一本书，女人是一个梦。"对方马上说："告诉你啊，你男人就是一本书，而且是一本大不列颠的百科全书，你是没有翻开好好读啊，或者是没有读懂啊。"一句话说得她卡了壳，随后她问办公厅的值班秘书："你们这个秘书长有学历吗？"值班秘书说："哦，宫秘书长是67届的中国人民大学中文系毕业生。"

她无言了，也学聪明了，不再在这些大机关显示自己文化了，而是转到了下一层，到企业和老板相会，张口就说企业文化和企业品牌，说什么一个好的产品品牌要有知名度、美誉度、忠诚度，唬得老板们一愣一愣的。其实，再往下讲，她也没词了。

实际上，这些都是表面现象，是她交往的手段，真正的目的是想用乾坤大挪移想法捞钱。有的老板要办一个上项目的审批或者是其他一个什么手续，她就去找领导，说此人是自己老爹的什么老战友。"对你可佩服了，上次你去视察，他把你的照片都保存下来，挂到自家的祖宗大堂上了，你给他批了吧。"说着话，她还故意用丰满的胸脯蹭蹭对方的胳膊，用柔软的手摇摇对方的肩膀。字签了，老板自然要感谢她，拿出几叠百元大钞是经常的事。

有人要调工作，她找到实权局的局长，或说这人是自己的亲戚或说是同学的弟弟妹妹。"本来要找某个领导签字的，咱们这么熟，又是两代人的老交情，你就给办了吧。"调令下了，她自然会跟对方说："现在哪里有白办事的，怎么你也得拿点儿啊！再说，你调到那里去了，以后就属于那里管，还有以后的升迁呢。"说得对方口服心服、感激万分，钱自然也进了她的腰包。

再以后她的"生意"越干越大，逐渐转到了帮人升迁和了事上。帮人升迁无非是消息灵通。许多领导保密观念不强，偶尔在车上议论一下某地某人的工作，说此人干什么最合适，她听见了，就找到那人说："你快升官了，某某领导我们在一起吃饭时说的。"对方自然要求她给继续说些好话，拿出一部分钱去打点，这些老头票也就进了她的腰包。其实，她根本不会跟领导去说，领导也不会听一个记者的。如果某人真提拔了，她就说里面有自己的功劳，让其再拿钱，办不成，她就跟对方说："那些钱都铺路了，以后领导想着你呢，还有机会。"总之，钱是不会退还的。

"了事"是河海的一句土话，在官场专指被纪委监察部门盯上的人，通过运作，该逮捕的组织处理，该组织处理的罚点儿钱，或者是把案子销了。这种事比较难，但也最来钱，因为贪官贪了许多钱，送出去的是少数，即使办不成，也不会往回要。但纪委的人都有些觉悟，办事很谨慎。马可丽揽过几个活，成功率不是很高，但钱的诱惑力是巨大的，她一直锲而不舍。

最早看出她这一套的是当时给市委副书记当秘书的秦山雨。当时那个书记分管纪检和组织，权威赫赫，秘书当然也炙手可热。马可丽家乡的一个林业局局长看到国家有退耕还林的补助政策，便以司机和家人的名义承包了上千亩林地，套取资金300多万元，被人举报后案件归市纪委第一室查办。经过上下运作，数量变小、案件变小，最后决定纪律处分完事，但案件一室的主任迟迟不出这个处理决定，这就意味着随时可能崩盘重审，以前的努力将会化为泡影，灭顶之灾随时可能到来。马可丽找过几次，对方油盐不进。后来她知道那个主任和秦山雨不仅是老乡，还是高中的同学，而且那个主任还是通过秦山雨调进纪委并提拔的。于是，马可丽找到了秦大秘书。刚离了婚的秦山雨看着她还算窈窕的身材，习惯性地把白框眼镜往上推了推，食指和中指岔开从上到下摸了一下鼻子，看了一眼她拿的档案袋里露出的两条中华烟，猜测着里面还有没有别的内容，"嗯嗯"了两声就以书记有事的名义打发她走了。后来，她又去了两次，却总是没有下文。给了她5万元的林业局局长穷追不舍，她只得寻找机会，即使没有采访任务也常到秘书处转悠，打听领导们的动静。

机会很快就来了，春节前夕，副书记代表市委到沿海一个大城市慰问办事处，马可丽随行。在车上，马可丽又问起了那个决定的事，秦秘书笑而不答，还是习惯性地推眼镜、捋鼻子。到了地方以后，和在那里经商的河海人以及当地领导见了面，互致少油无盐的贺词之后，在温暖如春的宾馆里胡吃海喝一顿，副书记被人多灌了几杯茅台早早入睡。马可丽洗了澡，喷上香水，穿着丝质带绒的睡衣款款走进了秦秘书的房间，十指尖尖拿起德国宾利小刀切开了一个火龙果，用牙签插起一块送到了因喝酒干渴的秦山雨嘴里，同时也让满身的香气笼罩着他。她鼓起那天送他中华烟里带的2万元的底气，撒娇地说："那个决定咋样了啊？你帮帮忙啊！"

秦山雨这次没有那些习惯性的眼镜动作，而是从皮包里拿出了一张硬硬的纸片，上面盖有纪委的公章，笑眯眯地看着她。她立即激动了，瞬间看到了即将送给她的十捆红艳艳的老头票，笑逐颜开地接过了关系到一个人政治生死的判决书。她本来想说声"谢谢"，但一想到自己是知识分子，对方也是大学生，于是就想感谢得有点儿档次、有点儿洋味的浪漫才能显示自己的身份。她在脑子里搜索了半天，先说了一句中文"亲爱的"而后又说了两句英文："Thank you.I love you."还做出了一个西方式的拥抱动作。做这些动作的时候，她还露出了一个自己对着镜子、看着一张西方的画像练了很久的蒙娜丽莎式的微笑。她想，第一次私下接触，对方必然会和她对应一下，可能会象征性地抱一下、拍拍她的后背，也许是在她的额头上亲一下，当然，她也做好了更进一步的准备。对于她来说，尤其是结了婚的她来说，这种事不就是那么回事嘛！舍不住孩子套不住狼，以她的能力、水准，能走到今天这个位置还真是难为了她，最初固然有她老爹当时的助力，但当爹的退了，后面更多的可是她自己的努力。她瞧不起动不动就跟人上床的，一样是出来卖，她得给自己卖给好价钱——当然，她是不肯承认她是卖的。以当时那种环境、那种暗示，军人出身的秦山雨一下就用有力的胳膊抱住她的大腿根部，把她提起来扔到了柔软的席梦思床上，自己一跃而上，两手一分，扯开了她的睡衣，一只手捉住了她胸脯上的两只白鸽，另一只手撕开了她的短裤，随即粗暴地进入她，疾风暴雨地蹂躏开了。

她懵了，懵的是这个也算有身份、地位的人这样直截了当、没有过渡，懵过之后感到的是前所未有的雄性霸道和酣畅淋漓。他乐了，乐的是终于深深接触到了他短短的人生中第二个有感觉的女人，这个女人和云中燕相比不同凡响。前者是真正的柴火妞，自小在黄土地里摸爬滚打，黄土是掺进血液里的，无论后来一天洗多少次澡，皮肤都是暗黄色的、粗糙的；而眼前这个家伙却白嫩光滑。那个地方云中燕是死的，而她是活的。活力对活力，壮年对强壮，秦山雨孔武有力的手又把她翻过来了，又开始一轮新的刺激。

交媾过后，两人进行了一次不同寻常的对话。

她说："你知道吗，你强奸了我。"

他说："是你强奸了我！到男同志屋里串门或请示工作，有穿睡衣来的吗？分明是引诱领导秘书，从中牟利。"

她不语了，趴在床上，抬起脑袋，右手捋着乌黑的长发，把一条细白的大腿翘起来说："你是看着我美丽吧？"

他说:"朱光潜的美学史和西方美学史有一个共同的观点,女人有端庄深沉的美,有轻歌曼舞的美,有悲剧的美,还有喜剧的美。美有天然的美,有发现的美,还有震撼的美,更有令人生厌的美。另外,每个国家的女人都有不同的美:日本是柔美,中国是秀美,法国是雅美,德国是素美,俄罗斯是壮美。"

哲学学士的理论功底打动了她,她说:"我是哪种美?"眼神充满了佩服和期待。

他摇了摇头,说:"你哪种都不是,你是一种阴谋式的美。"

"你?"她愕然,忽地起身。

他淫邪地握住她胸前的白鸽,做了个少安毋躁的手势说:"唐诗有云,烽火连三月,家书抵万金。刚才我给你的这张决定价值何止万金,应该不低于十万金吧?像这种印有铅字的纸条和写有领导批示的纸,还有盖有大红印章的纸片,你倒腾了不少吧?从中谋了多少利益你自己是知道的。书记管纪检,管着二十多个部门,他很忙,实际上是我在管纪检和组织。最近中央有文件,要注意打击那些在干部提拔任用和纪律处分中的掮客现象,你就是那种典型的经纪人。今天我给了你这个决定,明天我还可以让我那个老乡查办你这种行为,你相信吗?"

她傻了,有些心慌,但还是强硬地说:"你胡说!这是要有证据的。"

他又不慌不忙地哈哈笑了:"一、各种调令、批文都是要存档的;二、如果把那些整天养尊处优、颐指气使的高傲官员们弄到纪委的黑屋里,大灯泡子一烤、粗糙的饭食一摆,熬鹰一样几天不让睡觉、不让洗澡,虱子臭虫在身上一爬,有几个能不说实话的?包括你。"

他说得太恐怖了,一贯舍命不舍财的马可丽立刻觉得毛骨悚然,腰上、背上都痒痒起来。她害怕了,一边用手挠着,身子完全摊开凑过去说:"亲爱的,你不要这样,我再也不敢了,把钱分你一半,行吗?"说着,讨好地给他胡乱按摩起来。

秦山雨这次完全笑了,老练地用手玩弄着女人最让男人感兴趣的地方,说:"读过法国存在主义哲学家、文学家波德莱尔的《恶之花》吗?用人类最恶的追求来发展生产力,现在的中国从1983年开始实际上执行的就是这一套理念。恶,是人类发展史上的开端,善是妥协的结果,也是走向新生的开始。从荷马的《英雄史诗》到埃菲尔神殿提示的有所节制,到亚里士多德的一半是野兽,一半是天使,再到基督教的叫人向善,我比较欣赏埃菲尔神殿的提示:节制。我理解这个节制是对自己要有所节制,对别人有所实善,也就是说,有钱大家赚。世界上的美食很多,只要方法对头,都会来到你面前,但是,你要全部吞下,说不定身体哪个部分就会出毛病。"说着,他继续划拉着她袒露的一览无余的酮体,翻身骑了上去,但并不进入,只是两手抓着她的一对白鸽,显示出全覆盖后占有欲被满足了的神情。

　　流氓不可怕,就怕流氓有文化。何况这个有文化的流氓不但是朝廷里的官员,还抓住了她的小辫子。这个整天把"我是大学生"挂在嘴上的女记者被扎扎实实学了4年哲学的小秘书征服了,第一次为自己那点儿浅薄的知识感到了羞愧。她感到了对方的深奥与强大,尽管他的解释那样不合逻辑,但她一点儿都没感觉到。正所谓感觉到了的东西不一定能深刻理解,只有理解了的才能深刻感觉,显然,这个理论在当时的马可丽那里并不成立,她是没感觉到就感到深刻了,对他立刻充满了一股崇拜之情。感到他要有所动作的时候,她坐起来亲吻了他一下,轻轻地说:"哥哥你累了,让我来。"在她疯狂地用扭动的身躯讨他欢心的时候,他说:"不是我要分你收入哦,而是以后我们要共同创造一个未来的嘉年华。"

　　从那次以后,他们结成了同盟:她把自己的妹妹马可华介绍给了他,让他享受游龙戏双凤的人间乐趣;他到县里当书记,她承包了报社的广告部,那个县的一切广告都归了她;他当副市长,让她做了两个企业的顾问,收入不菲。当钱越聚越多,她要存入银行的时候,遭到了他的坚决反决。一个国庆长假期间,他带着她,她带着钱,来到了南方的一个军港码头,登上了他的一个海军战友管辖的军舰。到了公海上,他们换乘快艇,劈波斩浪到了一个小岛,把钱放在了那里。她领略了另一番迷人的风光,看到了他说的未来的嘉年华,她跟着他更铁心了。

十三　人在什么情况下最容易上当受骗

这次马家兄妹到北京，就是因为马可丽向秦山雨说了哥哥的困境，这个向来不愿管她家闲事的副书记这次不知怎么了，顺手给了她一个电话，说只要找到那个人，资金是不成问题的。她满怀信心地坐着马可夫的凯迪拉克出发了。

初冬日短，车进了西三环，尽管还不到下班时刻，首都的灯光却已经亮起来了。彩虹桥和无数的车灯交相辉映，巍峨的金碧辉煌的酒店和流光溢彩的商厦媲美，显出了国际大都市的繁华。从天宁寺桥往东一拐，车子停在了一家商务酒店门前。一个个子不高、留着小平头、看起来很精悍、着便装，迈着军人步伐的男人快步走了过来，辨认了一下车号，拉开车门问道："是马女士和马老板吧？我姓常，叫我小常就行。按照首长的指示，房间已经安排好，两个商务大床房一个标间。"

马可丽骄傲地看了哥哥一眼，跟着服务生和常小个子上了电梯。指认了房间后，常小个子懂事地说："我在大堂等候，你们先梳洗一下，一刻钟后带你们去见首长。"马可丽进门先洗脸补妆，精致地画了眼影，拿出了一条纱巾围在了掩饰不住年龄的脖子上，又给在北京民办高校读书的女儿马美丽打了个电话，让她晚上来同住。

马可丽下楼之后，常小个子已经站在了一辆七座的奔驰面包车前，伺候他们上车之后，常小个子坐在副驾驶座上说："秦书记打了电话后，首长很重视，推掉了好几个约，其中有中纪委的一个局长、中组部的一个副部长，还有南方两个省的副省长和几个市长，只约了两个财团的老总一起吃饭，顺便把你们这点儿小事办了。他和秦书记是中央党校的同学，怎么也得给个面子，尽尽地主之谊。"马可夫连忙说："不不，这顿客我们请，首长能够出席就不错了。"马可丽暗地里踢了踢他，嫌他说话太直白，抢过来说："首长太客气了啊，怎么也得让我们在领导面前表现一下啊。别看我们河海小，我们的企业还是效益蛮高的，这次出门我们带了一百多万呢。"常小个子暗暗地笑了。

车行向北，过了新华社和国电、华能国际的大楼，进入西单，向右转了一个弯，继续走，再转弯，就行走在了府右街上。霸气巍峨的红墙和笔直地站着八个武警士兵的中南海西门映入了眼帘。马可丽以为要进入这个充满神秘、富有传奇色彩、掌握着十三亿人命运的门了，心情有些激动，呼吸急促起来。但车子并没停，而是继续向北，过了以国务院部门办公为主的中南海北门后，拐入了一个少有车辆的小胡同，停在了一棵高大的梧桐树下。厚重的蓝砖墙围着一个不小的院子，冲东的朱红色大门紧闭着，旁边还站着两个解放军战士。认真地查验了证件后，大门打开，车辆徐徐而入。

和故宫一样的大方砖铺地，两棵海棠树，四个黄铜大鱼缸，还有一架古老的紫藤。正房五间，前出一步廊，楠木柱子顶着盖着琉璃瓦的抱厦，彰显出了岁月沧桑的王气和富贵。这肯定是清朝哪个亲王或者贝勒的府邸。马可丽正贪婪地看着、想着，常小个子指着西墙上的一扇门说："这里是首长的专车车库，有地下通道，直达中南海他的另一个办公室。这里是首长平时接待下面来的客人的地方，为了清静，同时也是为了少让人议论。你们不知道，现在中央对他们这一级干部的要求有多严，他们是多么小心，给你们办事要担多大的风险。"马氏兄妹连连鸡啄米似的称谢。马可丽拉住他的手说："常秘书啊，我们，尤其是我，是会永远记住你的，再来北京我要单独请你吃饭。"

一个肩上扛着两杠一星的解放军少校打开了门，里面的人倒是都穿着便衣。这个大房子设计得很奇怪，墙上挂满了老北京的玩意儿：鸟笼子、大烟袋、朱漆食盒、大铜壶等。四开间是大厅，里面一间很明显是主人的休息室，四间房又分成了两个部分，一部分是会客室，一部分是客人等待的地方；中间有一道皇明色的纱帘，人隐约可见，说话声听得很清楚。

马可丽进来时，有几个人正在谈话，他们自然就被安排在了等待区域。落座后，隔着纱帘，她看到一个下身穿军装裤子、上身着一件现在的国家领导人常穿的黑夹克的人独霸着一张坐北朝南的大沙发正在高谈阔论，怎么看怎么面熟。

只听那人对着在座的几个人说："你们几个财团老总先坐着，我先说一下我这个老战友的事。"随后扬起戴着美军霸气的三防金表的手腕，指着靠近他的小沙发上一个黑炭头样的汉子说："李黑虎，你小子在班里投弹第一，打枪很准，是军训的模范，到了地方混得可不怎么样啊！都50多岁了，才明确一个准副县，什么副总经济师。电力部门倒是不错，可一是你的权力太小，二是你那个海沧离北京太远，战友聚会找你太费劲。"那个叫李黑虎的人忽地站起，两脚一碰，行了一个标准的军礼说："报告指导员，老袍泽需要老长官提携。"那人挥了挥手说："坐下，坐下！你调到离北京近的地方来吧，保定、廊坊均可。我给你们国电公司的老总打个电话，你想做局长还是书记都行。"说着，拿起茶几上的一个红色固话，按了几下对着话筒说："哈，听出来了啊？是我啊！我有个老战友是你的属下啊，在海沧电力局。想动一下，到北京附近的地方来，提上一个格半个格的。好，就这么办！我让他去找你啊，回头我到你那儿喝酒啊。"放下电话说，"好了，你去找他吧。今天下班前他没事，他秘书就在传达室等你。"那个叫李黑虎的人千恩万谢地走了。

太神了！马可夫看呆了，多大的官啊？这人的本事太大了，一个电话就搞定了一个正县级干部的提拔，而且还从穷地方调到了京郊。他还没回过神来，已经被那个少校请到了会客区。马可丽这次看清了，就是他，那个夺去了她童贞的大学同学——蔡公子，蔡少侠！这么多年了，马可丽别的没记住，他那非常非常性感的厚嘴唇她可是记得清清楚楚的。那是她的初吻，那个厚嘴唇压上来的时候，几乎让她窒息。这时的她，已经没有了当初的羞耻感和愤怒感，反而增添了无限的自豪感和幸福感。她正要上去相认，对方已经站起来了，很绅士地上前和她轻轻拥抱了一下，拍了拍她的后背说："山雨老战友打电话让我帮忙，我以为是谁呢，原来是老同学啊！二十多年不见，你风采不减当年啊！对了，你是马可夫吧？老大哥啊！要不是毕业后各奔东西、咫尺天涯，说不定我们就成亲戚了啊，我还得喊你一声大舅哥呢。"

他爽朗的大笑，坐在他身边的马可丽轻轻地捅了一下他的腰，在她故作羞态"你胡说什么呀"娇滴滴声中继续说："我们老同学的情谊一会儿再叙，先说正事吧。我这个老哥上新项目遇到了一点儿小问题，缺点儿小钱，你们几位支持一下啊。"随即又给他们兄妹介绍了屋里的三个男人，"这个，是厦华银行的行长，这个，是达财证券的老总，这个，是山野建材的董事长。他们缺6000万，你们一个人拿2000万，如何？当然，银行是国企，只能贷款，不过，利息要最低。你们两位都是上市公司，身家百亿，这点儿小钱就别要利息。我担保，先借给他们，如何？"三个人若有所思地考虑了一会儿，又咬了咬耳朵，一齐站起来说："好，听首长的。明天我们具体和马总谈，尽快办手续，尽快到账。"

"好，痛快！"蔡少侠正要站起来，门被推开了，一个虎头虎脑的三岁小男孩跑了进来，扑进他的怀里，后面跟着一个女军人。他抱起小男孩说："宝贝啊，你一来就乱套啊，爷爷什么也干不成了啊。"接着向大家介绍说，"这是我的宝贝孙子，这是他妈，柳依依上尉。老亲家在东北当军分区司令，特意赶来为这小家伙过生日。对了，他那里可是矿山密集的地方，他还兼着那个地区的安全委员会主任，他弟弟是煤矿安监局的局长。"

马可丽一听，马上把小家伙抱在怀里，示意哥哥拿过提包，拽出两万元说是给孩子的见面礼。小家伙接过来就冲着妈妈跑过去了。马可夫对妹妹赞赏地一笑，想着自己厂里还有几千万的矿山锚杆没销路呐，说不定这次能卖出去赚几百万。蔡少侠说："你们先回家，我和客人吃完饭就回去。"又回头对那个少校说，"哦，今天安排的是海军基地的培训中心吧？那里可是一帮军人，要入乡随俗啊。你们先走，我换套衣服就出去。"女军人领着小孩走了。

马可夫发现，那几个老板似乎对孩子过生日的事无动于衷，"也许是原来送过了"，他疑惑地想着，跟着这伙人出了门。

常小个子刚才给马可丽指的那扇门打开了，少校倒出来一辆挂着军牌的奔驰车。蔡少侠出来了，一身戎装，肩上竟然扛的是麦穗齿轮大金板中间一颗星。马可夫悄悄问妹妹："他是少将啊？"马可丽不无骄傲地说："我们上学的时候，他爸爸就是少将，真正的贵族血统啊。"在一边指挥车的常小个子凑过来说："首长是中央党委系统的文官，因为在军委兼了一个职务，才发了这身军装的，平时不怎么穿。要按他现在的真正职务，实际是上是和大军区副职平级的。"正说着，车门开了，蔡少侠对常小个子说："你和他们坐商务车吧，我和这位老同学以及马老板一个车。"少校打开前车门，示意马可夫坐进去，马可丽自然和蔡少将坐在了后排。商务车领路，一路向北。奔驰车内，蔡少侠一路看着外边的风景，一边介绍着。车到北海公园，他指着一个角门说，他们家原来住这儿，和原来华北局的第二书记是邻居，后来老爷子嫌吵，搬到八大处去了。到了地安门红楼附近，他说看到这个幽静的胡同了吗，全世界闻名的老爷子原来就住这儿，自己还去汇报过工作呢，那里的警卫营是他的老部队的。到了南线阁，他指着一个小胡同说，这里老房子很多，大多数是清朝的贝勒、大臣们住过的，建国时期的老部长们大部分都在这儿住着。他随口说出了一连串威震中华的名字，说自己和他们的子女如何在一起上小学、如何熟悉，许多人现在是华南一带的封疆大吏，自己每次去他们都是迎接在机舱门口，坐专车走贵宾通道。说不过现在不行了，中央有八项规定,他们这些红二代应该模范遵守,才能让老一代打下的江山不变颜色。还说当年上大学就是老一辈革命家的长远布局,接班没知识不行,班还是要交到自己人手里才放心,随后他又抱歉地说:"本来老同学来了,应该到知名的饭店招待一下,可形势变了,只能委屈到野外果腹了。"说得马可丽恨不得当场和他拥抱亲吻滚床单以表示无限的感动;听得马可夫热血沸腾,连连从副驾驶座位上回头抱拳感谢。马可丽看着哥哥更是得意非凡。

车出了城,过了北五环,进入一条两旁都是高大白杨树的宽阔林荫大道,向右一拐,进入有几个军人模样站岗的大停车场,一座钢结构的通体灯火阑珊的大楼矗立在眼前。

众人下了车,几个穿海军军装的人迎了上来,肩上都是两道杠三颗星或四颗星,但并不像地方上那样一拥而上,而是站成一排,按肩上的星星多少分次序站定,鞋跟同时一碰,"咔"的一声齐刷刷地敬礼:"首长好。"蔡少侠微笑着还了一个礼,朗声说道:"同志们辛苦了!"完全是大首长的气势。其中一个大校上来说,首长用餐安排在九楼野菜厅,取九九登高之意。

乘着宽大的电梯上去之后,马可丽惊呆了:哇塞,这哪里是餐厅啊,简直是一个大花园啊,不,大牧场,大草原啊!顶子是透明玻璃的,能看到蓝天上闪烁的星光;将近3000平方米的大厅中间只有一张桌子,其余全是错落有致的绿色植物:有北国的塔松,有南海的椰林,矮墩墩的挂着果实的金丝小枣,山西沉甸甸的核桃树,金色的菊花、鲜艳的山茶花和许多不知名的奇花异草点缀其间,四角是绿绿的草地和人造的起伏的山峦,还有几只小鹿憨态可掬地在悠闲地喝着不知从哪里来的泉水,静静地吃着绿草。

大家在名贵的紫檀木圈椅上坐定之后,每个人背后站着一个高挑靓丽的女服务员,为他们摆好了闪着富贵之光的银质餐具,醒酒器里盛满了从橡木桶里倒出来的波尔多葡萄酒,再依次斟到高脚酒杯里。海军大校介绍说,这是上个月从法国里昂空运过来的,是野葡萄酿成的,突出了一个"野"字和年代的久远。法国立国时间不长,这个酒是法兰西共和国年龄的一半多,典型的拉菲系列,带着原始的花香、果香。众人啧啧赞叹,在蔡少侠的祝酒词中慢慢抿了一口。喝惯了的和没喝惯的、会品的和不会品的,都不敢把酒一口咽下去,装着在舌尖回味,显出陶醉的样子。

马可丽在这个时候当然要显摆一番,说道:"真是琼浆玉液啊!"随之还吟诗一句:"此酒只有天上有,人间难得几回尝啊!"蔡少侠向她扫了一个眼风,她立即会意地抛了一个媚眼。只有曾经在企业兴盛时没少到国外吃喝享受的马可夫总觉得这酒的味道和赤霞珠干红葡萄酒没什么区别,但他又不能说。随之,菜一道一道地上来了,在海军大校不无炫耀的品评中,大家知道了这些菜有来自澳大利亚草原上的天然草菇和新西兰牧场上听着音乐、吃着仙草的奶牛生产出来的牛奶为原料的奶油蘑菇汤,有来自喜马拉雅雪域高原的牦牛鞭和两年生的虫草清炖双阳宝,有来自伏尔加河源头和黑海之滨交汇处的地道鱼子酱,有来自太平洋神户的牛肉和宁夏贺兰山结合在一起的炖品,还有来自恒河流域的大鲶鱼,间或上一点儿奶油小面包和南洋的水果。

  吃饭过程没有大盆大盘,都是小盅小碗,全场分餐制,服务员一对一服务,始终是面带微笑、轻声慢语,动作轻柔利索,令宾客如沐春风。在这期间,蔡少侠站起来微微示意敬了一圈酒,其余的人随后离开座位,鱼贯转圈,与最高首长碰杯。马可丽敬到老同学时,特意把发梢扫到了他的耳朵上,碰杯时用柔软的手轻轻地在他的手背上按一下,对方会意地说:"钱是不成问题的,一会儿由常秘书具体操作。"她赶紧把这个消息告诉了已经喝得有些微醺的哥哥,骄傲地说:"你看这是多高的礼遇啊,咱可得对得起人家啊。"

  宴席快结束的时候,所有的灯突然熄灭了,一轮明月挂在天空,皎洁的月光透过玻璃天棚洒了进来。服务员点起了红蜡烛,送上了冒着热气的、刚用咖啡豆研磨出来的巴西咖啡。在如梦如幻的胜景中,靠近餐桌的一丛巴西木缓缓移开,随即升上来一架钢琴和一袭白纱裹着的曼妙酮体的少女。她把长发一甩,修长的十指扬起,一串音符如清泉般流出,《致爱丽丝》的悠扬乐曲飘洒四方,如诗如画。马可丽凑在哥哥耳边说:"你看到了吗,现场的客人就我一个女士,这是专门弹给我听的。"她一副陶醉无限的样子,遥举咖啡当酒,向蔡少侠致意。

  蔡少侠一挥手,钢琴声戛然而止。他对大家说:"今天我们享受和体会文雅的花前月下,明天我们到北方射击场来一把风花雪月。但是那风是阎肃老先生说的铁马秋风,花是战地黄花,雪是楼船夜雪,月是边关冷月。常秘书,你给那个陆军集团军的参谋长打个电话,我们明天下午到燕山黄崖口。"

  这顿饭当然是马可夫刷卡,吃掉了他百万贷款的十分之一。看着哥哥有点儿心疼的样子,马可丽在宾馆门口说:"你真是个土鳖,没见过世面!你看在场的那伙人,哪个拔根汗毛都比你粗,这点儿钱算什么?小气鬼!"没等马可夫回答,她就回到自己房间和闺女亲热去了。

马可丽女儿的名字和她只差一个字,叫马美丽。当年马可丽一离婚,第一件事就是干脆利落地把女儿的姓改了跟她姓马。在马可丽眼里,男人只分有用和没用、能用和不能用。

年轻就是资本,再加上一米六七的个子、21岁的年龄,马美丽不再是含苞待放,而是鲜花盛开。马美丽虽然上的大学不怎么样,但仗着有几分姿色,自我感觉良好。一见到妈妈,她先把自己夏天在北戴河海滨的各种泳装酷照显摆了一番。看到女儿和一帮小男生勾肩搭背的狂放样子,马可丽警告她说,搂搂抱抱可以,可不能干别的,在大学期间,要保持姑娘的尊严。马美丽一听,笑得前仰后合,搂着她的腰说:"我说老妈哎,你别老土了,谁要是在大二的时候还是处女,那可就丢死人了啊!"说完,蹬掉高跟鞋,把外衣、内裤、乳罩、丝袜扔得满床满地,赤身裸体地迈着两条光光、白白的长腿进了卫生间。马可丽无可奈何地摇了摇头,想起自己在大学里做的事,不禁苦笑。对于这个女儿,她也实在是无可奈何。

说起来,马美丽的虚荣劲比起她这个当妈的还有青出于蓝胜于蓝的意思。舅舅做项目、找项目,她以社会实践的名义没事就往舅舅那里跑,不管有没有价值的客户她都主动贴上去陪酒、跳舞,拦都拦不住。见人就加微信,见人就扫码,把脸皮薄的客户搞得都不好意思了。母女俩有个共同的外号叫"扫一扫",但马美丽的扫一扫跟她妈明显不同,马可丽是拿眼睛扫描仪一样地扫,官小的不屑为之、钱少的不屑为之,马美丽是拿微信四处扫,振振有词地说人脉就是钱脉,有人就能成事,微信圈里乌泱乌泱的一群人。平时有事没事就把微信上那些叫她"我家宝贝"的她逗着玩人家也逗她玩的老头子们的微信头像拿出来说事,跟一些浅薄、没见过世面的人以此证实自己认识多少高端人脉,骗点儿小钱花。

上次舅舅找项目,在找到中科院物理研究所之前,她还死皮赖脸地非跟着去了中科院另一个所,有机会看到了项目进行中的先进成果。马美丽当时就惊呆了,贴贴蹭蹭地跟书呆子科研人员勾肩搭背,强行拿出他人手机打扫战利品一通狂扫。回来后,拿别人的微信头像以证其词,结结实实地对外炫耀了一把,还把与母同姓的威严的研究所马所长称为自己的亲舅舅,好好地往脸上贴了一回金。

马可丽就这么一个女儿,便睁只眼闭只眼地随她胡闹,除了对她交朋友良莠不齐颇有微词,平时还有点儿小得意,觉得女儿年纪轻轻地就善于开发资源、利用资源。

　　收拾起满地的衣衫，马可丽赶紧为女儿拉被铺床。当她看到出浴的女儿穿着吊带衫是那么性感漂亮，那嫩滑的肩、鼓胀高耸而半露的胸，那细窄而结实的腰，不禁想，对这样的女人，哪个男人会不垂涎欲滴呢？这样的女儿就是摇钱树啊，她心里又骄傲起来。当母女俩躺在床上，马可丽告诉她明天下午要到北方射击场体验军旅生活时，女儿高兴得一下子站了起来，连连说："妈妈，那太刺激了啊，我也跟着去啊！我最好穿一身苏联女红军的军装，端着转盘冲锋枪，哒哒哒，就像《这里的黎明静悄悄》中的冉尼亚一样。"马可丽一把把女儿拉进被子里，说："小心感冒啊，我的小祖宗！明天我带你去就行了。你不去上课啊？"马美丽说："老妈，你就别操那个心了，你去看看，我们这样的大学里有几个正经上课的啊？老师看着都一本正经的样子，给他们点儿小礼物，抛个媚眼，学分全合格，一门挂科的都没有。"

　　第二天上午10点，常小个子带着昨天见过的三位老板来了，对方极其慷慨，送给马可夫一个纯金的领带夹，送马可丽一套法国第五大道的化妆品，看到她女儿也在，随即指示下属到新天地买了一个香奈儿的手提包，说是首长的一片心意，否则没法向领导交代。马氏兄妹感动得一塌糊涂。在常小个子的指挥下，双方在三份用款合同上签了字，每家2000万元。要了马可夫黑金矿山机械设备公司的账号，三人立即给本单位的财务总监打了电话，保证24小时之内到账。事后，常小个子私下对马可夫说，按照北京的规矩，回扣佣金应该是百分之五，看在首长的面子上，就按百分之二。于是，在马可丽的催促下，马可夫拿出120万元现金给了他。中午，对方到离饭店不远的全聚德烤鸭店请他们吃最上等的果木烤鸭，随后两辆挂着军牌的越野车开来，几个人出了北京直奔八达岭高速，一路疾驰，进了燕山山区。

　　过了黄崖口那块巨石，沙石道上野草遍地，再穿过一片荆棘丛林，在几顶绿色的军用帐篷前，一个有战壕、碉堡、散兵坑组成的战场模型呈现在面前。蔡少侠一身作训服戎装，指挥着几个战士把步枪、手枪、冲锋枪、轻机枪摆在了设计平台上，金灿灿的子弹上了膛。马可丽向他介绍了自己的女儿时，他眼中闪出了奇异的光，示意他们自己到帐篷里挑选作战军服。马美丽一看就乐了，作战军服有解放军的，有日本兵的，有美式的，有德国的，有越南的，还有苏联的。她自然选了一套俄式女军服，拿起了一个转盘冲锋枪。

先是实弹射击，那几个老总显然是玩家，各自操起了自己喜欢的武器就乒乒乓乓地打了起来。马可夫和马可丽年轻时赶上了全民皆兵的年代，打过步枪，只是现在不太熟练了。常小个子叫了两个战士给他们压子弹，指导射击报靶。只有马美丽从来没有打过枪，蔡少侠自告奋勇当老师，和这个年轻的姑娘趴在了一起。马可丽叮嘱女儿要好好跟叔叔学，将来毕业后到他的部队里当军官。蔡少侠微微一笑说："小事一桩，那我可就要严格要求了啊。"随手把美丽拉到了一个站姿的射击位置，手把手地教她如何三点成一线，如何屏住气，以及有意瞄准、无意击发等要领。马美丽把步枪、手枪、轻机枪打了一个遍后，最后端起了冲锋枪，说："蔡叔叔，咱们玩对抗赛吧，对着空靶子没意思。"蔡少侠说："哈，小丫头很有战斗想象力啊，是个当兵的好苗子，入伍后我保你半年提成中尉。不过，玩那个可不能搞实弹啊。"他手一招，战士送来了四匣子空包弹，还有几支烟雾手榴弹。他欣赏着姑娘裹在军服里的窈窕身材说："怎么玩啊？咱们攻碉堡吧。谁攻谁守啊？"马美丽看着自己身上的军装说："我是苏联红军啊，你是德国鬼子侵略者，当然是我守你攻啊。""好！"两人一言约定。马美丽腰里挂上子弹，提着冲锋枪奔向了百米外的碉堡里，端着冲锋枪嘟嘟地往外扫射，嘴里还喊着"乌拉，乌拉"。蔡少侠不慌不忙，先用轻机枪打了两个点射，逼迫她隐蔽矮身，然后扔出了两枚烟雾手榴弹，把碉堡笼罩在了浓烟中，匍匐前进一段，疾跑几步，绕到了碉堡的另一侧。踢开了一块假墙，一跃而入，拔出腰间的手枪，顶在了她的后背上，大喊一声"缴枪不杀"。马美丽正被烟雾呛得咳嗽，脸上也一条一道的，被他一声大吼吓得身子一颤，不由自主地倒在了他怀里。他爱怜地说："细皮嫩肉的大姑娘哪里受得了战场硝烟的苦啊。"说完从军用水壶里倒出了矿泉水，拿出湿巾，把她俏丽的小瓜子脸擦干净，又从挎包里拿出了一罐进口的法国达能饮料。马美丽一看牌子就知道价值不菲，接过来一饮而尽，正要说谢谢就觉得一阵昏眩，软软地倒在了这位叔叔的怀里。

蔡少侠得意地一笑，推开碉堡左边的一个木门，拉出一张行军床来。他把马美丽仰面朝天放到床上，欣赏着制服诱惑，熟练地脱去她的军装，慢慢地剥去羊绒衫裤，剩下短裤和乳罩的时候停止了。他点燃一支烟，用淫邪的目光玩味了一番，这才把她全部扒光，全身抚摸一遍，抬腿上去享受起来。

外面那几个家伙也在玩对抗赛，马可丽扮成了女鬼子，拿着菊花军刀向前指着，嘴里"杀给给"地喊着。八路和皇军杀得难分难解，枪炮声声，狼烟四起。

这边碉堡里，却是蔡少侠独占女色，得意非凡，嘴里还暗道，这小妞虽然不是处女，但比她妈当年可细腻多了。整个过程，马美丽始终处于昏迷状态，但在最关键处，她竟然哼哼了几声，那声音显然不是痛苦的，而是带着一种满足。

完事后，蔡少侠给对方穿好了衣服，坐在一旁吸着烟继续欣赏被雨水打过的鲜花。马美丽悠悠醒转，立刻感觉出了下体的不适，她杏眼圆睁说："姓蔡的，你竟敢用迷药害我！说，你刚才对我干了什么？"蔡少侠微微一笑，做了个少安毋躁的手势，随手把两叠绿色的美元塞到了她的小提包里，说："叔叔是喜欢你啊！你放心，你当兵的事明年就可以办，保证你5年当上少校军官。还有，我在你们学校附近有一套三室一厅的装修好的房子，明天你就搬进去，省得在宿舍里挤。来，这是钥匙。翠华小区 8 号楼 808，多吉利的号！走吧，今晚到顺风楼吃海鲜。"

对于作风轻浮的女人来说，在疯狂的物质主义年代，战胜她们的最好武器就是金钱和富贵。在这种武器面前，一切羞耻、操守都会变得苍白无力、不堪一击。马美丽无疑是轻浮的，她不在乎对方的年龄比自己大了一倍，在意的是被人在自己没有知觉的情况下侮辱性地使用，因此心里有些别扭，脸上有点儿闷闷不乐。

知女莫如母，当天晚上，马可丽看出了女儿的情绪和心事，听女儿有些害羞地说完后，她立即气愤地说："这个衣冠禽兽，不能便宜了他！老流氓啊，当年……"她感到说漏了嘴，停住了。

马美丽喃喃地说："没便宜了他，你看。"她把美元和房子的钥匙拿了出来。贪婪的马可丽立即算了一笔账，两万美元折合人民币是十来万，一套房子在北京最少也得四五百万元。见多识广的她知道，在曾经最豪华的夜总会像天上人间什么的，大学女生卖处也就两三万元，再说女儿肯定也不是处女了。这么算来也比较合算。就是母女俩都被那个家伙那个了，虽然相隔了几十年，但还是他那个玩意儿，感觉有点儿别扭。想到这儿，她给女儿出主意说："明天一早先把美元存上，再到那个翠华小区看房子。叫上卖保险门的老板，先把锁头换了，而后跟他要房产证。"

第二天，马可丽还在捯饬的时候，去银行存钱的女儿哭着回来了，说美元是假的。娘儿俩来不及叫醒昨晚醉酒还在昏睡的马可夫，打的到了翠华小区。一打听，这里仅有六栋楼，根本没有八号楼。母女回来一哭诉，马可夫也警惕起来，立即给公司财务打电话问钱到账没有。女会计迅速查看了几个银行的账号，报告说没有。他们再打那个常小个子和蔡少侠以及那几个老板的电话，均变成了空号。几人赶紧开车找到了那个南池子附近的院子,谁知一夜之间,院子门口挂出了"北京民俗博物馆"的牌子。看门的老大爷告诉他们:"前几天这里装修,把牌子摘了,装修好了之后,又被几个不知道哪里来的军人租用了两天。这不,人家走了,今儿开业了。你们要去参观啊?到那面买票去吧。"

真是欲哭无泪啊。秦山花给马可丽打电话时,她正在街上和女儿相拥而泣呢。马可夫在一旁急躁地踱着步子吼:"哭有什么用!找秦山雨啊!"马可丽立即打通了秦山雨的电话,把经过说了一遍,厉声问道:"你怎么认识那个蔡少侠的?"对方轻描淡写地说:"我在党校学习时一个战友介绍的,就吃了一顿饭,具体情况我也不太了解。"马可丽说:"他是个大骗子,你也是!"谁知对方突然一改一向文质彬彬的态度,高声说:"瞧你们家里人这点儿出息!你快回来,我这里有紧急事要处理,很麻烦的。"马可丽再打,对方电话关机了。

十四 "阅"与"阅办",领导签批有什么学问

秦山雨确实遇到了很大的麻烦,麻烦之一是他收到了市委书记刘鸣弦转给他的一份调查报告。报告是原来在纪委工作现在是群联办处长的丁金辉和那个什么重大决策咨询委员会的秘书长孙乃夫以及公安部门联合写的,题目很一般,叫《关于山土集团转盘窑崩塌造成人员死亡的调查》:

2014年8月12日,我市位于红土岗的山土集团辖下一座以生产黏土砖为主的24门转盘窑发生了坍塌。当时该公司上报死亡人数2人、伤4人、经济损失300多万元。但群众反映很大,主要有三个原因:一是死亡人数不实;二是该公司多年来账目不清,有向某些部门和人员行贿的嫌疑;三是在国家明文禁止不让生产黏土砖的情况下,依然故我,破坏了生态环境。据此,我们组织多部门对此事做了艰难的调查,结果如下:

一是事故原因。按照技术操作规程,窑内熄火后应该自然冷却72小时才能出砖。该公司负责人为了多赚钱,采取了冷水浇热窑的违规操作方法,逼工人进窑,冷热相激,窑体坍塌,造成人员伤亡。

二是死亡人数为4人,是应该上报国家有关部门的。该公司为了逃避责任,在清理尸体时,用铁丝把尸体两个一组脸对脸紧紧地绑在一起,装在一个黑塑料袋里,造成死了两个人的假象。4名死者均为四川阿坝地区的农民,死者家属已经在来河海的途中。同时,在窑厂还发现了12名聋哑人,显然是该集团通过不正常手段绑架来的黑窑工,现已被解救出来安排在民政局的收容站。

三是该集团账目显示严重收支不平衡,有些支出项目模糊,有偷漏税嫌疑。

四是按原来城市规划,红土岗是丘陵人造树林景观,但现在已被山土集团挖空,满目狼藉,生态破坏严重。据专家论证,生态恢复需要花费上千万元,需要十五到二十年左右时间。

在机关刀笔吏出身的秦山雨看来,这个报告写得文理不通:只写了现象,没写原因;只写了结果,没有报告过程。一般来说,这种报告是不能报告给市委领导的,最

起码分管的秘书长也应该把一下关。可现在麻烦的是，这个报告不仅送上来了，而且送到了刘鸣弦那里，一把手竟然还在上面批了字："请山雨同志阅研。"机关老江湖的他对批字是很有研究的，尤其涉及高级领导的批字，意义深远复杂。要是写个"阅"字，你看不看均可，随便画个勾退回去就可以了；要是"阅办"，那你就可以不慌不忙地落实，可以让下属去办，也可以亲自办，还可以批给某个部门办，自己要个结果就可以了，具体得看自己的兴趣或者是自己在里面有没有利害关系；要是批的"酌办"，那就更好办了，就是可办可不办；要是"急办，结果告我"，那就得亲自出马认真去办了。现在老奸巨猾的刘鸣弦却批了个"阅研"，这里面的事情就难琢磨了：一是要看，二是看完后还要研究，三是既然研究了就得说说看法，或者是说出个处理意见来。

秦山雨接这个调查报告时是在刘书记的办公室里，他一眼就看到了"阅研"这两个字，也迅速扫了一眼内容，知道了大概情况。他脑子里急速转了一圈，随即就向书记建议了两个层面的意思：一是这个报告涉及死伤，人命关天，是不是再全面了解一下；二是自己分管组织和群团，这阵子事不是很多，可以组织一个小组去办。刘鸣弦淡淡地笑了一下说："这里面涉及许多法律问题，让他们按法律程序办就可以了。省委最近下发的十不准里面，有一条是领导不准干涉法律案件。再说，山土集团与你有点儿关系，你还是研究一下，感悟感悟吧。我相信老金他们会办好这件事的。这件事是群众反映的嘛，还是交给联系群众办公室来办吧，咱们要办的大事还多着呢。你们哲学系的人不是经常说'上帝的归上帝，恺撒的归恺撒'吗？"这时，书记屋里独有的通省委和中央领导的红机子响了，秦山雨知趣地赶紧出来了，但心里却七上八下的，忐忑不安。

每临大事有静气。他再次看了一眼墙上的条幅，在心里默念了好几遍，可就是静不下来，只好习惯性地把眼镜摘下来，又戴上，忽然感到一股尿意袭来。他走到卫生间门口，又回去找那个私密手机，看看没电了，便抓起桌子上的座机打通了弟弟秦山土的电话，问到底是怎么回事。对方怯懦地说："哥哥，我们上当了。出事那天正是傍晚，我命令大家清除障碍往外救人，谁知山东的那些窑工知道里面出事的是四川的，因为之前和他们打过群架，所以就是不动地儿。我没法，当场拿出了一万元，说谁参加救人就按一小时一千元给钱，他们这才动起来，但都慢腾腾地磨洋工、耗时间。我也没忘你的指示，先给了咱们村的三才和二广三千，让他俩先从烟道里爬进去找尸体，每两个尸体装进一个黑塑料袋。他俩也真不含糊，很快就爬进去了。就在这时，一辆大汽车疯狂地冲进了窑厂，吓跑了保安，冲到窑门前。车上下来十几个膀大腰圆的小伙子，一律穿着黄色的石棉隔热服，头戴铝盔，说他们是市安监局矿山救护队的，还带来了几台挖掘机。这伙人干活还真是厉害，也没说要钱，下车就干，把那伙山东窑工都挤到了一边，很快就挖通了窑门，看见了三才和二广正在装尸体。其中一个黑炭头一样的人拿出手机咔嚓咔嚓地拍了照片，还录了像。我一看不对劲，抢险队还管这事吗，就给他也拍了一张照片，马上传给了妹妹山花。她说认识这个人，叫魏正义，是什么法律服务队的，是冒充安监部门来抢险的。

"你不会把他们的手机扣留，赶他们走吗？你的保安队呢？"秦山雨强忍着怒气问道。

对方说："赶了。我马上就把咱们的保安队集中起来了，大刀、红缨枪什么的都拿出来了，把他们吓得直往后退。小耙子最机灵，上去一刀就把他们的汽车轮胎扎坏了仨，可后来赶不动了。你们市委一个叫丁金辉的人带着一伙公安上来了。那小子个头不大，但有两下子，看来是当过兵的，用的全是擒拿格斗的招数，上来脚踢手拨拉的，撂倒了咱们好几个保安，后来就……"

"别说了！"秦山雨再次打断了他，心想，无非是少报了两个人的死亡人数，大不了做个检查，多赔些钱，顶多是把山土弄到看守所待几天。那里有自己的人，山土也受不了什么罪。按有关规定，出了事故又死了人，公安是有权把业主控制起来的。不过，看来这个丁金辉也不是通过正路子调来的人，很可能是他那个部队转业到公安的兵私下里请人来帮忙的。这件事可以拿到常委会上说道说道，可以攻击一下那个由金剑北领导，实际上是刘鸣弦和西岭雪罩着的群联办。但现在的当务之急不是这件事，他继续有些恼火地问："那几个残疾人是怎么暴露的？"

安排残疾人也是他的主意。按照国家有关规定，一个企业安排残疾人就业达到一定比例，就算社会福利企业，可以让税务局减免部分税额。虽然山土建材集团利润不算低，但河海当地有句土话，叫"谁怕钱多了咬手啊"，意思是说，钱多了当然是好事，世界上没有嫌钱多的人。为此，他跟民政局局长袁志向说过，谁知那个贼精的家伙摇着头说："秦书记，要是坐着干手工活没问题，下砖窑可不行，真要出了事，我可负不起责任。现在残疾福利院里的老人多，来了年轻的我一定给你派几个去。"说完，连连抱拳说对不起，辜负了领导的希望与栽培。

秦山雨感到对方不听话，不给办事还挑不出毛病，很是尴尬。

秦山土知道这个政策后，就派了几个保安换上便衣，到附近的县连哄带骗地弄来了几个眼瞎、耳聋、胳膊腿不全的人，税务局来确定免税的时候，他就让这几个人出来见了面，说只是让他们夏天坐在树荫里看看砖坯场子，冬天靠在生着大炉子的屋里编编芦苇席子，就这样连唬带蒙，一年少缴几十万的税。稽查的人一走，秦山土立刻变卦，厉声说："哪里也不养闲人，老子是老板，要赚钱，不是慈善家。"随即让保安押着那几个残疾人进窑，和其他窑工一起装窑出砖。不仅不给他们工钱，反而定了任务，达不到规定量就不让吃饭。

干了几天，这伙残疾人受不了了。哪里有压迫，哪里就有反抗，他们商量了一下，一个深夜，集体行动了。瘸腿的和少手的联合，眼瞎的和耳聋的相互照顾，都拿着柳木棍子或是揣几块半截砖，冲出了宿舍，打算翻墙逃离这个活地狱，可惜很快被秦山土养的大狼狗发现了。他们虽然打伤了两个保安的头，砸断了狼狗的一条后腿，还是被抓回来了。为防止他们再次逃跑，他们被收了身份证，秦山土还在一片小树林里建了一间土房让他们集中住，由保安专门看管。

秦山土在电话那头说："我到现在也不知道是怎么回事。那个土屋子在树林里，有专人看着，他们一吃完饭我就让人把门用铁链子锁上。为了让他们安心，我还买了一个收音机让他们听呢。出事后，我看他们一个个眼瞎腿拐的，也没让他们出来干活。不知咋的，那个魏正义带来的人有一个说到那边撒泡尿，就把他们从树林里领出来了。"

"你那边一定是出了内奸，或者是被人安插了钉子。"秦山雨狠狠地骂道，"你他妈的混蛋！"他骂了后又觉得不妥，毕竟自己和对方是一个娘肚子里爬出来的。他心想，一定是那个侦查连长出身的丁金辉预先派人混进去了。事情已出，再骂弟弟也毫无用处，他赶紧问了一个最关键的问题："那个真账本和别的东西没被他们拿走吧？"

秦山土知道他问的是集团的真实开支和马可丽以顾问名义拿走的那几百万的音频、录像资料，赶紧表功似的说："肯定没有。我把那些藏在窑神爷庙里的供桌底下了，外面是铁皮箱，里边是硬塑料，不怕火、不怕潮湿的。"

秦山雨嗯了一声，又叮嘱了弟弟几句，说最重要的就是看好那个铁箱子。他放下电话，点燃一支烟，靠在皮转椅上，又习惯性地往上推了推眼镜，从上到下顺时针捋了鼻子一把，考虑着这份对他来说阴险异常的调查报告如何阅和研。

殊不知，他在慌乱中使用的这部对外公开的办公电话被学电讯工程专业、鬼精灵的市纪委书记西岭雪做了手脚，他的通话被遥控窃听了，引起了之后窑神庙里的一场厮杀，这也是他走向灭顶之灾的开始。

就在秦山雨闭目琢磨如何动用各方面关系把这个事故摆平时，惠能集团的总经理晃荡着两条长腿进来了。秦山雨当然知道张惠能为何而来，姬北华和魏正义等人清理繁荣街的时候，他正在省委开会。虽然妹妹山花没敢给他打电话，可回来后他还是听说了。他知道国家最近出台了《食品安全法》，对食品安全抓得很紧。惠能饮食集团里面食品的猫腻很多，央视曝光了几个典型案件，群众反映强烈，自己的身份也不便过多干涉，但一想到停业一天就要损失那么多钱，他就像被剜了心头肉。琢磨了半天，他还是给工商局局长老牛打了一个电话，话说得很中性，意思是有问题要认真整改，要注意惩前毖后、治病救人，要想到城市的发展和人民的需要，要从方便人民生活、繁荣城市的角度多想一想，站位要高一点儿。中国有个不好的传统，就是什么事要搞活大家都没办法，但如果要想管死，条文能出来一大堆。不要总想到自己是工商局局长，还要从市里的财政税收角度考虑问题，要有做市里当家人的意识。

都是在官场上混得成了精的人，牛局长岂能听不出他的话外音以及有意识的升官诱惑，呵呵一乐说："感谢秦书记的关怀，领导的教导让我的认识提高了一大截子，思考了许多。放心，我一定尽快落实您的指示精神，向市委交一份合格的答卷。"前面的两句话他感觉很舒服，就是最后这句话让他有点儿别扭，可又说不出什么来。对方说向市委交答卷，而不是向自己，可反过来一想，自己是市委副书记，也是市委领导，有时也是可以代表市委的，这么想想，他也就释然了。

此刻，他摘下眼镜，眯缝着眼看着像一根粗壮的电线杆子似的站在屋子中央的张惠能说："怎么，还没开业？"

张惠能翻着大白眼珠子说："没有。我找了工商局两趟，局长不见面，市场管理科长说没接到上级指示，让再等等，说需要统一研究。他还给了我一张50万的罚款单，我没接。"

"哦，"秦山雨面无表情地说，"就这样吧，等几天吧。"

张惠能心想，反正大部分家业是你家的，我挣的也差不多了，你爱管不管！他撩开长腿就往外走，又被秦山雨叫住了问："你的小吃店雇的人都是哪里的？"

"大部分是农村来的，也有城市下岗职工，还有一部分是中专毕业的学生。"

"好。"秦山雨暗暗在心里叫了一声，脸上却很平静，说，"最近中央连发了几个文件，要求维护农民工权益，让他们达到城市最低生活水平。你把他们组织一下，到有关部门反映一下他们目前无收入、生活困难的情况。"

　　张惠能心领神会地走了。

十五　信仰与反腐有什么关联

中国的制造业历史最悠久，中国也是神最多的国度。人们无论从事什么行业，都要心中有神。数万种产品制造业，每个行业都有自己的神。无论从业者的心灵是恶还是善，企业规模是大还是小，生产的数量是多还是少，都要搞一个佛笼或者是建一个庙宇，先把这个行业的神供奉起来。其实，这个神在他们心目中并非多么崇高，他们对神有多么顶礼膜拜，大多数人无非是从众心理，想让神保佑自己多赚钱而已。

山土建材集团从烧砖起步，供奉的当然是窑神。窑神的传说很多，有人说他是在天上炼丹的太上老君。后来人们觉得他练的丹民间也吃不上，净给那些神仙皇帝、达贵官人了，就不供奉他了。从明朝开始，特别是在北方，供奉的都是风火神，即窑神，也称风火仙师，姓童名宾。关于其来历，史籍中多有记载。在民间也流传着关于窑神童宾的众多传说，有些说法还很神奇，其中一则为：明神宗或万历年间，内监潘相奉旨烧制大龙缸，要求克日完成。但大龙缸烧成并非易事，每每失败。限期将至，若仍没有烧成大龙缸，烧造大龙缸的有关人将受到惩罚。童宾心忧如焚，为救这些人跳进窑火中，以自己的生命为代价换来了大龙缸烧制的成功，救了参与者的命。众人感其善行，立庙祭奠，供奉其为窑神，也叫风火神。每次烧窑前，都要烧香祀拜，以求其保佑烧窑成功。

秦山土也看过这则传说，觉得还是供奉童宾比较合算。大龙缸那么贵重，是皇帝老儿用的，他跳进去烧死了就烧成了；自己生产的红砖是民间老百姓盖房用的，有他的灵魂在，绝对能出好砖、多卖钱。于是，他把窑神庙建在红土岗的最高处，以绿树环绕、青砖砌墙，用黄色琉璃瓦盖顶，飞檐斗拱，刻上仙鹤麒麟等吉祥走兽，供奉从山西重金买来的童宾的雕像，佛像前置一块青石板，为摆放供果和烧香之用。后来真的发财了，秦山土还把雕像镀了一层金。夜晚，在大转盘窑炉火的映照下，佛像金光闪闪，很是诱人，但那些每月只有可怜一点儿收入的窑工们没有一个人敢动歪心眼——秦山土把两只藏獒拴在了庙前，他的骨干保安队员三才和二广带队值班保护。

平时，窑神庙不常有人来，除非是每年8月的窑神节，也就是风和日暖、最易于烧窑的季节，秦山土才会带着工头们来装模作样地祭祀一番，然后发发慈悲，让伙房里多买几扇子在冷库里储藏过了期的猪肉，弄些价格低的老白干给工人们吃喝一顿。

可是这天，人们发现老板秦山土带着几个人在这里转了半天，他的两个最得意的手下兼打手三才和二广领着一个满脸络腮胡子、长得高大威猛的黑大个子对着他夸耀说："山土哥，你离家时间长了，可能不太记得他了，这就是我姥姥村里的大猛子啊。他爷爷的爷爷是有名的沧州大刀王五的徒弟，拳打南山猛虎，脚踢北海蛟龙，还有一身横练的功夫，都让他继承下来了。来，兄弟，露一手给老板看看！"大猛子骄傲地歪着脑袋点了一下头，伸出海碗一样的大拳头，蹲下马步，向前虚空打了几下，破空的风声呼呼直响。他又化拳为掌，掌化成刀，对着窑神前的一摞红砖劈了下去，只听"咔嚓"一声，五块砖齐刷刷断裂。他拿起一块半截砖，在手里掰成两块，手掌搓动，暗红色的粉末唰唰地掉在地上，最后剩下一点儿手指头肚大的小砖块。也没见他怎么瞄准，扬手向一株白杨树投去，一只麻雀应声落地。

秦山土咧着八万一样的嘴笑逐颜开，心里暗暗叫好："这次哥哥交代的事万无一失了。"他掏出一叠钱来甩给大猛子说："兄弟，好样的！以后你就是咱窑神庙里的秦叔宝和尉迟恭。"秦山土还没说完，他那外号"小耙子"的小跟班跑来说："大门口来了三个和尚，非要见你不可，说是给要咱念经做佛事，消消咱这里的戾气和灾气。"

宗教在中国的地位很神奇，尤其是佛教和道教，信仰的人很多。穷人信，富人也信；顺利的时候信，坎坷的时候也信。据一位人口社会学家说，国人有13亿之多，信仰马克思主义的不多，信仰佛、道的反而占到三分之一以上。说穿了都是现实主义者，根本不是为了赎罪和慈善，相当一部分人就是想发财，没发财的想迅速富起来，发了财的想要更多的钱，尤其是财运正旺盛时突遭打击，不是反省自己做了哪些违法的事，而是想通过虚无的经文和毫无意义的某种活动让自己走出樊笼，搂到更多的钱。

秦山土就是这个心理。他来到大门口，看到来自盘古山明心寺的智障禅师和他的徒弟，正要上前见礼，小和尚把手放在嘴边"嘘"了一声，示意他安静，并指了指旁边的师傅。只见智障禅师盘腿坐在一小摞砖上，双手合十，并没闭目诵经而是二目圆睁，在强烈的阳光下眼珠一动不动地看着红土岗上转盘窑的上空。

好半天他才高宣一声佛号"阿弥陀佛",双腿一用力,就地弹起了一尺多高,站在了砖摞上,继续看着那里,宽大的灰色僧袍在秋风中纹丝不扬。

秦山土仰头问:"师傅在看什么?"智障禅师说:"我在望气。人在宇宙中,聚则为形,散则为气。施主这窑头上空有几团冤气在游走,欲进窑神庙而不能,皆因庙前有凶物阻挡,心生恐惧而不能入内啊。此怨气长期在这儿飘荡,恐怕会挡了施主的财路。须知,世上有人亿兆,从事行业工种万千,上天赐给人衣物财食,也对那些无休止蚕食上天给予恩物的人以惩罚,在求食、求财之中身遭不测也属于正常,但佛祖慈悲为怀,都要给他们找个归宿,那就是各行各业建立的神庙。进了庙门,自然就离开了人间,顺神道升天见西天如来,自能指点迷津再生。"

秦山土对他前面说的那几句并不在意,小小河海市出了死人的事故,自然会人人皆知,况且,那件事在哥哥的运作下,他已经抛出了一个副总经理主动到公安部门自首了,条件是给对方优厚待遇,责任也就没他秦山土什么事了。倒是这个和尚说的后面的事让他心思动了起来。窑神庙建在非生产区,平时没什么人来,工人们基本没见过,也不知道,这个和尚又是怎么知道的呢?看来有点儿道行。对和尚说的那几个四川的冤魂,他有点儿信。他们老家就有个说法,家有一丧,三年不旺。除了亲人离去对大家情绪的影响,还有看到了人生无常对命运带来的不测后产生的沮丧。对于让冤魂进入庙门升入西天的做法他也很赞成,让这个和尚做点儿法事,既可解除自己心中的恐惧,也可稳定和提升工人情绪。他心里暗暗做出了让三才把那两只藏獒牵走,让和尚入住本场几天的决定。

他恭敬地上前请老禅师入住,并询问老禅师想住在哪里、需要准备什么东西、多少钱。智障禅师答道:"出家人乃化外之人,慈悲为怀,并不贪图施主的钱财,也不须住华屋、吃山珍海味,随便在窑神庙附近搭建一芦苇席棚即可。每日清水馒头入肚,点起九炷香,我师徒诵经三日,把冤魂送入庙门,打开天道,升向西天,让施主逢凶化吉。三日之内,闲杂人等最好远离,不要干扰经书的清白。"

秦山土满口答应,吩咐人去布置,但他还是多了个心眼,牵走了藏獒,却叫三才和二广以及大猛子埋伏在附近。这一切都被智障禅师看在眼里,他冷笑几声,趁如厕之际给金剑北发了信息。

可以说,河海市的反腐跟上了全国的大形势。在书记刘鸣弦的高调会议讲话和从北京空降下来、在河海没有任何羁绊的女纪委书记西岭雪的强力推动下,各级纪委组织迅速到位，公检法全力配合，出重拳吹响了进军号。全民大举报，线索纷至沓来，在拍死了一批苍蝇，捉住了几只狐狸、獾后进展缓慢了，跑风漏气致使许多腐败官员提前躲藏，证据链断裂，气得西岭雪跟书记发牢骚说："这帮农民出身的干部就知道老乡、战友、七大姑八大姨过去占的那一点儿小便宜，不去想想他们贪污了多少钱财、耽误了河海多少发展。"

刘书记依然是不紧不慢的态度，微笑着说："办法总比困难多嘛，不过，跑风漏气是要误大事的。"刘书记找来了事管局局长，让他在九楼的一个小会议室里安装了最先进的电信、视频保密设备，并安排了值班武警，装修好了以后又指示说，这里是反腐大本营的作战室，凡属重大案件的反馈和研究都在这里进行。参加会议的人不管级别多高，都不准带秘书，所有身上的通信设备都要受到检查和监控，严防内鬼。

三天前的下午，这里召开了第N次会议，召集人是书记刘鸣弦、纪委书记西岭雪，参加的有金剑北和从北京监控跟踪马家兄妹一行的邱明亮。这个机灵的小伙子拿出了他在中南海门口及旁边的胡同、海军某生产基地还有北方射击场拍摄的录像和照片，还有马可丽母女在街头抱头痛哭的情景。

"愚蠢，活该！"西岭雪早就对这个仗着和秦山雨的关系，顶着记者名头，经常在市委、市政府一些会议上晃荡卖弄风骚的女人看不惯了，狠狠地说。刘鸣弦紧皱着眉头叹了一口气说："愚蠢自然可憎，可惜的是河海的又一笔钱流入了京城骗子的腰包啊！这笔钱如果用在正道上，起码可以解决几户城镇贫穷居民的困难。老金，这件事虽然和咱们当地的反腐关系不大，但你抽空也要管一管，叫上孙乃夫同志。他上的不是南京军事学院吗？他的战友在京城工作的不少，在大内当警卫官员的也很多，得想法把这笔钱要回来，毕竟是咱们河海的损失。"金剑北郑重地点了头，目送邱明亮出门后，拿出一个U盘放进电脑，启动程序后画面和声音清晰地闪现出来。

盘古山明心寺，秦山雨的妻子、农科院的高级农艺师马可华把一辆白色的宝马停在了大殿前。她一身名牌，一头黑得发亮的长发，手挽圣大保罗提包，一脸忧郁，缓步向前。智障禅师下台阶，双手合十高宣佛号："阿弥陀佛！今日正是南海观音巡视北方在我寺降福的良辰吉日，不仅能带迷途之人脱离苦海，还能发佛功的万能之力，祛病、强身、健体。女施主请随我来。"

大殿旁边的贵宾专用许愿室里，轻柔的音乐响了起来，经过金剑北一帮工友改编的《因果歌》像微风在飘，男声部唱出了历经沧桑的深沉，女生部唱出了无可奈何的幽怨。马可华跪在絮了海绵的锦绣黄垫子上，呆呆地听着，被歌词和声调深深打动了。歌声征服了她的心灵，她感到灵魂有了依托，阴郁的心情慢慢拉开了一条能看见一丝蓝天、能照进一束阳光的缝隙。她拉开手提包的拉链，往功德箱里放了五捆崭新的人民币，双手合十，念了一句"阿弥陀佛"，微闭双眼，长长的睫毛盖住了眼睛，素面朝天地开始祷告。

"大慈大悲的观音菩萨，弟子马可华再拜向您倾诉衷肠、坦白罪恶。小女子自奉天意、父命成婚以来，尽量摈除心魔，一心向善、相夫教子。但在夏季雨水充足的时候，野草也会疯长，有时还会胜过秋苗。在夫婿秦山雨出差和我姐姐马可丽以及更多女人厮混的日子，我也动过魔心，曾经和我奶娘保姆的儿子也就是我的前夫再续前缘。他曾经在我下乡插队身困农村无依无靠遭受生产队长欺辱的时候挺身而出，在我插队割麦子赶不上队愁得直哭时来帮我，在我到土井担水滑进井快要没命时救过我。和他在一起时我没去他家，那样会使我更伤心。我利用了秦山雨的权力，在他可以签单的宾馆里开房，让二狗哥享受到了城市住宿的奢华，品尝到了价值千元的山珍海味。我看到二狗哥花白头发下满是皱纹的脸、青筋毕露的四肢，还有黝黑的身子最初的惶恐、抖动和欣喜、饥渴的贪婪，感到他暂时解除了几十年单身汉的煎熬得到的满足，我很欣慰。菩萨，我不知道这是罪恶出轨还是救赎与行善，这都与我可怜的二狗哥无关，全是我主动的。大慈大悲的菩萨，你知道我几个月独守空房的寂寞吗？不，你是菩萨，你没有欲念，只有一颗慈善为怀的心。我是凡人，你要惩罚就惩罚我吧！我那可怜的奶娘和二狗哥太贫穷了，家里几亩地，一年就几千元收入，至今还住着三间土房子。我给了他们一些钱，他们被那几十万元吓坏了，干娘说：'闺女，娘虽然在村里，也知道外面的事。你是挣不了这么多钱的，准是你那个女婿贪污的，说不定哪一天要退赔，这钱我们可不能花。'他们哪里知道，那只是秦山雨当县委书记几个月的收入。后来二狗哥说：'娘不让动那钱，藏在猪圈里了。'菩萨，他们真是可怜啊！同时我也感到，他们是世界上最愚蠢也是最善良的人啊！旧社会'朱门酒肉臭，路有冻死骨'那是朱门不肯开门让穷人吃，现在朱门把酒肉送给他们了，他们却宁愿继续受穷挨饿。他们肯定不知道'志士不饮盗泉之水'的儒家之言，他们有的只是对我的爱，怕出事之后会给我带来恶果。但他们哪里知道这点儿钱只是我们家的冰山一角啊。我们的儿子上贵族学校，哪年不花一两百万啊？儿子还学成了那个样子，我真是伤心啊。还有他为了哄我开心，给我买的玉镯、金表、化妆品、名牌衣服，哪年不花几百万啊？我也知道……"

说到这里，她揉了一下跪麻了的腿和常年患腰椎间盘突出的腰部，向四周看了一下，不想说了。暗藏在黄布幔后的智障禅师双手发功，一股热气吹向了马可华的穴道。马可华感到一阵轻松，赶紧双手合十，磕头再拜，嘴里说："感激观音菩萨发神功给我治病，我还要交代我的罪孽，不过那不是我的，而是我们家的。说到钱，他带回家的钱我知道有多少，他私藏多少钱我真是说不清楚啊！他当县委书记的时候，每年的八月十五和春节，来家里送钱的人排成了队，哪次都能装一皮箱。他有时给我点儿，但大部分都拿出去了，说是要退给人家。他来到市里后，主管干部提拔，送钱的人就更多了。山土集团、惠能集团都有他家的股份，我姐姐在那里当顾问，据说每月好几万好几万的拿。可那些钱我很少见到，他说是给儿子存起来了，我也不知道存在哪里了。有一次，一个在这边投资的东北老板到家里来，凯迪拉克轿车后面跟着一辆带着车篷的轻型卡车，里面拴着一头野生梅花鹿，说晚上要请我们全家去吃全鹿宴。我看着那头温顺、善良、漂亮的小鹿，坚决拒绝了。晚上11点多，他醉醺醺地回来了，大概那头可怜小鹿身上的好东西都让他吃了，他跟跟跄跄地一进门就瞪着血红的眼睛要我。他只顾发泄着那股子邪劲，连身子底下是谁都忘了，咬着我的耳朵嘟嘟囔囔地说：'宝贝，那个海岛够美丽了吧？等我们攒够了钱，买一个比那个岛更漂亮的海岛，我当岛主，你做总管，再到南洋招一批佣人，修建一个最漂亮的蓝色港湾，买世界上最豪华的游艇、最时尚的私人飞机。你知道吗，现在世界上最牛的富人都不说自己有几辆豪车，而是说有几个海陆空驾驶员；不说自己有哪个国家的名牌衣服，而是说有几个私人服装设计师；不说自己有几所豪宅，而是说有几个海岛和几座古城堡。'天呐，那得多少钱啊！他没做完就吐了一床，直到第二天早晨我上班走时他也没醒。苦萨，我说得是不是太肮脏了，玷污了您老人家的耳朵和眼睛吧？您也别怪我啊，智障禅师说了，我说得越真实，您就会越体恤我的。我整天睡不着觉，您说我怎么办啊？我有预感，他迟早是要出大事的，我是两难选择啊：离吧，还有孩子；不离吧，他的情人里还有我大姐啊。我又能怎么办呢，我只有站在我的试验田里，看着那些正在发芽、生根、成长的小苗们，心里才能安宁一会儿。"

电脑轻轻地响了一声，放完了。金剑北解释说，这是他安插的眼线盘古山明心寺的主持智障禅师送来的，也算是群众举报吧。还说根据调查，现在许多有问题的贪官不信马列信佛教，尤其是他们的家人，农民式的自私、狡猾、坦诚、迷信、侥幸的心理交织在一起，更加相信佛教。他已经让智障禅师在河海旁边开了一分寺，造出一种气氛，让更多的贪官去那里忏悔，获取更多的线索。当然，金剑北没说真名马雨未的智障和尚和马家的关系。

刘鸣弦板着严肃的面孔没吱声，西岭雪冷笑一声说："他们信佛根本就没有什么普世意识，只是想通过神佛保住他们的不义之财，好蒙混过关。我看老金的办法可行，我们也利用佛一把，让他们吐真话，增加咱们的办案线索。"

刘鸣弦沉吟良久才说："我总觉得这个办法不太光明，你们看着办吧。"他说着站了起来。心眼多的大领导都是这样，同意了不说同意，让你看着办是默许也是装不知道。真有了成绩，自然有他一份；如果出了事，自己也可以推脱责任。金剑北看得透透的，也不说破。

刘鸣弦往外走的时候，西岭雪拉住他说："书记，我这儿还有一份情报呢。"她拿出了一个U盘插在了电脑上，放的是秦山雨给他弟弟秦山土打电话的录音，声音非常清晰。

刘鸣弦神色不悦地说："你这是从哪里弄来的？党内是不允许搞监听的，何况山雨同志还是市委副书记、是省管干部，我们这一级是无权处理的。"

西岭雪俏丽的脸上绽放出灿烂的笑容说："大书记别生气啊，我也只是觉得好玩才做的试验。我们家那位和我是军事电讯工程大学的同窗，他在总参三部工作，是搞情报的。这几年搞了一项发明，简单说就是用一台激光机把激光打在被监听对象的玻璃上，再接上一台电脑，就可以根据声音在玻璃上的震荡波还原成声音。这里面的程序很多，说多了你也听不懂。上次回家他正在捣鼓这个玩意儿，我看着好奇、好玩，就弄来了一台小激光发射器，那是他做实验嫌功率小报废了的。我们的办公楼不是工字型的吗，你们书记办公室在前边，我们常委在后边，我的窗户正对着他的办公室，我就试了一下，没想到得来了这个情报。我以党性担保，我可不是故意的，算是无心插柳柳成荫吧。"

金剑北看着她有些尴尬的样子，忙说："做大事者不拘小节，我看这个情报很重要，应该尽快把他们那个黑账本拿到手。"

西岭雪说："我建议立即派公安或武警部门到山土集团搜查，以免他们转移证据。"

刘鸣弦坚决地摇了摇头："这样做不妥。第一，我们不知道他们之间说的是不是实话；第二，一动用武装力量，就会打草惊蛇啊。我看，还是让老金想办法吧，群联办嘛，可以发动群众啊。"说完，走了出去。

书记默许，这才有了盘古山明心寺智障禅师到山土集团诵经超度冤魂的事。

是夜，乌云遮住了星光，山土集团窑神庙前的两棵黄桷树下，智障禅师和徒弟无尘端坐在芦苇席子搭成的棚子里，手捻佛珠诵经，面前的九炷高香忽明忽暗，师徒二人神色安然。少顷，无尘从外边方便后回来说："师傅，那几个人让我去超度吧，跟你学的本事我还没用过呢。"智障禅师摇头道："佛家慈悲为怀，不能斗殴伤人。记着，上兵伐谋。"

离他们不远处的西边一丛小树林，大猛子和三才、二广隐蔽地趴在那里，大猛子手持单刀，其余二人紧握钢珠枪，警惕地看着那个芦苇席棚，扫视着窑神庙的周围。急于立功的大猛子说："就这两个和尚我看就是菜鸟，还不够我胳膊一抡的呢，你们俩回去睡觉吧。"三才说："老板交代的事大意不得，不光是那两个和尚，还得防备别人呢。藏獒被牵到门口去了，说不定会有人来咱这窑神像上刮金子呢。"

过了子时，夜更加深沉，智障禅师探出头，望了望刚露出几点光亮的星光，手心朝上试验了一下，低声说："东风来了，是时候了。换香，含药！"说着，把两颗药丸送进徒弟嘴里，自己也吃了两颗。无尘麻利地从佛袋里拿出九炷粗粗的香点燃，智障禅师伸出拇指，在西边的芦苇席上一划，哧哧四声画了一个正方形，席上出现了一个一尺见方的窗户。智障禅师双掌画圆徐徐推动，一股淡淡的香味随风飘出，直袭那三个人藏身的小树林，不一会儿，三人便沉沉睡去。

智障禅师师徒疾步走出，来到窑神庙里，双膀用力，掀开那个当供桌的青石板，拿出了钢板焊成的箱子。把青石板复原后，老禅师向窑神拜了两拜，矮身跑到围墙前，脚下发力，在砖缝处借力点了两点，坐在了围墙上。无尘把箱子递给他，而后用蝎子倒爬城的功夫壁虎游墙，不小心扒碎了块风化的砖。就这一点儿小动静引起了大门口两只藏獒的警觉，训练有素的它们不吠不叫，却如一阵风似的向这边跑来。坐在墙头的智障禅师不慌不忙，从百宝囊里拿出两枚三尖锋翼镖，一扬手投了出去。两枚精钢打造的镖无声无息地旋转着，如同长了眼睛般稳稳投进藏獒张着的血盆大口，带有弹簧的镖锋张开，卡在了它们的嗓子眼上，藏獒痛苦地趴在地上不动了。

夜，更加深沉，处于河海荒郊的红土岗周围的秋庄稼已被收割，裸露的大地上偶尔有几只小动物跑过，远处黑黝黝的老坟地里，几点磷火闪烁着。被山土集团做红砖挖出的大坑里，几株瘦弱的芦苇在萧瑟的秋风中互相依偎着，似乎在回忆前辈们曾经生长过的肥沃的土地，咒骂着富裕的掠夺者和贫瘠的制造者。

　　一辆和夜色一样黑的轿车悄悄开来，智障禅师师徒轻巧地跃下墙头，坐上那辆轿车消失了。东方渐渐地露出了一点儿曙光，尽管就只有那么一点儿光亮，但必定要照亮整个世界。

十六　为什么解决观念问题必先解决经济问题

按照党委内部分工,一般来说,市委管组织群团的副书记是党委这边的二把手,同时也管机关、管办公秩序以及其他事务,是主管群众上访的第一责任人;可是今天,市委副书记秦山雨却开始推脱责任。当市委办主任彭殿格告诉他市委的大门被一伙上访的人堵住时,他淡淡地说:"现在不是有联系群众办公室了吗?群众上访自然由他们负责,我还有别的事。"说完,冷着脸夹起皮包,下楼从后门走了。

彭殿格也是个机关的老油条,别看他不会写材料,也不懂、不看材料,不干也没想干点儿什么事,但一向信奉"混"字当头的他,遇到棘手或者是让自己出头作难的事时,闪展腾挪的功夫堪称一流,滑不溜秋的手法多种多样。他连自己的办公室都没进,就转入了楼道尽头的卫生间,四处张望了一下,见前后无人,又打开每个蹲坑的门看了一遍,确定没人方便之后,他把清洁工常用的"打扫卫生,请稍候"的牌子放在门口,然后进了一个蹲位插上插销,解开腰带蹲下,掏出手机打了两个电话。第一个电话打给了刘鸣弦书记的秘书,说自己的老娘最近身体不适,得回家看看。老家在盘古山区,手机信号不好,有事找他如打不通手机可以打附近乡的电话,让他们转告即可。他刚才看到书记和某常委在研究工作,怕进屋请假打断领导思路,所以请秘书转达。其实,只有天知道他那个村的电信信号好不好、那个乡政府里有没有值班员、那个值班员到他那个村需要多长时间,更不用说值班员会不会去找,即使找到了他家会不会见到他,他那个不管是真有病还是假有病的娘会不会说他到另一个村去抓药或者是看亲戚去了……

他把这些算计定了之后,又给秘书处值班秘书打了一个电话,说自己正在外边办一件事,按领导指示,让群联办的金剑北去处理大门口一伙群众上访的事。他不说哪个领导,值班秘书自然也不敢问。交代完毕后,他提上裤子,悄悄地钻进了平时很少有人坐的消防电梯,按键,直接下到地下车库,开上自己一直留了一把钥匙的专车从后门跑出去,找自己的一帮哥们打牌喝酒去了。途中,他没有忘记卸下手机电池再重新装上,这样一来,如有人再拨,就成了"你拨叫的手机

不在服务区"的电脑提示音

机关工作也不是很紧张,关系很近的朋友有时也会在一起闲聊一些私房话。金剑北正和姬北华在一起闲聊,诉说着机关、社会的人事沧桑、他人的功过得失和升迁荣辱。在谈到办公厅这几年升上去的几个人时,说起了已到实权局担任要职的张二百五、沈大虚伪、赵献媚、吕大忽悠几个人的升迁。姬北华说:"我这个人最大的缺点是不开窍,把闲事当正事做,把官场的正事看作无所谓的事。本来写材料是领导念一遍就无人再理的闲事,我却当作事业来做,整天琢磨着如何找角度、如何让领导讲出来更得民心,如何把调查报告写得更真实、更打动上级,却把谋取更大权力或者是再上一步的大事忘了。结果干了十几年,级别虽然上来了,其实还是个兵头将尾,大打杂的。就说张二百五吧,当然材料写得也不错,但是人家在写材料之余不像我总看什么文学啊、历史啊还有哲学作品,而是研究历代的官吏如何升官、如何发财、如何在写材料之中夹带一些让领导表扬某个局或者是哪个市长、常委分管的工作,广结善缘。结果呢,人家抓住一个换届的机会,先到了民政局,后到了劳动局,紧接着又去了财政局,都是肥得流油的单位。捞了几笔钱,最后还当上了政协副主席……你也有毛病,就是忠义心太多、太重情义。老书记给了你一点儿恩惠,你就终生报答。不过,你也比我强,看清物质主义时代到来的新趋势,过去毅然辞官,发了一笔财,起码一生无忧。我听说,你这次出山也不全是国家政策的原因,据说是为了老书记的临终嘱托来的。"

金剑北再次体会到了柳枫总结的河海是"农民社会,熟人城市"的箴言,真是什么密也保不住啊,好多事得加快才行。就在这时,值班秘书的电话打过来了,他趁机避过话头,和姬北华疾步下楼。

河海市委的大门前聚集了一百多人,穿的衣服杂七杂八,这些夹克衫、羽绒服、黑棉袄裹着的男男女女,男的一律缩头缩脑,女的大都是北瓜脸、土豆腰。他们有一样是统一的——每个人都有一件用吊带挂在脖子上、中间用两根带子拴在腰里的油渍麻花的大围裙,上面写着褪了色的"惠能饮食集团"的红字。这些人还打出了"我们要劳动,我们要吃饭""还我们的饭店,让我们的孩子有学上,老人有衣穿"的条幅,极具煽动性,抢眼球还能博取同情心。周围看热闹的人不少,门口的保安把大门紧闭,几个大个子站成了一排。

金剑北一看这个阵势心里就明白了,其一,这些人肯定是张惠能那小子组织鼓动的；其二，这个条幅的词肯定不是张惠能想出来的，肯定有人在后面出招了。金剑北同时也意识到，上次让姬北华和魏正义干的事不太完美，惠能集团食品掺假售假、坑害群众的行为固然应该得到惩处，但主谋还是张惠能和秦山花及其背后的黑手。饭店、粮油店的职工无罪，毕竟他们要吃饭养家，要说他们是帮凶有点儿太牵强，他们不出来揭发那是觉悟问题。实际上在目前这个大部分人追求金钱的社会大背景下，让这伙人提高觉悟，尤其是对那些每天为钱发愁又看不到希望的人讲社会责任、讲为了人民的利益顾全大局、讲与腐败现象做斗争、讲为人民服务，讲那些大道理简直就是天方夜谭、痴人说梦。说句俗话，那叫胡扯蛋，好比是对着一群猪大喊："首长来了，全体注意，列队行持枪礼！"

金剑北进了传达室，果然看到张惠能和他的三个号称"二杆子"的保镖在那里咆哮号叫。曾经的工友见了面当然也不客气。张惠能大刺刺地坐在一张桌子上，两条长腿耷拉着，瞪着一双牛蛋眼对金剑北说："我琢磨着第一个出来的就是你。群联办主任嘛，就是打前站的货！虽然号称正县，其实也就是个临时虚职。"金剑北没说话，只是嘲弄地看着他，围着他转了一圈后，站在他背后对老传达说："老侯，没听说你在这里开餐厅啊，桌子上怎么还有了菜了？再说咱们河海也没有把整只骆驼上桌的啊，是清炖还是红烧啊？我怎么越看这只骆驼越像从铸铝车间出来的啊，浑身烟熏火燎的，带着一股胡爆味道。准是耐火砖的缝隙没封好，跑了铝水烧着了一块臭皮子。"

一开始，张惠能坐在那里本来就有些虚张声势，看到金剑北进来心里便开始发怵。两人自打一起进厂就开始较劲：金剑北当了锻工班长，张惠能也是铸铝的班长；等金剑北进了科室，他成了车间副主任，比金高了一点儿，很是趾高气扬了一段时间；后来金剑北上干校，结交了老书记徐波，调到了市委办，他也通过走门子当了一家饮食服务公司的总经理。可惜他的单位级别太低，一直未升上去，而金剑北却越走越高让他望尘莫及了。他采取了鸵鸟策略，工友聚会，凡是金剑北到场他一律不参加；有人说金剑北的事，他一律不听。缩在自己的窝里，期盼着能一飞冲高天，压住对手，好好地摆一桌，把工友们叫来，当面和金剑北论个高低。后来金剑北退到二线了，他的公司改制，他承包了，又攀上了市委副书记秦山雨，他觉得自己的愿望快实现了。正当巅峰之决即将获胜的快意在心头荡漾的时候，谁知金剑北又回来了，依旧压了他一头，并且把他逼到绝路了，这次他一定要背水一战了。

金剑北在他后边站着不动，他心里直发毛。金剑北又把他比作骆驼看作菜，这桌子是不能坐了,他翻身从桌子上下来站在地上说:"你也不强,不就是个打铁的吗?瞧你那头黄毛,像头野猪,说不定哪天把你摁在铁匠炉里做个烤老猪吃!姓金的,你搞得我们一百多职工没饭吃了,现在不是讲执政为民、讲群众路线吗?我作为一级单位的最高负责人,向你们提出抗议、请愿。"

金剑北想起那次李俊组织工友喝酒时张惠能吹嘘自己和县委书记吃饭的事,存心要给他找难看了,说:"你是一级单位的最高负责人,哪一级啊?不就是个副科级吗,那还是改制以前,现在的民营企业哪里还有级别?你睁开眼看看,市委看门的、值班室守电话的都是科级干部!你到里面看看,楼上的处级干部成排成连队,你算哪根葱啊!"

张惠能脸红脖子粗地说:"谁不知道你姓金的是扒上了高门,还会写两下子,这才升了大官啊。我不跟你比这个,你就说今天的事怎么办吧,你做得了主吗?"

金剑北存心和张惠能斗嘴,来市委上班这段时间,好多痞子话金剑北都没有环境说,今天他就是不往正事上说了:"怎么办?凉拌!骆驼胃加炖猪手皮,还有,让你媳妇还跟着你。"

这里面有两个典故。一次大家都在车间干活时,厂里要组装一个大件,把锻工、焊工和身强力壮的工人都叫来了。张惠能个子大,负责抬工字钢。干完活后,厂长发了善心,叫伙房弄了一大锅豆腐、粉条、白菜炖猪肉,大白馒头随便吃,还打了两桶散白酒。张惠能甩开腮帮子、张开大槽牙,一连吃了八个大馒头三碗肉菜,看得在一旁当时还是焊工的谈丽萍目瞪口呆地说:'你是骆驼胃啊!'饭后,大家都在车间里找地方休息,张惠能上了一趟厕所回来,看到斜倚在树下的谈丽萍正拿着一把小刀修指甲,改瘦了的工装故意把大腿和臀部包得翘翘的,胸部鼓鼓的。张惠能知道风骚的谭丽萍是一个喜欢跟男人在一起混而且很放得开的人,心里一阵发热,看看四周无人,便想去撩拨她,摸摸她的小辫子。谁知刚凑上去,就被吓了一跳的谈丽萍回手给了他一小刀,把他的手划下了一块皮。他赶紧去找水管洗手,正好被一个工友看见了问是咋回事,他说是刚才吃肉菜时啃猪蹄粘掉了一块皮。

另一个典故发生于那年秋天组织工人下乡支农时,当时金剑北和他住一个屋。张惠能为了显摆他从小在索泸河边上学时学会的那几下狗刨的本事,更是为了巴结像谈丽萍一样嘴馋好吃的女工,晚上就到村西的大坑里摸鱼。天凉水寒,第二天他就感冒发烧了。等上工的时候，金剑北看到他还在被窝里卧着，就说："看你小子这么个大个子连凉水都压不住，是不是刚结了婚给掏空了啊？对了，跟你说个正事吧，你看这里缺医少药的，你万一出点儿什么事你那小媳妇怪可怜的，你写张纸条吧，你要走了，就让你媳妇跟着我。你媳妇虽然长得不怎么样，但好赖也是一条性命，我有一口吃的，保证喂她半口。"张惠能噌地一下就钻出被窝，瞪起大眼珠子说："你他妈的净想好事，跟着你，跟个王八也不跟你！"

俗话说，打人不打脸，骂人不揭短。可是今天，金剑北不光揭了张惠能的短，而且揭下了他头上伤口处刚刚愈合的伤疤，揭得快、下手狠，露出了丝丝红肉还带着血珠子。张惠能怒不可遏，嘴里结结巴巴地说："你……你……老子今天跟你拼了！"说着往后退了两步，撸胳臂挽袖子，就像拳击手一样做着预备动作，看样子是想来一个直勾拳，谁知身后有一个老侯平时下班后坐在树底下喝茶用的小矮凳，张惠能被绊了一跤，跌在地上。保镖赶紧扶他起来，另一个黑胖子嘴里号叫着说："什么破玩意儿，也敢挡我们老板的道！"脚尖挑起，一个高抬腿踢过，"当啷"一声，窗户上的一块玻璃被打得粉碎，小矮凳越过窗户飞了出去，砸在了院里停着的一辆大众车的前脸上，跳了几跳，撞在挡风玻璃上，玻璃裂出了几道纹。

看似文质彬彬实际上是鬼精灵的姬北华从金剑北一进门和张惠能斗嘴就看出了老领导要故意激怒对方的意图，早就做好了准备。他手一招，两个全副武装的警察便雄赳赳地走了进来，厉声喝道："你们扰乱办公秩序、毁坏公共财物，按《中华人民共和国治安管理处罚条例》，拘留5天。"看似不太健壮的警察上前一个擒拿手就摁住了黑胖子，让他的嘴和瓷砖亲密接吻去了。别看那些私人保镖总在人前吹嘘自己多么厉害武功多么高强、天不怕地不怕多么大胆，可也就是在街上要耍浑、欺负一下老百姓，在真正的国家武装力量面前基本都是不值一提的怂包。

黑胖子不敢动了，另外两个家伙也都有些愣神但又不敢在老板面前表现得太差劲，其中一个把短发的发际线理得很高、头上明显有三个旋的细长脸瞅着警察腰上的配枪就要动手，张惠能赶紧喊了一声："浑蛋，住手！"虽然他也是愣头青性格，但毕竟在基层当过领导，知道真要是挨着了警察的枪套那就是真正的袭警，他们几个就谁也走不出去了，都得到黑屋子里啃窝头去。喝住了部下后，张惠能对他说："快上外边去喊，就说他们要打上访群众了！"细长脸跑到外面，扯开野驴嗓子喊了起来："大家快来啊，市委干部打我们上访群众了！"外面的一百多人呼啦一下全围了上来，把小小的传达室堵了个水泄不通，看热闹的闲人也都跟过来了。

金剑北到底是见过大世面的，他不慌不忙地走出来，正好市委机关事务管理局的清洁工刘白山开着一辆运垃圾的清洁车咣咣当当地过来了。刘白山原来是郊区菜农，在市委做临时工。老书记徐波在任的时候，住的院子很大，种了许多蔬菜，坚持不上化肥，金剑北就把搜罗农家肥的事交给了刘白山。下班后两个人经常在老书记家的小菜园里拾掇，挖坑、埋粪、锄草、捉虫子，都是农家出身的基因使他们成了朋友。那时候是计划经济，买啥都凭票，像买自行车、缝纫机、复合肥等在农民眼里是天大的事，但在市委书记大秘书那里就只是小菜一碟，商业局、供销社、生产资料公司的小经理们常往他那儿送票。没等刘白山开口，金剑北每年都顺便给他几张。有一年，刘白山的老婆得了肾病，住院的钱差了一大截子，愁得直掉泪，金剑北给医院的院长打了个电话，给他免了一大部分。这么多年来，刘云山一直视金剑北为恩人，但他只是个清洁工，和金剑北差得太远，联系不上，就一直记在心里。别看刘白山只是个清洁工，但毕竟是在市委大院里上班，比一般人听到的、见到的多，知道不少贪官污吏弄权牟利的内幕。刘自己是平民，也知道自己那个阶层的人生活的不易，有时见到来上访的人还很同情，还干过把他熟悉的来上访的亲戚偷偷用垃圾车带进市委大楼的事。可是今天，看到出来接待上访的人是金剑北时，他的想法马上变了，狠狠地鸣着他从一辆破警车上拆下来换到自己车上的一个警笛喇叭，嗷嗷的叫声震得人耳根子直发麻。他一个转弯急刹车，把满是垃圾污水脏痕的车子停在了金剑北和涌上来的群众之间，打开车门就把金剑北往上面拉，打算带金剑北逃离。

　　金剑北对他耳语了几句，他赶紧拿出报纸垫在车里。金剑北拿着电喇叭站好，刘白山举着大铁锨站在旁边，嘴里喊着："谁他妈敢上来，我拍死谁！"大铁锨刚刚清过污泥浊水，一滴滴的黑汁顺着锃亮的锋刃向下淌着，发出阵阵恶臭，让人望而生畏。有几个妇女挤着堆往后躲，打头的几个男人也站住了。如果面前站了个警察，群众心里可能会极其反感，会往上冲，但是现在是浑身肮脏，社会地位、干的活还不如他们的清洁工，他们反而不敢上前了，心里都在想，如果让警察抓了、打了，自己还可以拽下了他们的一两颗扣子，回去还有牛可吹；要是让一个市委铲垃圾、清扫厕所的人拍一铁锨，那可是丢人的事。因此，众人都不自觉地往后退了好几步。

　　金剑北哭笑不得地把他推到一旁，但心里还是觉得暖洋洋的。一来不怕那些人来侵犯了，二来居高临下好说话了。他两腿岔开，拿起电喇叭说："乡亲们、兄弟姐妹们，我叫金剑北，在咱们河海也是臭名远扬的人。你们中间有的人可能认识我，不认识的人也可能知道我。我也是工人出身，干过翻砂、打过铁，知道咱们工人的难处。当然，后来我当官了，可又辞官不干了；办过企业，在我们村里当过村官，政府又把我叫回来了，让我当联系群众办公室主任，也就是联系你们这些上访的人和有事不找政府在家发愁的人。我也知道你们为啥来上访——没工资了，失业了嘛；我知道你们也不愿来上访，咱做过有毒的食品，报纸电视台都曝光了，丢人啊！咱河海就这么几十万人，老乡连老乡，战友同学遍地、亲戚儿女亲家遍地，挑水的担子挂犁铧，勾着连着的，谁不认识谁啊？拿你们做的那些食品来说吧，谁敢说亲戚朋友或是亲戚的亲戚、朋友的朋友没吃过？还有你们在有毒食品里加化学香料添加剂，哪家叫你们叔叔、大爷、舅妈、姨妈的小孩没吃过啊？看着天真的孩子那么小就中了毒，你们心里就没愧吗？咱没脸啊！我也知道你们来上访是有人操纵的，那个人就是张惠能！你们想想，你们一个月不就才赚一千来块钱吗，他赚多少啊？他比你们多得多，损失最大的是他啊！我给大家算个账：你们一个小店五个人，每月一共五千元工资，一个人也就一千块钱吧。他赚多少呢？起码得三四万啊。你们来上访，是被他卖了还帮他数钱呢，我的傻兄弟姐妹们呐！"

"他胡说，把他拉下来！"张惠能在传达室门口用两个手掌做成喇叭状喊，撩开长腿就往前冲。

"你敢！"刘白山操起还流着黑汤子的大铁锨冲他扬了一下，半铁锨恶臭的垃圾和一个脏脏的塑料袋飞到了他身上，吓得他赶紧躲一边去了。

下面一个北瓜脸、土豆腰、高嗓门的妇女说："金大嘴，我们知道你能说，你是站着说话不腰疼。我是下岗职工，每月那几个钱都不够花，就指望着在那里挣几个钱给孩子他爹看病呢，你给啊？"

大家对钱是敏感的，人群立刻七嘴八舌地喊："对，别瞎白话，你给钱啊？"

金剑北正要说什么，一旁的刘白山开口了。他对着那个高嗓门的妇女喊道："你不是东王庄的寇三妞吗？你家还缺钱？真是大白天说瞎话啊！你自从嫁到俺姥姥那个村，那时还是生产队呢，大队仓库里有嘛你家就有嘛，村里有什么你家里就有什么。大家知道这是为什么吗？"他居然来了一把黑色幽默，笑眯眯地看着大家问道。

聪明的人大概猜出来了，越是处在社会底层的人，对男女那点儿不正当的事就越是有着天然的浓厚的兴趣，但自己又不肯说出来，便故意问："不知道，你知道啊？"

"她和保管队长好啊，靠着啊！夏天在菜园子里来一回是两个大北瓜，秋天在高粱地里干一回是一筐老玉米，冬天在仓库里弄一次就是半口袋麦子啊！那个地方不空，家里也就什么都有了。"刘白山石破天惊地喊了一句。不管在什么地方，小市民对裤腰以下的事总是表现出无限的兴趣，人们轰的一声就笑了。剑拔弩张的气氛缓和下来，人们的目光立刻搜寻着躲到了人堆里的寇三妞，妇女们有如群羊遇到了狼，聚拢到一块儿，赶紧躲开寇三妞。不管出过轨和没出过轨的都和她拉开了距离，以显示自己的贞洁，并开始口诛笔伐。有的说，就这模样，还能挣那个钱啊？有的说，那种事不能看模样，说不定人家炕上的功夫好。再说，一个村里的保管队长能有什么水平啊，掀开尾巴看着是个母的就上呗！

张惠能一看要坏事，又大声喊起来："老白山，你个臭掏大粪的，满嘴喷粪啊！你侮辱妇女，你是诽谤罪，要负法律责任的！"

刘白山又扬起了大铁锨，说："诽谤个蛋吧！她是俺姥姥村里的媳妇，我知道还是你知道啊？她是你姨啊还是你姑啊？你要认这门亲戚，俺姥姥村里还不一定同意呢！说我诽谤侮辱，你才是呢，你侮辱我们清洁工！想当年，刘少奇主席接见时传祥时还说，'你当清洁工，我当国家主席，都是为人民服务。'你算个蛋啊！"人们又哈哈地笑了，想不到在市委大院里清垃圾的也能说出这么高水平的政治语言来。

在他们斗嘴的时候，金剑北趁机理了一下思路，开口对大家说："工友们，要按从前说，咱们是一根苦藤上结出的瓜，一块盐碱地里长出的苗，混到现在都不容易啊！刚才刘师傅说到了生产队，那时是工分、工分，社员的命根，现在是金钱、金钱，开门过日子作难啊。大伙过去是挣过昧心钱，可是过错也不在大伙，你不按着老板的意思干，他就开除你让你回家啊；张惠能就不发你工资，你的一家老小就缺吃少穿啊！所以说，罪不在你们，而在黑了心的老板。"

他说这话的时候，许多人都默默地听着，把有些仇恨的目光转向了张惠能。张惠能感到一阵恐惧，向着几个店长模样的人使了个眼色，底下又嚷嚷起来："你就说咱的钱现在怎么办吧，瞎白话那些都没用。"

金剑北向大家做了一个少安毋躁的手势，说："你们失业不到一个月的时间吧？这样吧，大家知道我是有点儿钱的人，一会儿挨个儿登记一下，签名按手印，明天到峨眉大酒店大堂领一个月的工资，算我对大家的一点儿心意。"他随即示意姬北华指挥保安在门口摆开了桌子纸笔。

人的名，树的影。谁不知道金剑北开发龙阳河、斗败生铁锅后在大鬼洼修建高速公路时挣了不少钱？他说要往外拿钱，人们信。钱、现实的利益对穷人永远是最重要的。人们也不管什么上访不上访了，在警察维持秩序时，一个个都老老实实登了记，而后就散了。张惠能气急败坏地喊了几声，根本没人听，他也无可奈何地跟着要走，金剑北看着他灰溜溜的身影大声喊道："铸铝车间张大班长，别忘了你也是工人出身，别忘了咱们在一起挣毛票的日子，别忘了咱们当年唱的歌，'工人阶级硬骨头，跟着毛泽东我们向前走，胸怀祖国放眼世界，革命的路上决不停留。'你也老大不小的了，够吃够喝了，没必要再去坑害劳苦大众了。你个子长得挺高，也算个男人，就别蝇营狗苟地去巴结权贵那吃点儿残汤剩饭了。这么大个男人，还自夸是什么一级单位的负责人，在一个矮冬瓜般的女人面前点头哈腰当孙子，丢你张家老祖宗的脸啊！要是你巴结上了梦露、巩俐、刘晓庆，你那在坟里的爷爷也会笑得坐起来说我这孙子就是行！那才叫宁在花下死，做鬼也风流。你这叫啥啊？啃口烂茄子噎死，到了火葬场也得臭出十几里啊！真不值当的，没出息啊。我的儿，你也别嫌我说话难听，你不是爱比官吗，论级别我比你大三辈。闹是闹，毕竟咱是老工友，在一口大锅里吃过饭，在一个炕上睡过觉，要是别人，我都懒得说他！你可能心里不服气，也可能暗自得意，觉得自己有一大片房产，我跟你说，繁荣街上的门市别看你拿着房产证，说不定到了住建局就成假的了，说不定还会定你一个伪造罪呢。哈哈哈！"金剑北说话本来声音就大，再加上扩音器的作用，声音传出去很远，许多人都听见了，也听出了他话里的意思。众人纷纷用鄙夷的目光看着张惠能，就是和他一起来上访的人也都自觉地和他拉开了距离。

张惠能觉得窝囊透了，是他一生中遇到的天下第一窝囊事。金剑北的冷嘲热讽和骂街让他气愤难当，要是在别的地方，他早就长腿撩起，三蹿两跳地蹦回来打这家伙两个耳刮子了，可是，今天他不能。这是在市委门口，是人家的地盘，门口有警察、保安，他当然不敢随便打人，更可怕的是老白山那把大铁锨，就像关公旁边的周仓，始终举着那把大刀。一个臭掏大粪的打了你，还真没处说理去。即使有地说，自己都觉得掉份儿。再说，金剑北后边那几句话也确实深深刺痛了他。

这一切，都被市委书记刘鸣弦透过窗户看在眼里，感到既好笑又钦佩。等秘书把金剑北领进门后，他起身握住了对方的手，说："好一个侠肝义胆的金主任啊，佩服、佩服！套用一句当年毛主席启发一个农民不要拿着铡刀跟地主拼命、让他参加红军的话说，'你杀得了这个地主，能杀完天下的地主老财吗？你是有点儿钱，你有多少家产可捐啊？救得了一伙人，救得了全城、全市的贫困群体吗？要有一个万全之策啊。'"

金剑北说："书记说得对！这确实是扬汤止沸，只管一小会儿的事。不过，我考虑了一个方案，还不太成熟，先跟你说说。"他随即低声说了半天，刘鸣弦听后笑逐颜开，大手拍了一下的他的肩膀说："对呀，有破有立嘛！市场繁荣，发展经济还是第一位的，我支持你。"

十七　受骗后怎么根据线索找线索，谈判僵持时如何突破谈判僵局

在保密措施严密的纪委反腐作战室里，刘鸣弦、西岭雪、金剑北听取了两个人的汇报。第一个人是到北京去的孙乃夫，他详细叙述了帮马可夫追回被骗走的上百万元的事。

北京的秋难得高了一次、爽了一次。孙乃夫跟随纪委金剑北前期派去跟踪马家兄妹的纪委小邱到了宣武门一家商务酒店。马可丽领着女儿逛街去了，只有马可夫坐在房间的沙发上满脸愁云惨淡地抽着烟。烟头堆满了烟灰缸，茶几上满是烟灰，他的西装裤子上也被烫了几个洞，露出了里面雪白的衬裤。孙乃夫打开窗户，随着烟雾往外流动的曲线看向下坠的夕阳。他简单地问了一下事情经过，抄起电话就打到了令人敬仰生畏的中南海。他对着电话说："向来自巴山蜀水的名将、家中名人辈出的李将军致敬！南京军事学院1984届政治系军秘专业孙乃夫向您报到敬礼！小四川，你可别牛逼啊！"对方立刻爽朗地笑了，通过话筒能听得到他在向部下吩咐说："你们先下去吧。"随即高声说道："哈，是学兄到了啊。雨花台诗社的社长不在你河海吟风弄月，跑到北京作甚啊？难道又要借我一颗雨花石试投清池浅与深吗？大燕赵和那个柳如是的妹妹柳西湖还有来往吗？"看得出，这两个人不仅是战友、同学还是文友，互相知道底细与现状，联系不断。马可夫心里顿时充满了希望。

当孙乃夫把事情经过说了后，对方又爽朗地笑了，说："学兄啊，你不知道北京这个地方官多骗子也多啊？什么军牌车、将军服，小胡同里有的是卖的，什么在中南海上班，这样行骗的人太多了。你没见媒体揭露，说理发的也敢冒充部长、司长下去诈骗，我正为这些事发愁呢。办法嘛，办法只有一个，彻底清理。还有什么海军基地、王府大院，那些都是可以租的。你说的那个蔡少侠我还真没有什么印象，起码处以上的干部里面没有他。这样吧，你明天到我这里来，我让政治处给你查查。按说老战友来了，怎么也得喝一壶，可惜啊，八项规定出

台了,我这里也不例外,而且更要模范执行;其实到家里去最好,可惜你弟妹到贫困山区给群众做白内障手术去了。我是吃食堂的主儿,总不能拌凉菜打发你吧?"

孙乃夫戏谑地回答:"别耍嘴皮子了,我还不知道你那个差事十天半月回不了一次家,你那个将军府还不是铁将军把门啊!我听见你那儿有人喊报告的声了,你忙去吧,明天派个小听差的到西门等我们一下就可以了。侯门深似海,更何况是皇宫啊。"

当夜无话,吃了饭洗了澡,孙乃夫就躺下了。内线电话嘟嘟一响,他刚拿起来还没开口,电话那头就传过来一个娇滴滴的声音:"先生,需要按摩吗?"他粗暴地说:"不要。"放下机子,刚要神游梦乡,电话又响了,还是那个娇滴滴的女声。这次他不说话了,顺手拔下了电话插头,一觉睡到了大天亮。

第二天,三个人一辆车,出了酒店往北开,到了长安街往东,在府右街口向北一拐,再往西,进了中办秘书局招待所前面的灵境胡同。停下后,步行来到中南海西门。当年的"小四川"百忙中没有失言,他们刚到雕梁画栋下警察、武警、解放军岗哨密布的大门口,一个一杠三星的上尉就小步快跑了过来,向孙乃夫敬了个礼说:"请问是河海的孙秘书长吗?首长派我来接您。"

转过中办秘书局不太高的四层楼,来到一个花木扶疏的小院,马可丽的虚荣劲又上来了,到楼里上了一趟厕所,好奇地看着周围的一切说:"这里的楼怎么这么矮啊?我一个大学同学在国电部门,那里都是二十多层的高楼,到底条条线上的部门,有钱啊。"孙乃夫看着她那张俗气的脸说:"到了这里,就没有条条了,都属中央领导。你这记者咋当的啊,连国家政权的组成结构都不清楚。"李四川迎出来没有客套,刚到办公室就对一个穿着便衣的军人说:"你领着他们到人事局查一下蔡少侠这个人。"说完,抱歉地跟孙乃夫一行摆手说,"你们先去,我得到首长那儿去一趟。"说完急匆匆地走了。

管档案的工作人员先让他们回避,打开电脑查了一阵,随后打印出一张纸来,也不让他们看,介绍道:"确实有这么一个人。当过兵,在北河大学上过大学普通班,回到部队后任团军务科参谋,副连级,之后转业到中办机要局任交通班副班长,负责文件传送。10年前辞职了。"

孙乃夫说:"他就是个开车的吧,那他怎么知道许多中央首长的住址呢?"穿便衣的军人说:"不奇怪,许多保密文件都是专车送达,他只负责把密封的文件送到首长家门口，由对方机要秘书出来办交接手续，他自然也就知道各个首长的家庭和办公地址了。不过，大门从来是不允许进的，中央首长的住址是保密的。他说个大致方位唬一下你们是没问题的。"

马可丽不服气地说："他说他在西省挺厉害的，当过书记秘书，他父亲还是开国将军呢。"

"哈哈，这家伙还很能吹啊。"从首长处回来的李四川大步流星地走过来，爽朗地说，"昨天我让人查过这小子的底细了。到西省倒是有这回事，那是当时一个领导到西省任职，由于情况复杂，一时找不到机要秘书，就把他派去了，可仅仅一个月，他就和一个煤老板勾搭上了，惹了事，很快就被调回来了，组织上还给了他一个处分。至于他老子是开国将军的事就更不靠谱了，开国将军倒是有几个姓蔡的，不过只有一个是有儿子的，在罗马大使馆当武官，可惜不是他啊。"

马可夫怨恨地看着妹妹，眉头皱得更紧了，自言自语地说："可惜了我的一百多万啊。"

孙乃夫见状对李四川说："将军大人，你能不能给我们找他一下啊？我们河海穷啊，"他用手指了一下马家兄妹说，"他们在中科院谈了一个新项目，正找钱呢。"

李四川戏谑地看着他说："学兄客气了，我是大人，你是小人啊？这样吧，对出去的人的动向我们是掌握一部分的，基本上是监控10年左右，我让公安部那边帮帮忙吧。我估计，他出不了国的。"

走出那座戒备森严的大门，孙乃夫他们看到一辆本省的车慢慢驶来，从上面下来的是原来在《河海日报》当过副总编，后在市委当过秘书长、副书记，现在是省委副秘书长的柳枫。想起在河海的日子，孙乃夫自然非常激动，急忙带头迎了上去。柳枫也很高兴，和孙乃夫双手紧握，和马可夫单手相交，对马可丽只客气地点了点头，态度不言自明。孙乃夫是老战友、老同事；柳枫在河海当副书记的时候，分管过一段工业，到马可夫他们厂里调研过，对马可夫能带着一帮下岗工人自搞一摊是很赞赏的；与马可丽接触不多，虽然他在报社的时候马可丽也在，但那时马可丽被抽调到市委的一个临时机构帮忙，柳枫只在绿帽总编那里见过她一次，当时只听她在吹嘘市委哪个书记对她特别重视，到哪个风景区开会对她如何照顾，最后还拿出了一大堆条子让总编签字报销，还说是书记的指示，得意之情溢于言表，对柳枫都没正眼看一下。

柳枫说，他现在配合一个省委领导协管纪委，这次是来开一个巡视工作会议，到这儿来是看望一个老同学。听了他们的情况后他说："你们被骗的事我管不了，上项目的事我在中科院倒是有个熟人，可以帮你们一把，毕竟河海是我的第二故乡啊。"约定了明天见面的时间、地点后，柳枫儒雅地挥手告别，被中办走出来的一个秘书模样的人领了进去。

隔天，众人会合后直奔中科院高分子研究所。绿树掩映的四层楼房里几乎人人都戴着近视眼镜，周围静悄悄的，有的在认真看外文资料，有的在专心致志地搞试验，给人一种静穆神秘的感觉。趁着柳枫在中央党校的同学、这里的人事部主任去找人的时候，马可夫向柳枫简单汇报了一下新项目的情况。项目名称是手机底填胶，马可夫介绍说，苹果、三星、黑莓还有小米等手机之所以轻、薄、通话性能良好，主要是因为底填胶是经过高分子处理的，掌握此项技术的只有美国、日本等少数几个国家。高分子所的一位教授用纳米技术做了小试，有望成功，可代替进口产品，每年的市场份额大约在三个亿左右，利润四千多万元。教授意向转让给马可夫，条件是建立中试实验室，一切费用由企业承担，成功后教授要占一半的股份。虽然投资多，风险大，但也很有市场前途；矛盾在于企业要求对方承担实验室投入的一半、股份减持，科学家就是不让步，谈了好几次都说不成。

随着一阵急促的高跟鞋敲打地面的声音，一位年龄在六旬以上、戴着瓶底一般厚的眼镜、满头银发女教授走了进来。她看了一眼沉静儒雅的柳枫，对马可夫说："怎么，马老板想通了啊，这是带着领导签合同来了？还搬出了我们的人事部主任。我跟你说，我这项发明绝对是世界先进水平，只要中试验成功，你的投资很快就会收回来，利润大得你都不敢想象。"

马可夫摇了摇头说："唐教授，中试验的投入太大了，而且中间出现什么问题也说不准，还是我们一起投入吧。另外，你的持股也太多了些。"

唐教授摘下眼镜擦了擦，坚决地摇了摇头，看了一眼旁边的人事部主任，说了一句："那就股份减持减少百分之十。领导刚才同意给我安排孩子的工作，我得还主任一个人情。别的不能再让步了。"

科学家真是直爽，一句话就把柳枫的人情卖了出来。马可夫感激地看了柳枫一眼，孙乃夫也为柳枫的举动赞叹。但他想，持股是后续的事，眼前的关键是企业没钱，中试验根本开始不了。

柳枫看着女教授粗大的手指关节，尊敬地问："教授大概是出生在农村吧？"

唐教授说："是啊，从小就在家里种豆种瓜，在英国留学时还自己种菜呢。"

柳枫说："这样说吧，你在国外带回了一种瓜种，经过改良，在一个特殊的地方试验成功了，将来在市场上会很值钱，但要拿到大田里推广，还需要在一块较大的地里再试验一次。但这块地和你的实验室不同，这就需要反复改良土壤、肥料、种植方法等等。你作为种子半成品的拥有者，只管管理，不管各种原料的投入，如果一下试验成功了，当然是最好的结果，双方都皆大欢喜，你不仅有了利润，还能发表论文，进而问鼎院士的门槛。但事情不会那么容易，还有两种可能：一是连续几年都试验不成，投入方砸进去了几千万甚至几个亿，那对方可能要破产的；二是试验即将成功时，来了一场冰雹或者是其他什么自然灾害，把成功毁于一旦，那双方该咋办？"

众人都静静地听着，唐教授睁大了眼睛，琢磨着这个看来是不小的领导的意思，但嘴里还是说："失败？那不可能。"

柳枫含笑说："按宇宙运行的规律，一切皆有可能，没有什么不可能的事。在尊敬的科学家面前，我不该说这些，我要说的是，如果再加上一张保护网，会是什么结果？"

聪明的教授立刻明白了，说："你是说来一笔风险基金？"

柳枫笑着说："不是风险基金，而是来自国家支持的创新基金。"柳枫随后向人事部主任要了一张纸，用漂亮的行书写了一行字和一串电话号码，对大家说："我的一个同学在发改委创新基金局，你们找他报一个项目。不过要事先声明，这笔基金实行封闭式管理，教授、马可夫二人共同签字才能使用。如您同意，你的持股再减百分之十五，这笔基金的还款也得从总利润里出，当然，那是3年后的事了。"

众人自然是一片欢呼。

从中科院出来跟柳枫告别以后不长时间，孙乃夫就接到了战友李四川的电话，说蔡少侠找到了，就在京郊的一个镇上藏着。钱已经挥霍了不少，还剩八十多万元，让他们通过司法程序把钱拿走。马可夫自然满面喜悦，马可丽羞愧难当。她知道，很多事不是用钱可以弥补的，法律也不是万能的。孙乃夫想，这回欠李将军的情欠大了，老伙计准是动用了特殊手段。

孙乃夫汇报完了，刘鸣弦高兴地说："80万也是钱啊，那毕竟是河海的钱啊，啥时候要回来？"

孙乃夫说:"有中办压着,办事速度很快,估计最晚明天。"

金剑北也兴奋异常,说:"好啊,柳枫书记还是没忘记河海啊,企业转型升级有希望了。"

只有西岭雪对此反应冷淡,淡淡地说:"要是柳秘书长来这里巡视就好了;赶紧说山土集团的事吧。"

排序第二位汇报的丁金辉进来后利索地打开了智障禅师从窑神庙里拿来的账本,说:"自从山土集团建立后,马可丽以顾问的名义从那里拿走了现金五百多万元;另外,建设局局长付立柱拿的不多,才十几万元,账本记得很清楚。"随后丁金辉又拿出了公安局、安监局的事故调查报告,上面显示,此次山土集团塌窑事故共死了四个人,由于他们采取了把尸体用铁丝脸对脸绑在一起装在一个黑色塑料袋里的恶劣方法,明面上看死亡人数是两个人,不够死亡三个人需上报中央有关部门的规定。

"现在总经理秦山土已被公安控制。死的四个人全部来自四川阿坝藏族羌族自治州下面的一个县,都是一个村里的。他们拿到了赔偿金不走,其中一个老头说认识秦山雨,说秦山雨在那里当过兵,对他有救命之恩,非吵着要见秦书记。"

丁金辉汇报到这里的时候,刘鸣弦的眼睛突然亮了一下,"咦"了一声,问道:"马可丽拿了那么多钱,钱还在河海吗,存到哪里去了呢?"

西岭雪说:"我让人查了一下各个银行,马可丽的存款并不多,也就几十万的数额,周边城市的银行我让兄弟纪检部门也查了,也都没有。另外,我也查了马可华家的存款,也不多,流水支出最多的是往省城的一个贵族学校她儿子的卡上打款,每月都要三四万。马可丽也一样,往北京她女儿那儿打款也不少,但远远低于她从企业拿走的顾问费。我建议,立即双规马可丽,对秦山雨也采取措施。"

金剑北说:"我记得原来国家有个部门曾发过一个文件,说鼓励事业单位的技术干部到企业兼职,取得合法收入,也不知道这个文件作废了没有。如果没有明令废止,马可丽还是双规不得。"他不是在为马可丽说情,而是想起了老书记的嘱托和智障禅师的关系,琢磨着尽量不要让姓马的人受太大的罪。

刘鸣弦说:"关键是要把他们不应该得的钱找到,那是咱河海的钱,得归河海人使用。"

西岭雪看着他守财奴的样子,有点不高兴了,尽量笑着说:"刘书记,你总钱钱的，反腐败可不是总为了钱啊，是要把腐败分子挖出来的。"

刘鸣弦正色说："在当今中国，不管搞什么，发展总是第一位的。反腐很重要，通过反腐把他们的不义之财用在民生上同样重要。西岭雪书记，咱们河海穷啊。我还是那句话，你们纪委不要动不动就抓人。上兵伐谋，攻城为下，攻心为上，不战而屈人之兵。先搞清楚他们的赃钱在哪儿，有的放矢地动用手段，才能达到事半功倍的效果。"

金剑北明白了刘鸣弦的意思，他灵机一动，拉住丁金辉详细问了四川阿坝州那个说认识秦山雨的老头的情况，要求亲自跟那个人谈一谈。他对刘鸣弦说："那就按照你的指示，我们想个办法刺激一下他的心灵。宣传部不是正在搞'彩色周末'娱乐活动嘛，你们领导也参加一下。"

十八　怎么根据政策找机会

都晚上 6 点多了，峨眉大酒店的大餐厅里还冷冷清清的。明亮的大吊灯照着擦得锃亮的桌椅，消过毒的餐具、酒杯安静得如同经过一双双灵巧的手摆放过的盆景，等待着去挪动、享用，还像画家笔下的静物，等待着去欣赏。桌椅旁边，几个服务员正无聊地玩着手机，互发着笑话、心灵鸡汤等一点儿用处也没有的微信，只有靠近大门的一处卡座上坐着两三个民工模样的人，他们要了一盘花生米和一盘凉拌菜，拿着自己用塑料桶从外面打来的劣质白酒旁若无人地喝着、闹着，撸胳膊挽袖子地划起了拳，八仙、四喜、六六的吆喝声震荡着寂静的大厅。

几个服务员偷看着坐在大厅一角眉眼间挂着愁容的总经理谈丽萍，心里很奇怪，要是往常，这个眼高于顶的女老总看到这几个民工这样闹，早就让保安把他们赶出去了，今天有点怪，一副视若无睹的样子。

穿一身黑色套裙的领班走过去讨好地说："谈总，是不是叫保安把他们请出去？"谈丽萍无力地挥了挥手说："算了吧，有毛不算秃。楼上的雅间有几桌？"对方说："预定了一桌，还没来。"谈丽萍沮丧地叹了一口气说："唉！再这样下去，我连工资也发不了了，这世道什么时候是个完啊？"

人在寂寞无助的时候，总想要做点儿什么消愁，总会想起能带来欢乐的朋友。她首先想到的是曾跟她好过的金剑北，可这个家伙重新上班后似乎换了一个人，车开次的、烟抽孬的，老老实实地住在市委的单身宿舍里，按时上下班还挺忙乎。过去他是干正经事不说正经话，现在连正经话也开始说了，几次开会在电视里大讲群众工作的要领，反腐败与做好群众工作的结合点、碰撞点，还在《河海日报》上发表了一个版面的《论新时期政府与群众的十大关系》，据说市委书记还做了批示。饭店他不是一次没来，但来的次数屈指可数。一次是市委的食堂里那个月总吃米饭，他馋面条，中午自己开车来到她这边的自助餐厅要了两碗全卤面。领班不要钱，他扔下钱就走，正赶上她从外面回来，悄悄地走到他身后，心猿意马地狠狠拧了他肥厚的屁股一把。正好他的电话响了，他匆匆而逃。另一次是一直收购他老家金家墩脱水菜的香港老板住在她这儿，续签合同时他们村来了代表，晚宴上他和她见了一面。她赶紧去作陪祝贺，两人喝了三杯酒。在灯光的暗影里碰杯时，她用尖尖的手指偷偷地划他的手心，谁知那小子却无动于衷，只是轻轻地拍了拍她的肩膀，好像首长欣赏下级一样。她好几次都想告诉他，自己不是那种传统女人，不会以为两人有过那种事就一辈子扯不清。况且还是自己主动的，实际上是自己欠他很多。没有这个师哥，自己恐怕还是一个下岗的电焊工，在小庄稼院里过着白天卖熏肉大饼、晚上和那个浪荡诗人发愁破房子怎么翻盖的钱，哪有今日坐拥大酒店、肆意开豪车的日子？

　　她又想起当年处过对象的文艺宣传队的大师哥、金剑北推上去的大企业的老总吴阿杜，他把她这里当作定点招待饭店，每年都往这里存上几十万元，消费时签字报销。可今年以来，他们也执行八项规定了，也不常来了；还有李涛，看微信上他整天天南地北地驾车旅游野跑，也不知过来跟老妹子见个面；自从修了大鬼洼的高速公路，齐曼大姐蔬菜种植园也没了，闺女让柳枫的二婚妻子接到省城上大学了，自然也不来送菜了，见面的机会也少多了。对了，还有那个黑炭头、黑杠头魏正义，他倒是跟着金剑北闹得挺欢，前段时间还端了张惠能饮食一条街的黑小吃摊，老百姓倒是都说好，可跟她这里根本没什么关系。自己的饭店走的是高端路线，和他们根本不搭界。

　　她看看手机，今天是周末，看来这帮兄弟姐妹该聚聚了。她虽然看到过柳枫在省报副刊上发表的一篇文章，说寂寞的人相聚在一起欢乐是集体的寂寞，一个人的寂寞是独自的狂欢，可她宁可集体寂寞，也不愿一人狂欢。

　　真是想曹操曹操就到，怪不得赵本山和宋丹丹说世界上曹操跑得最快。谈丽萍手机响了，里面传来的是金剑北的声音。不等他说话，她就笑骂上了："你个缺德玩意儿，还知道来个电话啊？当个纪委的头儿就不知道姓什么了，我的饭菜有毒啊，能把你吃死啊？"金剑北在电话那头说："谈大经理啊，按李逵的话说，'口里都淡出鸟来了'，你赶紧准备一桌吧。有没有僻静的地方啊，没有就上城北的小饭馆。"谈丽萍说："你当我是傻子啊，你以为你们市委发了个文件就没人敢吃喝了？告诉你，吃惯了的嘴一时是闭不上的。我把最高层的一个商务套间改成小餐厅了，专用电梯，小电梯就安在我办公室里，从三楼直接上去，安全得很。你说都有谁、安排几桌，我马上让厨房安排。"对方说："还有谁？我哪敢和别的人吃饭，叫上咱们那帮老弟兄，我一会儿就到，有重要事给大家干。"

谈丽萍欢天喜地四处打电话，告诉领班说今晚所有的客人一律不接待，二楼的雅间关门，一楼大厅里那几个民工吃完了就停止营业，把十二楼那间餐厅的窗帘拉严。让伙房准备四凉八热，把库存的五粮液搬出来一箱。

领班不明白刚才还唉声叹气为经营萧条愁眉不展的女老总为什么一下子就像打了鸡血一样兴奋起来，她不解地问："谈总，咱们不过了啊？""对，不过了。"谈丽萍抑制不住满心的喜悦，豪气冲天地答道，说完，迈着大步，扭着还有些弹性的腰肢晃着屁股上楼了。

小餐厅被厚厚的窗帘遮住，华丽的吊灯下一大桌饭菜香气四溢，长时间不聚的欢乐让大家兴奋异常，欢声笑语、亲情友情充斥着房间，善意的戏谑、恶作剧的玩笑如击鼓传花，一浪高过一浪。金剑北是最后一个到的，手里还拿着一个标有机密文件的提包，放在一边后先恭敬地给比自己岁数大的吴阿杜、齐曼敬了杯酒，其余的人就连说带闹的了。

在峨眉酒店当保安队长、膀大腰圆的李俊斜端着一杯酒斜着眼说："金大嘴，你小子什么时候长出息了，知道敬老了啊。"

金剑北说："你这冒险者让谈妹喂得不错啊，又长了一圈，看来不用到春节就可以吃杀猪菜了。不过，还杀不得，下周还得用你小子呢。"

他说这话的时候，大家再次想起当年李俊以"冒险者"落款给谈丽萍写求爱信的事，都大笑起来。在电视台当过编导、总爱显摆的杜慧说："你当时真是土鳖啊，你不会用个罗密欧什么的呀？"

金剑北趁机打趣说："就是啊，你就是用个武都头或者是西门庆也行啊，起码知道你小子不是劫财害命的，显得对方也有些档次。"

李俊瞪着眼说："罗密欧是什么玩意儿啊？"

大家又笑了起来。在笑声中，谈丽萍趁大伙不注意，借着服务员上菜的当口在暗影里耐不住地伸出手暗暗拧了金剑北的屁股一下。金剑北疼得直咧嘴，连说自己的痔疮又犯了，站起来拿起一个大号酒杯倒满了说："古语说，渡尽劫波兄弟在啊。声势浩大、扎实推进的反腐运动开展得如火如荼，我们几个兄弟姐妹谁也没进去、谁也没被约谈，这是大好事啊，说明咱们都是清正之人，没有挣过昧心钱，就凭这个，咱们也得乐一乐。来，先干了这杯！"说着，率先一饮而尽。

齐曼愤然作色道："就是啊，古人讲，君子爱财，取之有道，你们看现在都成什么样子了？什么都可以拿钱买、什么都可以造假，当官的贪污受贿成了常态，做生意的坑蒙拐骗成了习惯，吹牛八卦、造谣生事、胡吃海喝，乌烟瘴气的，早该整整了。毛主席的时代哪有这种事，早被戴上四类分子的帽子关押起来游街去了。要是一个村、一个单位给几个四类分子指标，再建立一个群众监督制度，看谁还敢闹！我看，中央还是手软。过去我插队的时候，村里连一个麦穗都不丢，现在汽车都有人敢抢，什么事啊！"

"都不吃喝，我这饭店咋办啊？"一说起吃喝，谈丽萍就敏感了，露出了愁样。

"我看你这饭店就该面向工农兵，面向劳苦大众。"齐曼又拿出了当年红卫兵辩论的姿态，干脆地说。

谈丽萍瞪着一双迷茫的眼睛说："那才能赚几个钱啊？"

金剑北一看她俩要顶起牛来了，赶紧说："曼姐说得对，丽萍也有道理，毕竟时代不同了。好，咱不说这个了，我提议下周末咱们去参加市委宣传部和电视台搞的'彩色周末活动'。先排练几个节目，重新露一下当年咱们东风机械厂文艺宣传队的威风，在电视上也露露脸，冒险者还可以再把藏袍子穿起来，来个'巴扎嘿'，和你心中的女神同台起舞，再也不用偷着写信、偷着看人家洗澡了。"说着，走过去先递给李俊一支烟，又弹了他一个脑瓜崩说，"你说对不对，老哥儿们？"

金剑北是善于用开玩笑化解矛盾的高手、转移视线的专家，更了解这帮年龄已经过了半百的人的心理渴求。人到了这个岁数，就像故地重游，每一个脚印都是告别。他这一说，大家的情绪立即高涨起来，纷纷说自己演过的哪个节目最拿手，哪个节目压倒了毛巾厂、通用车行、化肥公司的表演，得到了几次掌声，有的甚至还当众表演了起来。

金剑北看自己目的达到了，便说："咱们这次还是以从前表演过的歌舞为主，另外加一个小歌剧或者小话剧。我这里有个素材，阿杜、杜慧、齐曼你们看一下，搞出个本子来。"说完，他把三人叫到了一旁，拿出一份材料给了他们。回到座位上后，他对着仍然因为齐曼说的吃喝问题而闷闷不乐的谈丽萍说："你也别不高兴，也别梦想哪天八项规定不执行了你的饭店再兴旺起来，你要想继续赚钱，就要转型降级。"

在电力局当过总工的李涛说："你这话说得新鲜啊，人家都是转型升级，到你这怎么就成了降级了啊？"

金剑北稳稳地坐下，捋了一把金黄色的头发说："听本主任慢慢道来。目前就有一个谈大经理转型发财、降级重新杀入江湖的好机会。繁荣街张惠能的小吃一条街不是被端掉了吗，但是人们还是要吃要喝的，那里的市场还在、市民的消费习惯还在，把你的队伍拉出去，打出峨眉大酒店的牌子，主打环保的牌子，开它几十个小摊，准能火。"

谈丽萍眼睛一亮，但刚刚燃起的火苗很快又消失了，她摇了摇头说："你说的也是条路，我们饭店的财务一直是直线管理的，财务总监是我的表妹，可靠得很。可出去了就成了多个独立核算摊了，有的人不好控制啊。我干饭店这么多年，财权还是抓在自己手里才保险。再说，我这几年在大饭店里待惯了，到街头风吹日晒还真有些怵头呢。"

金剑北呵呵一笑说："现在人心不古、世风日下是真事，可咱不是还有一帮老弟兄吗？咱也还不太老啊，做家常饭都还是有两手的。你谈大老板当年不是下岗后在繁荣市场卖过老豆腐和熏肉大饼吗？还有李俊老兄。记得那年咱们下乡支农带演出，住在王井镇的一个院子里自己起火做饭，你炸的油条不是很好吃嘛。"

李俊骄傲地摇头晃脑地回应："你小子还记得啊，我那一手是从我姥爷那里学的。这都好几十年了。当时在运河边上，二姥爷油条红遍了四镇十八乡，不过那时候那面可都是老麦子，可不像现在。"

金剑北说："对呀，把老玩意儿拿出来，打个品牌，比如叫油条李二哥。"

李涛打趣说："二哥不好，二哥是王八，大哥也不好，大哥是兔子，还不如叫李油条呢。"

李俊说："对了，我记得涛你小子做打卤面做得不错，可以再开发一个产品叫涛涛面。"

李涛也神气起来了："你们知道吗，面条关键是打卤，吃的还是那个味道。我家乡靠近黑龙河，沙滩上每年都有许多野生的黄花菜。"

金剑北说："好，又多了一个产品。还有王雯雯，那年轮着她做饭，她的馅饼也是一绝啊。我记得你当年说你奶奶是从京东肉饼铺里走出来的？"

王雯雯故作高深地点了点头，摇了摇盘成日本京都艺伎状的高高的发髻。

李涛看着一直在玩手机、不知忙着给谁发微信的王艳说："别发了，你看你的腰都涨了好几圈了。这个岁数，外表还可，里面的零件不行了。我记得那年上你家蹭饭吃，你烙的大饼煊乎还带着甜味。你也算一份儿，就叫艳艳壮壮饼吧。"

任何人只要一提起自己的特长和杰作，都会自恋骄傲一番，王艳也不例外。

"你知道什么呀，烙饼关键是发面，我还是跟我家老保姆学的呢。那次白叫你吃了，说是让你帮我家去拉蜂窝煤，结果你小子吃完就跑了，我还不如喂狗呢。"

李涛分辩说："你冤枉人啊。你自己一人在家，大闺女家家的，我哪儿敢待啊？要是碰上你妈回来，还不打我两锅盖啊！"说完，哼了两句陕西民歌："那次上你家我慢慢地挨，不成想让你娘打了我两锅盖。"

金剑北止住了大家的笑声，说："好了，谈大老板，产品有了，领头的也有了，你的财务就安全了。到繁荣街现在被封的惠能集团的门市部门前干，你去办个证就齐了。"

谈丽萍说："老兄弟姐妹们各掌一摊，我当然放心了，可这环保牌怎么打啊？齐曼姐的种植园没有了，没有转基因的老麦子、老玉米、老黄豆不好找啊。可要不打这个牌吧，就和惠能集团的弄虚作假没有对比，肯定兴旺不起来。"

李涛说："有了，上次我和几个驴友开车到盘古山去野炊，看到'大运摩托'弄的那帮妓女开发的盘古野生植物园，还挺像回事，面积也扩大了不少，品种还挺全，不光是种了菜，还有小杂粮呢。现在她的长寿宫可火了，吃饭都得预约。"

"好，我去找'大运摩托'，让她供应咱粮菜。"金剑北大包大揽。

谈丽萍说："不许你去，我丢不起那人！你知道她的市场是怎么打开的吗？你们知道她怎么臭不要脸地和张惠能对决的吗？说起来，臊死人啊。"接着，讲了一段饮食界的趣事。

"大运摩托"人鬼、脑瓜好使，对市场和经商有着天然的敏感。中央八项规定出台之后，她立即在长寿宫的牌子旁边挂了一个"养生大食堂"的招牌，在楼顶上安了一块大屏幕，日夜播放着她那帮在盘古山种菜弄粮的姐妹们在地里挥汗如雨地抓虫子、逮蚂蚱、沤粪肥、借风扬场、用小毛驴拉着石头碾子磨面碾米的画面，顾客当然趋之若鹜。商人以追求利益最大化为目的，她总觉得自己的地理位置不是很好，老嫌挣的钱少，看到张惠能在秦山雨的支持下占据了市里居民区最集中、人员消费最多最好的地段，心里很不服气，就让自己的职工一早一晚地推着流动食品车去那儿叫卖。长寿宫的牌子、盘古山无污染的菜和惠能摊上的烂菜饭一比，高下立见。张惠能也知道"大运摩托"这个娘儿们不好惹，没敢正面冲突，派出了几个人大喊："这是那帮妓女种出来的东西，上面沾着梅毒呢，谁吃谁得性病，大家可别吃妓女菜啊。""大运摩托"的人没说话，第二天就在每个食品车上带了一个小电视，轮回播出盘古山种植基地的生产过程，捎带着还有性病的传播源头和渠道，同时利用自己曾经在医院干过采购科长的优势和人脉，招来了一伙穿白大褂的医生、护士拿着饭盒排队购买，使张惠能的谣言不攻自破。

张惠能恼羞成怒，叫自己的保镖队上去驱赶砸摊子。"大运摩托"在道上混了这么多年，黑白通吃，也不示弱，一个电话就来了一溜出租车，下来了城乡接合部几个村庄游手好闲的流氓地痞，胳膊上刺着青龙，胸膛上画着老虎，背上有的是豹子，有的是狼，龇牙咧嘴、张牙舞爪，秋凉雾重的还光着上身。这些人分成两伙，一伙拎着塑料桶装的白酒，拿着两根黄瓜，到惠能的小吃店里要上一盘花生米，一人一张桌子，占满了厅堂，隔着桌子吆五喝六、划拳猜谜，把来用餐的顾客吓得直往外躲；另一路负责保护长寿宫的流动饮食货车，与惠能集团的保镖队对打，等张惠能叫来警察便呼啸而散。

这样斗了几个月，双方的买卖谁也做不成了。其实，损失大的还是张惠能，"大运摩托"的长寿宫照样兴盛不误，繁荣街上张惠能的小吃摊却处于半停业状态。他让秦山花去找她哥哥秦山雨，秦山雨说，这种事他一个市委领导没法管，叫张自己想办法，但是不能打出人命来。后来张惠能找了河海老城里一个叫"吃八街"的老混混从中调停。老混混快七十岁了，年轻时曾在天津卫南市杂巴地帮派里当过小头目。他拿出旧社会吃讲茶龙头老大的派头，选了一家茶馆，中间一把太师椅，两边各一个小凳子，把双方叫到一起说："按道上的老规矩，过去遇到这种事是要对决的，有武比和文比两种。挖坑架上一口油锅烧热了，里面放一个鸡蛋，看谁敢拿出来，看谁拿出来的快；要不就是铁板底下烧硬木劈柴火，烧红了走铁板桥，看谁能走过去；还有的是把一个烧红的煤球放在大腿上，烧得皮肉滋滋地冒油，看谁顶的时间长。这种活不能找人代替，就是老大自己干，好汉干硬活才能服众。"说这话的时候，老混混还向当天穿着裙子的"大运摩托"白嫩肥美的大腿上看了一眼，看得"大运摩托"腿上直起鸡皮疙瘩、心里直发毛，张惠能也听得直皱眉。老混混看到了火候，又说："这叫武比，再就是文比。"

"文比怎么比？"两人异口同声地问道。

老混混抽了一口张惠能带来的软中华烟，喝了一杯"大运摩托"送来的明前龙井茶，掰下了河海的名牌产品陈村烧鸡的一只大腿，有滋有味地嚼着说："文比就是各自拿出自己的绝活，看谁表演得高超，看谁表演的时间长，看谁吸引的人最多。"看着两个人不太明白的样子，他举了一个例子，"那年两个耍把式卖艺的人在红桥贺楼后大戏台前争场子，打了一个多月也没分出胜负，就请去了我师父。他老人家在利顺德大饭店吃的是狗不理包子，喝的大直沽高粱老酒，还有3斤重的海河大鲤鱼外加渤海湾秋天的大螃蟹，让我们这些徒弟们在平地上竖起了两根大杆子说：'你们俩也别吵也别闹，就来个猴爬杆表演吧。谁爬得快、爬得高，在上边待的时间长、做的花样多，谁就占那块地盘，让老少爷儿们做个证。'结果，沧州的白山路在杆顶上倒立了三炷香的工夫胜利了，河南的长杆康心悦诚服地卷铺盖走人。你们说，这事多公平啊！当然，他们后来给我师傅送了一双礼服呢的双合盛的布鞋、一顶天津礼帽，外带瑞蚨祥的杭丝联大褂。"说完，被烧酒染红的老眼露出了贪婪的光。

张惠能在农村时当过民兵连的号兵，练过吹军号，一天到晚拿着一把军号在胡同的大街小巷里吹，闹得全村鸡犬不宁。想起进了工厂组建民兵营时露过吹军号这一手，被当时的民兵营长刘永杰赏识，当场被任命为三排长，张惠能心里立刻有了主意，说："好，我吹军号。'大运摩托'，不，马红霞老板你吹什么？"

"大运摩托"自然也不示弱，说："我吹唢呐，就在刘秀休闲广场上比。怎么样，你敢吗？"

张惠能说："我一个大老爷们儿还怕你个老娘们儿？比就比，看谁的阳气足。"

"大运摩托"说："我看你还是把'们'字去了吧，前面的两个字就是你对我的称呼。"

在一个春日高照、暖阳西坠的下午，两个人不伦不类的比赛就这样开始了。老混混叫来了一帮闲汉，相隔100米摆上两张八仙桌。张惠能一身假戎装，军帽周正、皮鞋锃亮，小翻领的现代军服，还在肩上扛了两杠三星的上校牌子，武装带腰间一扎，加上他个子高，还真有点儿雄壮挺拔的样子。不过也有人议论："哪有上校当号兵的，这个张惠能不大上道啊。"

那边"大运摩托"也不示弱，一身紧身衣外罩一件花红柳绿的连衣裙，长发披肩，明眸皓齿，脸蛋被化妆品遮掩得没有一丝皱纹；嘴唇鲜红，长长的睫毛下一双大眼睛秋波荡漾，发出勾魂的光芒，手拿一支金色的唢呐。

老混混看着越聚越多的闲人发话说："今天是河海城里两大老板的吹奏乐比赛，谁的场子边上围的人多，谁就是老大。"

他的话还没说完，张惠能那边军号就到了嘴边，力大气足。"嘀嘀嗒……嘀嘀嗒……嘀嘀嗒嗒……"嘹亮的起床号骤然响起，加上他那挺拔的个子，仰天向上的雄姿，人们呼啦一下子就围了过去。

这边,"大运摩托"不慌不忙,小唢呐挨着红唇,一曲《百鸟朝凤》悠然缭绕在空中,燕子的呢喃、黄雀的喜悦、叫天子的响亮、麻雀的叽叽喳喳,间或还有啄木鸟的"咕咕"声,让人如同进入了森林、草原。人们又一下子涌到了她这边。

张惠能自然不甘示弱,竟然从脚下的箱子里拿出一把长号,一曲人们熟悉的"日落西山红霞飞,战士打靶把营归把营归"飘然而出。他不仅吹号还打起了拍子,走起了正规军人的步伐。人们又回到了他这边。

"大运摩托"不慌不忙,斜了他一眼,没换乐器,"唰"的一声,把裙子的拉链敞开,往上一蹲,往下一蹲,裙子随风飘落,露出了紧身的大红真丝内衣,长长的大腿,丰乳肥臀、凸凹有致的线条毕现。台下有闲汉大声喊:"脱得好。"不等声音落地,她已经吹起了《喜洋洋》,还配合着这首脍炙人口的乐曲跳起了街舞,飞扬的长发随风飘荡,随着大幅度摇摆的动作,乳房抖颤,胸前的开口处和腰际的连接部分不时露出一片雪白。贪色是人的本性,女人的柔美和放荡最抢人眼球,对男人是这样,对女人也是如此。女人看到这些,虽然嘴里骂着她不要脸,但也激活了那颗被现实和道德束缚着的不安分的心——看着对方,既有感同身受的快感,还有拿对方身体的某一部分和自己的某一部分比较一番的心理——所以呼啦一下子,人们又围到了这边。"大运摩托"乐开了花,索性把一串小铃铛挂在了脖子上,天蓝色的丝带绕过脖颈两端,紫铜色的小铃铛正好滚动在两个大乳房上,随着唢呐吹出的高低音符发出"丁零零"的脆响,成了伴奏音。

三个回合下来,张惠能彻底败北,长寿宫的流动餐车在繁荣街有了占据一角的地位。对此,张惠能还算条汉子,但真正的老板秦山花却不干了,打着哥哥秦山雨的旗号找了工商、城管的人,把"大运摩托"的团队打回了原地。

谈丽萍讲完了"大运摩托"与张惠能斗法这段往事,众人唏嘘不已。李涛说:"看来商人是永远斗不过政权管家的。"

金剑北说:"现在已经今非昔比,你们大胆地去干,粮菜我来想办法。按刚才说的,先办几个大饼、油条、馅饼、面条摊,你们一人领头干一样。谈老板你就去办证吧。"

谈丽萍说:"如果这一炮打响了,我的饭店也就散不了了。不过,金哥,你要去'大运摩托'那儿我得跟着去。她的好粮好菜咱要,可你不能要她的人。"说完,狠狠地瞪了他一眼。

十九　如何利用文娱做思想教育工作

所谓彩色周末，是市委宣传部组织各专业和业余文艺团体在周末晚上搞的文艺活动。原来只是在夏天搞，地点是几个休闲广场，群艺馆组织并提供舞台，让人们自由演出、自由观看，谁知河海这个地方的闲人太多，"文革"时参加各种文艺宣传队的人也很多，什么评剧团、京剧团、梆子团、红歌团遍地皆是，现在那些人都成了中老年人了，离职的离职、退休的退休，待在家里实在是闲得发慌，想起当年在舞台上的老姐妹、老兄弟，互相一串通，敲鼓的、拉弦的、吹笙的，唱花脸的、演小生的、扮青衣的，指挥的、领唱的凑到了一块儿，有限的几个休闲广场的舞台前排成了队，人人都想上去露一鼻子。秋风扫落叶时众人热情更加高涨，纷纷要求把在夏天办的彩色周末变成全年的。群众路线教育如火如荼，市委自然不敢违背民意，何况这些业余演出队里还有不少老干部，更是惹不得。市委为此专门召开了一次会议，决定把各单位的礼堂、大会议室开放。市委、市政府大楼的左侧有一个原来"大森林"书记为解决开发商分赃不均盖的大礼堂，一年也用不了一两次，现在成了深秋和冬天彩色周末活动的首选地点。

这天是星期五，河海市委书记刘鸣弦在办公室里喝足了茶，处理了几份文件，看了看外面的万里长空和即将西下的夕阳，扫除了前几天因PM2.5爆表被省政府通报的烦恼。他笑眯眯地到直接为他服务的几个处室转了转，似乎有意又似乎无意地碰到了刚从公安局回来的秦山雨，说："老秦，听说彩色周末活动今晚在市委大礼堂演出，你和宣传部的同志抓得好啊！吃完饭咱们一块儿去看看，换换脑筋，如何？"像是朋友之间相约，又像是征求意见，还像是在分配任务。秦山雨一时没弄清一把手的意思，还是像平常一样往上推了推眼镜，右手的食指与中指岔开顺着鼻子由上往下滑动了一遍，脑子里急速转动着，但嘴里还是说："好好，我跟宣传部那边打个招呼，让他们留出前边的座位来。"刘鸣弦不高兴了，说："那就不好了嘛！下了班，周末都是自然人、都是看节目找乐子的事，到时咱们早点儿去就行了。"说着拍了一下他的肩膀，乐呵呵地走了。

看似无意的安排，秦山雨却为这件小事犯起了嘀咕。他是分管宣传部，可却对彩色周末这种咸淡事从来没问过，对组织、政法和有权的事从来没放过。刘鸣弦也是个对文艺活动兴趣不大的人，今天为什么要去看这些业余节目呢？既没有当红主持人也没有明星的，让人有点猜不透。秦山雨再想想近段时间围绕他和他家族发生的事，虽然说有点儿麻烦，但也没看出有恶化的趋势。刚才他到公安局找了自己的亲信、政治部女主任曹畅密谈，除了禁不住对方的制服诱惑做了那事外，山土集团的坍窑事件差不多已经摆平，那几个四川人多拿了钱也都回去了，安全事故也有人顶起来了，因瞒报伤亡人数，秦山土被拘留几天甚至判几个月也不是多大的问题，通过保外就医很快也可以出来，只是受几天罪而已。他们兄弟几个从小都是鬼屋里长大的，看守所的房子怎么也比那里强。实际上他刚才和曹畅到看守所以检查工作的名义看望了山土，那小子也没受什么罪。所长是曹畅的小叔子，当年从部队转业时还是自己和女政治部主任在床上厮混时在她的肚皮上签的字安排进去的，对方当然要知恩图报。弟弟自己住一个屋，每天还有那位所长孝敬的老白干喝、有烧鸡啃，暂时不用操什么心。就是那个账本丢了让他有些担心，可这几天也没有连锁反应，似乎不是公安所为。对他们说的那两个和尚，他也秘密派人到周围寺庙里搜寻过，也没发现什么线索，倒是好几个寺庙的方丈都结伴出去云游了，目标是南方沿海大寺庙。他冷笑了一声说："什么云游，避寒倒是真的！这伙出家人倒是会享受，不像自己，一年四季都在这个办公楼里待着，等哪天攒够了钱，也住到一个四季如春的海岛上去。"

后来他听秦山土雇佣的打手三才和二广跟秦山花说，不仅那个账本丢了，窑神的镀金也被刮走了一大片，他便有些放心了：人人钱至上，和尚也贪财。

他再次端详了半天"每临大事有静气"的条幅，想着当兵进行侦查训练时侦查参谋和教官的话："敌不动，我不动；敌一动，我先动。"动是必然的，就看什么时候动了。早晚也得动，看中央最近密集出台的这规定那规定，简直是不让人活了，这个破官干着是真没劲了。

没劲也得装着有劲，在小餐厅里吃过饭之后，他和刘鸣弦肩并肩走进了灯火通明的大礼堂，自然是坐在了前排的位置上。看着电视台记者在台长的指挥下几台摄像机对着他们选取不同的角度连连拍摄，秦山雨有些得意起来，故意没话找话地和书记谈笑风生，挨得很近。他知道，明天本地的新闻里就会出现这些画面，自己人会更忠心，别的人也会打消许多怀疑，对于他的一些不利的传言也会消失不少。

今天的大礼堂布置得分外喜庆。一个大红横幅高挂于舞台上方，"东风机械厂毛泽东思想文艺宣传队四十年后汇报演出"一行活泼灵动的字非常醒目。高像素的巨幅背景荧幕上不断变幻着色彩绚丽的动感画面，重点是藏区风光、雪域高原、高耸入云的喜马拉雅山、奔腾的雅鲁藏布江、草原天路边的狮子、雪豹、牦牛、藏羚羊、寺庙、喇嘛，成片的青稞和欢乐的藏民，忠实的藏獒和白云般的羊群，间或还出现了四川阿坝藏族羌族自治州的四姑娘山、阿坝寺庙的图片，这让秦山雨不由得多看了几眼。女高音歌唱家李娜高亢的嗓音响起："是谁带来远古的呼唤，是谁留下千年的思念，难道说还有无言的歌，还有那久久不能忘怀的眷恋……"容中尔甲的歌声带着浓郁的民族风情："许多的欢乐，留在你的帐篷，初恋的琴声，撩动几次雪崩，少年的我，为何不懂心痛，蓦然回首，已是光阴如风……"两种风格的旋律交替回响，把人带入了纯净高洁的天国。

当年名震河海全城的东风机械厂文艺宣传队队长吴阿杜充分展示出了军工企业老总的雄厚实力和宽广人脉。他一改过去来此做演出的那些野台子只有两把乐器完全靠功放机支撑局面、自娱自乐的穷酸局面，完全是大型文工团的气魄，乐队上来了，京胡、板胡、二胡、高胡、笙、笛子、葫芦丝、大提琴、小提琴、手风琴、扬琴、琵琶、三弦、电子琴、架子鼓、萨克斯、长号、圆号、黑管……足足占了舞台的四分之一，气势雄伟，场面恢宏。

刘鸣弦笑着对旁边的西岭雪说："军工的老总就是牛啊，一个电话就把我们下面强武县的西洋乐器厂的表演队调来了。他们有钱啊，随便给别人一个加工零件的做就能让人乖乖地听从调遣，比我们说话还管事，这就是经济的力量。"

秦山雨说："现在这些个体企业太缺乏领导观念了，我去那儿调研，那个总经理说只能和我谈10分钟，说一会儿要接待个德国客户，是什么赫尔曼什么曲子的演奏家。"

西岭雪没有参与他们的谈话，只是用惊奇的目光看着台上的一切，操着京腔赞叹道："想不到落后偏僻的河海还有这么一支乐队啊，乍一看，我还以为是爱乐乐团呢！不过，乐器的搭配有些不伦不类，毕竟还是业余了点儿。"

刘鸣弦哈哈一笑说："既然搬上来了，都有用处的，运用之妙，全在一心啊。"

大幕拉开，多年不见的传统的报幕方式让人耳目一新。齐曼一身制服，齐耳短发，迈着稳健的步子来到台前，用响亮而又深沉的声音说道："这是一个充满张力的年代,又是一个制度松弛的年代;这是一个极大丰富的年代,又是一个极度空虚贫瘠的年代;这是一个创新的年代,又是一个怀旧的年代。我们,三十多年前的河海市东风机械厂毛泽东思想文艺宣传队,今天浴火重生,给大家带来了上世纪70年代演出过的西藏歌舞节目,期望能唤起人们美好纯洁的回忆和良知,回到那青春如火、如火的青春时代熔炉里。"

年轻人都去玩微信、蹦迪、打电子游戏去了,礼堂外面下了一点儿秋雨,来看节目的大多是五六十岁的中老年人,很多还是每天晚上到广场唱红歌跳红舞的人,熟悉而又别致的报幕词立即触动了他们久久藏在心中的最柔软的地方,共鸣产生了,掌声响起来了。

"第一个节目,军乐队分列式表演。"

三十个着解放军陆海空三军军装的男男女女迈着整齐的步伐上场,长号、圆号、黑管一起响起,雄壮的音乐破空而出:"向前向前向前!我们的队伍向太阳。脚踏着祖国的大地,背负着民族的希望……"

随着队形的变幻,一队真正的解放军战士从后台迈着正步走出,齐刷刷站好,在带队军官的口令下,向台下敬礼,而后三把枪三上肩,再行持枪礼,走过舞台。看到这些,秦山雨的内心有些激动,习惯性地坐正了军姿,对西岭雪说:"我也是军人,曾经参加过军区的阅兵式呢。"西岭雪说:"看来当年的秦书记也是英姿飒爽啊。"刘鸣弦说:"看来今天的节目唤起了山雨同志一段美好的回忆啊。有人说,男人只有当过兵才能成为真正的男人,我看关键是要永远保持军人的本色,永远想到背负着人民的希望啊。"

齐曼又出场了,朗声说道:"下一个节目,器乐合奏:《翻身农奴把歌唱》。"随即隐身到了幕后。

身材依然匀称,个头一米八五的吴阿杜穿着一身燕尾服、手拿指挥棒上场,先向观众鞠了一个躬,帅气地一扬长发,指挥棒高过头顶平举,向下一压,左右分点,各种乐器立刻分声部轮流奏响,荧幕上再次出现了四川阿坝藏族自治州的全景,高山下部队的营房、峰巅上的哨所、战士与藏民欢乐的场景,看得秦山雨眼睛发直。随后,谈丽萍的女高音响了起来:"太阳啊霞光万丈,雄鹰啊展翅飞翔。高原春光无限好,叫我怎能不歌唱,高原春光无限好,叫我怎能不歌唱。雪山啊闪金光,雅鲁藏布江翻波浪。驱散乌云见太阳,革命道路多宽广,驱散乌云见太阳,革命道路多宽广。毛主席呀红太阳,救星就是共产党。翻身农奴把歌唱，幸福的歌声传四方，翻身农奴把歌唱，幸福的歌声传四方。"

熟悉的歌曲，熟悉的旋律，加上又是那个年代的人来演唱、庞大的乐队配合，当然声情并茂，底下掌声热烈，口号声此起彼伏，许多老年人拍疼了手，大呼着："过瘾啊，过瘾！"

随之，民乐声部奏出了具有浓郁藏族风格的乐曲，谈丽萍、王艳领头的一组藏族打扮的演员出场，胳膊、腿、腰协调默契配合，鲜艳的藏袍随风摆动，边舞边唱："不敬青稞酒呀，不打酥油茶，也不献哈达，唱上一支心中的歌儿，献给亲人金珠玛。索牙拉索，献给亲人金珠玛。感谢你们帮我们闹翻身哎，百万农奴翻身当家做主人哎。感谢你们支左支工又支农，文化大革命立新功，立呀立新功哎……感谢你们带来了毛主席的书哎，革命真理永远记心中哎。感谢你们紧握枪杆保边疆，人民的江山万年红，万呀万年红哎。"

秦山雨又激动起来，有些显摆地对西岭雪说："金珠玛是藏语对解放军的称呼，正确的藏语应该是金珠玛米，这首歌里简化了，当年我在阿坝当兵的时候也帮那里的人民修过公路，他们经常唱这首歌。要说唱得好的还是西藏歌舞团的那帮人，到底受过专业的训练，发声、音色、音域都很正规。"

台上的节目好像在验证他的回忆一样，第二个节目开始了，还是藏族歌舞，一群藏族打扮的舞者花蝴蝶一样飞跑到台中央，齐声喊"金珠玛米亚古都！"随后边舞边唱："格桑花开满山谷，金珠玛米来修路。带来了毛主席的光辉，带来了春风和雨露。嗦呀拉嗦，嗦呀拉尼嗦。光辉多明亮，雨露赛珍珠。照亮雪山峡谷，滋润百万农奴。亚古都，亚古都，金珠玛米亚古都，金珠玛米亚古都。"

随着激动曼妙的舞姿和悠扬的歌声，背景荧幕上出现了当年解放军战士在悬崖峭壁上抡锤打钎、斗严寒酷暑的生动场面。

秦山雨更加激动，他神往地看着台上，双手不自觉地打着拍子。

西岭雪捋了一把长发，扭过头，对这位基本喜怒不行于色、白框眼镜后面总是透出阴冷的光的人今日却竟然如此激动的行为有些大感不解，对他说："秦书记当年也是这样战天斗地、雄姿勃勃地为了人民的利益流血流汗的吧？现在，我怎么从你身上就看不到当年的解放军对党、对群众赤胆忠心的样子了呢？"

秦山雨不屑地看了她一眼说："岭雪书记，你太年轻了，我们这一代人是吃过大苦的人，对贫穷有着深刻的理解，对奋斗有着深刻的体验。"

西岭雪呵呵冷笑着说："所以，对富贵也有着无限的追求啊。"

刘鸣弦一直在暗暗观察着秦山雨的神情变化，脸上露出了一点儿会心的微笑，在人们不经意间向正在台上忙乎的金剑北挥手致意了一下。

大幕落下又拉开，庞大的乐队少了许多，只留下了管弦乐，吴阿杜操起了小提琴，李俊拿着一把二胡。齐曼再次出来报幕："现在演出我们自己新编的穿越时空小话剧：《藏族老阿爸恩仇纪实》。编剧：吴阿杜，主要表演者：原河海东风机械厂文艺宣传队编剧金剑北，演员李涛、王雯雯等。"

灯光变幻，背景打出了阿坝地区四姑娘山的高山峡谷、峭壁悬崖，一条正在施工的山沟公路工地。一个年轻的解放军战士脖子上搭着一条白毛巾，扛着一把风镐出场，道白："我姓秦，叫卫华，来自黄河边，当兵到阿坝，草原风光好，心里乐哈哈。牧区交通难，中央常牵挂，派我来修路，向人民献哈达。"

接着是走场一圈，歌声响起："二呀么二郎山，高呀么高万丈，古树荒草遍山野，巨石满山冈；羊肠小道难行走，康藏交通被它挡；二呀么二郎山，哪怕你高万丈，解放军，铁打的汉，下决心，坚如钢，要把那公路，修到西藏。"

歌声中，业余时间苦练太极拳的高手李涛将这段独舞跳得刚劲有力，一招一式舒展到位，那把风镐像牧民手中的三弦琴，被他耍得出神入化，中间还来了几个刺杀动作和空翻，台下一时掌声雷动。李涛随即停止了舞蹈说："战友在休息，派我看工地，趁机加个班，立功好时机。"他指着上面悬着的大石头下的一条白线说："这个地方还没有人动过，我要刨出一条排水槽，连长、指导员准能看见。"接着便脱掉上衣挥镐干了起来，上面悬着的巨石轻轻晃动着。

由金剑北扮演的洛桑卓玛和扮演女儿的王雯雯出场。金剑北穿一身藏袍，露着半个膀子，背着一个柳条筐，王雯雯扎着两条小羊角辫子，拿着一把小铲子在前面蹦蹦跳跳地跑着。《逛新城》的音乐响起："雪山升起了红太阳，拉萨城内闪金光。翻身农奴巧梳妆，阿爸和女儿逛新城呀。女儿在前面走哇走得忙，老汉我的汗呀汗直淌，一心想看拉萨的新气象，迈开大步我紧呀紧跟上呀。"

金剑北走圆场独白："我，老洛桑，世代居住在牧场，牛羊漫坡宝贝多，运不出去心窝囊。金珠玛米来修路，全村人民喜洋洋。冬虫夏草选几筐，随车运到北京去，献给领袖献给党。"

王雯雯转到台中央跳了一段"锅庄"舞后独白："我叫王小红，藏族的名字叫央姬，出生在草湖畔，小学二年级。戴上了红领巾，梦里笑嘻嘻。毛主席教导记心上，天天向上，好好学习。从小要听党的话，长大要当解放军，上天开飞机,保卫祖国的万里蓝天,坚决打倒帝修反。"随即停下脚步拿起一块鲜艳的藏族毛巾擦汗说,"阿爸,这大中午的,日头毒毒的,你来这山沟里干什么呀?你看连个人都没有。"

金剑北说:"丫头,你没看见大军在这里帮咱们修公路吗?小伙子们干劲猛,但年轻人也免不了丢三落四的,我来看看是不是有工具丢在了地里,别让那些牧主和坏分子偷走啊。按毛主席说的,要时刻绷紧阶级斗争这根弦啊。"

眼尖的央姬指着前面说:"阿爸,你看,那里有一个解放军叔叔。"

老洛桑手搭凉棚远望,看着巨石摇摇欲坠地晃动着,大声喊道:"不好!"赶紧连跑带喊,"小同志,快闪开……哎……"

秦卫华充耳不闻,继续挖山不止,眼看着巨石就要滚落,老洛桑如同一头老牦牛一样冲过去,撞开了秦卫华,巨石落下,砸到了老洛桑一条腿。秦卫华得救后愕然,小央姬哭喊着阿爸,无力地去搬巨石,用毛巾擦着老洛桑腿部涌出的血,秦卫华在一边拿起风镐翘石头。

远处,一群解放军奔来,跑在最前面的大胡子连长指挥着大家"一二三"地喊着号子,救出了洛桑,指着秦卫华的鼻子大骂:"你这个浑蛋!没看到白线旁边的红道吗!那标明了是危险区域,等工兵排除后才能施工,你真他妈没事找事,要不是这位老阿爸,你小子的命早没了,他是你的救命恩人。"

舞台上灯灭,转场,场景穿越到了二十多年后,布景转换成了今日的华北大平原。秋风阵阵,大地寂寥,雁声悲切。枯枝败叶的大树下,荒草萎靡的大路边,须发皆白的瘸腿老洛桑和头发花白的央姬身穿破旧的衣衫,背着人造革提包,相互搀扶着,亦步亦趋地走着。吴阿杜和李俊用小提琴和二胡奏出了《游子吟》的悲苦曲调,齐曼用历经沧桑的女低音伴唱:"秋风凉来天气冷,洛桑父女寻子行,手中无钱肚中空,两腿哆嗦走不动。"

一只乌鸦飞离枯树,老洛桑颤颤巍巍地坐在一块砖头上,背倚树干,仰头长叹:"我,来自阿坝的老洛桑,一辈子放牛羊,商品大潮藏民跟不上,儿子不愿在家乡,跑到北国来打工,说下窑一天能挣三只羊。晴天一声霹雳响,我儿窑中把命丧,带着女儿来收尸,让他回去到地下见他娘。"说完,老泪纵横,大喊一声:"儿啊,你命苦啊!苍天,我命苦啊。"声如裂帛,又如风雪弥漫中绝望的狼嚎。观众席上鸦雀无声,刘鸣弦睨了一下旁边的秦山雨,看到他眼里有了些闪亮的东西。

央姬愁苦的脸上挂着泪花，扶着老父亲坐下，拿出一块硬邦邦的青稞饼碾碎了泡在一个保温杯里捧给洛桑说："阿爸，吃一点儿吧，前面就要进城了。"她看着远处苍茫的山野说，"雅鲁藏布江水清又清，北方的雾霾重又重，弟弟结伙来打工，一起命归黄泉中。家家挂白幡，户户闻哭声。老天对我们不公啊！天葬台上的雄鹰啊，雪山的狮子啊，阿里的猎豹啊，快来把他们这些黑心的老板咬死吧！"

看到老父亲脸上的泪水、鼻涕和嘴边的食渣，央姬四处搜寻着，一阵风起，一张报纸刮来，她赶紧拾起来，想给老父亲擦一下嘴。忽然上面的一条消息和一张照片吸引了她，仔细分辨了半天，她忽然大笑起来，兴奋地喊："老阿爸啊，咱们有救了啊！你看，这上面写着：'市委召开学习四个全面战略部署动员大会，市委副书记秦卫华做重要讲话'，你看这照片，是不是那个解放军的秦班长啊？我看着是。"

洛桑老汉迫不及待地抢过报纸，远瞄近看，说："对，就是他！他是到连部当了文书后才戴上这个白框眼镜的！瞧，他右眼角上的这块疤痕就是那天砸断我腿的大石头掉下来的小石子崩到他脸上留下的！从年轻时我就看着这伙子有出息，当文书没两年，赶上大学恢复高考就走了。想不到啊，想不到，他在这里当了副书记啊。这下，你弟弟准有口好棺材了，钱也少给不了了啊，老天有眼啊！"

老洛桑从树下一跃而起，对着那张报纸上的照片深鞠一躬，做了个献哈达的动作，嘴里说了一声："金珠玛米亚古都。"他向着吴阿杜一招手，乐队立刻奏起了欢快的乐曲，他手舞足蹈地唱起来："当年的金珠玛米当书记，老汉我心里真欢喜。找到他先说当年给我们修公路，叙叙旧时的好情谊；见到他说说我儿死得屈，惩罚黑老板给咱出出气，多要些钱回家修块好墓地；雪山天神保佑我，让我在这里遇到了好兄弟！"舞罢，他对女儿说道，"央姬，咱们快走吧，找到卫华兄弟，准能吃上热饭好菜，说不定还能住上大宾馆洗个热水澡呢。"父女俩兴冲冲地上路，走场。

灯暗，转场。布景换成了威严的办公大楼，铁艺栅栏，亮光闪闪的电动门，修剪得整齐常绿的冬青树，椭圆形的花坛里开着五颜六色的花。高台上一根不锈钢旗杆直插蓝天，鲜艳的五星红旗随风飘扬，一堵照壁墙上毛泽东手书的"为人民服务"五个金色的大字闪着金光。

大门两侧，两个武警战士持枪而立，高傲的保安在门口溜溜达达，随着栏杆的起落，一辆辆轿车川流不息，给人一种拒老百姓于千里之外的感觉。

老洛桑在女儿的搀扶下，颤颤巍巍但理直气壮地走了过来。一个挺着大肚子的保安立即把他们赶到了十米开外，居高临下地喊道："去去，这儿哪是你们来的地方，要上访到街对面的信访局去。"

老洛桑说："我来找你们的秦卫华书记，快给他打个电话，他一定会来接我的。我是他的救命恩人，还在一个炕上睡过觉呢。"

大肚子保安仰天大笑："哈哈，就凭你这穷酸样，也配找市委副书记？真是笑话！去去去，哪儿凉快哪儿歇着去吧！"

老洛桑气得直瞪眼，指着他的鼻子"你……你……"气得说不出话来，一屁股坐在了地上。

央姬扶起阿爸，堆着笑脸说："保安大哥，我们是四川阿坝地区的，你们秦书记确实在我们那当过兵，我阿爸真的在修路时救过他的命，你就给通报一下吧，我们是走了几千里来的。"

保安用戏谑的口气说："好啊，就算你们说的是真的，你们和秦书记有预约吗，你知道他的电话吗？"央姬茫然地摇了摇头。"那不就得了！靠边等吧，别挡着领导的车道。"保安把他们赶到一棵法国梧桐树下，不理他们了，转身到一边和其他同伴吸烟侃大山了。

老洛桑往地上一坐说："闺女，不跟他们废话了，咱们就在这儿坐着，我就不信秦班长不下班。他只要从这门口过，看见咱们一定会下车来认我们的。你说，那时你给他缝军装，他给咱家挑水，像一家人似的，还有那年他回家探亲，小伙子在河边发愁，说家里穷兄弟们多，那点儿津贴买的东西不够分的，是你把挖虫草卖的钱偷偷给他装到裤兜里，你说，这样的亲情谁能忘得了啊？等着吧，一会儿让这伙看门狗长长见识。"

老洛桑脸上带着憧憬的笑背靠着大树睡着了。背景不断变幻着，太阳正南，一辆辆轿车驶出，没人理他们。夕阳西下，央姬叫醒了阿爸说："阿爸，都下班了，秦班长没来啊。"

老洛桑睁开眼说："那不可能啊，只要他出来看见咱，一定不会走的。"说着站起来往里边张望。

扮演机关老花工的魏正义骑着一辆破三轮上场了，他打开一个铝饭盒，拿出两个包子给他说："老哥哥，别傻了，你的秦班长的车都从这儿过了三次了。你别傻了，没良心的人即便当了官，良心也都让狗吃了，连狼都不如。"

老洛桑一跃而起:"我不信,我不信!"他拐着腿站到机关大门口的中央,满头的乱发、花白的胡须在风中飘扬着,大声喊道:"秦班长,秦班长,我是四川的老洛桑!当年你当兵在阿坝,住在我们村寨旁,吃的一锅饭,喝的是一锅汤,我还救过你的命,为你把腿伤;你曾给我家担水放牛羊,打完青稞跳锅庄,我们的友谊比喜马拉雅山高、比雅鲁藏布江水长。有人说当了官就没了天良,我就不信那个谎。你和他们不一样,你是当年的金珠玛米戴着红领章,你是毛主席的好战士,最听党的话,哪里需要到哪里去,风雪边疆把根扎。样板戏上曾经这样唱:'一颗红星头上戴,革命红旗挂两边。红旗指处乌云散,解放区人民斗倒地主把身翻。'你会把群众冷暖挂心上,你会永远心向党……"

饰演老洛桑的金剑北站在台中央,直视着最前排的观众,如同雄狮独立,须发皆张,字字有力铿锵,震荡着每个人的心灵,整个礼堂寂静无声。他流利地说完了这段词后,看着台下的观众,临时加了一段表演:他把两手搭到嘴边,做成喇叭状,两眼盯着秦山雨,一条腿跪下来大声呼喊着:"秦班长,秦班长,我是当年救过你的老洛桑,我的孩子在你管辖的地方遭了殃!你出来啊,哪怕抬头看我一眼我也高兴啊,我的秦班长……"那声音如同一匹受伤的老马在山野中嘶鸣,那么苍凉、无助,让人听得撕心裂肺。全场的人都被震撼了,一时寂静无声。市委机关某些胆大而又了解一点儿内情的干部悄悄地把目光投向了秦山雨,但也只是惊鸿一瞥,不到几秒钟就赶紧收了回来。只有和秦山雨挨着坐的刘鸣弦用眼睛的余光不时地看着身边的这位副手。坐在另一边的西岭雪则用戏弄加一点儿仇恨的目光死盯着这位副书记,明媚的大眼睛水波流转,露出解恨的快意。

秦山雨哪里还顾得上周围的眼神,屁股底下如同有一万颗钉子在扎,简直如坐针毡;心里似乎有几千只蝎子在吞噬,肚子里好像有几百条毒蛇在蠕动,心在颤抖、胃在翻腾,直顶喉咙,脸红一阵白一阵,突然觉得眼前一黑,在桌子上趴了一会儿,起身对旁边的刘鸣弦说:"对不起,刘书记,我有点儿不舒服。"没等对方答应,他便匆匆离座而去,在过道里还踉跄了一下。

刘鸣弦无声地向秘书使了一个眼色,机警的秘书悄无声息地走到礼堂门口,让侦查连长出身的纪委丁金辉跟了出去。

当天夜里11点,丁金辉向刘鸣弦报告:"有人向民政局的一个福利救灾账号上捐献了15万元,并向账号管理人发了一条信息,说明此款用于救助在山土集团塌窑事故中死伤的四川阿坝的农民工。"

刘鸣弦问："手机号查了没有，是不是咱们河海的？"

丁金辉回答："查了，不是，是南方一个省份的。"

刘鸣弦有些欣慰地笑了，自言自语地说："这下财政上又省了一笔钱。"他随即给秦山雨打了一个电话，说明天省委要召开一个学习培育和践行社会主义核心价值观的讨论会，自己这几天忙，没好好准备，"你是学哲学的，理论水平高，最好咱们一起去，代表一下咱们河海的水平。"

在地方上，一把手的权威是很大的，何况目前自己这个境地跟书记出门还是有好处的。狐假虎威的事他是很懂的，秦山雨同意了。

二十　信念决定结果吗

　　会议没什么悬念，快开始的时候，他们碰到了柳枫，对方沉稳地向秦山雨点了点头，把刘鸣弦拉到旁边的休息室去了，一直到开会都没出来。秦山雨只得代表刘鸣弦发言，心想好在自己有哲学功底，平时对报纸杂志的重要文件也很关注，于是简单在笔记本上划了几条，讲话时从历史角度、现实角度、辩证唯物主义的角度阐述了社会主义价值观产生的历史根源、囊括了哪些中华民族的优秀文化，指出在全民中培育倡导践行社会主义核心价值观是中央为国人正心、为中华民族铸魂，是功在当代、利在千秋的伟大创举。后面这几句话引起了人们对他的佩服，但会议室毕竟不是舞台，来参加这种高等级会议的人更不是普通观众，不会有掌声，更不会有啧啧的赞扬声，只是对他稍微行了一个注目礼而已。即使这些，秦山雨觉得就已经足够了。主持会议的一个省委副书记在他发言的时候向省委书记小声说了几句，他真真切切地看在了眼里，并且很有把握地估计是表扬他的。他和任何一个发言者一样，口若悬河的时候从来不看下面听众的反应，而是用眼睛的余光死死盯住台上省委领导脸上每一个微小的变化，以判断自己的发言在掌握自己命运的人眼里是加分还是减分。他知道，他小胜了一局。那位副书记做会议总结的时候，果然对他给予了表扬。他心花怒放，从心底感谢刘鸣弦书记给了他这样一个出头露面的机会，甚至对那个河海人总爱议论但他还不太熟悉的柳枫也有了几分谢意。

　　他根本不知道，刘鸣弦和柳枫这次长达两个多小时的会面，直接决定了他未来的悲惨命运。

　　对于不了解内幕或者还蒙在鼓里的人来说，不知道就等于没有。在整个大系统里，每个人所处的位置不同，你不在那个位子上，就永远不了解全局的总体概念和一把手的运作计划和方式；哪怕是挟裹的尖刀对准了你的心脏，因为那把刀是无形的，藏在弥漫着清香的鲜花里、裹在香喷喷的奶油蛋糕里面，你根本看不见，更不会防备，拿刀人脸上的笑容是甜蜜真诚的，你的感觉是春风拂面的。

从会议室出来的秦山雨就是这种感觉。

刘鸣弦笑眯眯地站在车前对他说:"这个会议是全省直播的,刚才在休息室里看了你的发言,果然技压群雄,给咱河海争了光啊。要是我上台,准得和咱们市的经济数字一样——倒数前几名。"还没等秦山雨谦虚,他就提出了另一个建议,说:"今天的会议散得早,还有一点儿时间,听说你儿子在省城一所不错的学校,我侄子也想去,咱们去看看如何?"

秦山雨和前妻云中燕育有一女,早就大学毕业参加工作了,后来和马可华生的这个儿子是他的掌中宝。为了自己的远大理想,儿子小学一毕业就被送到省城一个据说是私人老板和英国一所著名大学联办的名叫"英伦双语贵族学校",据说是英国大学的预科班,以后可直接出国,还说可以办理定居手续等等。

这个坐落在西山脚下的贵族学校据说原来是清朝一个王爷的园林,后来是国民党达贵官人、失意政客的别墅区,北河省委刚进城时在这儿办过公,也不知这个老板用了什么手段将其弄到了手。

传闻是传闻,见过方知果然名不虚传。一道长长的雕花铁艺栅栏圈住了里面有青松、翠柏、草坪、鲜花、湖泊、山丘和错落有致的洋房风景区。没有高大的建筑,只有在山包上一座座两到三层的别墅小楼,也听不到学生的喧哗和郎朗的读书声。秦山雨出示了一个牌牌,保安敬礼放行。质量极高的柏油路蜿蜒平整,车沿着两边高大的法国梧桐树跑了一段来到一座淡蓝色的三层小楼前。门前的小广场上杂乱地停着一片小汽车和摩托车,车身涂得五颜六色,都是外国货,价值不菲。

车停下后,从别墅里跑出了一个脚蹬阿迪达斯、身穿名牌球衣、嘴边上刚长出一圈黑色绒毛的大男孩。他看到秦山雨就说:"老爸,你来得正好,带钱来了吗?上个月我妈给的两万出去和同学吃了三次饭就快花光了,打扫宿舍和洗衣服的钱还没交呢。今天是星期四,周五学校要组织我们去三亚领略天涯海角的风光,寒假还要去英国呢。还有,我那辆破甲壳虫也该换了,我的一个同学都开上小宝马了。你要有美元和英镑最好了,省得还得去银行兑换。"小伙子说话像打机关枪,嘟嘟嘟一连打出了好几梭子子弹。

刘鸣弦皱起眉头,凑过去乐呵呵地问:"小朋友,怎么不见你们的教室啊?"

大男孩看着他说:"这位伯伯你太土了,我们这里的学校根本没有教室啊,都是在自己的宿舍里看着屏幕上课的,一人一间,躺着、趴着、坐着都行。"

秦山雨刚要说什么，几个和他差不多的大男孩拿着网球拍喊道："秦冬冬，快来啊，咱们的班花在枫香树那边的球场等你呢。她今天穿的可是超短裙啊，你小子磨蹭个啥啊？"

秦冬冬赶紧跑开了，回头向秦山雨打了飞吻，喊道："老爸，记着啊，尽量往我的卡上打美元和英镑啊！"

刘鸣弦摇了摇头说："老秦啊，这样的学校我们可上不起啊，培养出的学生对社会也没用啊，这么扔钱值得吗？有一句话，'儿孙若如我，留钱做什么？子孙不如我，留钱做什么？'这句话可是大有深意啊。"

秦山雨脸色很尴尬，红里透着青，完全没有了刚散会时的兴奋劲。他应付地说："这小子都是让他妈惯的，花了那么多钱，培养出了个小贵族。他妈的，精神上没贵起来，物质上倒是上来了。"说着就想上车走人，但刘鸣弦还没上车，他又不好意思。

刘鸣弦似乎意犹未尽，继续说："前几天我到北京开会，在饭桌上听了一个民谣，说给你听听：贵族学校高价生，电子词典随身听。名牌牛仔名牌鞋，法国墨镜瑞士表，德国手机包装好。袖珍电脑卡通画，老虎机前打天下。周末舞会三级跳，消费八千爹报销。鸳鸯包厢双举杯，小小酒鬼喝不醉。周游世界天下行，年年出国夏令营。回回考试交白卷，钞票再多难如愿。"

秦山雨又开始用眼镜做道具了，他把眼镜摘下来，先哈气，然后拿出一张手帕纸擦了又擦，慢慢戴上，右手中指与食指岔开，往上推了两次，摸了三次鼻子，暗想："这个老刘今天叫我来这儿，绝对不是咨询什么，绝对是另有所图，或者要暗示和提醒什么。"他还没有想出应对的语言和措施，刘鸣弦走过来拍了拍他的肩膀说："秦书记，钱花在这儿不值啊，还不如救助咱们市的几个贫困学生呢。你看这批小贵族，一顿饭得让四川阿坝的农民干一年啊。"说完，上车走了。

秦山雨的心狠狠地震动了一下，上车之后在后座上微眯着眼把这段时间发生的事细细地排列了一下，感到自己最近有些思维混乱，好像在被某种东西牵着走，静气不足，情绪化有余，包括那天看完节目后秘密捐款，都违背了某些定律。他一个大师兄毕业后研究易经，后来成了闻名江南的风水大师，记得有一次回母校，师兄跟同学吹牛时讲了宇宙之间的几条定律，其中一条说人的思念总是被与其一致的现实所吸引。比如一个人如果认为自己人生道路上充满了陷阱，出门怕摔倒、坐车怕交通事故、交朋友怕上当，那个人所处的现实就是一个危机四伏的现实。人如果真正深信某件事会发生，则不管是好是坏、是善是恶，这件事就一定会发生在这个人身上。一个人深信吉祥积极的事情会在自己身上发生，就会有好事来临，反之，也一样会发生坏事，关键在于自己的信念。有了好的信念，才有好的结果。

　　秦山雨总结自己，前段是被中央的文件唬住了，被西岭雪和金剑北的手段吓住了，被刘鸣弦的莫测高深迷惑住了。特别是那个金剑北，装神弄鬼地搞了一场节目，使自己差点儿犯了心脏病，还犯傻捐了那么多钱，想起来真是糊涂透顶。哲学课上老师讲过，世界是物质的，物质是不断变化的。如果总是坚守着几十年前的观念，这社会怎么进步、人还怎么生活得更幸福？他承认在毛泽东时代受的教育确实净化了心灵，但是形势是在变化的，改革开放是以人的私欲作为动力促进发展的。什么先富带后富，绝对是个伪命题，是人们都想富、富了的还想富，穷疯了的中国人欲望无止境，大款们穷奢极欲的生活刺激和带动着社会各个阶层的无休止的追求，钻营出了各种来钱的道。

　　这十几年的官场社会把各种权力都变成了可交换的利益和商品，他对此看得透透的。不用说大小官员，就是看门的一个老头，你给他一盒烟抽，他都会让你进入机关逛一圈，或者是找到一个平时根本见不到的人。中央虽然揪出了几个大老虎，地方上也抓了几个不长眼的小老虎和苍蝇，但这只是冰山一角，甚至连一角都算不上，也就是几粒松动了的脱离母体的冰碴子，其他的仍坚硬得很，根本挖不动。几千年的私有观念，三十多年的沉疴积弊，岂是一朝一夕能清除的？自己大学毕业后从政20多年，从少年算起，经历了好几个时期，先是狠斗私字一闪念，公而忘私，先公后私；后来是让一部分人先富起来，四类分子、刑满释放的人、不爱劳动、胆大敢坑人的家伙发了财；掌握企业的人也不甘落后，以改制为幌子侵吞国家资产，转身变成了身价几个亿的大老板；掌握政权的人也明白过来了，权力变成了金钱、美女、豪宅。经过30多年的折腾，人不为己、天诛地灭成了座右铭。

　　在秦山雨看来，目前的情况可以说是无官不贪，和大地上的江河一样，无水不污染，到处是一摊摊的烂泥浊水，滑溜溜、稀糊糊，岂是几张铁锨能清得净的？水至清则无鱼，人至察则无徒，这个道理千古不破。拿铁锨者顶多是把自己脚底下弄干净了，站住脚，再撒上一层沙子粉饰太平而已。现在的反腐败，基层的是隔着墙头扔砖头，砸着谁算谁。根据自己精于计算的脑瓜，估计这个砖头还扔不到自己身上。一是自己存折上没有多少钱，二是自己也没有直接向企业索贿。至于提拔干部、办事调人收了钱，事办了，钱收了；事办不了，钱退回。如果有人敢揭发，那他的事肯定都是超越政策和原则的，他们也得受处分，提拔了的人会被降级，从企业事业进了机关的人也得退回去，估计不会有人干这种傻事。

想到这里，他迷迷糊糊地睡着了，梦中来到了一个风光绮丽的小岛上：古堡风格的现代别墅，蓝色的港湾，白色的游艇，身穿红纱裙、白色比基尼的凌波仙子正对着他翩翩起舞，正所谓燕瘦环肥、莺歌燕舞……

秦山雨自以为是的美梦，司机从后视镜里看到的却是领导得意的笑容与挂在嘴角上正慢慢流到脖子里的一丝涎水……

二十一　官场乱象，为何部分人不信国法信佛法

一场秋雨一场寒。

河海市委书记刘鸣弦摘下眼镜，揉了揉发酸的眼睛，挪开如山的文件，看着窗外梧桐树下飘落的叶子，瞥了一眼机关一个喜爱文学的干部写的一本散文集，书名叫《叶子，不情愿地离开树枝》，心想真是扯淡，那是自然规律，树叶该长就长、该落就落，和人一样，到什么年龄、在什么位置上就该做什么事，没有什么情愿不情愿的事。这是规律，是责任，也是义务。

有人说，官场上有三类人：一是理想主义者，总想着干点儿事；二是现实主义者，能干事的时候就干事，不能干的时候就混；三是机会主义者，从来不想着干事，得混则混，总找机会往上钻。刘鸣弦自认为自己是介于一类和二类之间的人，想干事的成分较多。当年他去一个乡里当书记的时候，乡长向他诉苦说："干部发不了工资，水电费都交不起，房子坏了没钱修。"他说："这只能说明我们没本事。和家里过日子一样，你作为家长，让一家人没吃没穿住破房，那叫没出息！天大地大，吃喝穿为大，如果一个家庭第一代是穷人情有可原，但到了第二代、第三代还是穷人，那这家人不是懒汉就是笨蛋。"一句话说得乡长哑口无言，同时全乡的干部也都用期盼的目光看着他。他围着自己的领域转了一圈，发现乡政府西边紧靠国道，其中一座桥面被压得破破烂烂的，便连夜坐着那辆各处都叮当乱响的破吉普到了城里，跑到市交通局自己的一个同学那儿要来了一部分钱，组织附近的村民和乡里的干部搞了几天义务劳动，弄平了桥面，加宽了引桥，设了个收费站，然后让乡干部轮流去值班，大车50元，小车10元，本乡本县的不收。如此一来，一天进账好几千，干部发了工资，乡里翻盖了房子，还修了一个养老院。后来虽然挨了省里有关部门的批评，但还是落下了美名。他始终认为，不管到哪儿执政，得先有钱办事。一级政府管着几百万人，可连治下老百姓的住房、看病、孩子上学都解决不了，那就是世界上最无能的政府；而他自己现在就是最无能的人。河海这个地方山上无矿，地下无油、无煤，农业再好也

没有税收，工业上找了几个项目也都没钱上，当年的一批下岗工人的住房亟须改善，这都需要钱。自己的搭档市长是从省里来的，是位公子哥，只知道吹嘘自己家的老爷子和现任省委以及中央的领导交情如何深，其余时间不是跑北京、进省城就是看文件、读秘书写好的讲话，一点儿思想也没有、屁事办不了，关键自己还惹不起，作难的事还是得自己办。

看了两眼飘飞的树叶，就想起了这么多事。可各种事光想不行，关键还要去办。刘鸣弦思考良久，拿起蓝色的保密机分别给西岭雪和金剑北打了电话。西岭雪那边朗声答应说："刘书记，你放心，我马上安排党风纪律监察室的人请几个人来喝茶，我们的廉政账户上保证一分钱不留。我让纪委的财务处设计了一个表，根据民间的传说和估计，算出这些在关键岗位上工作不廉洁的人受贿的大致钱数，只要交出百分之九十以上，便不再追究。"刘鸣弦说："对对，关键是把钱收上来再说处理的事。"对方说："钱是一方面，如果有其他问题，我们也不能放过的。另外，我还是建议赶紧给省委写报告，双规秦山雨。"刘鸣弦没说话，不太高兴地放下了电话。

金剑北那边倒是很痛快，说智障禅师已经选好了地方，就在城西宝云塔下的"无忧寺"。现在他正找药引子，在民间散布舆论，引鱼上钩。刘鸣弦强调说："那些香客都是我们动员去的，要是香火钱弄多了，那个和尚也不能独吞，得捐些出来，给开发区那些农民工的子弟建个小学。"金剑北呵呵呵笑着回答："大书记，大雁还没打下来你就想着红烧、清炖还是做汤，是不是早了点儿啊？咱还是先说怎么打大雁吧。我这里武器比较齐全，有弓箭、有土枪，还有迷魂药，管叫那些偷吃了野食的家伙把藏在地洞和黑窟窿里的钱都吐出来。"刘鸣弦赶紧叮嘱说："可别搞过了劲啊，要注意政策啊。"

胜在明处，隐在暗处。同样在暗处的，不止行动，还有传言。

"大森林"书记虽然在河海搞了几年大拆迁，但毕竟还有没涉及的地方。在一些地理位置不错的城边地带座落着不少平房大院和小二层楼，都是有点儿权势的人占了城中村的地盖起来的，过去曾被人们称为"贪官屯"；可他们虽说是官，住房的理念和农民却差不多，或是大平房五间或是两层六间，只不过是把厨房和卫生间放在了屋子里，不像那些农民，非要在西南角上建个厕所、偏屋里设个厨房，阴天下雨的时候给自己找别扭。与农民最大的不同是门前都修了5米宽的水泥路，小汽车唰唰地开过来开过去。门楼也和当地老百姓大同小异，长长的过道大铁门；家里面的主妇也和农民差不多，也喜欢串门子，谁家做了好吃的都互相送点儿，在门洞里或者是墙角拐弯处的小树底下这些人们不大注意、灯光照不到的地方传传舌、扯扯闲话、说些小秘密。

这不，在傍晚的暮色里，尽管人看自然的视线已经模糊，两翠还是见面了：一个是云翠，老公是企业局局长；一个是翠云，老公是医药局局长。

云翠看着有点发福的翠云说："我看你这几天又胖了，是不是跟老头子整夜在床上不起来，互相蹲朦啊？我跟你说，女人胖就是胖肚子，肚子大了碍事，男人干那事可是不舒服啊。"

翠云说："呸！都过了五十了，哪里还有那么大的瘾头啊？我都快不需要他了。哎，我跟你说，人老了还是胖点儿好，一旦有了病，禁得住消耗。"

云翠年轻时上过县里办的卫生训练班，在乡镇卫生院当过一段医生，说："你说得可不对，人的心脏就是一个发动机，马力就那么大，就像小拖拉机一样，拉得越少负荷越轻。你说一个人背着30斤走得快还是扛着100斤跑得快啊？这个快慢就是寿命。咱这几年啥也不缺了，还不是指望着多享几年福啊！"

翠云说："也是这个理，就怕这个福不好享受啊。听说纪委又找人去喝茶了，什么喝茶啊，这些人可真会起新名词。"

"老姐们儿，"云翠在嘴上做了一个噤声的动作，"嘘"了一下说，"可别到外面去说啊。现在纪委可厉害了，人人都怕啊。"她指着前边一座灰色的小二层楼说，"听说他家的事了吗？那个叫高敏的娘儿们不是在下面县里当副县长吗，外号叫一卷纸的。对了，你搬来得晚不知道。那家伙特浪啊，每次干那种事都需要半卷纸垫上才能不弄脏床单子，再用半卷纸才能擦干净。据说前些日子她自己深更半夜地开车回来，准是憋不住了，半道上到路边小解，上车后发现有两个男的坐在车里了，一下子被掐住胳臂，把她夹在了中间。她刚尿过的裤子立刻又湿了，吓得直筛糠，连声问他们要什么。那两个老爷们儿说，先要你再要你兜里的钱。她一听倒高兴了，浪笑着说，这头一件事不是好事吗，你们这两个臭男人，吓了老娘一大跳，我还以为是纪检的呢！那两个男人把她玩了一遍，看着包里的钱不多，歹心眼上来了，说'我们就是纪检的，说，你把贪污的钱存到哪儿了？把卡拿出来。'那娘儿们大概是被干晕了，也不想想纪委的人哪能干强奸的事啊，就把家里几百万的存款说出来了。钱给人家了，她以为平安了，谁知那两个人偷盗一个公司的财务室时让警察抓了，把这事给供出来了。纪委知道后请她去喝茶,到现在还没回来。你没见她家那个当小工头的男人像被抽了筋的癞皮狗一样,整天无精打采的。"

翠云说:"我的那个娘啊,还有这事啊?你这么一说,这个纪委还真惹不得,真没治了啊。不过,这个高敏也活该,她每次开着车路过我家门前,都开得飞快,还神气活现的;她也不赖,临进去又多尝了两个男人,在里面可就没这个福气了。"

云翠习惯性地把对方拉到刚刚亮起来的路灯照不到的墙旮旯里说:"你这家伙,一说那种事你就上精神,还说不需要了。我跟你说个正事,旧城宝云塔下的无忧寺火了,听说来了一个老和尚,可灵呢!我那当家的要被纪委请去喝茶,听说凡被约谈的人到那个寺找大师点化一番就没人找了,我们就去了一趟,祷告了一会儿,求了签、捐了款,得了一张护身符。我那当家的按着上面说的去做了,结果好几天了,纪委也不找他了,局长照当。"

翠云说:"我从小就信佛,七八岁的时候就跟着俺娘到庙里烧香拜佛,要不俺能从一个商场售货员调到计生局去当干部啊?就是俺那个当家的不信,他说自己都是靠奋斗的。算了,他不一定去,明天我自己去一趟吧。"

两个女人又聊了一会儿,一个说:"现在他们在外面的饭局少了,差不多每天都回来吃饭,还老嫌咱做得不好。家里就是家里,哪能和大饭店比啊?够累人的。"另一个说:"是这么回事。不过也好,省得他们在外面吃完饭又去进歌厅、洗桑拿,拈花惹草打野食吃。老老实实在家看电视,老老实实在家睡觉。嘻嘻,就凭你那蕾丝内衣,他能老实得了啊?你也比我强不到哪里去!记得不,夏天你两口子在院里洗澡,凑着月亮就玩上了,你叫得我隔着墙头都听见了。"

"哈哈!""嘻嘻!"调笑声从暗影里飞了出去,让下班的路人忍不住东张西望了一番。

第二天,翠云伺候医药局局长吃饱喝足,他失望地看着门口再也没有了接送自己上下班的大众迈腾,非常别扭地骑着电动车出门上班去了。她收拾完了碗筷,换下卧室里昨晚弄脏的床单,心里得意地一笑,坐到梳妆台前,对镜理红妆,把染过的黄褐色的头发梳了又梳,蓬松地披在肩上;脸上敷了白粉,唇膏轻点,抹了红唇,画了唇线;打开衣橱,换上了一套天蓝色薄呢秋装,看了看自己满是皱纹的脖子,围上了一条白纱巾。准备停当,她推出一辆红色的踏板小摩托车,嘀嘀地鸣了两声喇叭,上了大马路,向河海西郊跑去。

怪不得服装搭配学家说"红配蓝，亮闪闪"，她这一身打扮还真吸引了不少在路边闲聊的闲汉和在路边等活的出租车司机的目光。一个在街心小公园看别人下棋的汉子望着驶过来的小摩托说："这小娘儿们还挺潮的啊。"长着络腮胡子的出租车司机说："也就是个好房子后面砖，你是没看到她的脸。这叫两条人命——看后面想死人，看前面吓死人。"那汉子逗趣地说："还有一条人命呢——你看那水蛇腰，叫真上去累死人。"

翠云隐隐约约地听到了这些议论，要是往常，就凭她当闺女时家里丢了一只鸡就能在房顶上骂了一天街、让街坊四邻三天不敢出门的泼辣劲，非得下去骂他们一顿不可，骂得他们恨不得把脑袋藏到裤裆里去。但今天有正事要办，她就当他们放屁了。一路疾驰，她对站在门口要求把车停外边的保安连理都没理，直接就进了门口有六棵大柳树用红砖和琉璃瓦建成的无忧寺的大门。

六层砖塔下的大殿五颜六色地临时涂了一遍，还真有些金碧辉煌的样子。石阶上面蹲着两只青铜雕塑龇牙咧嘴的狮子，大殿正中间的观世音倒是慈眉善目，只是两边的护卫不知是何方神圣，持戈按剑横眉立目。河海城里人不多，吃药的不少，卖药的更不少，医药局局长的权力自然不可小视，他夫人当然也是人上之人。何况她老公在区里任职时就把她家的七大姑八大姨、村里的同族亲戚都安排了个遍。她曾经骄傲地说："在河海城里，管我叫姑叫姨，叫大娘婶子、表姐的有七八十个，有什么事也就是一个电话的事，能叫来一个排。"

果然，她刚来到一棵大松树下，就有一个小伙子嘴里喊着"大姑"接过了摩托车。那边有一个喊她婶子的少妇拿过一瓶饮料，悄声说："这里来的智障禅师可灵了。你那大侄子不是叫俺姑父安排到乡里当了乡长吗，有人告状说他建设水利工程时受贿了，纪委要找他谈话，我来这里祷告了一回，老和尚给了我一张神符纸条，他看了就没事了。你也去吧，俺姑父当那么大官不容易，可别出事啊。"翠云厌恶地看了眼这个不长眼的远房侄媳妇，脸往下一耷拉说："你姑父能有什么事？他忙得很，我是来看看这里的和尚是不是借着念佛卖假药。你也是，连个干部家属也不会当，这种事哪能随便往外说呢！"教训完之后横冲冲地往里走。

迈过那道足有半米高的门槛，她横不起来了。轻柔飘散的《因果歌》让她的心静了下来。想起自家荣华富贵的过程，她对未来感到了恐惧；看到旁边站着的几个或珠光宝气或气度不凡的中年妇女，她也立刻觉得矮了下来。这里有发改委主任的夫人，有政府秘书长的老婆，还有一个副市长离婚再娶的如夫人，哪个家里的那一位都比她老公的官大，女的都比她有文化。官大一级压死人，这是官场的铁律；见官就巴结，这是为官者和他们家属的本能。领导的老婆也是领导，很可能是更重要、更大的领导，这是她几十年官员家属当下来学到的基本知识。一排官，先捡大的说好话。她凑到那个只有四十来岁的如夫人面前，亲热地喊着"嫂子"，先夸了对方葱丝绿的羊绒风衣，问候了领导的身体，说："嫂子，你也来了啊，还没拜呢？站着怪累的，要不我让我那个侄子给你搬个椅子来。"但对方并不领情，淡淡地说："拜佛要虔诚。"顺手指了指里面的配殿小屋说："那里是贵宾室，大家都挨着个儿呢，你也去排队吧。"

　　翠云连着说了好几声"谢谢"，对每个女人都露了献媚的笑脸，奉献了几个献媚的微笑，老老实实地站到最后去了。在缭绕的香烟中，大殿里的温度有些高，她脸上的白粉从皱纹处掉下来不少，有点儿像夏季野坑里的大花青蛙了。当然，她那村里不叫青蛙，叫花里虎大蛤蟆，青蛙是她进了城才知道的。一次她跟着丈夫吃一个药材公司老板请的宴席，对着牛蛙她高声说是蛤蟆，被丈夫训了一顿她才知道的。

　　一直等到中午的阳光从枯枝败叶间穿过来，在地上变成了碎碎的金子，才轮到她。依然是白玉菩萨，依然是锦绣软缎墩，智障禅师法相庄严，盘腿坐在观音菩萨一旁，两手平放于膝盖上，眼皮微抬，看她跪好，高宣佛号"阿弥陀佛"，随即手捻佛珠，眯眼念经。几分钟后，也没见他怎么动作却嗖地站起，声若洪钟地说："人在做，天在看，欲海无边，回头是岸。静观女施主容颜，起底贫寒，后与文房四宝结缘。缘中有缘，学文相牵，发财于店，财源有险。南世观音，敞开天眼，世间万物，均在其间。人生在世，浮华百年，也就日需一粥一饭，夜宿一床一眠。散财童子，快乐常伴。"

　　她正津津有味地听着，忽然没了声音。她睁眼一看，已经没有了大和尚的影子，目光梭巡了一周，也没见四面墙壁上有门有窗。都说观世音菩萨是男女化身，莫非刚才就是？那个和尚化到菩萨身子里去了？真是菩萨天眼啊，这个大师简直是神了，说得太对了啊！她的家就在河海边上的一个村里，小时候她就发现娘说话的口音和村里其他人不一样，也从没有跟娘走过一趟姥姥家。每逢看到别的小伙伴从姥姥家回来后展示的小糖果，她心里都羡慕得不行，几次缠着娘到姥姥家去，都被娘用话岔开了。后来长大些了，有一天中午，爹在胡同口和几个人抽旱烟聊天，她背着一筐猪草回来，远远地听到一个本家大爷喊着她爹的名字说："老四啊，你用筐背来的这个闺女还真不错啊，长得个子高，模样也不赖，还能干活，你看砍了这么一大筐草；是不是沾你的灵气，从小就知道背筐啊？"爹那天可能喝了些山药干酒，红红的鼻头上渗着汗，向她点了一下头催她快走。她知道爹又要开始吹牛了，就悄悄地藏到墙角偷听。爹说："你当我这个家来得容易吗？兄弟们多，都娶不上媳妇，咱仗着会点打砖坯子烧窑的手艺，年轻的时候到晋宁县家丁庄去当师傅、卖力气，干了一秋天，砖坯子排成了一大片。砖窑小，烧不了那么多，派咱看着。砖坯子下就是起了土的大坑，大风一刮，光溜溜的平地上的柴火就往里凑啊，眼看着一个大闺女就进了坑，乌油油的大辫子花棉袄，翘翘的腚蛋子叫俺心里痒痒的。俺帮着给她装筐就把她给办了，还给了她十块钱。你知道那时候的十块钱是什么概念啊？猪肉才五毛钱一斤啊。有了第一回就不愁第二回，一到天擦黑她就往俺那小窝棚里钻，临走时背一大筐柴火。有那么几天她没来，我夜晚爬到她家的墙头上去侦察才知道坏了事——她有了身孕，让家里人关到小柴房里了。那村全是土坯房，这点事难不住烧窑的，夜里俺拿了一个小镐头，带了一桶水，阴湿了墙根，几下子就把那个小柴房挖了洞，弄了一个大红荆筐，背着她一口气跑了100多里地。你们谁有这个耐力和劲头啊？"

在众人粗嘎的笑声中，她悄悄地走开了。虽然脸红红的，但心里明白了一个道理，就是干什么事都要有心眼，都要主动去争取。那年还是生产队的时候，大家都穷，家里分的口粮不够吃，他爹仗着自家是贫农，当上了队里的贫农代表。那时，贫农代表是学着"文革"上边组建领导班子"三结合"的产物，即党员领导干部、生产队长和群众代表。队里的贫农代表是群众代表，要掌握一部分权力，具体就是拿着生产队仓库里的一把钥匙，共同保管库里剩余的饲料口粮以及种子粮。这个烧窑的汉子看着家里的几个孩子吃饭时狼吞虎咽的样子，算计着自家瓦罐里那点儿存粮，晚上和老婆在床上努力地丁完那点儿事后，怎么算计也吃不到明年的麦收，便和保管员一合计，半夜往家里扛了几麻袋粮食。后来东窗事发是因为烧窑的汉子把一小袋面粉给了后街的马二寡妇，那娘儿们出来卖嘴引起了大队治保主任的注意。那是讲阶级斗争的年代，轻则批斗，重则要扣上坏分子的帽子，一辈子不得翻身并殃及后代。烧窑的汉子在炕角萎缩着抽旱烟，她娘脸若冰霜，不哭也没闹，拉着她走了一天的路，到了她姥姥家，跟当支部书记的舅舅借了30元钱，到一个据说是原来在五台山当过和尚后来还俗的秃头老汉家里，对着一尊如来佛像烧了三炷香。她在门口怯生生地跪着，只听那个老和尚嘴里念叨着什么:"佛普度众生,众生要舍得,有舍才有得。"回来后娘到村支部书记家去了半宿,事情就过去了,一家吃了多半年的饱饭,春节时还给她添了一件小花袄。

那件事对她的一生影响很深,她总结了:碰到好事要敢下手,不能心软、不能错过;有了难,有了坎,也不能退缩,要敢于面对,对着真人要不隐瞒、说实话,敢于舍弃、敢于面对就没有过不去的沟沟坎坎。这几十年她跟着当医药局局长的丈夫,两口子真像农村过日子的人说的,一个是搂钱的耙子一个是管钱的匣子。她看到了官场来钱的容易,更看到了官场的险恶。她虽然文化程度不高,开始只在商场做文具组的售货员,可后来随着老公的升迁她也成了机关干部。文件没少看,学习会也常开,直觉告诉她这次来势凶猛的反腐浪潮是一场大风暴,不脱几层皮、不舍出点儿财、不对真人不说几句实话是过不去的。况且这个来自大山里的老和尚把她的历史说得一清二楚,连家里亲戚开药店的事都知道了,看来是真人,而且真人还不见了,只让自己说,自己说的话肯定会让佛祖听见的。

她虔诚地跪在垫子上,先往功德箱里放了一叠百元人民币,在缭绕的香烟里,眼睛开始迷离起来。刚才抬头看着菩萨还是慈眉善目的样子,这会儿忽然觉得那双永远放射着慈善光芒的眼睛里多了一点儿讥讽,这使她心里很不安。她就又放了一叠百元人民币,这才低头祷告起来,先说自己如何含辛茹苦地伺候老人孩子,如何把一大群穷亲戚安排了工作,说自己的丈夫刚开始当电工如何不容易,还考上了电大,深夜学习到天明,进入市委组织部后加班加点,直到快40岁了才到滨湖当了一个副区长,后来才上了半个格,成了市药监局的局长,家里才开始宽裕起来。再后来药材公司由国营变成了个体。

"大家都知道,发财干两件事,不是劫道就是卖药。卖药就需要许可证和批号,俺家就发财了。真是兔子走时运,城墙挡不住。俺家老徐是局长,他不批准谁也开不成店,几乎天天有人请。山珍海味吃过了,天南地北的好地方都去过了,家里的好东西也多了,衣服、电器、土特产根本没自己买过,存折上的数字也天天往上蹿。你说,那些卖药的个体户也实在可恨,来找人办事,来办药品许可证,上来就知道送钱。看着是两盒茶叶,可里面装的是钱,还有的把中华烟掏空了里面装上100元100元的钱。有一次老徐的一个朋友来了,那人抽烟,我顺便给了人家两条,人家回头打电话来说那里面是钱,从那以后我再也不敢把烟随便给人了。还有那些农村来的人来送蔬菜鲜果,再三强调说这是自己种的,'纯绿色、无污染，要自己吃、自己用，别随便送人。'这里面就有了学问了，打开之后，里面准是红红的人民币。现在都说干部是四个基本，我们家老徐喝酒基本靠供、抽烟基本靠送、工资基本不动，这些都是真的，但老婆基本不用是假的，我看得紧着呢，他不敢。要说俺家有多少钱，反正后两辈也花不完了。这不，听说纪委要找他喝茶了，俺怕啊，那些钱真要查出来，他得蹲监狱啊。要是判上个十年二十年的，他一辈子奋斗的官没了、钱也没了，老了老了去受那个罪，我们一家可怎么活啊？想回老家种几亩地，吃粗茶淡饭都没有了啊！大慈大悲的观音菩萨啊，快救救俺们一家吧，只要俺家老徐不进去，叫俺干啥都行啊。"

她祷告的时候跪得太久，腿酸了，这时一股热风吹了过来，腰里感到麻酥酥的。她舒服之余睁开眼睛，见智障大师不知何时坐在了她的对面。他高宣了一声佛号："阿弥陀佛！苦海无边，回头是岸。给你一张神符吧，你家老公懂的。"只见他两个手指轻轻一弹，一张黄色的纸片便平着飞了过来，落到了翠云的手中，老和尚立刻不见了。她如获至宝地放到小皮包里，如释重负地来到大殿外面，感到心里像卸下了一块大石头。

回到家，她顾不得做饭，跟丈夫如此这般地说了一遍，把那个神符拿了出来。药监局局长看了上面仅有的一行数字，他知道那是什么。在河海的官场上混到正县级也算是高干了，这批干部自然有他们的圈子，也有他们的秘密。他从一个很私密的渠道得知，纪委新设了几个廉政账号，一般人拿不到手，都是通过某种特殊渠道传出来的，今天老婆拿来的这一串数字就是其中的一个。他知道应该怎么做了，也为刘鸣弦书记的良苦用心感动，但还是有一点儿担忧：刘书记能说了算吗？这天晚上，他破例没和老婆在一起睡，自己在书房里抽了一盒多烟，最后还是决定走一步看一步，先做再说。

二十二　如何利用难题定政策

其实，刘鸣弦同意金剑北搞这种怪力乱神的门道也是费了一番心思的：让纪委先放出风，选择的人员都是他掌握的贪污受贿数额不是很大、民愤比较小、干工作有两把刷子的。可以说，有些人还是历史上发展经济、搞城建以及其他方面发挥过中流砥柱作用的。他是想用这个办法达到毛主席说的"惩前毖后，治病救人"的目的。对那些贪得无厌、靠着关系和裙带风上来，对"大森林"在任时不分原则提拔上来的干部，还是要采取雷霆办法来解决的。不过，现在还不到时候，多年执政的经验和他慢悠悠的性格养成的习惯，形成了刘鸣弦走一步看一步、不显山不露水总想做到谈笑间樯橹灰飞烟灭的效果。更重要的是要把钱弄出来，给河海的困难群体和举步维艰的企业办点儿实事，也给自己的政绩添点彩。改变河海穷的面貌毕竟是第一要务。还有一个隐藏在心底跟谁都不能说的事：自己最好再往前走一步，到省里的人大或者是政协任个副职，也算进入了国家的高干行列。组织部门提拔人是要搞民意测验和投票的，河海这个农民社会、亲戚熟人城市，整倒一个人就得罪了一大片，到了关键时刻，不定什么人给你使绊子、造个谣言，在投票时让你得票率过不了称职票百分之九十的那道坎。所以，他每天下班前总要到他创办的那个反腐保密指挥部去溜达一下，看看新设的廉政账户当天增加了多少钱，看完脸上总是会露出笑意。

他笑了，金剑北那边却发愁了。

晚上，金剑北半倚在宿舍的床上入神地听着《歌颂红太阳毛主席》100首的歌曲，想着自己多半生的经历，在几个领袖统治下社会留下的印象，越想越觉得毛主席伟大：不吃私贪污、不让子女发财、家里为革命死了那么多人。那个央视名嘴骂他老人家引起众怒，如果说的是别人还真不一定遭到全国人民的唾弃。

《地道战》插曲悠扬地响起"太阳出来照四方，毛主席的思想闪金光"的声音，他情不自禁地打起了拍子，忘情地跟着哼哼，谁知半句还没哼完，门就被一股大力推开了。谈丽萍把桃红色的羊绒大衣往他身上一甩，气呼呼地一屁股坐在床边上说:"这帮王八蛋,真是气死我了!"

金剑北看着她逐渐膨胀起来要与乳房试比高的肚子,拍了拍嬉笑着说:"这里边不会全是气吧?你的街头早餐弄好了吗,我还等着去吃呢。"随后起身倒茶。

谈丽萍说:"弄个屁!我就是说的这件事。你们政府机关真是他妈的一帮流氓地痞。"站起身来,拿起金剑北的茶杯一口气喝了半杯,往桌子上一顿,带着泪花诉说起来。

王雯雯、李俊从谈丽萍那里拿了所有开办小饭店的申请手续,到工商部门办营业执照。派他俩去,作为当了几年酒店老板的谈丽萍是动了一点儿心思的:李俊粗壮,嘴笨办事粗心;雯雯瘦小娇弱,但很细致。那天正是星期一,办证的人肯定很多,河海人又不怎么讲秩序,挨个儿加塞的人也不少,叫他俩去可以让李俊管排队,或者是利用粗壮的身体把别人挤到一边去,雯雯管办手续。

果然,大厅里人声鼎沸,加塞的、喊叫的乌泱泱一顿乱招呼。几个办事人员跷着二郎腿坐在桌子后面,有的嗑瓜子,有的看微信,有的互相斗嘴慢腾腾地办公。

李俊身穿黑色保安服,像一头大黑熊,又像一台地盘低的小坦克,左冲右突、前推后压为雯雯开出了一条道。一个敞着制服扣子、斜愣着眼的办事员先是看看雯雯娇小的身材和已经不年轻的脸,再看看他们的申请表后,调笑着说:"哈,炸油条,好啊,两人干吧?一男一女,搭配着干活不累啊。男的炸长条的,女的做圆的吧,中间还带一个眼,是不是啊,美女?"

雯雯气愤地说:"你们哪来这么多废话啊?流里流气的,还像国家工作人员的样子吗?"

那家伙说:"你还真说对了,我们还真不是国家工作人员,是雇来的勤杂工,真正能够批准的人在楼上呢!"说完,那人接着贫嘴,"哈,还蒸包子、烙馅饼啊?用什么馅啊,该不会是大树十字坡孙二娘开店用的人肉馅吧?如果是那样,我都情愿当一回武松,让你麻翻了背着我上案板,可就怕你这小身板背不动我啊!"

雯雯气得浑身发抖说不出话来,眼泪直流。在一旁想帮腔的李俊黑着脸用手指着对方说"你小子……",可下面的话在嘴里直转悠就是说不出来。他索性把那家伙的胳膊抓住,双膀用力,一下子把那家伙提了起来。对方害怕了,赶忙说:"你别动粗啊,一看你就是李逵的家族,我惹不起啊。"坐下把登记表给他们填好了,往楼上指了指。

办完了登记，二人平了平气来到楼上的审查科室，隔着窗户看到里面有几个坐着一边聊天一边漫不经心办公的人。一个科员模样的人拿着一份文件对科长说："你看省局来了一份适当放宽经营政策、简化手续的文件，我们怎么向下布置啊？是不是具体提几条，在几个经营范围开展试点什么的？"

科长拿过来扫了一眼说："你具体突破了，下面出了问题你负责啊？在上面加一段按语，'现把省局文件转发给你们，望认真贯彻执行。'照抄照转，不犯错误。你想啊，下面要是搞试点，我们就要下去监督、指导或者是调研。八项规定下来了，纪委又查得很严，我们下去，人家不招待吧心里过意不去我们也不习惯，可发现了都得犯错误。还是上面给什么我们就往下发什么吧，都省事。"

坐在他对过的一个人说："就是，不干事就不犯错误。往前推着走吧，反正是吃不上也喝不上，好处也不好拿了，瞎混吧。"说着接过雯雯递过去的表看了看说："哈，大饭店也开始经营大排档食品了，你们酒店过去做过这些项目吗？"

雯雯回答说："很少做。"

对方说："所以嘛，就属于新品种了，需要我们重新审查批准啊。"

雯雯伶牙俐齿地说："我们是挂星级的饭店，特级厨师好几个，高档饭菜都做得很棒，蒸几个包子、做几个馅饼、炸几根油条还做不了啊，还用审查啊？"

科长站起来说："我说这位美女，你这样说就不对了。这里面有几个区别：一是你们的特级厨师是不是都出去做大排档，我们得做一下调查；二是你们确实做过这种食品，但那是在你们厨房的操作间里做，自然卫生条件好、能保证质量，但要到外面去做，环境不一样了，很可能就有街上尘土啊什么的掺杂进去，质量就不保险了，所以，我们更需要审查。群众路线教育的文件我们不能白学啊，我们的责任是向人民负责，要时时刻刻想着人民的利益，哪能为了你们赚钱而不顾其他呢？好了，放在这里研究研究吧。"

一番冠冕堂皇的话把雯雯说得没词了，她立即祭起了丽萍过去常用的法宝，凑上前赔着笑脸说："领导说得对！要不这样吧，今天下午我们饭店来辆车，把几位领导请到我们饭店去现场审查指导，晚上顺便在我们那儿吃个便饭。"

那位科长马上笑了，说："得得，谢谢你们！一呢，纪委有文件，星级饭店我们不敢去，也不能去；二呢，你也别让我们犯错误，咱们还是公事公办，按原则办事。现在不比从前了，要认真执行廉政文件啊。"说完，又哈哈几声，打着哈欠走了。

雯雯又跑了几次，都这样被应付回来了。

金剑北听完谈丽萍的叙述，问道："别的手续都办得怎么样了，比如消防、卫生、食品监督什么的。"

谈丽萍杏眼圆睁，依然气愤地说："都他妈一个德行！不吃不喝不要东西了，也不办事了，什么玩意儿啊？我知道他们心里有气，谁见了好饭都想吃、见了好东西都愿意往家拿、见了钱都想往兜里揣，现在是不敢了，可难为我们小老百姓干什么？一帮子混蛋！"

金剑北没在乎她一连串的牢骚话，点燃了一支烟，陷入了沉思。谁知谈丽萍嘴里说着手也没闲着，一把夺下了他手中的红塔山，随手从提包里拿出了一条大中华，说："我早就跟你说过，戒烟办不到，就要抽少一点儿、抽好一点儿，我再穷也管得起你的好烟抽！要不是你，我哪有今天？你快想办法啊，一帮工友兄弟还等着呢！"

谈丽萍的哭诉让金剑北一夜未眠，苦苦思索了半天，最终把问题端到了反腐联席会议上。西岭雪敏锐地闻到了一种味道，马上尖锐地指出，这是对反腐败的一种软磨硬抗，是典型的懒政、怠政。过去是给了好处快办事、乱办事，现在是没了好处不该办的事不敢办了，该办的事也拖着不办。"我看马上派人对工商局涉及此事的人员进行查处，严肃处理。"

金剑北对她这种疾恶如仇的决断很佩服，但对这位上面下来的对基层情况不太熟悉的纪委书记的草率做法颇有些不满，嘟囔着说："岭雪书记，查处一两个单位并不难啊，可你知道开办一家企业需要多少手续吗？就拿开饭馆来说吧，需要工商、税务、食品监督、卫生、环卫、消防等几十个单位批准，需要盖的公章多达五十多个。要想彻底解决问题，不是查处几个单位就能办到的。我建议纪委专门派人到各个单位进行监督。"

西岭雪为难地叫起苦来，说："那不行！我们纪委一共才六十多个人的编制，还从下面借了不少人。压手的事还忙得脚不沾地，哪有这个力量？"

反腐联席会的组织比较庞大，除了纪委、检察院、公安局、组织部、市委市政府两办外，还有劳动、财政、人事等局的局长，领导层自然是他们上面主管的领导，副书记和有关副市长秦山雨也在其中。但大家都知道，这只是为了显示重视和让上级看到组织落实的表面现象，实权在核心小组里。正在查谁、审查哪个单位、某个案件到了什么程度，在这里是从来不说的。来开会的人也知道自己仅仅是挂了一个名,所以从来不发言或者是少发言,眼睛盯着书记和纪委的态度,看关键的部门和关键的人物如何表态。只要看着这两方面意见一致了,就顺从地举手通过。尽管只是表态,可他们还是愿意来参加这个会议的,一来在外界显示自己是反腐联席会议的成员,让人有敬畏感,在社会上好办事;二来想从会议中核心领导和核心部门发言的只言片语中得到一点儿内部消息,比如说要在哪个领域里抓什么问题等等,从中窥测出一点儿动向。想想自己这个领域里干过什么不地道的事,或者是亲戚朋友是否在这个领域里工作,可以提前做些准备。

其实,政府机关"门难进,脸难看,事难办"是几十年的老面孔、老毛病了,收了好处就办事也是大家心照不宣的秘密,不过在反腐的大形势下人们不敢说而已。今天金剑北把这个普遍存在的具体问题端到了会议上,看到纪委书记的表态,大家的发言忽然热烈起来,都抢着发言痛斥这种不为民服务的行为,唯恐显出自己的政治觉悟低、对反腐不积极、对群众的感情不深。一时间,会议室热闹起来,连参加会议的两个常委和副市长也参与讨论,唯有秦山雨一言未发。

主持会议的刘鸣弦对参加会议的这些人的心思和表现心里跟明镜似的,但政治经验极其丰富的他还是表面上听着这些人慷慨激昂的表态,用欣赏的眼神看着他们大而无用、解决不了一点儿实际问题的废话、空话,同时脑细胞急速地转动着,心里有了一个轮廓之后,他把会议一开始打开的笔记本合上,用钢笔轻轻地敲了一下笔记本的封面。尽管动作很轻,但大家还是止住了高谈阔论,静听书记做结论。

刘鸣弦这个动作也是多年从政的经验之一。在封闭很严的会议室又是木质很好的会议桌直接敲桌子会有很大的动静,作为一把手,会被人误以为领导是在发怒或者是对某个人或某个单位发泄不满,一个简单的轻敲桌子的动作也会被传成几个版本,也许被传为某书记大怒拍了桌子,也许被传为针对某个干部敲了桌子,而敲敲笔记本声音就柔和多了,而且还有其他妙用。

妙用很快就出来了:他敲完笔记本后,随即打开了它,这就会给听他讲话的人两个感觉,一是你们的发言我都认真听了,而且做了记录;二是我的讲话是在听取了你们的意见后经过深思熟虑总结出来的。

他清了一下嗓子说:"发展是第一位的,不管开展什么政治和社会活动,都是为了促进经济的发展,反腐更应该如此。刚才西岭雪同志很明确尖锐地指出了这种懒政、怠政是对反腐的软磨合无声的抵抗,关系到我们河海民营经济的发展和存亡，不解决就会耽误我们河海的大事。大家在发言中也谴责了这种现象，很好，说明我们的干部在反腐中提高了觉悟。怎么解决呢？我这里提一个不太成熟的意见，供大家讨论参考：一、成立联合政务中心，把所有有审批权的部门集中到一起，由纪委和群联办派驻人员进行集中监督。其实这也是无法之法，要是各个部门都能尽职尽责，我们又何苦浪费这笔钱来装修集中办公地点和购置设备呢？但是，目前只能这样了。二、出现这种问题的关键是我们政府管得太多了，要简政放权，把许多权力废止，比如把工商局的批准制度改为登记制等。我看由发改委、市委市政府两办组成一个班子，搞出一个方案来，以市委市政府的名义下发，让老百姓和企业少跑路，让他们办的大小企业快开工、快投产、快产生效益，增加税收。"

书记跟大家说"不成熟"是客气，谁都知道那就是圣旨，这一点在座的人自然都明白。当众人都表示赞成的时候，一直没有作声的秦山雨发言了。他还是招牌式的动作，摘下白框眼镜，用一张绵纸擦了擦，对着灯光照一下，再戴上，往上推了推，拇指和食指岔开，顺着他那高高的鼻梁往下捋了一下，显示出了一点儿知识分子的派头说："事物的发展总是成螺旋形上升、曲折前进的，群联办反映上来的问题，发生是正常的，解决也是必要的，就像鸣弦书记说的，民生第一。总书记提出了四个全面，其中一条是全面依法治国，就是说要在社会主义法制体系下保证民生，保证各项事业的发展。建立联合行政服务中心是可以的，简政放权事关国家政权的改革，为了不反弹、不受来自各个方面的诟病，我建议把此事交人大、政协讨论一次，做出个决定，发挥我们地方立法的作用。"

这番话说得冠冕堂皇，还很有高度，并且提出了新的举措，大家也表示了赞成。金剑北看着他像在看一个世界上新来的物种，估计着这属于哪一个科目；西岭雪那双明亮清澈的大眼睛里出现了一点儿迷茫；刘鸣弦心里"咯噔"了一下，淡淡地说了一句"散会"。

作为一名管辖几百万人口的市委书记，不仅要具有掌控全局的能力，还要对这个城市里多派政治力量的历史形成、沿革变化、纠葛都要搞清楚，不仅要在各种会议上、在各种信息简报上听来自各个部门的消息，也要网罗几个亲信探听私密议论和行动，注意听小道消息。这是刘鸣弦从政多年来自己总结出来的，永远不能摆到桌面上，永远对掌控下面有效却秘而不宣的经验。这些小道消息自己永远不能去亲自打听，而是来自身边工作人员和政治同道的默契，这种默契不仅来自彼此的信任，更来自下边真正和他志同道合的人对一把手心理动态和政治目的把握和自觉维护的行动。无论哪个阵营，概莫如是，否则将一事无成。

刘鸣弦一上任，对秦山雨就是警惕的。那时他刚到河海，省委组织部的一名副部长介绍他的学历是大专和工作简历时，他用余光扫了一下旁边的反应，看到了秦山雨不屑的神情。在以后的工作中他和秦山雨曾多次发生碰撞，发出的不和谐音符很多，尤其是在决定人事任免和政策制定的时候，这个副书记总是要闹出点儿别扭，可昨天对他竟意外地表示了支持，这反而让他觉得不对劲。管党群的副书记是管联系人大、政协的，别看人大主任、政协主席是地厅级的正职，但在党内排名上，副书记是排在他们前面的；在最能体现权力和地位的市委常委会上，副书记的座位桌牌也在他们两个之上，那是坚持党的领导的具体表现，不仅党内知道，那些人大代表、政协委员心里也都非常明白，他们的位置往往是副书记一句话就能决定的。何况，前几年"大森林"在的时候，两个转入二线的市委常委争当人大主任，都动用了自己多年在上在下的人际关系，搞得"大森林"不胜其烦，索性让秦山雨兼了一段时间的人大党组书记和常务副主任。秦山雨虽然没解决得了正厅级，但却让自己的许多亲信和给他送过礼、关系好的搞企业的人挂上了人大代表的牌子。

想到这里，刘鸣弦让秘书找来了全市人大代表、政协委员的名单，细细翻看起来，很快就发现这些人大部分是各类企业的老板，真正的工人、农民、知识分子代表少得可怜，而这些老板基本都是有官场背景的。就在这时，小道消息来了，金剑北进来告诉了他一个情况。

一直按照金剑北的安排负责跟踪秦山雨行踪的部队侦查连长出身、群联办的处长丁金辉说，昨天晚上，秦山雨自己驾车到了"惠能大厦"，和张惠能等一帮人大代表、政协委员老板吃喝了半宿。席间，秦山雨在祝酒时对他们说："社会主义市场经济是公平竞争的经济，但那是终极目标和未来才能实现的东西，在目前社会转型时期还是不公平的，这就有了得到政策优惠和资源最佳配置先后的问题。做生意最讲究抢占先机，这就如同卖菜，你去得早又有市场管理部门给你的好位置当然要比去得晚的、在旮旯里摆摊的卖得快、价格高、收入多。"他说到这里停住了，自斟自饮了一杯酒后，悠然地看着张惠能。

多年的默契让张惠能立刻明白了自己的职责，他指挥着大家敬了秦山雨一杯酒后，晃着蒲扇般的大手赶走了服务员，对着一帮有的明白了点儿什么、有的还在瞪着傻眼的老板们说："秦书记的意思你们听明白了吗？我看你们这帮人就是赚钱精、靠娘儿们精，到了大事上都他妈的是糊涂蛋，白当了人大代表和政协委员！我跟你们说，咱们做买卖为什么能赚到钱，就是因为咱们有政府的优先支持。好饭咱先吃、好的资源咱们先占、手续先给咱们办，咱们比那些家伙们都快了一步。就说你周老三吧，你们那是粮食丰产区，周围养猪、喂鸡的多，都想办饲料厂，你周老三因为有门路，也就是找了我，我呢，找了秦书记给工商局打了一个电话，你的手续就先办下来了；而你们村西边的赵拐子也想办，可他的手续等了半年才办好，等他建厂时，你早已出了产品、占领了周边的市场，他只能去喝西北风了。这就叫抢占了市场先机，你发财了。现在市委要出台一项政策，说要开办行政服务中心、取消行政审批，把咱们和那些没有门路的家伙们放在一个起跑线上，你们说，再干什么事卡不住他们，咱还能抢占先机、还能早发财吗？"

这伙人经张惠能这么通俗的一解释，立刻明白了，都连声说："不能，不能！要是都这样了，咱们还怎么显摆啊，没脸了啊。再说了，盘里的菜就这么多，他们要是和咱同时上桌抢，咱还怎么多吃多占啊？还有啊，这么多年咱给那些人送了那么多好烟好酒和钱，那不是白送了？"

张惠能看着秦山雨的笑脸说："这就对了嘛！卡住别人咱们才能先上路、跑得快嘛！据说这个决定要在人大和政协会议上讨论决定，你们说，咱们能投赞成票吗？"

众人异口同声地说："当然不能，咱联合起来给他们搅黄了。"

……

听了金剑北活灵活现的叙述，刘鸣弦的背上渗出了一层汗珠，但很快又像得了感冒的人一样，感到出汗后排除了体内污垢后的舒服与痛快。秦山雨操作的这次行动彻底激怒了刘鸣弦，导致了两人关系的彻底破裂。此时，他心里两种感觉：一是这个秦山雨太恶毒了，二是金剑北和他太默契了，他这里刚对人大代表和政协委员的构成感觉到了不对劲，反馈给他的小道消息就立即来了。他不由得一阵感动，不过这次感动的表现不是给金剑北倒茶，也没让金剑北和自己一同坐在沙发上，而是打开后面的文件柜，拿出了一条社会上疯传的腐败烟"精南京"说："我个抽也有人送，理由还很充足，说是来了抽烟的客人拿出来显示咱河海的档次。总之啊，人们的脑子都不用在正道上。"

看到金剑北如饥似渴地点燃烟抽了一口后很享受的样子，刘鸣弦微笑着说："老兄，你说咋办？"

书记的一个"老兄"让金剑北立刻热血沸腾起来。要知道，这是在五品知州的大堂上啊，要是在酒桌上，书记喊声"老兄"那是半戏谑半尊重，在这儿，就是莫大的信任了。"士为知己者死"的中国传统文化让他的脑子高速转动起来，联系自己目前的工作说："民意要争取，民意不可违。我想以群联办的名义把市委准备简政放权的政策与规定发下去，让每个村庄和社区的村民代表发表意见，填表投票。我市有5000个村庄和社区，平均每个村有10名代表，共5万人，这个力量可比那400多个人大代表和政协委员的力量大多了。"

"好！"刘鸣弦由衷地赞叹，继续完善说，"等到把民意测验表收上来再开人大政协会议，把结果一公布再做些工作，肯定能成功，也让大家无话可说。"

金剑北心里笑了，嘴上说着书记想得周到，心里说，到那时根本就不用开什么鸟人大会了，你书记大人跟人大、政协的头儿一说，还不万事大吉？

书记旁边既有往里送小道消息的，往外传播的也就不少。金剑北刚从政府办拿到了简政放权的草案准备往下布置，报社总编辑夏青就找来了。他一进门就反客为主，又递烟又倒茶，两片薄嘴唇上下翕动，吐出了一堆词："我说老领导啊，听说你要下发民意调查问卷啊，都什么时候了还用这种老办法，放着咱们现成的新闻媒体不用。这么着吧，你把这个文件和民意调查表给我，发在咱们《河海日报》上，我给你发增刊，印五万份。咱们是自办发行的，我保证让发行员准确地送到每个村民社区代表手里再一份不差地收回来。我们管统计，再在正刊头条上发布结果。这样做有三大好处：一、为你节省了经费和人力物力；二、更具彰显宣传正能量的威力；三、更加公平公正。结果出来后民意的权威性也就出来了，到那时，你说谁还敢轻易否定啊？"

金剑北看着他想道：这个白脸小个子说的还真是好主意，同时他好像知道的事比这个还要多一点儿，便故意点了他一句："你这家伙的耳朵够灵的，知道的事不少啊，是不是市委有你的特派记者啊？另外，是不是还有第四啊？五万份增刊下去，再加上一些广告，可多收入十几万元啊。"说完，意味深长地看着对方。

精明的夏青立刻呵呵地笑了，机灵地躲开了他的上半段话说："看来什么事也瞒不过老领导啊。我们报社那帮你的老部下也不好混啊，自负盈亏、自收自支，说实在的，看见上级来了涨工资的文件我就发愁，老领导还得拉我一把啊。好吧，就这么着了啊。"说完甩下不知哪个县外宣局通讯员想上头条给他的一盒软中华，拿起文件走了。

他走后，金剑北看着窗外一棵高大的梧桐树上两只蹦蹦跳跳的小麻雀皱起了眉头。他不是针对夏青，夏青办事他还是放心的，他是在想这个消息是咋泄露出去的，看来需要给刘鸣弦书记清清君侧了。当然不能诛晁错，是另有他人。很可能是市委内部文件交换站的人泄露了信息，权力部门任何一个小环节掌握的情况对外边的人来说都是天大的秘密，都可以转化为谋取私利的商业行为。

夏青玩新闻是快手，也是高手。既然从老领导那里发了点儿财，就得给老上级添彩。到了报社，自称是优秀妇女爱好者的他连正在大门口等人、人称"仙鹤"、个子足有一米七五的文艺部女诗人那双大长腿都没来得及看，就直接上了楼。他没进自己的办公室，而是直接进了要闻部，挥手让版面编辑让位，拿起一张版式纸，熟练地画下了一条重磅线，挥笔写下了"人民的事情要让人民来做主"的通栏标题，下面是市委简政放权的征求意见稿。他端详了一下觉得还不过瘾，又写了一段短评，题目是"市委铺就金光道，人民办事乐陶陶"，下面是几句极煽情的话。

第二天，一份设计精美、内容清晰的报纸增刊随着汽车、摩托车、电动车走进了河海的各个角落，3天后又被收回，赞成率达到了百分之九十八。看着整理出来的问卷调查结果，刘鸣弦以胜利者的姿态进了常委会议室。他先让秘书一处的工作人员公布了这次媒体的民意测验表，而后越过秦山雨，含笑问坐在旁边的人大主任和政协主席说："你们看，咱们还需要召开人大政协会议进行表决吗？"

那两人也是从官场堆里混出来的老江湖，自然明白其中的过节与奥秘，更不想多掺和市委核心层里面的是是非非，几乎异口同声地说："咱们人大、政协是干啥的，不就是代表人民和各界群众意愿的吗？几万名基层的群众代表都画对钩赞成了，我们还表决什么，那不成了不懂事了吗？依我看，这个利国利民的事就以四大班子的名义，下发文件定了吧。"市长也赶紧表示立即贯彻执行。

河海四大班子的头儿第一次意见如此一致，这在河海自刘鸣弦执政以来还是第一次。秦山雨阴沉着脸摘下眼镜又擦了起来，戴上，往上推了推，拇指与食指岔开顺着大鼻子往下捋。

刘鸣弦厌恶地看了他一眼，散会后把西岭雪叫到了办公室，布置纪委向省纪委写建议双规秦山雨的报告。他不是不能容人的人，大事清楚、小事糊涂是他一向为官的原则，但在大是大非问题上，尤其是在事关一个地区经济发展的政策导向上，如果谁敢出来做拦路虎，那就非清除不可了。

二十三　情到深处，如何区别对方是否有情义

秦山雨也没闲着。

知夫莫如妻。马可华虽然和秦山雨在思想上形同陌路，但毕竟在一个床上滚了几十年，对他的生活习惯还是了如指掌的。虽然秦山雨在外边的女人不少，但马可华那天生丽质的忧郁神情、白皙嫩滑的皮肤对他的吸引力还是有的。夫妻间的那点儿事，两种情况下他要得最多，一是在他顺风顺水，喝完痛快酒后；二是在他情绪低落的时候。不同的是他情绪高涨时前戏很多，把她身上的敏感点全部摸索一遍，百般挑逗后跃马挺枪而上，时而和风细语，时而狂风暴雨，嘴里说着脏话并且还要她配合着发浪，一干就是好长时间，做完了之后倒头便睡；情绪低落时，他会先用阴沉的眼睛看着她的裸体，而后闭着眼随便摸几下，不管她有没有反应，强行进入狠劲折腾几下拉倒。

今天夜里他又是那个状态，在她洗澡的过程中，秦山雨在外屋沙发上眼睛有意无意地盯着电视，也没脱鞋，在沙发上跷着二郎腿，脸朝着天花板一边抠脚一边吸烟，抠脚的手顺着小腿往上移动。到了大腿部位时，他突然把烟死命摁在烟灰缸里，起身来到卧室，看了一眼洗完澡后上身半裸、下身仅盖着一条薄被在灯下读书的马可华，咔嚓一下拉灭了灯，三两下脱了自己的衣服，把妻子压在身下，如同工厂锻工车间的汽锤一样，急速地上下起伏着叮当了几下就突然断了电，抬腿下床转身奔书房。

书房里有床，还有一个可半倚半坐的贵妃榻，旁边是酒柜。他倒了半杯拉菲，斜倚在榻上，随品随琢磨着自己走过的路。年过半百，在这几十年里，无论是事业、金钱还是女人，他都基本顺风顺水，只遇到两次不顺：一是小不顺，一是大不顺。小不顺是刘鸣弦来了之后，大不顺是金剑北重回市委后。这个职务比自己小、学历比自己差、年龄比自己大、资历比自己老的家伙，对了，还有那个比自己老婆年轻漂亮的西岭雪，这两个狗男女联手逼得自己连连后退、频频失招，再不反击就会陷入灭顶之灾，然而，绝地反击必须要找准对方的弱点，一击

致命。张惠能曾经跟他建议,说已经摸清了西岭雪的活动规律,说她晚饭后经常到一个高档住宅小区的易水湖畔散步,有时秘书陪同,有时是她自己。那里有一段路,树高草深,地灯也不是很明亮,他找几个小弟兄白天弄坏地灯,晚上埋伏在树下,趁西岭雪从此经过时,用毛巾沾上乙醚捂住她的嘴,让对方5秒钟昏迷,让弟兄们拖到草丛里轮流乐呵一回,再把这个受辱的小娘们逼出河海。这个想法立即让他否定了。学哲学的他当时脑海里列出了三条理由:一是这个北京来的女人已经有了一个小孩,未必怕男人强暴,即使被强暴了也未必不敢报案,到那时强暴纪委书记的事会被列为第一大案,公安会全力以赴追捕,一旦有人被抓,这些平时喝酒吹大话为了兄弟两肋插刀、不怕放血的家伙们一点儿也不可靠,在警棍和手铐面前都是软蛋。二是他从北京的同学与战友处了解到,这个女纪委书记不单纯是从中央某个部门下来的,她以前还在国安部门干过,背景很深,惹了她说不定还会出别的事。三是源自他心里最肮脏、最阴暗的遗憾,总觉得这么个明眸皓齿的北京妞让那帮地痞流氓享用了太可惜,他还想着如果有一天自己当了一把手后,让一两个月不回家的她臣服在自己的床上,那该是何等的快事。

看事看本质,透过现象看到事情的关键,这是他在哲学系学习时老师经常讲的。要是金剑北不到河海市委重新上班,他和刘鸣弦若明若暗、若即若离的关系还可以维持;要是金剑北不担任纪委副书记和群联办主任,西岭雪这个从北京下来的小母老虎虽然齿尖牙硬,但却没有基层工作经验,也不会有那么多阴招、损招。因此现在的关键是对付金剑北。

多年的从政经验告诉他,打倒一个干部无非是从政治、经济、作风三个方面下手。政治上这个小子正当着纪委副书记,管着群众工作,干着当前最时髦的反腐败和为民执政的事,显然无漏洞可找;经济上这家伙前几年辞职下海经商,开发龙阳河,投资大鬼洼大赚了一笔,还到村里任职,弄了不少钱,肯定不会贪污受贿。那就只有从作风上下手了。他让他的亲信、办公室主任彭殿格和王小二注意过,金剑北很少回家,老婆也没来过,平时就住在市委的单身宿舍里,每逢周末会到峨眉大酒店里喝个小酒。以他的切身体会,他比金剑北小五六岁,女人的事基本上是一周不能少于三次,金剑北还不到六十,看他长得那个虎背熊腰、走路虎虎生风的样子,一个星期不需要女人正常,半个月也能憋得住,一个月是不可能的。

第二天，秦山雨在另一所住宅里约见了马可丽。在难得的没有雾霾的深秋阳光里鼓起精神品尝了姐妹俩不同的滋味后，他感到非常疲乏。尽管如此，秦山雨还是装出一副对她的身体恋恋不舍的样子。在沙发上抱着马可丽，一手放在她胸前，一手抚摸着她的臀部，亲吻着她的秀发，悄悄在她的耳边说出了自己的计划。

马可丽忽地一下脱离他的身体，站到地上，秀目圆睁，有些生气地说："你，你把我当成什么人了啊？"

秦山雨一点儿也不着急，他躺在沙发上点燃一支烟，望着天花板不紧不慢地说："我的一个同学在林业部当司长，有一年他到塞外去检查工作，到了一个县，看到生态林破坏严重，就对那个县委书记提出了严厉批评。那个县委书记不哼不哈，把他带到了一所小山包前，那里住着一户人家，破旧的茅屋门前有三棵大杨树。他说，领导，这一户五口人家里已经没有隔夜粮了，你说是让他们饿着肚子继续保护生态呢，还是把这几棵树砍掉去换明天的口粮呢？答案只有一个，先让人活下去是第一位的头等大事。"

马可丽虽然是个没经过考试也没上过高中就进入了大学的工农兵学员，文化底蕴不是很深，但经过这多年的社会历练和在新闻单位的浸泡，对一些寓意理解还是很快的。她气愤的神情很快没有了，但假装高雅的一面，虚伪、虚荣的劲头又上来了。她对着镜子理着长发，实际上是窥视着秦山雨的神情说："那我多不好意思啊，就金剑北那个狗熊样……"

秦山雨最看不得的是女人的矫情和虚伪，做一般干部时尚可容忍，当了官后颐指气使惯了，何况是在身体疲软、对女人暂时失去兴趣的时刻就更不能容忍了。他一下子站到她面前，恶毒地说："你以为你是什么好东西啊？不过是挂着假知识分子的牌子、拿着高雅女人的架子混充文明而已。你说你认真读过多少书？东方的儒学、道教、佛学，西方的古典哲学、现代哲学，中国的古典名著，西方文学大师的精品之作，你哪一本看完过或者是研读过？你不过就是看看《读者文摘》等小儿科的东西，摘录几段心灵鸡汤去人前卖弄一番。你说，这几年，你打着我的旗号，通过多少县委书记、局长调动了多少人、揽了多少工程、获了多少利益，和多少官员送过秋波？别以为你是什么高级记者，不过就是一条装饰着华丽外表的破船而已！"

马可丽第一次看他着这么大急，第一次这么深刻地揭露她，一开始被吓呆了，之后就啜泣起来。

秦山雨一点儿也不怜香惜玉，索性躺在刚才他们还如胶似漆缠绵的床上，用淫邪的目光看着她用化学方法脱过几层皮的脸蛋、用手术刀拉掉的眼袋、用精致的进口化妆品画出的眼影，用粉底掩盖起来的脖子上的皱纹继续说："光弄外表有什么用？就像一辆旧汽车一样，把外面打磨平了，三遍腻子两遍粉，外加几道立邦漆，还有几道钢琴漆面，看起来很光鲜，其实，里面的零件都老化了，还好用吗？要不是你用了缩阴药，哪个男人还搭理你？要不是用钱武装你松弛的全身，你哪里还有今日的光鲜？正因为有了钱来武装自己，你才能倾倒千军万马，否则，就是吓退百万雄兵了。咱们金钱的城池已经被别人兵临城下了，马上就有灭顶之灾了，你还在这里给我装逼玩！"

先给你浇一瓢冷水，再给你一个火盆，是秦山雨驾驭人的一贯手法。他曾用此法征服了许多人，今日又故伎重施。他甩掉烟蒂，拿出时常放在床头的西洋参片在嘴里嚼着，感到有了点儿男人的感觉。他把哭泣的马可丽抱到床上，抽出一张喷香的手帕纸擦干了她脸上的泪水，轻柔地揉着她的乳房把目前的处境有选择地说了几点，加大了危机的成分，终于说服了她，随后看了看表，想起还要去刘秀广场主持一个由共青团、妇联联合搞的一个"献爱心，拯救失学儿童"的光彩事业大会，便穿好西服，扎好领带，对着镜子戴好眼镜，给秘书和司机打了个电话，又变成了正人君子的样子，下楼扬长而去。

看一个男人有没有情义，看他在床上对亲密女人的表现就知道了。这个表现，不是说干那事时有多卖力，而是在他身体和心灵最赤裸相对的时候，是否对这个女人有珍惜、有恶语、有羞辱。

看一个男人有没有担当，看他对亲密女人在最难时是否帮忙就知道了。上次马可丽两兄妹被骗，事后秦山雨不闻不问，马可丽埋怨他，他一副"帮你忙帮多了，以后再也不管你"的表情，而马可丽因为早就切断了和大学同学的联系也怕被骗丢人不敢声张，弄得家里家外极为狼狈。

婊子配狗，天长地久。尽管知道了秦山雨不可靠也没情义，马可丽却仍逐渐产生了斯德哥尔摩一样的心态，离不开，放不下。

马可丽整理了一下衣裙，托着下巴想了半天，拉开抽屉，拿了一叠钱装进精致的鳄鱼皮小提包，也下了楼，红色的跑车向着"天堂春色"歌舞厅方向驶去，心里是一种复杂难言的情绪。

希腊神学院修道士庞义伐经过长时间的观察与印证，总结出八种损害个人灵性的恶行，后人减为七项，即常说的人的七宗罪：贪婪、傲慢、色欲、暴怒、懒惰、嫉妒、暴食。有分类把暴食放在了第一位，可能是因为那时经济不发达，生产手段落后，食物短缺的原因。实际上，嫉妒才是人类的第一大罪，其余的六种都是因为心胸狭窄缺乏随缘淡然的态度和嫉妒别人造成的。在两性关系上，女人的嫉妒心表现各有不同，马可丽是一种明知把控不了的失落感和言听计从的外在表现，谈丽萍则是因感恩而表现出的嫉妒和由此而产生的时刻的严防死守。自从前几年那个夏天的傍晚，她设计在龙阳河畔她家的老庄稼院里与金剑北春风一度，她就认为这个男人是她的了，不愿再有别的女人染指。

金剑北嗜酒，自从重新回来上班，又在监督他人执行中央八项规定的部门，亲自下了文件规定工作日不能饮酒，他便用很强的自制力克制着。床底下放了一箱北京牛栏山二锅头，度数很高，他下班回来常常带一包花生米，实在忍不住了就临睡前抿上两口，过点儿小瘾。偶尔挑一个周末，也会和几个老工友、老同事到峨眉酒店里谈丽萍特设在楼顶的小餐厅里大喝一回，时间晚了或者喝得有点儿过量时就在酒店休息一晚上。谈丽萍给他固定了一间客房，还在那个客房里安装了一套全天候监控系统，只有她自己知道开关，一是便于她随时观看，二是提防着别的女人钻了她的空子，进了金剑北的门上了金的床。其实她明明知道这种事是防不住、看不住的，如果真有事，不在此处还可以在别处，不在今天还可以在明天。

这个房间的房号是91888，开始金剑北不同意，说918是国家蒙难日，想起来挺悲怆的，也有借这个说法想离她远一点、淡一点的意思。但这个典型的商人和利己主义者谈丽萍蛮横地说，那是国家的事，与她这个商人无关，自己就是要求她的金哥哥活得长长久久，无论做什么事都一路顺风发发发。金剑北见她固执己见也就放弃了。

这天是周末，魏正义这段时间事不多，下午开着吉普车带着"小精豆子"等几个小时候扒瓜偷枣的伙伴，来到秋天还长着庄稼杆的一块地里，在地头上布下了一张半圆形的网，又从村里雇了几个秋收后没事干闲着溜地边的农民，每人发了一个柳木棍子，在地里连扑打带呼喊，赶出了一群野兔，有几只撞到了网上，他便乐呵呵地拎到了酒店。谈丽萍一想今天是金哥哥来喝酒的日子，心里大乐，赶紧吩咐伙房五花肉炖野兔，外加韭菜炒鸡蛋和油炸花生米，都是下酒的好菜。

野兔喷香，烧酒馋人，正好谈丽萍的丈夫那个浪荡诗人从外地采风刚回来，他先到了谈丽萍的办公室，进门就摸了一下她肥硕的臀部，还想来个西方式的见面礼，被正在拿着电话指示伙房炖野兔的老婆打开了手，他一时兴致全无，但听说有野兔，嘴里的兴趣又来了，吵着非参加他们的聚会不可，还说要给大家朗诵他新写的《致秋天》的诗，也算给大家添一个下酒菜，理由很冠冕堂皇。

大家一起哄，诗人如愿上了桌，朗诵完秋天后对大家说："你们知道最能代表四季的是什么吗？是树，是无数棵各种各样的树。古人诗云'金风未动蝉先知'，蝉是趴在树上的，是从树的枝叶上感觉到秋的来临的，所以，我还做了一首诗叫《我是一棵移动的树》。"他说到这里，先喝了一口酒又拿起一条兔子腿啃的李俊说："净瞎说，树能移动吗？人挪活，树挪死，树一离开泥土就死了。"浪荡诗人本来就对李俊年轻时以"冒险者"的名义给谈丽萍写情书就有点醋意，平日里更看不起他的粗俗，鄙夷地看了他一眼说："你懂什么！比喻是诗歌的一个表现手法，你太没文化了，让你听诗是对美好的亵渎。"他用手理了一下自己的长发，脑袋很潇洒地甩了一下，大声朗诵起来："我是一棵移动的树，从南方到北国，带着满身的青翠和枯黄的枝叶，带着芬芳的浆果，还有那我深深扎过根的泥土；我是一棵移动的树，从海滨到山麓，我给你们带来了无限的风景，但是，这风景却不能常驻……"虽然大家听了以后感到云山雾罩，但看在谈丽萍的面子上还是齐声叫好。

几个人吆五喝六，喝了个痛快，期间，浪荡诗人刚把诗歌念完，就被几个不怀好意的家伙连灌了好几杯，坐到了椅子下。谈丽萍有些惊异，后来想他不在金剑北几个人喝得更痛快些，就让几个酒店保安把他架回了家。金剑北自然喝得也不少，被几个兄弟扶到了91888房间，谈丽萍给他喝了一碗解酒的酸辣汤，又泡了一杯上好的铁观音。她走出酒店大门的时候，看见张惠能领着几个人进了大堂的电梯，心里疑惑了一下，可因惦记着那个酒醉的丈夫，还是没停留地回家了。

谁知浪荡诗人这个家伙是装醉，她开开门之后，见那小子已经洗好澡躺在被窝里等她了。见她进屋，他穿着长袍睡衣站起来，一甩水袖用京剧唱腔里的念白说道："小生出门云游俩月有余，让娘子在家青灯照壁人初睡，冷雨敲窗被未温，真真地受苦了，今日特来赔罪也！"随后拉着她行夫妻之事。他出去不管是云游也好，以诗会友也好，还是野跑也好，也有两个多月了，尽管谈丽萍此时猫抓心地想着金剑北，但作为妻子满足丈夫那点儿要求是本分，这一点儿她还是懂的，只得定下心来任他作为。

往常做完这种事后，两个人都能安然入睡，可是今天，谈丽萍因惦记着金剑北睡不着，看到丈夫睡的死狗样便起身了客厅，打开电视，正想找一部韩剧看看，手机突然响了，保安队长李俊急呼呼地对她说："了不得了，出了大事了，金剑北嫖娼强奸被抓住了。"谈丽萍的头一下子大了，心都抖了，胡乱地套上衣服，没顾得穿袜子就直接跑到楼下，一把把保时捷倒出车库，狂踩油门，如风般开往酒店。

91888房间里一片凌乱，一个枕头被扔在了地上，床单也掉下了半边，一个半裸的大约三十来岁的女人蹲在地上，长发盖住了脸。平时管片民警小韩和另一个女警正在忙着照相取证，意外的是张惠能和他的两个跟班也站在门口处看热闹。看到谈丽萍来了，张惠能撇着嘴说："陪外地来的朋友在此聊天到半夜，想出去喝点儿小酒，谁知看了一段黄片啊。想不到堂堂大纪委副书记也干这种下三烂的事啊！"谈丽萍无心和他斗嘴，一步跨到了屋里，见金剑北裸着上身，盖着一条棉被，正斜倚在床上抽烟，脸上带着一丝讥讽的微笑，对警察的问话充耳不闻。看见她进来，他望了天花板一眼，继续悠然自得地吸了一口，还动作优雅地把烟灰准确地弹在了烟灰缸里。谈丽萍立刻明白了。

所谓吃了人家的嘴短，还没等她说话，经常来酒店白吃白喝管着这一片的警察小韩，知道她和金剑北是好到骨头里的那种关系，马上停止了和金剑北的对峙，回头示意女警察去询问那个女人。

女警察别看个子不高，但力气颇大。她练过功夫，因自身性别的原因，更懂得修理女人的办法。她一把揪住对方的长发，提溜起来，化掌为刀，照着女人的胸脯斜砍下去，底下一脚踹到对方大腿根上，力气拿捏得恰到好处，那个女人往后退了两步，正好坐在一个小圆凳上。

"说，怎么回事？"

女警察疾言厉色，右手缓缓抬起，并指如剑，往前一伸，戳到了对方的乳房上，女人疼得一哆嗦，怯懦地说，她是今晚入住对门917的客人，晚上去拜访朋友，回来时这个房间里突然伸出一只手，把她拉了进来。她最后还哭天抹泪地说："小女子一身清白，被这个糟老头子玷污了，你们一定要为我做主，让他赔偿损失，少了3万不干。"

韩警察一听心里就乐了，一般良家妇女遇到这事都是气愤填膺地撕打对方，呼喊着自己从小遵守规矩、恪守妇道，这辈子没脸见人了，然后跳楼、抹脖子、上吊，要死要活，要求把臭男人逮捕枪毙，哪有直说要钱的？

谈丽萍心里更有数了，朗声对大家说："这件事不蹊跷。走，跟我上楼，我让大家看看事情的全过程，保准比这个女人交代得还精彩。"说完，领着大家去了她的办公室，留下金剑北穿衣服。

在一切家具均是乳白色的办公室里，谈丽萍拉开一个装饰在墙上的暗格，拿出了一台红外线高清录像机。她把录像带抽出，安在放像机上，九层走廊和91888房间从今天下午到夜间的实况画面被缓缓播放出来。

先是楼道的录像：傍晚，一女子拿着房卡在一个微胖中年妇女服务员的引领下打开了917房间的门，住了进去。服务员羡慕地看着女住客脖子上的白金项链舔了舔嘴唇。张惠能带着两个人走过来，截住了女服务员的去路，耳语一阵，拿出几张人民币塞到了她手里，她掏出了一串钥匙，张惠能拿出一块蜡，按下了印痕。

夜晚，女住客悄悄出来，向四周望了一下又回去了，一会儿，她内穿吊带裙，外披一件薄羊绒短大衣走出来，拿出钥匙，打开91888房间的门，溜了进去。

室内录像：女子进门、开灯，先到卫生间看了看，而后藏在了大衣橱里，小心翼翼地把衣橱门关好，又开了一条缝，两只眼睛向外张望着。

魏正义等人扶着微醺的金剑北进房，谈丽萍给他端醒酒汤、泡茶，孙乃夫给他脱鞋子。金剑北挥手让众人走后，先喝了一杯茶，之后脱衣服洗澡、斜倚床头吸烟、拿起一本书看了几页，再之后关掉顶灯开了夜灯，酣然睡去。

楼道录像：张惠能一伙悄悄地潜伏在楼梯拐角处，在灯光映照下，脸上露出阴险的笑容。

室内录像：女子轻手轻脚地打开衣橱门，脱掉短大衣，上卷吊带裙，半裸着踮起脚尖移步到门口，拉开门栓来到床前，掀开被子钻进了被窝。金剑北警醒，抬起满是汗毛的胳臂，用跟智障禅师学的半步崩拳一掌推出……

张惠能和他预先叫来的警察一拥而入……

谈丽萍按下停止键，冷笑着说："这足以说明问题了吧，下面就不用再看了吧？张惠能你这个狗东西！"她说着，拿起那个砖头般的录像带盒子向站在门口的张惠能砸去。

张惠能一闪，嘴里嘟囔着说："我是来看热闹的，关我什么事啊？"说着，撩开长腿，连电梯都没坐，带着他的两个马仔从楼道抱头鼠窜地往下跑。

谈丽萍喊着："你别跑，"说着推了一把韩警察说，"你们是死人啊，他是栽赃陷害犯啊！"

两个警察没动，经商多年的她立刻明白了，冷笑着说："你们警察真是嘴大吃四方啊，他那饭店你们也没少去吃吧？"

韩警察脸红了一下，低声对她说："谈大老板，我们也得养家糊口啊，多理解吧，况且他也不是没背景的人，你是知道的。他咬定说赶上了来看热闹，你能定他什么罪？全部的秘密与阴谋都在这个女人身上，我们还是来审问她吧。"谈丽萍只得同意。

女警察立即神气活现起来，对着那个半裸的女人恶毒地说："你也别在这卖春了，你这身肉倒是挺白的，可这屋里就两个女人一个男人。女人看女人也没兴趣，长得好我们嫉妒你，长得差我们看不起你；韩警长是个男人，可夫人比你还嫩滑。我和他夫人一起洗过澡，看身材比你还出色，所以他也没兴趣看你。你还是穿上点儿吧，这里有点儿凉，省得感冒了影响你的生意。"说着，她脚尖一动，把谈丽萍办公室进门蹭鞋的、上面满是毛刺的化学脚垫挑起，忽地飞踹到半裸女的身上。尘土洒遍了女人全身，毛刺最尖锐的两个角一头搭在了后背上，一头正好盖在了露出的半个乳房上。刺痒难忍，卖淫女刚要扭身，女警察大喝一声："别动！"随即摘下警帽，披散开长发，拿下一个发卡，上前一步，用磨得细如针尖的一头对着她说："像你们这种女人卖的就是一张脸吧，我要在你这勾引男人的脸蛋上划上几个十字，恐怕你就要回大山里去找婆家了，并且还找不到好的，也就只能是个聋子、瞎子吧。怎么样，说吧！"

怪不得妓女怕老鸨，宫女怕娘娘。女人要想整治自己管得着的女人，手段、手法足以让对方胆战心惊。半裸的女人饱尝了这个女警察的手段，面对着浑身难耐的刺痒和眼前的钢针害怕了，全盘说出了事情的经过。

马可丽并不在乎与人萍水相逢发生一两次关系，但作为知识分子和在场面上混的人，她只接纳她喜欢的人和能用上的人。她喜欢的是奶油小生和文质彬彬的男人，像金剑北这种一头金毛、满身是汗毛，说话有时还很粗鲁、行动又有些痞子样的，她一看见就头疼，最关键的是用不上他。她想象不出如果与他赤身相对时会有多么的厌恶，所以，她拿了钱找了张惠能，张又去"天堂春色"夜总会找了这个叫什么晓舟的武汉小姐，先给了3000元，许诺事成之后再给2000元。后面的事都是由张惠能去操纵的。

警察带走了小姐，谈丽萍来到了金剑北的房间，说了整个事情的经过。她先是气愤了一阵，而后又笑了，拍着他的肩膀说："我金哥还真有定力啊，堪比柳下惠了。折腾一晚上，饿了吧？我让伙房给你送点儿夜宵来。"看着金剑北仰躺望着天花板沉思的样子，谈丽萍走过去轻轻地给他按摩着额头，用小指头理着他鬓角的白发吹气："事情过去了，别生气了。你可不能动那些烂女人，不知道传染上什么病呢。你要是想，咱这里有啊。"她微微羞红着脸，手顺着他的肩膀往下运动。

金剑北看着她那因年龄发福和多嘴贪吃而越来越臃肿的肥胖身材，屁股一甩仿佛能甩出浑身的肥油来，感受到了紧贴着他的这个身体的强烈渴望，他没理会谈丽萍的夸奖和挑逗，制止了那双手的进一步动作，迅速起身点了一支烟，在屋子里踱了几步，和她拉开了距离。

失去了倚靠的谈丽萍无力地跌躺在床上，姿势像案板上摊开的一堆肥肉，对于拿着屠刀剖开她的屠户，有着从里到外热气腾腾的恨怨和生命已经被结束的无能为力，一腔子的力使不上力，满身的技巧使不上技巧。

她原以为他是爱自己的，虽然"爱"这个词对他们这个年纪的人来说已经不相宜了，但她始终记得一件事，她就是因为那件事而认为金对她是有情谊的，其实那件事也是个误会，只是她不愿意承认而已。当时，金剑北跟密友躺在床上看了密友推荐的电视剧，回家后写了一条空间说说，说是这电视剧带着泥土的气息。在QQ空间私信密友时，却不小心错发给了她。她欣喜若狂，以为跟金除了久远历史中被她设计过的一次床上交流，现实中也是可以有共同志趣交流的。此前金剑北一直嫌她没文化，让她多读书读报，后来她讨好地跟金剑北主动探讨现炒现卖的"文化"话题，照常被金剑北笑骂没文化。她很想跟爱显摆的师姐杜慧一样，没事就跟金剑北胡诌几句写作技巧，看到金剑北接受采访她也要跑过去蹭个采访，无时无刻不显示自己是个"文化人"；逮着跟金剑北吃个饭也要拍照四处秀，去金剑北的小书房喝个茶也要拍个茶具茶照拿到微信上秀，无时无刻不显示着跟金剑北关系有多近……可是那些事谈丽萍不屑为之，她想为之也为不来。回想起与金剑北的相处，除了老工友那些老掉牙的老故事、老话题，除了她刻意找话题，现实中他们之间几乎没有什么可交流的共同言语、话题，他好像也没正正经经地跟她说过话，跟她说得最多的就是人前人后总开玩笑骂她是"胖猪"。

他对自己到底有没有情呢？退一步说，到底有没有过情呢？

躲到窗边默默抽完了一支烟的金剑北扭头看到了她情绪有点儿低落的样子，

怜悯走过去，安慰地拍了拍她，转移情境低声叮嘱："今晚这事不要张扬，到此为止，告诉派出所，就说是我说的，把那个妓女也放了吧。不过要警告她离开河海，走得远远的。"

张惠能出手失败，回到家里懊丧了半天，有后悔，也有惧怕。后悔的是没能让金剑北当众出丑，惧怕的是秦山雨的权力。他独自喝了半瓶酒，想起了老家的一句俗话"丑媳妇早晚见公婆"，便借着一股酒劲没等到天明就抄起手机告诉了马可丽事件后果，而后关机倒头便睡。事办砸了，马可丽心里也很忐忑不安，想着如何向秦山雨交代。琢磨了好长时间，把床上的锦被拧成了麻花，她才下决心给他打电话，可一连打了3次，连打了他4个手机，提示音都是一样的："您拨叫的手机不在服务区"，又打了他办公室的座机也无人接听。最后没办法，她只好打到妹妹马可华那儿，马可华冷冰冰地告诉她："他两天没回家了，听秘书说，是去开会了。"连个姐姐也没喊。她也顾不得生妹妹的气，赶紧打他秘书电话，不料对方也关机了。

她心中升起了一股寒意。

二十四　双规要经过哪些程序

秦山雨被双规了，双规的过程很具有戏剧性。

刘鸣弦的工作很有条理，节奏掐得很准：每周一上午都要开一个简短的书记碰头会，问一下上周布置的工作完成情况，将本周要办的事说一下。

周一一上班，几个书记就来到了小会议室，按照惯例把个人分管工作的进展汇报了一下，刘鸣弦点评了几句后说："今天上午省委要来一个巡视组，组长是在这里担任过副书记的柳枫同志。纪委要准备汇报反腐情况的进展和下一步工作存在的问题和所要采取的措施。"

他说到这里，秦山雨不由自主地紧张了一下，摘下眼镜擦了擦，戴上，目光不禁投向市委书记和坐在旁边的市纪委书记西岭雪。西岭雪低头在认真地做着记录，由于身子前倾，长发遮住了半张脸，看不清表情；刘鸣弦还是一脸不动声色的祥和表情，看到他的目光射过来说："对了，和柳枫一起来的还有省委组织部的范副部长以及省委宣传部的研究室主任，他们是点名要见你的。我想大概是你上次在省委的发言影响较大，据说是要给省委写一项中央的专题报告，让你参谋参谋。秦书记一会儿也一起去接待处吧。"

秦山雨悬着的一颗心放下了，忙欣然答应。他知道，这位范副部长不仅在省委组织部分管干部提拔考察，原来还在一个市做过秘书长，是有名的笔杆子，省委许多大的文件和向中央的报告都有这个人的参与。省委秘书长年底到龄，据说接替的人中他是最有希望的一个。那个宣传部的研究室主任是自己的学弟，跟副部长接触一下，再让学弟从旁边帮帮腔，前途可能就要美妙多了。想到此，秦山雨兴冲冲地回到办公室，拿了公文包下楼上车。出大门的时候，他看到刘鸣弦的车才启动，心里不禁"咯噔"了一下。按官场规矩，几个领导如果一起出门，尤其是去见上级领导，只要不是坐面包车，一把手的车总要在前面的。他有心想让司机停车等一下，但一想到自己说不定很快就要和他平级了，也就不在乎了。

到了接待处，自然是服务员前面引领。他看着前面年轻女服务员扭动的丰满臀部很是愉悦。一路走到一个大套间里，范副部长和宣传部的研究室主任与他寒暄过后，拿出了一份《关于培育和践行社会主义核心价值观情况的报告》，范副部长一改过去与干部谈话时孤傲、拒人千里之外但又使人感到正常、绝无肢体表示的神态，客气地拍了一下他的肩膀说："老秦啊，我们这份报告吸收了你上次在省委会议上发言的不少思想啊，尤其是在践行和培育的高度上，你分析得很透。我们这只是个草稿，你来把把脉。我们这次是可是想让高人出山的。"

范副部长这一拍肩膀，秦山雨心里得意极了，因为省里流传着一个大家都心照不宣的顺口溜："能上不能上，全看老范拍肩膀，肩膀挨了老范一巴掌，你的官职准能长。"这位省委的吏部尚书和人交往轻易不会有肢体动作，不用说他拍别人的肩膀，就是别人拍他也会让其心里厌恶。据说有一次他到一个市里去，那个市的一个副市长跟他曾在一个单位工作过，也许是为了在书记面前显摆自己和部长的特殊关系，那人上去拍了一下他的肩膀，并喊了一声"老伙计好"，谁知他一躲并低声说了一句"庸俗"，弄得那个副市长在大庭广众面前很尴尬；可当那个市委的组织部长过来和他握手时，他却一反常态，上前亲热地右手握着，左手也不闲着，拍了对方的肩膀。不长时间，那个组织部长就到省里的一个厅当了厅长。今天，范副部长不仅拍了自己的肩膀，还说了让高人出山，这就等于明着告诉自己要被提拔啊。想到这一层，秦山雨就像喝了8两茅台一样，晕晕乎乎地几乎要醉了，但表面上还是装着诚惶诚恐的样子，嘴里说着自己才疏学浅、一孔之见之类的场面话。

就在此时，范副部长又说话了："老秦啊，你看我这屋里乱乎乎的，一会儿鸣弦同志还要来，我们多要了一个房间，你到那屋仔细看看如何？"秦山雨自然连声答应，在服务员的导引下往外走，他也顾不得看那肥美的臀部了，只想着仔细看完手里的文件，找出几处毛病，拿出几条新亮点的思想来为自己的锦绣前程铺一段红地毯。

隔壁的房间也很大，意外的是平时放置的写字台、沙发等家具都没有了，显得空旷得很。他正在发愣，房间唯一一张沙发上坐着的柳枫说话了："秦山雨同志，我代表省委宣布对你实行双规。"他声音不高但威严有力，随着话音刚落，两个高大威猛的男人不知从哪里走出来，迅捷地站到了秦山雨面前，利索地抓住了他的两只胳膊，拿走了他放在口袋和提包里的3个手机。

时间似乎瞬间静止了，人变成了木雕，从海水到火焰，从温暖如春的海南到了寒气逼人的北国，秦山雨愣住了，内心的恐惧使他流出了大汗，两眼发黑、两腿自动发软，不由自主地跪在了地上，但立刻又被拉了起来，等他再一次睁开眼睛，柳枫消失了，两个大汉夹住了他的胳膊，对面走来了省纪委以办案迅捷快速有手段著称的尹、康两位处长。两人也不说话，上前又把他的衣兜搜了一遍，挥手把他拉进了一个角门，出来后是一个宽阔的平台，旁边是一架运货的电梯，直驶下去，在靠近一丛冬青灌木的地方停着一辆四个门都上了锁的面包车，他被安排在中间座位上。两位处长一左一右坐在了他旁边，康处长还有意无意地把一个安全带挂在了他身上，说："车子要走山路，得注意安全。"秦山雨觉得安全带有些紧，想松动一下，谁知越拉肩膀和腰部就绑得越结实了。他明白了，这是特制的东西，大概类似于神话小说里的捆仙绳之类的法器。再看那车窗玻璃也不同于一般，肯定是撞不烂、打不透的钢化产品，于是打消了最初上车的恐惧，情绪稳定下来想办法。他对着总是眯着一双小眼睛的康处长说："我想给范副部长打一个电话，他让我改的材料我初步有了一个想法，那是向中央报的，误了事你们要负责的。"坐在左边的康处长没理他，黑瘦脸的尹处长倒是说话了："那就不劳你秦大书记操心了，范副部长那边的任务是一会儿在河海市委常委会上宣布你撤职双规的决定，你还是想想自己的问题吧，这么多年都干了哪些坑害人民、违反党纪国法的事情。"

秦山雨的心凉了，他在党政机关混了多半辈子，又是学哲学的，知道纪委机关用词是非常严谨的，他特别注意这位尹处长的用词，尤其是说他"违背党纪国法"的那六个字时，他就知道大事不妙。如果只是说"党纪"，那还问题不大，至少可以保全一部分，但是添了"国法"两个字问题就严重了。秦山雨不再说话，看着拉上窗帘车里黑乎乎的情景，闭上眼睛默默地想开了对策。

车子呼呼地往前开，出城后上了一个盘山道，拐了好几个弯，一直到暮色笼罩了整个原野山峦的时候，汽车才开进了一个小院。下车后他被蒙上了一个眼罩，带到了二楼一个四面是软包装的墙、旁边是一个半敞开的蹲便厕所的房间。房间窗户上安着铁条，天花板上都有监视口，四个角上装有摄像头，地上有一个脏兮兮的床垫。两位处长在武警战士的帮助下抽去了他的腰带，搜走了他的打火机、香烟，拿走了他的钥匙以及可以绑脖子、划伤皮肉的东西，一言不吭地锁上门走了，屋里只留下了一盏高高挂在房顶上的度数很高、很亮的大灯泡。

还好是深秋，他的外罩里面还穿了一身质地很好、一个县的女副县长送给他的据说从新西兰进口的羊绒衫裤。腰带被抽走了，纽扣还可以把裤子挂在腰间，只是不太习惯，总要用手提一下裤腰才有穿着裤子的感觉。

乍从豪华的宾馆、舒适的家来到这里，秦山雨看着那脏兮兮的床垫、四壁污浊的地面，哪儿也不愿靠、哪儿也不愿坐，只好在屋里踱着步子，像磨道里的驴一圈圈地转着，转得两腿发麻、发胀，膝盖疼痛，脑子里不断幻化出自己人生的每个阶段做的事情，最后竟然露出了一点儿笑容，一屁股坐在了那张满是污浊的床垫上，用手遮住刺眼的灯光倒头便睡，对外边门响、门开，对看守者送来的稀饭窝头连看都没看，一直躺到天亮，还打起了呼噜。

他的一举一动自然都被摄像头记录得一清二楚，也被尹处长看在眼里。第二天尹拿着录像带去找柳枫汇报，说："对这种养尊处优惯了的贪官就是要一下子打入地狱，从富贵温柔乡进入条件最艰苦、生活最底层的地方，3天不理他，扫净他身上的官气，刮净他肚里的油水，不让他知道外面的任何消息，让这个能整天接触到无数信息、受到许多人吹捧巴结的人尝尝寂寞的滋味，打垮他的意志，让他精神崩溃，老实交代问题。"

柳枫仔细看着录像，来回倒了好几次带，皱着眉头分析了半天，对着两位处长说："你们这个办法对他好像不灵啊。"

"不会的，我们抓的贪官多了，官职有比他大的，也有比他小的，这个办法最灵光了。"二人几乎异口同声地说。

柳枫含笑看着他们说："我比你们大点儿，那个年代的教育使我们形成了一个思维方式，总爱想起领袖的教导。毛泽东主席有一句名言，叫具体事物做具体分析。考察、分析一个单位，基本是从制度、技术、文化三个层面去考量；了解一个人，特别是攻破一个反动的、顽固的思想堡垒，就要认真研究他的出身与生活的经历，你们的经验很可贵，但在秦山雨这儿恐怕不太适合。先看他的出身：他小时候是受过大苦的人，家中无房住鬼屋，瓦片当枕头地做床，盖过破被、钻过草窝，后来从军。上世纪我们的军队生活装备很差，风雪露营是常态，虽然他当领导干部之后过过富贵奢侈的日子，但只占了他到现在生命旅程的不到一半的时间。人陷入困境以后，经过最初的慌张和恐惧之后，想到的都是自己的历史、走过的道路，而给他印象最深的是什么呢？是苦难。人的性格是怎么形成的呢？西方一个哲学家说人的性格来自三个方面：童年的苦难、婚姻和性。我觉得有一定道理。人在遇难的时候过了大难临头的惶恐后就开始思考了。你看这个录像啊,开始他厌恶你们制造的环境,尤其是房间的生活设施,不肯坐下,一直在转圈;转圈的过程中他的思维就离开了屋里的实体环境,在想自己做过的事有什么证据在你们手里,他自己又有什么对付你们的方法,将来审讯时如何反侦察、狡辩;转得快累的时候,你们看到了吗?他瞥了眼地上的那个破床垫子,脸上露出了笑容。这时候,他在想什么呢?我估计是在想自己小时候受的苦难、当兵时风餐露营的情景。这时候,他心里也许在说,这个破床垫子虽然脏,但比农村破屋子里的地干净多了,也软和;这屋子里虽然没什么设备,但比军队野营的帐篷强多了,而且还不透风,不漏雨。所以,在这个时候,他想通了也想透了,才一下子倒在了垫子上酣睡。"

柳枫说得很客气,口气也很婉转,完全像老师在与学生谈心,一点儿也不像对下级发表观点和下指示。他摆出这种姿态是有考虑的,他虽然是省纪委的常委,但并不在编制,也不在纪委机关里办公,与这两位处长也不太熟悉。省纪委的架构很大也很特别,和一级党委一样,整个组织也分常委和委员,委员的组成是由省委、省政府各重要部门的副职领导组成的,虽然是副职,但一般都是分管党务的二把手;常委由纪检委本部人员组成,都是兼职某个业务处室的主任。柳枫是代表办公厅系统参与纪委的,也应该是委员。在研究的时候,纪委书记看着他的名字想,不能这么安排:第一,别的单位都是副厅级,柳枫是正厅;第二,柳枫不仅是省委的副秘书长兼研究室主任,还代表省委协调纪检和组织工作;第三,此人才华出众,很受省委书记林宽同志赏识;所以,就破例地安排了常委的职务。

柳枫心里很明白,自己虽然是常委,但却不是本部人员,毕竟是外人。这次带队来河海,虽有省委书记的金牌令箭,但纪委的人审查人、查办人惯了,对大些的官员根本瞧不上眼,他们私下里常说的话是:"别看××挺牛逼,说不定哪天就会落到咱们手里了。"这两位处长表面上对他很尊重,心里面却不一定买他的账。基于以上考虑,他才采取了刚才的态度。

人与人之间要的就是互相尊重,低调总是受人欢迎的。两位处长对柳枫本来就有好感,见他的态度又这样好,一点儿也没有领导身边大秘书的样子,也没有以势压人的派头,分析问题还鞭辟入里,便齐声说:"愿听柳秘书长的高策。"

柳枫笑了笑说:"也不是什么高论。我们是共产党,绝对不像国民党和日本鬼子那样搞什么老虎凳、辣椒水,体罚不解决任何问题,刑讯逼出来的东西很可能是冤案,还是老祖宗说的'攻城为下,攻心为上,不战而屈人之兵',还是以讲政策、拿证据为主,用事实让他自动认罪吧。"说到这里,他看着两位处长真诚的目光,把握时机,把语气加重了一些继续道:"两位今天遇到的这个对手很复杂,出身农民、当过兵、读过大学、跟着领导当过秘书、做过多年的领导干部,尤其是在不同职位上干过,在县一级基层政权层面上任过不同的职务,家里还经商。在他身上,有着农民式的自私与愚蠢、商人式的狡猾和精明、政客的阴谋、官场的痞子意识、知识分子的虚伪与高傲。在他的思想深处,很可能从来没有过共产党人应有的理想、信念、责任,更多的只是机会、命运和投机的奋斗。光靠讲党性、讲政策恐怕很难让他吐出什么东西来。"

第二天,秦山雨被转移到了省纪委专设的一个办案点上。标准快捷酒店的配置,不过是房间大了一点儿,有三张单人床,康、尹两位处长睡两边,他在中间。三人一起吃饭、一起睡觉,秦山雨一切活动都在屋里,两人轮流看守。

人的习惯是很难改变的,什么事情做久了都会形成一种惯性,会不自觉地按照原来的套路来。两位处长虽然对柳枫的话很佩服,但开始还是老一套,安排好了以后首先问秦山雨,语气嘲讽地说:"秦大书记,这两天过得很寂寞孤独吧?"

秦山雨看了一眼窗外暮秋的苍茫,连头都没回,像抒情一样说:"你们知道吗,寂寞不仅是一种无法梳理的情绪,同时也是一种空灵游弋的境界,是用来享受,不是用来忍受的。至于孤独嘛,有时是弱者的自卑,怯于与人交往,只好顾影自怜;有时是强者的自傲,心中有底,孤芳自赏啊。"

看着他装模作样,康处长大喝一声:"秦山雨,回过头,你给我坐下!这里不是讲坛,也不是诗歌朗诵会,更不是主席台,而是纪委的审查室!"

康处长也是军人出身,在部队是带兵的人,从班长、排长、连长、营长一直干到野战军团长的人,嗓门大、声音威严是练出来的,对秦山雨这种机关兵出身的人从心眼里就瞧不起。同样当过兵的秦山雨对这种严厉的口令也有一种天然的服从和畏惧,激发了他内心神经系统的一根潜伏了很久的隐蔽线,他不自然地一哆嗦,坐在了房间里的一个小矮凳上。尹处长居高临下给他念中纪委的文件、党员的标准,提示他的问题,让他回忆为官时都做了哪些亏心事、收受了多少钱财,并把每个受贿的时间、地点的节点提示给他。

秦山雨开始还老实地听着,不一会儿就安静下来了,耍开了招牌式的动作:把眼镜摘下来,擦干净,戴上,拇指和食指形成叉子,向上推一下,而后用不屑的目光看着他们。在他们念文件的时候,还抓住空档,纠正了那个文化不高的尹处长发音不对的白字,并像教授一样讲这个字不同的读音和在不同语境下的用法,而对康处长提示的受贿节点则闭口不谈。尹处长气得直翻白眼,几次想上去扇他两巴掌、踢上几脚,都被康处长制止了。

一上午就这样过去了,秦山雨很得意,除了坐小板凳屁股被硌得有点疼外,别的没什么感觉。小时候家里孩子多,没地方做作业,自己到一个磨坊里把三块土坯支起来当桌子,两个半头砖当凳子,为防蚊虫咬把两脚泡在用两只瓦罐盛的水里,埋头拿着捡来的铅笔头写字。现在的处境可比那时强多了,所以,吃过午饭,他倒头便睡。

下午,两位处长乐呵呵地把他请到了隔壁的一个小会议室,不仅有一套洁白舒适的意大利沙发,还有地毯。康处长拿出了一盒红云,尹处长砌了一壶茶,案子的事只字不提了。三人吞云吐雾喝着茶水胡侃起来,康处长开始从部队谈起,问了他的服役部队,而后说起了自己在野战军的经历;说到在新兵连集训时,秦山雨还能插上话,谈到野营拉练、实弹射击、两军对抗山地演习、边防线巡逻,他因为是军分区的兵,就没什么话了,只能像个新兵蛋子一样默默地听着。

人大概都有一个毛病,与人谈话时老听别人说总是感到不太舒服,尤其是听别人的艰险经历时,自己没有经历过,因没有那方面吹牛的资本心里既有羞愧,也有比对方矮一头的感觉,所以总想在别的话头上、在某一个时段里扳回一局。

机会终于来了,当康处长谈到自己转业开始在一个县里做副县长兼公安局局长,说到人才难于发现、用人的困惑和岗位利益分配不均的苦恼时,秦山雨有话了,他点燃一支烟,悠然自得地说:"治国之道在于治吏,治吏之道在于用人啊。老人家说,当领导就六个字,'出主意,用干部'。主意就是政策,政策中央和省里都出了,县里基层根本不用去管,关键是用干部。你在县里是副县长,连个常委都不是,根本就管不了干部的事;就算你是常委,也管不了。副书记还能管点儿事,但也管不了大事,你知道提拔干部是怎样产生的吗?我当过县委书记,告诉你吧,哪个单位有了空缺,组织部长首先告诉我,我去物色人,看好了让组织部去考察,而后以组织的名义报到我这儿来,我画圈之后再让各副书记传阅。你想,他们看到我这个一把手都同意了,他们还能说什么?顶多再建议加上一两个人,我也适当地照顾他们的情绪和意见,毕竟是要靠他们干工作的。但是,他们加的那些人必须安排在无关紧要的部门,还得在我这里没什么坏印象。然后开书记办公会。你想,大家都画圈了,还能有什么分歧?最后开常委会就只是个形式问题了。书记占了常委的半数，并且都是跟自己分管的常委通过气的，全票通过没有一点儿问题的。你想，你一个副县长，连常委会都参加不了，你怎么能安排干部呢？你的副局长、你的科长都是需要常委会任命的啊。"

"对，对！"康处长服气地点了点头，紧接着说，"你只说了安排提拔干部，那么用干部的方法呢？"说完，还递给他一支烟，打着打给他点上。此时的秦山雨已经忘记了自己在什么地方，似乎又回到了市委的大楼上。

看着康处长一脸诚恳的样子，他又开口了："安排干部是一方面，使用干部又是一方面。一个干部在一个地方干长了自然会产生惰性，再说还有乡镇穷富不一样的地方，有权没权的一等局、二等局、三等局之分，这就需要不断地调整干部了。我的原则是干部要常调动，我在县里做书记四年多，每年都要调整三次以上的干部，而且力度很大，比如……"

在他说得吐沫星子乱飞的时候，一直在旁边阴着脸看材料的尹处长突然发话了："要想富，动干部吗？这是老百姓都知道的事，还用你说？你在柳林县做书记4年零8个月，提拔调动干部11批次，涉及干部983人，其中，提拔的600多人、调动的300多人，你每人平均收受贿赂2万元，共受贿索贿近2000万元——当然，我说的只是平均数。你是有价码的：提拔正科级，单位好的你要5万元，中高的你要3万元，一般的是2万元；提拔副科，你是好单位2万元，差一点儿的一万元到一万五；调动一下底数是1万元。另外，你还批条子、打电话让工人进入事业单位。事业单位人员进入吃财政系列，每次你都受贿不下1万元。综合算账，在县里工作时你受贿不下2000万元，这还不算你在市里工作时受贿的数字。"

秦山雨一下子惊呆了，停止了传教士式的侃侃而谈。康处长也变了脸，不失时机地用威严的军人的口令喊道："秦山雨，站起来，立正，向前走三步，老实交代问题。"

秦山雨按照口令走到了房间中央，脑子急速地转动着，镇定了下说："你们怎么知道县里调整干部的情况？这是保密的，你们是胡说！干部是正常调整，是工作需要，是经过常委集体决定的，我没受贿！"

康处长哈哈笑了说："秦书记好健忘啊，刚才你还说是你自己说了算呢，怎么又变成了集体研究了啊？我也在县里干过，要想进步，不跟书记意思意思是不行的。"

秦山雨顽固地说："告诉你们，逻辑推理上有一个排中律、统一律，是需要证据的。"

尹处长说："哼！证据？没有证据我们会把你弄到这里来吗？没有证据我们

会跟你这样说话吗？你自己看。"说着，把一叠县里干部写的如何给秦山雨送礼获提拔的过程材料给他看了几份。

秦山雨在那个县待了好几年，对许多人的名字、笔迹还是熟悉的，但他还是梗着脖子说："那是他们诬告，也可能是你们逼供、诱供搞出来的。我堂堂正正，为人不做亏心事，半夜不怕鬼叫门！"他说话的声音虽然很大，但气势明显虚下来了，口气也有些怯懦。

两位处长互相对视了一眼，把信件收回来，把他带回原来的屋子，严肃地说："秦山雨，你还是好好想想吧，你这些年干了多少龌龊事、贪了多少、害了多少人？你哪里是共产党的市委副书记，你就是贪鬼、恶鬼。交代好了，我们会按政策给你一点儿宽大处理，否则，后果不堪设想。"

秦山雨还是嘟囔着那句话："我，为人不做亏心事，半夜不怕鬼叫门，你们查吧，我不怕。"然后一头栽在床上，装死。

傍晚，在市委那间高度保密的反腐指挥部办公室里，柳枫、刘鸣弦、西岭雪还有刚从秦山雨家乡赶回来的金剑北听了两位处长的汇报。柳枫在听了他们的陈述后又仔细看了录像说："看来他的思想已经有了缺口，再突破两天是有希望的，关键是寻找新的突破口。"

刘鸣弦说："他这段时间说得最多的话是什么？"

西岭雪说："我注意到了，在两位处长拿出部分证据时他有一句话说了两遍，就是'为人不做亏心事，半夜不怕鬼叫门'。真恶心、无耻！"

金剑北说："这是他们家乡一带流行的俗语，老百姓在发誓的时候，或者是证明自己清白的时候，都会这么说，有时候还会到庙里去说，对神发誓，说什么我要办了这件事，你叫小鬼半夜里敲我家的门。秦山雨小时候经常跟着他母亲去庙里求神算命，那时就是这样，穷算命，富看病。"说完，他又恢复了一点儿放荡不羁的神态，神秘地笑嘻嘻道，"各位领导，别看秦山雨是什么大学生，他从小是村里生、村里长，那些信神、信命、信鬼的东西一辈子也去不了。他不是说不怕鬼叫门吗，今天晚上我就来个鬼叫门，保险让他一晚上睡不着觉，心惊胆战，比你们那熬鹰的办法还灵。"

西岭雪瞪着一双惊奇的眼睛说："老金，你不会去当鬼吧？吓死人啊！"

两位处长也说："老金，你可别弄出什么事来啊，双规期间出了事可不是闹着玩的。"两人职责所在，不得不提醒他。

柳枫知道这个老伙计的鬼机灵和嘎办法，刘鸣弦也了解他掌握了不少民间智慧，里面可能还有那个老禅师相助，两人都含笑答应了，只有西岭雪在散会往外走的时候，用肩膀碰了他一下说："老金，到底是什么灵丹妙药啊？"金剑北只说了一句"天机不可泄露"，便急急地忙乎去了。

他先去一个山西人开的保证不卖假货的"杏花村"小店里买了一瓶正宗的山西老醋，拿出了智障禅师送给他的在山里采集的、没经过水洗的一包"天南星"中药，碾成粉末后用醋细细地调匀，涂在了一张和门一样颜色的牛皮纸上，在两位处长的指点下，进入秦山雨的双规地点，从监控录像里看了看在床上闭目养神的秦山雨，把牛皮纸悄悄地贴在他居住的房门上，对两位处长说："我看这家伙没有自杀的可能，你俩也熬了好几天了，就别陪他睡觉了。他的门也不要锁，把楼道口看好就行了。明天，我保证让他精神崩溃，在证据面前认罪。"

二人疑惑地看着他，但一想到柳枫和鸣弦书记对他的信任也就答应了，最后还是叮嘱他不要出问题。

秦山雨当官当得睡觉也出了毛病，除非是和自己可心的女人在一起，和其他人一室就睡不好。这两天和那两个处长在一个屋里，他根本就睡不好，头整天蒙蒙的，思维也有些混乱。今晚吃过饭后，意外地发现那两个家伙居然没来，一直到9点多也不见人影。他想着，人沦落到了这个地步，发愁也没用，只能走一步看一步了，今晚先睡个好觉，于是随便洗了洗就躺下了。谁知刚要进入梦乡时，门就"噔噔"地响了起来，声音虽然有些沉闷，但在这个寂静的小招待所里还是很清晰的。他想，钥匙在你们手里，还敲什么门啊，进来不就得了？也就不理此茬儿，继续躺着。那个声音却还在继续响着，一刻也不停歇。他烦了，起身来到门前，习惯性地一拉，那门竟然没有上锁，一拉就开了。这个短短的楼道里只有两间房，一间是下午他们待过的会议室，一间是他自己住的这个屋，楼道门是一个防盗门，关得紧紧的，根本没有一个人影。他左右前后看了一遍，说了一句"神经病"，便又回屋躺下了。刚要合眼，那门又响起来了。他下床开开、看看，还是没人。如此这般折腾起来，只要他躺下门就响，开门就没声音了。这一晚上，他就这么起来躺下地折腾到了天明，直到天光大亮也没睡成。

两位处长一看他那精神萎靡、两眼通红、满脸憔悴的样子心里就乐了，马上疾言厉色地甩出了他贪污受贿的几个强有力的证据：在县里时3个人以上行贿的铁证，他办公室里安装的监视行贿人往他抽屉里放钱的录像，以及西岭雪用声波探测法录制的他和弟弟秦山土通话的录音。他不由想起了小时候爷爷讲过的一户人家做了恶事,半夜狐狸老仙操纵砖头往家飞的故事,又想起昨夜不见人的不间断的敲门声,心里很发虚,再加上铁的事实和精神恍惚想睡觉的欲望,只得承认了一部分。但他还是留了一个心眼,要求让自己中午休息一会儿,说自己的高血压犯了。两位处长找来医生一量,还真是高压到了180,低压也过了90,便同意了他的要求,让他睡一个小时,并揭去了金剑北贴的那张牛皮纸。

下午,他们看着表,不到一点就叫醒了秦山雨,让他在笔录上签字画押按上手印,随即追问他的钱放到哪里去了,在哪个银行存着。

秦山雨狡猾地微笑说:"我知道你们一定查遍了许多银行吧,现在是存款实名制,纪委只要动用手段,哪个银行也不敢隐瞒的;我家大概你们也查抄过了,也就不过几十万元,算算我们俩的工资收入大概还是相符的吧?刚才我承认是你们用鬼方法逼得我,找不到钱是因为你们非法逼供、诱供。"

尹处长气急了,上去一下揪住了他的脖领子,几乎要把他提起来,厉声说:"说,你贪污的钱到底哪去了?"勒得秦山雨几乎喘不过气来。

秦山雨赶紧说:"好,你放下,我说。"随即坐在小凳子上揉着自己的脖子说:"其实,说这些怕你们笑话,这些钱我确实收了,但是都没了。一个是我当县委书记的时候,办公室连续失窃过两次,被小偷盗窃走了。你们想,我是县委书记,办公室里那么多现金,我能报案吗,那不是自投罗网吗?另一个是我会开车,星期天爱自己开车逛大城市,车里平时也放着不少现金。那年我到南京去玩,把车停在了金陵商厦,出来一看后备厢被撬了,钱也自然没了。人山人海的,我找谁去啊?报案有用吗?再一个是我有个爱好,常去河海相邻城市的'温柔天堂'夜总会去逛,那儿哪里的小姐都有,住一宿怎么也得几万元吧,钱都给了那些小姐了,有的小姐还是外国的呢。我记得她们的几个艺名,什么'明宝宝''逆风翔''小溪''紫晶''芙蓉''女人花''真诚朋友'什么的,据她们自己说,她们家有武汉的,也有丽江、西宁、衡水的,还有我们河海的,有东北的也有西北的,身份很杂,说做过秘书、记者、教师、财务、工人、银行职员、电力系统员工等等,准不准我就不知道了,要不我一会儿写出来,你们去查。"

狡猾的秦山雨把事情说到了这个地步,还真是没法查了,两个处长只得命令他交代别的问题。见他点出了为弟弟、妹妹办企业以权谋私、作风淫乱等,便黑着脸走了出去。

二十五　借助媒体怎么开展群众路线教育工作

秦山雨的双规震动了河海的政界。在某些人自发放了鞭炮的炸响中，谣言也满天飞舞，有的说他被关在了黑屋子里，受不了那个罪想跳楼，可惜窗户上安着铁笼子，就一头撞墙上了，脑袋出了血，被送到一个部队医院去了；有的说秦山雨一进去就腿软了，被吓成神经病了；有的说他被纪委的大灯泡烤了三天三夜，熬鹰，不给饭吃，怂了全招了。他受贿了好几千万，他在的那个县局长以上干部全都给他送过钱，已经有好多人到河海纪委自首了，好多人家里睡不着觉了，好多老板跑了；有的说，市直单位的许多头头也给他送过不少礼，好多人都让纪委监控了；还有的说，他和许多女干部发生过关系，许多女干部的老公知道了正闹离婚呢……街头巷尾，到处都在悄悄地议论着，悄悄地准备看别人家的笑话。这也是河海这个农村城市文化的一部分，也算是一种民俗吧！

政声人去后，民意闲谈中。柳枫、刘鸣弦、西岭雪认真分析了金剑北通过老干部孙乃夫，老工友吴阿杜、魏正义、谈丽萍、齐曼等人得到的信息，大家一致认为，民意可用。谣言中夸大事实也好、落井下石也好、幸灾乐祸也好，仔细琢磨，这里面更多的是对腐败的痛恨，对腐败分子恶行的报复。剥离糟粕之后，是群众对向上、向善的向往和希望。

刘鸣弦说："作为一级党委，要因势利导、采取新举措，把反腐败斗争推向一个新阶段。根据中央的最新部署，在各单位进一步开展'照镜子、正衣冠、洗洗澡、治治病'，立刻组织党员领导干部提高对腐败劣根性的认识。在他们学习文件的同时，纪委要派常委到重点局，有权有钱、掌握着国家权力和资产分配的单位去蹲点，发动群众揭发问题，挽救干部，严肃处理腐败分子。"

西岭雪根据别的地区的经验、自己的见解，也提出了三条措施："一是组织领导干部参观监狱，让在押的腐败分子讲自己的悔恨，让河海大学法律系的教授分析他们犯罪的根源，进行一次现场法制教育，甚至还可以让我们有怀疑的干部在监狱里住上两天，体验一下失去自由的生活，促使他们早日反省；二是由妇联会和共青团负责，组织领导干部的家属、子女、亲属建立不同类型的反腐败协会，教育他们监管自己的家人别犯错误；三是小学生也到看守所看一下，反腐败从娃娃抓起。"

她一说完，金剑北立即表示反对，西岭雪问他理由，他没有正面回答，而是用幽默的口吻说："我听说过这么一个段子，说某地组织小学生参观监狱，小学生们看了在押犯的简单介绍后问道：警察叔叔，我们在上课时听老师讲的以及看电影时看到国民党、日本鬼子的监狱里关的都是共产党员，怎么现在我们的监狱里关的也是他们啊？"说完，含笑看着柳枫，不说话了。

柳枫知道老伙计的心思，在座的都是厅级干部，就他一个是处级，这种会议他又是列席，当面顶撞纪委书记肯定觉得不太合适，所以才曲折委婉地讲了这个段子。下面应该是他出来说话的时候了。虽然自己也是列席，但自己至少是省委领导派来的，自然可以说得重一些，他说："我觉得剑北同志的意见值得考虑。由于我们的教材和社会脱节，电影创作客观性、真实性不够，误导了下一代，让他们过早地去接触这些东西是对他们幼小心灵的摧残。还有让某些领导干部住监狱的事也不符合当前依法治国的环境，有点儿像演活闹剧，不太严肃啊。不过，组织干部参观一下监狱、让犯罪分子讲讲忏悔还是可以的。另外，让纪委的领导同志，比如说常委们，到各重点单位蹲点督察的方法也可取。"

他说话的语速很慢，也很和蔼，但包含的信息量很大，站位也很有高度。西岭雪马上承认了自己考虑不周，刘鸣弦也点头赞许，最后强调说："请你转告纪委常委各个同志，不，明天我要亲自给他们开个会，要强调认真负起责任来，深挖细找，让那些有贪污受贿问题的人尽快把赃钱退出来。要亮明政策，早退钱早主动，赃钱放在家里是祸害，把钱拿出来还给人民是应该的。凡是把赃钱全部且早交出来的，在纪律处分、量刑上一律从轻。"

西岭雪见他一段不长的讲话，一连说了好几个"钱"字，便笑着说："刘书记真像个土财主啊，一说话就钱钱钱的。"

刘鸣弦也笑着模仿南方一个红军首长在电视剧里的口气说："我的同志妹啊，咱河海穷啊。你看啊，原来东风机械厂老工人的家属院需要改造、开发区的农民工子弟小学也开工建设了，钱还不够啊！还有，往前就要过冬了，许多贫困家庭的取暖问题也需要拿钱补贴啊。"说完，宣布散会，满脸愁云地走了出去。

柳枫欣赏地看着他的背影，也出了门，站在宽阔的走廊边上一个金属立式烟缸前点燃了一支烟。西岭雪和金剑北并肩走出来,她拍了一下金剑北的肩膀说:"金老兄,你是用什么办法让鬼敲门的啊?"金剑北感到了她手心的温热,告诉她是智障禅师教给自己的,并说了其中老醋和天南星生药材在一起融合会间歇性膨胀作用的原理。西岭雪由衷佩服地说:"民间智慧真是奇妙无穷啊!"

柳枫优雅地弹了一下烟灰说:"民间的智慧是高层文化的积淀,许多治国利民的大道都是从民间智慧里总结出来的,道不明求于诸野就是这个道理。在古老的乡村和山野中有许多智者。我一直在想,中央开展的群众路线教育,不是让我们教育群众,更多的是让我们接受群众的教育,发现基层群众更多的智慧,利用他们的智慧和才能肃贪倡廉。"

也许是由于柳枫和表姐王嫣然那段柏拉图式的爱情深深地吸引着她,让她神往,也许是因为柳枫儒雅的气质和渊博的知识,也许是因为他是省内闻名的才子,这些都让西岭雪对柳枫有一种天然的亲近感。她笑盈盈地对他说:"柳秘书长真不愧是学哲学的,总是把事情分析得那么透彻、那么有逻辑性。"说完之后调皮的性格又上来了,改了话题说:"柳秘经常去北京吧,再去了我邀请你到我家吃饭。我听农业部的人说,最近中央农科院培育出了不少蔬菜新品种呢,我们家有时也能得到一点儿,好吃极了。"她有意不点出王嫣然在农业部门的身份。

聪明的柳枫却明白了她的潜台词,依旧含笑说:"当然求之不得啊,但那也要看缘分啊,也就是得你我同时在京时才可啊。我这个人啊,是随缘、惜缘、不攀缘。"

西岭雪突然问道:"你相信命运吗?"

柳枫稍微思考了一下说:"命运这个词包含得太广袤、太深刻了,什么天意不可违啊、知天命啊,谋事在人成事在天啊、命运多舛啊,这都是老百姓也包括许多有知识的人常说的话。我想这里面包括了两层意思,一是过去科学不发达,对自然现象认识不够,比如一遇到打雷下雨等自然灾害的出现就说是上天所为;另外对太空无法认识,就幻想人的命运被上天的神仙掌握着,自己做不了主。二是过去是封建统治,搞的是愚民政策,天下的事皇帝一个人说了算,在官场的人又摸不清皇帝的性格、消息封闭,说不清哪里就犯了忌讳,整天诚惶诚恐、战战兢兢,就这样还说不定哪天脑袋就搬了家。皇帝又是代表天的,所以许多官员在走背字或者是被冤枉致死的时候,不是据理力争,而说是命运的安排。其实,我们新中国成立后,共产党搞的是开明政治,毛泽东、邓小平等老一辈革命家都主张把党的政策、国家的要求明明白白地告诉大家，尤其是十八大之后，信息就更公开透明了。比如你管的这一块工作吧，八项规定、新修订的党章、党员的义务和责任以及对共产党员的纪律要求和处分条例都很明白地诏告天下了，明确地规定了一个共产党员应该做什么、不应该做什么、做了以后会是什么结果。媒体大面积、密集多角度地进行了宣传，各地的理论工作者不厌其烦地给大家上课讲解。从这个角度说，每个人，特别是领导干部命运是掌握在自己手里的，不能怨天尤人，只怪自己操守不贞啊。"

因为不是在正式场合，金剑北的话便有些粗鲁起来，他说："狗进来只能怨自己篱笆扎得不紧，野汉子进来只能怨寡妇没把门插好。个人的事个人管好，碍着命运什么事？我这人也总结了我的前半生，一句话：不相信命运，相信奋斗。我要是不奋斗，现在还在俺村里赶牛车耕地种谷子呢，还在车间当工人打铁呢，还在报社玩数字呢。只要奋斗，就会有收获，就会有地位，就有你能掌管的一块地盘。要紧的是奋斗要走正道，奋斗上来了不要忘记了那些穷乡亲、老哥们儿老姐妹的工友，要给他们谋福利。公而忘私我做不到，但是只要我的锅里有，大家一块吃还是没问题的。我这人一辈子就是这样过来的。刚才你们关于命运的谈话还真启发了我，我得跟我儿子说，我死后，让他在我的坟前立一块墓碑，上面就写一句话：'这里安息着一个一生只相信奋斗不相信命运的灵魂。'柳秘，你的字好，到时你给我写啊，要不，这几天你抽空写了吧，我让我儿子存着。"

死亡的话题太沉重了，柳枫不愿意谈，笑骂了一句："老金，你这家伙是咒我早死啊！我看你小子壮得像头牛，说不定能和咱金角湖里那个最长寿的动物媲美呢。"

三人都笑了，西岭雪那银铃般的笑声在夜晚寂静的楼道里传得最远、最清脆，可以说是回声嘹亮。整个一楼层都是一个年轻女子的笑声，惹得机要局值夜班的秘书忍不住探头观看，但一看到是如此大的领导，还是手握重权的纪委书记，又急忙缩了回去，心里嘀咕着：原来这么大官也会笑啊？

金剑北出了市委大门，呼吸了一口秋夜清新的空气感到心肺舒畅，抬头望星空，正是皓月高挂、满地秋霜。他迈开长腿，安步当车，向着宿舍方向边走边琢磨。"矫枉必须过正"，这是当年他学习老人家语录时印象最深的一句，凡事不做则已，做就要做到底。笑，要让人笑得畅快无比；哭，也要人哭得撕心裂肺。让有权有钱的部门领导，也就是纪委重点监控的单位头头参观监狱、听服刑的贪官现身说法，西岭雪提出的这个办法不错，但也容易走过场。他太知道那帮官僚的德行了：心里憋着笑，脸上装出认真严肃的样子，象征性地在监狱里走一圈，而后对台上瞪着一双看似认真听讲的眼睛，实际上早就神游太虚了。在押犯讲完下去了，纪委书记开口了，他们鼓掌欢迎；讲完了，他们鼓掌表示敬佩，有的还特意在散会时走到纪委领导面前赞扬几句，而后回家、回单位，该怎么着还怎么着。这样的场景，作为在机关几乎混了一辈子、混过不同岗位的老资格，他见得太多了，他不想再让这种老套子戏轮番上演。

老上海手表表盘上的大红秒针在月光下跳得特别欢快，看得极其清楚。他瞥了一下，还不到11点，便拿起电话打给了老部下、老伙计，报社总编辑夏青，开口就说："你这个下了班不愿回家的家伙在哪儿呢，是在办公室里背着老婆和美女聊天呢，还是把老婆撂在客厅电视前，自己躲在书房里看书呢？今晚月光不错啊。"

老伙计就是老伙计，根本不用明言，对方立刻心领神会，说："对，我明白老领导的意思，李白的床前明月光里的那个床，不是现在人们睡觉的床，是南方人坐在葡萄架下乘凉的小床，也就是小板凳。你是不是想找个小酒馆、弄个小板凳，就着月光下酒小酌几杯啊？咱也别对影成三人了，我这就给田敏台长打电话，她老公外出开会了，孩子上大学不回家，也寂寞着呢。"

不一会儿，夏青开着一辆大众车来了，与他同行的田敏一身秋装、披一件薄羊绒外套、脖子上围着一条纱巾一步下车，上前给金剑北拉开了车门。夏青和着车上放的《九九艳阳天》节拍手敲着方向盘，还按报社的老习惯称呼着他："金总，你看我给田台买的这件外套不错吧？"金剑北知道他们闹惯了，没搭腔。田敏装出一副小女人的样子嗲嗲地说："青哥哥，我前几天借了金主任3000元，没钱还了，你给我吧。"说着就去拿他的包。夏青赶紧藏在屁股底下说："别，咱回家再说。"田敏说："切，就你这小气样，还给别人买衣服，宁肯相信猪能爬树，也不相信你夏青的一句话。"

三人说笑着，来到了金角湖畔的"渔人夜酒馆"。一盘花生米，一盘炸湖虾，一盘拍水黄瓜，一盘清炖白鲢，就着一壶老白干，欣赏着湖光月色，相谈甚欢。金剑北说出了打算，二人自然热烈响应。最后，夏青没忘了贫嘴要一句："金总，你放心，我们这次是夫唱妇随，演绎出震撼他们心灵的小剧目。"他还没说完，就被田敏打了一巴掌。临走的时候，田敏走上大堤旁边的小径，看着月光下举着晶莹露珠的小草，唱起了歌曲："草原夜色美，九天明月总相随，晚风吹拂绿色的梦啊……轻骑踏月不忍归。"

3天后，当西岭雪带着部分局长、主任来到城东监狱的时候，进口处左侧立起了三块漫画：一块是一队领导干部来参观监狱时满脸装逼的样子，一块是他们在参观时心里想着金钱、美色的画像，另一块是他们在底下听报告时心不在焉的样子。

画中的人物取材于本地人的特点，都很形似，说是谁都可。教育局的侯局长指着一个满脸络腮胡子、大下巴的画像对发改委的马主任说："你看，这个人像不像你？伴打耳睁的，我看早晚你得进来。"马主任说："你看这个地蹦子，还像你呢，小矬个子，被坏心眼坠得恨天高。"尽管他们嘴里这么闹玩，心里却是沉甸甸的。进口右侧是一个巨大的电子屏幕，正播送一个贪官被带走的场面：一个装饰豪华的客厅里，两个纪委人员正要带走一个正人君子模样的领导干部，他八十多岁的老娘晕倒在沙发上，老婆在抹泪，孙子在大哭，张着一双小手撕心裂肺喊出："我要爷爷！"那纯净的眼睛里充满了惊恐，使人不忍卒睹。许多人背过了脸，心里受到很大的震动。这些当然是夏青总编和田敏台长加班组织制作的作品。

行政工作看似平淡无奇，实际上策划好了也是一环扣一环。表面上看似波澜不惊，实际上步步为营、稳扎稳打，让对方感到惊涛骇浪、心惊胆战。

刘鸣弦书记在纪委动员会上的讲话以正式文件发了下去，调门之高、要求之严厉、政策之明确前所未有。在监狱门前的那令人胆战的一幕还没过去，由市纪委常委带队的督察巡视组已经进入了各个重点单位，名义是帮助领导洗洗澡、去去病、照照镜子，实际是督战，要求大家本着对党、对人民、对领导干部高度负责的精神揭、摆本局领导干部的问题。巡视组设了意见箱、举报网站和公开电话，设立了专门办公室、接待室。冉大、冉有权的局，权力也分配不公；再有钱的单位，能批钱、花钱的也是少数人；再圆滑的局长，在一个单位执政期间也不可能一碗水端平、不可能不冷落几个人。尤其是在前几年党纪松弛、贪污受贿之风横行、一切向钱看的日子里，很少有人经得起权钱交易的诱惑。进驻建设局的市纪委常委丁金辉正是看透了这一点，又加上局长付立柱是秦山雨的亲信，他一进来就砍出了三板斧，把握有实权的监管处、立项处、市场处等放在了一边，找了一些辅助科室座谈，这些整天看着别人吃肉、自己连汤也喝不上的人们自然是满腹怨恨，提供了不少线索；而后又找了原来掌握着基建开工立项、发卖房预售证大权、后来在付立柱上来之后被排挤一边坐了好几年冷板凳的一个副局长个别谈话，知道了哪些关键节点可以捞钱的秘诀；最后调动检察院和公安局的力量，把二十多名与付立柱关系好的房地产老板拉到了郊区的一个办案点，收缴了联络通信工具，诈称建设局局长已经没了自由，交代了和他们交往的事，然后咸菜窝头、几个人挤一个硬板大床伺候。

别看这些老板们平时跟头头交往时说自己最讲义气、是硬汉子、刀架到脖子上也不会说，那都是骗人的。商人就是商人，树倒猢狲散，他们是树一摇晃就飞跑的那帮猢狲。一看这棵树再也不能给自己挡风遮雨、不能沾光乘凉了，自己外边还有一大摊子事要处理，再说他们也受不了这个罪，就把自己给局长和关键部位的科长送钱、送物的地点、时间、数目来了个竹筒倒豆子，说了个一干二净。丁金辉在询问的房间里安装了摄像头，全程录像并让他们签字画押后，紧接着把局里那几个关键处室的头儿以开会的名义招了进来，拿出老板们写出的部分证据，照葫芦画瓢，由此得到了更多证据。就像攻打据点一样，扫清了外围，集中火力对付主碉堡。

付立柱是个大个子、秃头，右脸上有一个竖着向下延伸的沟，那是他当包工头时，一根钢筋从天而降给他留下的一道血槽痕迹。他原来在秦山雨任过职的那个县当建设局局长。人就是这样，不管开始上了什么船，只要水涨，这条船就随着升高。秦山雨来河海当了主管城建的副市长，他就跟着来到市里做了建设局的副局长；秦山雨成了副书记，他自然也就成了建设局的一把手。他有个毛病，就是一紧张、一激动就会出大汗。他脑袋上的汗腺特别发达，只要一动作就马上汗流满面，就因为这个特点，他当学生时一上劳动课就受到老师的表扬，说他出大力、流大汗。同学们给他起了个外号叫"开锅蛋"。

丁金辉的督查组来了快10天了，除了当天的动员会上让他主持了一次会议外，一直没有找过他，倒是比他小的官员们不断地被督查组叫走，回来后都一言不发。他坐在办公室里，脑袋几乎天天都变成开锅蛋，两条白毛巾轮着用，上面还总是湿乎乎的。今天办公室主任通知他到丁金辉的临时办公地点见面，他心里莫名其妙地激动起来，汗也明显流得多了。

丁金辉在建设局临时办公室的布置变了样：沙发没有了，桌子移到了靠墙的一头，大白天窗帘拉得严严的，长条桌后面坐着带来的两个工作人员，旁边坐着他们局的纪检组长贾严峻。这个人是去年从市委一个部门派来的，付立柱认识但不熟悉，因为上级有文件，纪检组长不得兼任局里的其他工作，付立柱只是在局长会议上向大家介绍了一下他，给他分配了一个办公室后就再也没有接触过。付立柱很忙，贾严峻平时召开的党员教育会什么的他根本就没参加过。纪委规定的每个党员硬性每月写一份学习某个文件的体会以及廉洁自律登记表什么的，他也是让秘书代笔填好交上去拉倒，几乎从来没看过。

桌子前面是一块比较大的空地，中间是一个矮矮的小凳子，很像审讯室。付立柱的汗又下来了，不由自主地看了贾严峻一眼，心里想，不管怎么着，咱们是一个班子来的成员，建设局的福利一点儿也没少你的。我是党组书记，你是委员，你怎么能坐在我对面呢？起码今天督查组要干什么，你应该暗地里告诉我一声啊！

看到付立柱疑惑的目光，丁金辉开口了。他没有了往日的平和，口气有些严厉与冷酷，局长也不叫了，说："付立柱同志，知道前天你闺女结婚，没找你是给你面子。看到今天这个阵势了吗？这叫正常询问。至于严峻同志为什么参加，因为他是上级纪委派来的监督人员，一直在配合我们的工作。今天咱们打开天窗说亮话，你和秦山雨的关系我们都知道，你怎么上来的你自己清楚，这几年房地产开发市场混乱你也知道，哪个老板不送礼也开不了工，不送礼验收不成得不到预售证。你收的礼可能连你自己都得想几天。我这里有几份证材，你看一下，承认了就退赔，按市委的宽大政策处理；不承认，咱们就另换个地方说话。"

他说完，示意工作人员打开屏幕，用投影仪在上面放了几份证明材料，每份停留30秒，让付立柱认真辨认，而后开始放几个房地产老板交代问题的录像，以及他们局的几个处长坦白的情景。放完了，丁金辉一言不发，只是用明亮的小眼睛看着付立柱。屋里的几个人也都不说话，寂静得令人可怕，整个氛围像空气要断裂一样令人窒息。

丁金辉原以为面前这个五大三粗的局长会蛮横地喊冤叫屈，这个包工头出身的家伙还有可能动粗，还在外面准备了两个穿便衣的特警。但这次他估计错了，只见付立柱拿起自己带来的大毛巾擦了一把满头的大汗，离开小凳子，像刚从脚手架上干完活下来的民工，一屁股坐在地上，还盘起了双腿。他掏出一支烟一口气吸了大半截，把烟雾吐出来，又长长地叹了一口气，如释重负地说："哎，早就知道有这一天啊，我认账。你们知道，我是咱们市里那个破中专技术工程学校毕业的，回到县里被分到了建筑公司，后来当了经理，正赶上秦山雨在那儿当书记。县里有一个文化中心建筑项目，是财政投资，那时建筑公司也不行了，让那些民营的顶得一愣一愣的。我打听了一下价码，秦山雨的胃口不小，那个工程拿下来利润也就50多万，我想，只要弟兄们有活干，有饭吃就行。我用自家的那座小二层楼抵押了40万，背着一个帆布袋就给他送去了。我记得那是一个周末，他正要回家，我说：'秦书记，这是我家里种的一点儿人参萝卜，没一点儿化肥，上的全是麻酱，您留着自己吃，千万别送人，送人就糟蹋了，只有您这样的好领导才配吃。'那家伙精着呢，看了上面装的几根萝卜又摸了下面，对司机说：'你看，我在这个县当书记，别的咱不要也不敢要，老百姓的萝卜要几十斤还是没问题的吧？'亲自放到车上就走了。那是上世纪90年代，人们送礼的数额还不是很大，我大概是送得最多的了。到了星期一，政府办就来了通知，说为了促进国有建筑企业的发展，照顾建筑系统的工人，那个文化项目不招标了，就让我们干。我送得不少，他的理由更充足，中间还来视察了好几次，还说要带我到沿海的城市开开眼界，改变我们县建筑傻大黑粗的形象，注入灵气。我是干啥的呀，还看不出他是想出去玩啊，就找了一个南方的城市随着他转了一圈。咱也知道咱是什么角色啊，吃住玩不用说了，到哪个商厦我都在后边付钱，刷卡是我的本职工作啊。回来后我根据南方那个文化中心的设计，在两边多了两个翅膀，象征着文化腾飞。他二话不说，让财政追加了1000万的投资。当然，我又给了他一袋'人参萝卜'。这样，我俩就成了挚友。那年，他说省里的一个朋友酷爱养狗，想在院里盖个犬舍，叫我去干。我想一个狗窝还算事啊，就带了两个工人，拿着瓦刀去了。那个院那个大不说，还有武警站岗呢。一个老太太拿出了一张图纸，我的天呐，材料环保、四季恒温、上下两层啊。我正想说是狗住啊还是娶媳妇啊，秦书记的电话就到了，告诫我严格按图纸施工，按上下班作息时间干活，不许吵闹，不许影响朋友一家人的休息，不许随便看、随便说。我在那儿干了一个星期，你猜猜那个狗窝造价多少？整整九万三啊，还不算我的工钱。回来后秦书记亲自跟我喝了一次酒，企业改制我就承包了那个建筑公司，活不少。那时还讲究经理的收入与单位效益挂钩，我也挣了不少钱，都是按政策提成的，大概有两三百万吧。当时，我想了想，我就一个闺女，老婆有病也生不了了，这些钱也够用了。我算了一笔账，给女儿存起了一百万，给老家的老人各一百万，剩下的还有工资也就够了。后来省里一个大官出事了，来调查盖高级狗窝的事，我一个猛子扎到了东北躲起来，一个月后回来他让我当了局长，管着全县的建筑。从来是我列项目秦书记批，他说让谁干就谁干。再以后我就来市里了，丁领导你是知道的，先是副局长，后是正的，管的事更多了。我还是那个干法，只要领导批示的、打电话来的，叫我咋办我就咋办，听党的话，不让党生气。你们也知道，凡是市里过了几百万的建设项目没有市领导不过问的。河海的建筑老板也他妈的怪，领导打招呼了，你来我这儿办手续，办完了你就走呗，非撂下一个袋子，说是好烟好酒，特别叮嘱我是珍品，让我自己留着用。他们走了之后，我打开一看，除了上面是烟酒外，底下全是成捆的人民币。开始我不敢收，把烟酒留下，其余的都给他们拿回去了，过了几天我手下那帮处长不干了，都暗示我说，局长，知道你家里有钱，你不吃肉也得让我们喝点汤啊。还有的说，这个老绝户头不懂人事，干脆把他赶走算了。我开始没注意，慢慢地我批了之后，他们在下边的各项具体手续不给办了，害得我老挨上级领导批，说我掌控全局的能力不够，考察干部时反对票也不少。我也不傻，知道是怎么回事，后来也就收了。我拿回家去也不敢存，现在存款是实名制啊，我就买了几个大塑料袋，装了几袋子放起来了，有多少我也没数过，大概有几百万吧。你们问我怎么带回家啊，我攒几天就装在提包里往车上一扔，好多人都碰见过的，还有你，严峻，咱们不是坐过一个车回家吗，你也看见过啊。你们来了正好，交出去我就心静了。我看了刘书记的讲话了，政策宽大，就是不知道算不算数，只要不让我坐监狱怎么都行。现在我闺女也出嫁了，找的婆家条件也不错，我给她的100万也不算少。你问我前几天为什么不交，不是女儿要结婚吗，总不能老丈人先进监狱闺女再出门子吧，那还不丢死人了，说不定对象还吹了呢。要说我没贪也是假的。先说这抽烟喝酒吧，我不仅没花过钱，档次还一直都是茅台、五粮液，软中华，别的还喝不下去、抽着不对味了。真要算算账，一年也得几万。还有平时的零花钱，有时也从里面拿点儿。"

付立柱一口气说了那么多，一副如释重负的样了。他重新点燃了一支烟，大口地抽着。丁金辉看着他说："你这么大肆地收礼，你们局的纪检组织就没提醒过你吗？你难道就不接受组织的监督吗？"

付立柱瞪着一双迷茫的大眼睛说："监督？谁监督啊？我是一把手，是党组书记，他们都归我领导啊。"

丁金辉看着这个纪检盲人说："中央文件明确规定：上一级纪检组织派到各个机关的机构和人有权监督该单位的领导班子成员，并及时提醒和告诫每个人的不廉洁行为，发现重大问题后有权向上一级纪检组织报告。"说到这里，他回头看了一下贾严峻，继续说："严峻同志，你的职责也没尽到啊。是不是建设局的福利把你迷惑住了？你这也是失职啊。"

看着坐在底下的付立柱一脸茫然的样子，丁金辉继续说："看来你这个局长根本没有担当起一岗双责的责任，对纪委的文件和规定根本没有学习过啊。我告诉你吧，你们局的纪检组织形象地说就是你的耳朵和眼睛，听到什么、看到什么，都要及时提醒你、防微杜渐，你还可以把受贿的款项交给他们，这样也不至于累积成很大的数目，积祸成大患。"

付立柱的眼睛明亮了，脸上的汗又开始流淌了。这次他没擦，而是忽地站了起来，撩开长腿两步就跨到了督察组的桌子前，一把扭住了贾严峻的耳朵，口里喊着："原来你小子还有这个责任啊！刚才丁书记说了，你是我的耳朵和眼睛，我看你这眼睛是瞎的、耳朵也不管事，由于你的不管事，我看这一次不光我吃亏，咱局里的几个处长也得进去。他们的家底虽然没我厚，但肯定也收了不少、花了不少，今天我非把你的耳朵揪下来不可。"他手里全是从脑门子上抹下的汗，一揪一滑，干脆就张开嘴咬住了对方。贾严峻疼得"嗷嗷"直叫，双腿跳高乱蹦。门外的武警战士不知道里面发生了什么事，赶紧进来把他们分开，顺便把付立柱狠狠地摁在了地上。贾严峻揉着自己的耳朵，"嘶嘶"地出着凉气，难受地咧着嘴。

丁金辉挥手让武警放开了贾严峻，对着脑袋上汗流得更多、气喘吁吁的付立柱说："这会儿你明白了吧？老实交代，除了收受了大批贿赂外，你还干过什么违纪违法的事？今天你说出来的算自首，而后我们查出来那就不好说了。"

付立柱刚才手里拿的擦汗的毛巾被武警战士扔得远远的，他也不敢去拿了，干脆用西装袖子擦了一把汗，低着头，摇晃着大冬瓜似的脑袋想了半天，牙一咬，脚一跺说："都到了这个份儿上了，我也别讲什么义气了，跟你们说了吧。惠能集团在繁荣街上盖的那批门面房，给他们的房产证是假的，真的在秦山雨书记那里，名字写的是秦山土、秦山花和秦山雨的儿子。"

丁金辉让随员记录在案，并让付立柱按了手印，带着他出了建设局到他家里去取赃款。

建设局局长藏钱的方法与别人不一样，他既没藏沙发床垫里，也没藏马桶水箱里，更没有挖个坑埋起来。在他家足有60多平方米的客厅里，他和几个武警战士和银行的工作人员搬开一吨多重的红酸枝茶台，按动下面的一个按钮，挂着液晶电视的整整一面墙反转开来，里面十来个灰色塑料袋整整齐齐地放着，一字排开，中间用三条黄色的绷带拦腰，两头是六颗膨胀螺丝。付立柱拿起剪子夹断带子说："全在这儿了，你们点吧。正好我老婆去省城看闺女去了，邻居们也都上班去了，你们快点，别让别人笑话。"

在录像机的监视下，武警战士拆袋，袋子里全是崭新的100元的人民币。两台点钞机沙沙地响着，樟脑味刺激得银行的三个姑娘直打喷嚏。一台点钞机突然唰地冒出了一股蓝烟，罢工不动了。丁金辉皱起眉头刚要着急，一个留着长发的银行女职员冲他一笑说："领导，别发火啊，我们也看了在国家发改委刘铁男家里点钞烧坏了点钞机的新闻，还是有准备的。"说着，从背包里拿出了一台新的点钞机，继续清点、计数。两个小时过后，核对数字，共计6489300元。付立柱打开保险箱，又拿出了六块浪琴表和四根金条。

这件事自然又成了河海的一大新闻，有人说，建设局局长付立柱把纪检组长的耳朵咬下来了，贾严峻正住院呢；还有的说，付立柱家里的四面墙全是空的，里面藏的全是钱，他家的壁纸里面的衬用100元的人民币垫了三层⋯⋯

听到这些传言的时候，市委书记刘鸣弦正在他亲自选址的开发区农民工子弟小学的工地上。他帮着工人搬了几次砖、和了一会儿沙子灰，出了一身汗，感到浑身筋骨都松开了，特别痛快，便坐在一个砖摞上美美地抽了一支烟，打开秘书送来的反腐指挥部的一张表，细细地看了起来。这次纪委常委的督战行动效果显著，加上付立柱的六百多万元，全市快到了一个亿了。这些钱除了能把农民工子弟小学建起来，还能把东风机械厂的老宿舍改造启动起来。刘鸣弦对着落日的余晖笑了，表情和晚霞一样灿烂，但他随即又皱起了眉头。秦山雨那边还是没什么突破，也不说钱到哪里去了。光这个还不要紧，可恶的是这个家伙又说出了自己的作风问题，揭开了和几个女干部通奸的事，为这个，金剑北和西岭雪吵得差点翻了脸。

二十六　同样是犯错误，为什么有的人容易被谅解

秦山雨不说钱的去处，案子的证据就落实不了。康、尹两位处长就又用上了熬鹰的老办法。他们又从市纪委调了四个人，六个人三班倒，每班八个小时，尽量让秦山雨不睡觉或者少睡觉。秦山雨让他们搞得筋疲力尽，稍有空闲就打盹。其中一个小伙子年少气盛，在秦山雨刚合上眼的时候猛拍桌子说："你别看我年轻，我在纪委也工作了七八年了。你说，哪个干部被提拔你不从人家身上占便宜？你不仅有经济问题，还有别的事。你说吧，说出一个来我让你睡一个小时。"于是，秦山雨说起了自己做秘书时接触的几个人。

一个偶然的机会，他认识了一个私企老板的赵姓女秘书，对方说自己还是大学生，又来自外地，请他多关照。他帮着她对接过天津的关系，过京时赶上堵车，他到天津都快傍晚了，她硬是没让他吃晚饭先把他拉上了谈判桌。有严重胃病的他呼呼直冒冷汗。他还带她对接过发改委，双方一对接上，好处费一次没提、一分没有。她仗着自己很骚，一次，跟他陪北京来的文化口的朋友在"一品轩"羊肉火锅店吃完饭，黏黏糊糊跟到他书房，差点儿哄他上了床。事后听说那个女人是小姐出身，做过歌厅的舞女、当过洗浴中心的三陪，是和无数老板睡过觉的破烂货，还得过性病，不孕不育，专找男人借种当爹，他被吓出一身冷汗。

他还在社交网站认识了一个忽忽悠悠做总裁班招生的在京北漂吕姓女人。那个女人欲望很深，总是纠缠着他不停地套现要资源，他有次带着她去见另一私企老板，结果她两杯酒下去就跟那个私企老板对上眼了，先是向人家要了一部手机，当晚便留下唱歌、开房。之后便要顶替那个私企的女副总，拽着那个老板非让人家上总裁班，说自己要拿学校的招生提成。事后，听说这个女人是别人的小三，逼人离婚未遂，一怒之下跑到总裁班学习找备胎去了，结果备胎没找成，她又不甘心，转而做总裁班招生代理，四处寻找机会。

他还认识一个老找借口往他书房跑、没完没了讲她的辛酸情史实则让人笑掉大牙的祥林嫂张姓记者小娘们儿。这娘们儿整天纠缠得他头疼。别人一天只有

24小时,她仿佛一天有48小时,跟开了挂似的,整天找他,哪怕是情人节也不放过他,也不管他方不方便,整天自来熟贴上门给他讲故事,还强迫着帮他开通新浪微博、开通游戏。她也曾打着他的名义跟企业要钱,真真假假地倒腾过不成气候的微电影啥的,缠着让他写剧本她拍摄。钱没少骗,但从没给他分过,还二百五地四处问人,他给拉的业务怎么给他提成。

见纪委的人面带愠色,秦山雨以为吐槽得不够细、数量不够多,赶紧又说了他执掌大权之后的事。说认识一个QQ、微信名字叫"宝宝"实际外号叫"扫一扫"的不成气候的大学里的不成气候的大学生,这人见人就扫微信,尤以攀富权贵为荣。在校期间就跑出去跟私营小老板床上床下当助理,硬拉着在职的他和一堆退下来的和政府有关系的老头子给她服务的那个老板和公司做顾问。有一天他发现在她做非法集资涉嫌诈骗的那个微信顾问群里有好几个他服务过的老头子,有一个对话框里还弹出一句"我家宝贝",吓得他差点阳痿了,赶紧抢过手机把自己删除了。"扫一扫"不但爱扫微信,还爱以扫完的微信头像吹牛往自己脸上贴金,有一次在他面前吹走了嘴,指着微信上中科院的一个同姓的领导非说是自己的亲舅舅,因为熟悉她的根底,被他一巴掌拍了回去。

纪委小伙子见他脸上隐隐有得意之色,再加上没有获得有价值的新闻,便讥讽道:"没听过那句话吗,男人不要觉得有很多备胎光荣,因为只有破车需要备胎;女人也不要觉得有很多追求者多骄傲,因为只有廉价货才被哄抢。你一个做党领导工作、有一定位置的,被一帮跟小姐没区别的人牵着鼻子走,污辱了自己的党性人性,你不知耻也就罢了,还有什么好骄傲的?这帮人跟小姐有什么区别?你跟这帮人关系密切跟嫖娼有什么区别?一个嫖客嫖了多少小姐有什么值得卖弄的?"末了又说,这些都是陈年烂谷子的事,不算,还是不让他睡觉,让他交代些有价值的,秦山雨就又说出了现任湖滨区委常委、宣传部长的史静,说提拔她时不仅收了一万元,还跟她上过床。

情况汇报到上边,在反腐指挥部里,当着柳枫、刘鸣弦、金剑北的面,西岭雪立即站起来拍了桌子,恨恨地说:"这种烂女人,靠出卖色相升官,竟然还当上了区委常委,还主管宣传,这是党的耻辱!对这种不走正道的东西,我建议马上撤职!"

"不行,我反对!"金剑北铁青着脸,一下子蹦了起来,几乎是吼叫着说,"这是贪官逼良为娼。我了解史静,那是个老实闺女。"

"老实还干这事啊?不当官就会死啊?"西岭雪气哼哼地顶了回去。

"当然不会死。但是，她不当官工资就涨不上去，她父母买药的钱就会有缺口；她不当官，她的家庭就会永远处在社会底层，被人瞧不起；她不当官，一大堆穷亲戚的事就一个也办不了，甚至连个临时工都安排不了；她不当官，就对不起在大学里学到的知识，就没有展示才华的舞台；她不当官就会看着那些不如她的人在台上耀武扬威，心里就会憋屈一辈子。"金剑北说这些话的时候，暴怒得像一头非洲草原上的雄狮见到了吃它幼崽的对手，头上的金发根根竖了起来。他虎目圆睁，还含着泪，最后嘲讽地说："西岭雪书记，我知道你是高干子女，你不了解基层一个没权没势、没有家庭背景的弱女子要想得到提升有多么艰难。大观园里让丫鬟给捧着手炉的林黛玉，哪里会知道北京街头捡煤核的老婆子的心酸！"

"你……你……你！"心高气傲的西岭雪，掌握着多少干部生杀大权的堂堂的市委常委、纪委书记，第一次被一个下属当众如此硬邦邦的顶撞，气得几乎晕了过去，"苍蝇不叮无缝的蛋！再怎么有实际困难，也不能借口卖淫！"

刘鸣弦发了脾气，大声说："你们这像什么样子，还像一个党的领导干部吗？都给我坐下！有分歧好好讨论！"

柳枫知道金剑北是讲义气的人，但义气归义气，金剑北不是没原则的人。他一定和这个叫史静的女部长有什么特殊关系，或者是知道更多的情况。柳枫便中性地说道："岭雪书记的提议不是没有道理，老金说的这些社会现实也有一定的理由。人，总是要面对社会现实的，我们毕竟还处在社会主义初级阶段。况且，官本位的思想在中国流传了几千年，一人做官、鸡犬升天的意识在老百姓心中很浓，谁也不能幸免。更何况我们选拔干部的制度存在不少缺陷，是少数人在少数人中选拔干部，不像现在实行民主推荐、全委会表决，再加上有个别人爬到了很关键的领导岗位上，在一定程度上掌握了升迁的大权，送礼跑官成了时尚，走邪门歪道成了正常，这就使一些正常、正派的人怀疑自己正经工作是不是正确，所以就要想一些特殊办法，这里面确实有被逼迫的成分。"

柳枫毕竟是省委的副秘书长、来河海的巡视组长，地位、水平都在那儿摆着，这番话起到了很大的缓冲作用。西岭雪的气逐渐消了下去，金剑北的脸色也平缓下来。刘鸣弦瞬间抓住时机，对金剑北说："老金，说说你的理由，别着急。"他随手倒了一杯水给金剑北。

金剑北阴着脸看了西岭雪一眼，又对柳枫投去感激的一瞥，沉痛地对刘鸣弦说："这个女部长，也就是小静，是我在东风机械厂锻工车间的师傅、参加过对越自卫防击战的史大个子的女儿。这件事已经传出去了，她自己也知道了，昨天找我哭了一个晚上，可怜啊！"接着，他用悲愤的声调讲述了一切。

史大个子这个闺女来之不易。他在部队当兵，娶了一个家乡的媳妇，由于聚少散多，媳妇结婚3年媳妇也没怀上孩子。那年，史大个子又回家了，待了没三天就被部队一封电报催了回去，说是有紧急战备任务。他到了部队给家里来了一封电报，说是部队要到南方边境执勤。开始，他媳妇并没在意，后来听他在北京一个新闻单位当记者的娘家兄弟说他的部队要和越南打仗，她不干了。他媳妇挎上一个小包袱，就从河海上了火车，一路南下来到了云南边境，在一个老乡的指点下，哪儿部队多往哪儿跑。她知道史大个子是炮兵，到处打听拉着大炮的车往哪里开了。也许是天意，翻了好几个山头，竟然在一个傍晚找到了丈夫部队的驻地。当时战事紧张，哪容家属探亲啊？史大个子是连长，赶紧好言安慰了她几句便派两个战士送她下山，她死活不干，在营房和他吵了起来。正赶上团长来检查，她一下子堵住了首长，先自报家门，随后说："首长，我们结婚3年了，还没有孩子。他家是单传，自古以来，这打仗就没有不死人的，他是军人，捐躯报国我没意见，但是没有后代我不干，这也是我没尽到责任。我听说了，你们的部队还有一个星期就要开拔到前线去了，我的身体情况我知道，我只在这里待3天，给我们一次机会。"她说这话的时候，全没了一点儿妇女的羞涩，倒是有一种视死如归的神情。团长也是性情中人，听完，哈哈大笑，豪爽地把手一挥说："好！史连长听令：从今晚开始，让指导员搬出来，你们夫妻单独一间房。早操你不用出了，3天之内，给我弄出一个小解放军来。完不成任务，提头来见。"说完，跳上敞篷军用吉普车，风驰电掣地开走了。

九个月后，媳妇生下了一个丫头，史大个子给她取名叫史境，意思是她是在边境所得。后来丫头大了，也听到了人们跟父亲开玩笑的话，上学后就自己把名字改成了史静。她跟着妈妈在农村长到6岁，金剑北到了市委办以后，想办法给她们娘儿俩办成了农转非，把户口转到了城里，并在厂里仓库的一角接了两间房，算是安了家。庆贺乔迁新居的那天晚上，小姑娘梳着两个小羊角辫，亮晶晶的大眼睛里全是天真烂漫的笑意。她像个小天使一样跑来跑去，帮着妈妈端菜上饭，还唱着当年毛主席提出了要"勤俭节约"的号召后地方编的一个小评剧《妈妈娘你好糊涂》里的一段："人家过年省吃又俭用，咱家过年杀了一口猪，妈妈娘你好糊涂啊。"吃饭的时候她却躲到了一边，吴阿杜夹了一个鸡腿逗她来吃，她说：

"奶奶说了，大人们吃饭小孩子是不能上桌的。"自己跑到外面去玩门口的自来水管，不断重复地打开、关上。金剑北看着不忍，用馒头夹了一根香肠放到她手里，问她总开水管干什么。她说："有了这个管管，妈妈就不用到村西的大管井里挑水了。叔叔，你知道吗，那井台可滑了，老深老深的，我每次都跟着妈妈，怕她掉下去我就再也没有妈妈了。爸爸离得又远，喊都听不见。"说完，蹦蹦跳跳地拿着肉夹馍跑到工人操场一边的空地上去了。一会儿的工夫，她拔来了一小撮蓁蓁野菜，对大家说："你们这里的野菜好多啊，都没人拔，要在俺们村里，小朋友们早就抢了，这个可好吃了。"说着，拧开水管把野菜洗净，切了几下，拌上油盐，大家放下油腻的鱼肉，夹起来在嘴里一嚼，脆生生，满口清爽，都齐声夸她。只有在农村经历过苦难的金剑北眼里噙满了泪水，吴阿杜和他对视了一眼，仰脖干了一口酒，突然站起来放开嗓子唱了一段革命现代京剧《红灯记》选段："提篮小卖拾煤渣，担水劈柴也靠她，里里外外一把手，穷人的孩子早当家。"

  小史静上学后特别聪明，小学、初中都是班里的第一名，史大个子在厂里当车间主任，很忙；妈妈文萃在街道纸盒厂上班，下班很晚。史静放学回来，生炉子做饭，饭熟了之后就在锅里温着，自己坐在小板凳上写作业等着爸爸妈妈回来。后来史静上了河海一中，3年后考上了南方一所著名大学的新闻系。那时，职工下岗潮已经开始，机械厂的工资发放时间越来越长，文萃所在的纸盒厂也停产了，文萃还得了高血压和风湿性心脏病。在史静拿到入学通知书的那个晚上，性格刚强的史大个子一个人在厂区一棵大杨树底下坐了半夜，被下了夜班不睡觉喜欢在厂区转悠的吴阿杜发现了。他知道这个军人出身的车间主任的性格，没敢惊动他，只是默默地在暗处看着。

  第二天，史大个子拿了一个布包，骑着那辆除了铃铛不响到处都响的破自行车先到了医院，挽起袖子，抽了一管子血卖掉，而后奔了集市，摊开布包，里面是三枚金光闪闪的军功章，开始摆摊售卖。吴阿杜忍不住了，给金剑北打了一个电话。金剑北正在办公室看老书记给他的一份材料，放下电话跑下楼，从一个司机手里抢过钥匙，开了一辆吉普车直奔那个设在一个便道前的杂货市场，铁青着脸大步上前拿起史大个子的东西，开车就走。史大个子连喊带叫地追赶他，惊动了街上的巡逻警察，但他们一看那辆吉普车的牌号，都没敢再追。晚上，在一个小酒馆里，几个老工友喝了一场闷酒，金剑北把军功章还给了史大个子，沉痛地说："师傅，这是你用鲜血和生命换来的，是国家给军人的荣誉。一个国家不能让为他流过鲜血的功臣的后代上大学,是最大的耻辱,天理不公。"回去后,他向老书记徐波讲述了这件事。徐波沉默了半天,拿起电话叫来了教育局局长和财政局局长,专门为这批考上大学却拿不出学费的孩子拨了专款。

南方空气湿润,山川灵秀,在黄浦江畔那座城市里读完了4年大学的史静出落得亭亭玉立。她继承了史大个子的身材,一米六七的个子在这个以南方人居多的学校里显得鹤立鸡群;她还传承了母亲圆月般的脸盘,既有北方姑娘的端庄大方,又有南国女子的娇羞与柔美,清水潭似的眼睛里积淀着知识的灵气。在一次联欢会上,她和艺术系一个来自金陵的小提琴手一见钟情,毕业时对方还给她联系好了南京的一家全国知名的报社。

当时她家里面父亲已经下岗,母亲风湿性心脏病已经不能下床。看到父亲佝偻着身子在床前为母亲喂饭、端尿、擦身子的样子,她感到了一个女儿的责任。母亲看着她说:"妮儿,你还是回来吧,你有文凭,大小熬个官,也让咱家里长长精神。你看咱村里东邻家的孩子是河海师专毕业的,几年就当了乡长了,把家里的几个孩子都安排到城里上班了。你二姨对咱不错,如今她那几个小子都在家里种地呢,连个媳妇也娶不起。你回来了,当个小官,也帮他们一把。人啊,不能没良心,那年你爸爸在南方打仗,家里的墙头还是你姨夫给垒的呢。"史静听了母亲的话,在自己的小屋里整整思索了一个晚上,毅然地给小提琴手发了一条信息,换了手机号,埋葬了那段爱情。当时正赶上市委宣传部招考新闻干事,她以笔试、面试第一名的成绩进入了新闻科。跑农村、下企业参加各种会议,白天思考、晚上写作,她很快崭露头角,撰写的新闻稿在省报、国家报纸重要位置上屡屡拔筹。尤其是在开展科学发展观教育的时候,她在宣传联席会议上建议,科学发展观教育不要忘了在异地打工的人群。当时的书记特别重视,很快组织了宣讲团分赴河海外出打工密集的几个城市,和当地部门结合,给农民工认真讲解科学发展观的意义和方法。书记还亲自带队到天津建筑工地给农民工讲课,给那些背井离乡的人带去了关怀和温暖。

史静懂得策划新闻与发现总结新闻的规律,紧紧跟进,联系了新华社、央视等记者一块儿参加,不仅在各大报、大台发了头条,还引起了中央有关部门的注意,特意来这里调研、总结经验,那个书记还因此到北京参加了一个规格很高的座谈会,为他的仕途铺上了一块平实的垫脚石。那人还算有良心,临调走时为史静说了一句公道话,他说:"咱们河海一中在全国很出名,每年送往国家重点大学的好几百人,但是回来的不多。像史静这样著名大学毕业的回来不简单,工作更是出色,应该爱惜和重用人才。"官场就是这样,工作干得千好万好,不如大领导说你一句好;日日夜夜千辛万苦,不如领导给你修一条上升的路。就这样,她,一个毕业不到3年的大学生,被提拔成了新闻科的科长,离通往党内规定的领导干部,也就是县处级只差一步了。事后有的同事说她:"你真会给领导找角度啊!"她瞪着一双明亮的大眼睛说:"我可没想那么多啊,只是觉得外出的农民工精神上太可怜了。"也许是无心插柳柳成荫吧,对同事的挤兑,她都一笑了之。

可就这一步之差,以后的日子却对她遥远起来。来了"大森林"书记,来了秦山雨,河海的干部制度开始黑暗起来。送钱,家里没条件,她每月的工资大部分都给妈妈买了药,余下的仅能过节俭日子,而现实却是,工资的多少与职务挂钩。她虽然还像过去那样认真地工作,连续三年被省里评为十佳新闻工作者,但那仅仅是一张奖状而已,与职务提升好像没有半点关系。几年过去了,看到比自己资历浅、能力差的都升了副县,她心中特别苦恼。想自己当年即便是不去那个大报社,就是留校也早成了副教授了,工资比现在的副县级干部也不少。前年,省委组织部下达了一个文件,要求每个县配置一名女常委,条件是大学毕业、年龄35岁以下、正科3年以上,她怎么看怎么觉得自己合乎条件,便去找了部长。部长是省社科院下来的一个文人,也是她那所大学毕业的,算是她的学兄。听了她的理由后,学兄关上门对她说:"你的工作表现尽人皆知,也早该提拔了,我年年都往市委报,组织部的态度总是模棱两可。小学妹你是知道的,我是省里一个最没权威的部门下来的,在河海也没什么根基,咱部里又没职数,这次倒是好机会,可惜我说了不算啊。副县级的职务掌控权在秦山雨书记那里,你去找找他吧。说实在的,也就是他一句话的事。"

都在一个大楼里上班,虽然级别差得很远,对秦山雨这个人史静还是知道一点儿的,尤其是他表面上装得很正人君子,实际上贪财爱色的传闻很多。她从部长屋里出来,独自在办公室里发了一上午呆,想着奶奶从小对她说的"不蒸馒头争口气"和妈妈在她出门时常常念叨的"人在屋檐下,怎能不低头"的话,咬了咬牙,到银行取出自己多年积存下的一万元私房钱,进了秦山雨的办公室。秦山雨还是老样子,摘眼镜,擦眼镜,只是从眼镜后面射出了一股邪光。对于这个女干部,其实他早就注意上了,那是在一次市委机关春节团拜会上,"大森林"书记让每个部门出一个节目,宣传部定的是史静。她拿着一把小提琴一出场,那长腿、长发、削肩、细腰以及那种文静秀气的气质就把他迷住了。特别是她的一曲《梁祝》拉得如泣如诉，让人听得如醉如痴，更让秦山雨入迷入神。他迷的是史静的身段，神往的是如果和这个佳人共度良宵该是多么过瘾。但他毕竟是老狐狸，知道好饭不怕晚的道理，更知道这盘菜早晚会让他尝一口，所以，对宣传部报上来这个到县里任职的女干部名单就是不表态，只是在史静的名字旁边画了一个三角。大家都知道，画叉是否定，画对号是肯定，画三角是待研究。

女人对男人的目光是敏感的，史静早就感觉到了秦山雨在她身上游来游去的邪恶的目光，但还是忍着恶心大大方方地说出了自己的要求，而后把那个装有一万元的档案袋递了过去，说："这是我这几年工作的汇报和一些我得奖的证书以及在大报上发表的文章，请秦书记指教。"

秦山雨摸了摸袋子，随手将其放到了抽屉里，站起来走到她身边，拍着她的肩膀说："好啊，你是咱们市里的女秀才嘛，要求进步是好事啊。其实，早就该重用，这次是个机会啊，不过还要看你的表现啊。这样吧，今天下午我还有个会议，明天是周日，我要看一个文件，你过来咱们好好研究一下，找个角度宣传一下。"当他的手想进一步往下走的时候，史静机灵地躲开了，噙着眼泪出了门，心里憋了一肚子气。

这天下午一直到下班，她内心都特别苦闷，就没回家，找了一个开饭店的女经理去泡酒吧，想着这个女强人在阅历上强于她会为她指点迷津，在个人关系上作为长辈会为她负责任把关。两个人听了一会儿歌，喝了几杯酒，史静心里的块垒渐渐消失，便向女经理说了这件事，以及下午在秦山雨办公室的表现。不过出于女孩子的羞涩，假借了自己闺蜜之名。女经理以风尘女子见多识广的口气说："这事啊，有门，但光凭钱成不了。"

史静的眼泪又出来了，趴在桌子上，把头埋在长发里说："我知道，他要的不光是钱。我闺蜜也不傻，他要的是那个，可她过不了这道坎啊。"

女经理看穿不说穿，放肆地大笑起来，指着她说："我说静静同学啊，都什么年代了，你们还这么传统封建，现在这个社会上什么最大？按排行说，老大是权，老二是钱，像咱们这样的女人要想得到这两样，靠什么？我们一没有当官的爹，二没有有钱的娘，就得靠咱们自己。姐姐我想通了，才有了今时今日的地位。你闺蜜搞过对象吧，我想那种事早就有过了吧？也不差这一回，闭闭眼一会儿的工夫也就过去了，换来的是咱一辈子的荣华富贵。妹妹，别傻了，女人开花就是那么一会儿的事，过几年就不值钱了，脏男人都他妈那个德行。再说了，"她一脸神秘地凑过来，"再说，不光男人，女人也有需要啊。妹子，时间长了你不想吗？反正姐姐受不了。你也别笑话姐，姐做这一行的，看的、经历得多了，人到了这个年纪更无所谓了。你姐夫一个人满足不了我，他在不在也管不住我在外面找男人。女人还怕这个吗？没听人说嘛，只有累死的牛，没有耕坏的地。"

史静被这个女经理的大胆直白羞红了脸，虽然不耻其言，但涉及个人前途命运拿捏，一时也顾不得对其进行道德评判了，红着眼圈懦弱地问道："他要是缠着我闺蜜咋办呢？"

女经理哈哈笑着说："妹妹，你又脑袋里进水了，找他提拔的女干部都排着队呢。秦山雨那个龌龊样，也是狗熊瓣棒子的货，啃一口扔一个的王八蛋，以后躲着他点儿不就行了？就当被狗咬了一口算了。咱都是农村出来的，谁小的时候没被小猫小狗咬过啊，根本连个牙印都留不下。你不说，我不说，谁知道啊？"

第二天，她如约去了秦山雨的办公室，以后就被提拔成了湖滨区的常委、宣传部长。

金剑北声音沉重地讲述着，听完之后，三人心情各异。西岭雪有些惊愕，像是第一次知道了在基层为官的女性干部提拔之难，在这个男性话语权占主导的社会里，一个女性，即使是受过良好大学教育的女性，尽管非常优秀，可要想有所作为，也要无端地遭受那些掌握着她们命运的男性浑蛋官员的欺凌。她不禁有些愤愤不平起来。对这个史静，她觉得既可怜又可恨，最后在心灵的天平上衡量了半天，感到还是可怜的成分多了一些，于是向金剑北投去了歉意的一瞥。

柳枫思考的则是出现这种现象到底是谁之过，干部制度为什么还会出现这样的问题，党章、党内法规、组织工作条例都写得明明白白，通俗讲是歪嘴和尚把中央的好经文念到了邪路上去了，实际上是许多领导干部把自己管辖的范围当成了谋取私利、满足各种龌龊欲望的领地，就像云南的土司，藏族、蒙古族的王爷一样，手下的男奴、女奴任其驱使。像秦山雨这样的败类多了，真是要亡党亡国的。史静是个悲剧，但这只是冰山一角，那个女经理的语言虽然污秽不堪，但也反映了部分群众对党的干部、党的形象的看法，听了之后让人不寒而栗。

对于史静的选择，柳枫开始是有些不屑的。本来是名牌新闻专业毕业，本来可以到大报当一名好记者，何必非要回到河海这种落后的地方来呢？可她是为了孝，而孝是中国传统文化中最有根基的东西，是动摇不得的。可是为了孝，她又做了那样的事，为世俗所不容。这里面不能说没有被逼的成分，而在被逼迫的过程中还有大多数人对权力、金钱的崇拜。为什么要崇拜呢？这就是社会问题了。既有这几年国民教育的失败，还有政治经济管理体制的原因，总之，不能算在一个人身上。另外，像秦山雨这种高学历的干部真是把书都读到狗肚子里去了。他片面地接受了尼采的晚期"快感"理论，不再把观赏艺术、体育、绘画当作真正的快感，而把感官的快感作为主流，而这种快感是以权力做基础的，是对弱者的压榨和奴役，突破了道德底线，毁坏了社会的伦理。

刘鸣弦考虑的则是这件事如何处理、如何收场。

三人都静默着，空气似乎静止了，像一块拉紧的幕布，无风，纹丝不动，让人感到窒息。其实，谁都可以动一下，但谁都不动，最后还是金剑北撕裂了它。他说："小静当了这个宣传部长后还是做了不少工作的。据我所知，干得还是很优秀的。她从北京引进了一大批艺术家，在金角湖建起了艺术家之村，让表现金角湖美丽和风俗的绘画、歌曲、戏剧、电视纪录片登上了北京的大雅之堂，上了央视、《人民日报》和其他大的媒体，对提高河海的知名度、美誉度起到了不可估量的作用。我觉得，她当这个宣传部长是合格的、是称职的。当然她也为家里谋取了一部分利益，往湖区安排了几个临时工、合同工，甚至还替她老家的乡亲承包了几个挖土的工程，她本人也改变了许多，已经不像当初那个女大学生，也不像当年在市委的那个女干部了，说话嗓门粗了，酒也喝起来了，黄段子也会讲了，但这些能怨她吗？柳秘书长和刘书记都在基层干过，一个县里的常委班子里就那么一个女性，开会前后、茶余饭后拿着女同志打趣是不端正的男人的毛病，尤其是漂亮一点的女人更是他们开玩笑的对象。再说，在县一级要和乡镇以及村里的干部打交道，那些人的水平和习惯大家都是知道的；嘴里脏话长流，开口说粗话更是家常便饭。坏境也改变人啊。其实，她自己也很后悔。她哭着对我说，有一次她大学的一个老教授来咱们这里搞社会调查，看到她大碗喝酒、满嘴粗鲁话的样子，气得身子发抖，当时就拍了桌子，仗着酒劲对滨湖的区委书记说：'你还我那个文静的女弟子！你们官场真是个大染缸啊！'"

"对！"西岭雪想起了秦山雨对自己的挑逗和政府的一个副市长总想和自己开低级玩笑的事，"你们这些男人就是不知道尊重女性，不懂得女性的伟大与美丽。"她这么一说，气氛算是缓和下来了。

柳枫立即抓住了时机，淡淡地说道："哦，上次我和省委书记林宽同志到北京开会，中间休息时闲谈，有一位中央首长还对林书记说过，在国家美术馆看到了宣传金角湖的一组画展，称赞说搞得不错。"

这句话说得很巧妙，也很有分量，不但肯定了史静的工作，还抬出了省委书记和中央首长，而且是大领导的闲谈，你还没法去考证。

聪明的刘鸣弦知道好多事是越讨论越糊涂的，根本就扯不清楚。邓小平的改革开放初期"不争论"是高明的政治决策，郑板桥的"难得糊涂"也是为官的真谛。他表态了："史静同志的事暂时不作处理，以后再提拔时要慎重。"

金剑北明白了此话的潜台词，就是"给平台，不给机会"。不过就算是这样，他也很感激了，但紧接着这位刘书记下面提出的事又让他做了难。

二十七　亲情、利益孰轻孰重

金剑北开着他的小飞度慢慢行驶在去往城西旧城塔下无忧寺的路上。他愁眉紧锁，唉声叹气，琢磨着见了智障禅师要说什么、怎么说、说到什么程度。

那天在反腐指挥部里，在柳枫不动声色的巧妙斡旋下，精明的市委书记刘鸣弦放过了他的老工友、老师傅史大个子的女儿史静，但随即又说："哎，外人看来当个市委书记管着几百万人，威风八面，其实是天天作难啊！这不，农民工子弟小学选址和底下管网不配套，还得增加两公里的大口径排水管道，还得需要1000多万元。秦山雨贪污了那么多钱，就是不说在哪里放着。银行你们查了，也就几十万的样子；他的家你们也抄了，还不到50万。一定要把他的赃钱弄出来，我觉得突破口在他的情妇那里。我提议，双规马可丽。她也就是个科级干部吧，由老金你们去办吧，想想怎么找个突破口。另外，我想请柳秘书长抽空对秦山雨做一次工作，你们毕竟都是大知识分子，好沟通。"

作为市委书记，说是提议，但对西岭雪和金剑北来说，实际上就是一锤定音的命令。说是请，对柳枫实际上是说。秦山雨是省管干部，你柳枫是省委的秘书长，来河海的巡视督察组长，也该尽一份责任、出一次征。

前面有了史静的事做铺垫，二人自然要服从。这就是官场的心照不宣，是潜规则，也是明规律，要想在这个场面上混下去，就要遵守。

当时，金剑北心里就骂开了街，这个王八蛋秦山雨，害了多少人啊？史静不说，就连老工友李俊前天都找到他说，自己的一个表哥在乡里当书记，给秦山雨送了3万块钱，有一部分还是贷的款，想提个副县长，升上去以后再捞回来。现在秦山雨让纪委双规了，表哥赔大发了，让他想法给要回来。金剑北上去就给了他一拳，笑骂着说："你小子做梦去吧！你表哥也是个浑蛋，这叫周瑜打黄盖，打的愿打，挨的愿挨！想把钱要回来，门都没有！"李俊临走嘟囔着说："我不管，反正你金老大得想办法！"

比起李俊的事来，眼前的事最棘手，就是双规马可丽的事。如何完成老书记的临终嘱托，如何向马可丽的亲叔叔马雨未，也就是智障禅师交代。要不要跟老书记的老表哥、据说已经中风瘫痪在床的前市委副秘书长马雨辰见上一面？原来他的打算是对秦山雨怎么整都行，尽量不动马家的人，好赖让老书记的表哥保住一个全家欢、保住一个颜面。这件事他是在老书记闭上眼睛之前发过誓的，徐波虽然没说什么，但那眼神里是欣赏的。他也跟智障禅师表达过这个意思，超然物外的和尚也没说话，只是双手合十向天拜了一拜，念了一声"阿弥陀佛"。

　　谁知中间又出了史静这档子事，使形势急转直下，而且自己还无法阻挡，也不能阻挡。"事情不能瞒，越瞒越操蛋。"这是他从他的家族长、饱经风霜的二大爷那里从小听来的话。今天来无忧寺，索性就和老和尚说个明白，说不定这个昔日首都著名高校毕业的老牌才子后来心灵经历了几次炼狱蜕变而成佛学博士的高人真能想出什么高招来。

　　禅味十足的方丈室里，窗外的两棵千年大树在阳光的作用下在墙上留下了青松留客的简洁水墨画；檀香冒出缕缕轻烟，给人一种进入无喜无怒、无简无繁状态的感觉。

　　智障禅师手捻佛珠，看着进来的金剑北完全没有了平时放荡不羁、凡事举重若轻，浑然天地间按剑而立、看到不平事拔剑而起的气势，取而代之的是愁云惨惨、精神萎缩。他高宣了一声佛号"阿弥陀佛"，算是打了招呼，随后献上一杯清茶，随手拿起了一架古筝，刚弹出了《平沙落雁》的几个音符，就被金剑北一把夺过，说："大和尚，施主我知道音乐能陶冶情操，可那是闲坐无事的时候；多么美妙的曲子也治不了磨扇压着手的疼痛。"他端起那碗茶一饮而尽，把情况和盘托出。

　　谁知智障禅师听了以后完全没有像他想象的那样蹦起来，还是一副老僧入定的模样，快速地转动着佛珠说："天地万物都在我佛的掌控之间，包括万物之灵的人也一样。生在天地间，自有福分和劫数，前世善缘今世果，今生作恶现世报。不是我佛不慈悲，而是有人不信佛、作恶多，坠入尘世欲念不能自拔，随他去吧！我想就算是你的老书记、我的老表哥在天之灵看见，也不会怪罪你的，你这是在替天行道。别着急，别上火，你现在是有心魔，破山中贼易，破心中贼难啊！施主还是恭听古曲一首吧，把心中的魔障驱逐在外。你那颗无形的心跳动得偏离了位置，也是有一点儿私念在作怪，难道你忘了老书记、我的老表哥给你看的那块胡乱撒种的地了吗？好苗子没长到了好地里，毒草占了肥缺，这样下去大地岂不乱套，哪里还有老百姓的好粮食吃？你忘了我画的历史进展图了吗？现在的中国正有一只大手在指挥着你们这帮人把那些乱蹦跶、不干正事净干坏事的家伙们挪到他们应该去的地方,有的还需要砸碎他们的脑壳嘛。我佛慈悲,让诸神归位、妖孽伏法,还众生一个河清海晏的清平世界,阿弥陀佛!"说着,又拿过古筝,弹起了《春江花月夜》,嘴里还欣喜地说着:"现在虽然是秋天,可难道你们没感到今年秋天地里的杂草少了,优质品种的果实多了?施主难道没有感到神州大地万紫千红的日子即将到来了吗?"

性急的金剑北哪容他弹什么琴,又是一把夺过,把想去看看望马雨辰的事说了出来。老和尚沉思片刻,停止了捻佛珠的动作说:"人生一世,草木一秋,都不过是天地间的一过客。看海天茫茫、山石永在,当初那点儿恩怨算得了什么?想我那老哥也九旬了,据闻是卧病在床。同根生也是一种缘分,看看去又何妨?人之将归,其鸣也哀,其言也善,施主在可能的情况下行个方便即可。"金剑北深深地点头,为了眼前这个和尚的要求,更是为了老书记的嘱托。

马家别墅区自从秦山雨被双规后便失去了往日的威风与繁华。门前冷落车马稀了,枯枝败叶落满了小径,荒草在路边疯长,花坛里的残荷弯腰倒伏,一派破败景象。往日欢声笑语的大院里寂静无声,给人一种无可奈何的寂寞感。

大女儿马可丽不知在外面跑什么,总是一早出去,半夜回家,有时还会夜不归宿。大儿子马可夫据他说从中科院引来的项目正在中试的关键期,日夜住在厂子里。二女儿马可华,也就是秦山雨的妻子,自从带着纪委的人从乡下干娘家的猪圈里起出了秦山雨给的几十万赃款后,似乎轻松了很多,每天照常上下班,闲时就在小菜园里捣鼓那几畦蔬菜,不是用西红柿嫁接马铃薯,就是把韭菜和小葱种在一起,分别施肥,看着它们生长的区别,对比着辣味的形成基因与元素,对秦山雨的事从来不闻不问。小女儿马可美不是和一帮黄头发、绿眉毛的男女到歌厅吼歌,就是对着一堆音响器材狂弹吉他。偌大的别墅里,只有马雨辰的妻子大彩和一个保姆守着半瘫的主人。毕竟是有血缘关系,智障和尚一进门,马雨辰就认出他了,昏花的老眼里两行浊泪流了出来。他努力地从床上坐了起来,枯瘦的双手紧紧抓住智障和尚的肩膀,含混不清地说:"兄弟啊,你是我的亲兄弟啊!五十多年了吧?咱们都没见啊,哥哥我对不起你啊。"说完,竟号啕大哭起来。他还有许多话要说,可惜的是面部神经的麻痹限制了他的表达,他摇着头嘴里呜呜呀呀的,像有一火车的话想往外倾诉,可车厢门打不开,就是说不清、道不出。

站在旁边的马雨辰的老婆王大花的女儿大彩也认出了这个和尚。她操着半个天津腔说："我知道了，你不是咱们家老二吗？这么多年，你跑到哪儿去了啊，怎么穿上和尚的衣服了啊？我告诉你说啊，你当年可是净身出户啊，这个家业可是你大哥费尽九牛二虎之力挣来的啊，你当年到北京上学的学费还是我们从牙缝里抠出来的呢，那时的15块钱现在是多少？那时的猪肉才5毛钱一斤，现在都30多块钱了。不算利息，你还欠我们家一大笔钱呢。你是出家人，我知道，和尚不娶媳妇，大概没有后人吧？我们可是一大家子呢。不管你认不认，我的一堆孩子可是你的亲侄子、亲侄女，家里又倒了大霉，我们也没指望着你能帮一把，你可别来抢他们的饭碗啊。"

智障和尚看着这个庸俗的女人，双手合十，高宣了一声佛号"阿弥陀佛"，随后用冷冷的语调说："我佛慈悲，大嫂多虑了。化外之人，天当被，地当床，哪会在乎这破砖烂瓦？今天我和这位金施主来，主要是和我大哥商量我马家如何善后之事，女施主可以请便了。"

在马雨辰奋力投过来的一个枕头的打击下，大彩的脸红一阵、白一阵，扭着白薯脚走出了卧房，临走还狠狠地瞪了大和尚一眼，那眼睛是带着毒刺的。马雨辰拉着金剑北的手，嘴里含糊不清地说："金主任，我认识你，你是徐波的秘书，是个好人。他来的时候，我已经退休了，我没去找他，也没去认他。一是我没脸，二是我怕孩子们打着他的旗号瞎胡闹。他没了，我也快了。其实，人这一辈子图个啥呢？两腿一蹬，两眼一闭，啥都没有了，唯独放不下的是儿女。我知道你是现在河海最有权的人，我拉下老脸求你一件事：女婿是外人，他怎么着，我管不了；大闺女是出了门的人，也不算家里人了，可管可不管；我的儿子马可夫是个干事的人，你要能帮就帮一把。还有个小女儿，就是可美，还没出嫁，也算是家里人吧，你要能管就管一下。"金剑北郑重地点头承诺。马雨辰说着，看了马雨未一眼，剧烈地咳嗽起来。老和尚的脸抽搐了一下，对着金剑北高宣了一声佛号说："人非圣贤，孰能无过？苦海无边，回头是岸。普度众生，善莫大焉！"说着话，用一只手拍着马雨辰的后背，另一只手揉着他的前胸，谁知他这个风烛残年的老哥哥咳嗽得越来越重，最后竟然出现了心衰的抽搐症状。金剑北见状，赶忙打了120的电话，叫出了王大花和马可美。

在救护车上，马可美晃着五颜六色的头发看着智障禅师说："你是谁啊？"金剑北告诉她说："这是你叔叔。"她奇怪地自言自语地说："真是搞笑，我啥时出来了一个和尚叔叔啊？"随即晃着脑袋轻声唱道："小和尚下山去化斋，老和尚有交代，山下的女人是老虎，见了一定要躲开。"一副没心没肺的样子，气得智障禅师差点运功把她打下车去。金剑北则觉得这个看似很潮的姑娘嗓音还是很不错的。

当晚，丁金辉和姬北华借用公安局的手机定位仪很容易就找到了马可丽所在的咖啡厅。他们带着两个女警察进去的时候，马可丽正聚精会神地听着一个操着纯正的北京口音、留着大背头的人胡侃，只听那人说："马大姐你放心，我是中央特别行动委员会的，一把手是咱们国家的一号人物。回去后我马上向首长汇报，让他签署一个手令，让秦书记官复原职，不，还要升一个格。你是知道的，首长对我们要求特严，一般是不管闲事的，这次要不是大报的记者、你的一个老同学介绍，我才不会来这个穷地方。你闻闻，这杯拿铁的味道一点儿也不正宗；我得找首长的秘书沟通，还得找首长的一个亲戚说情，起码得请人家吃顿饭、送点儿小礼物吧？北京吃饭你是知道的，上点儿档次的饭庄最少也得几万元吧，你不能让我垫付吧？"

马可丽正要说什么，两名女警察上前夹住了她的胳膊，姬北华笑眯眯地说："马大记者，请跟我们走一趟吧！"大背头一看这个，刺溜一下，钻出了咖啡厅的包间不见了。

马可丽依然拿着高傲的架子说："我是记者，正在采访，你们这么做是犯法的。"

丁金辉哈哈一笑，回应道："马大小姐，别装逼了，可惜你不是《人民日报》的记者，只是河海的记者，属于市委领导的新闻单位，跟我们走吧！"

他们在郊外一家水利局的招待所安顿好这位河海一姐记者后，立刻给金剑北打了电话。金剑北马上汇报给刘鸣弦和西岭雪，刘鸣弦特别告诉他，要用最快的速度让她说出那些钱藏在哪里，多运用民间智慧攻心。金剑北点头称是，随即派出三路人马，对她展开扒皮行动。

对于马可丽，金剑北调集了许多资料，走访了和她一起共过事的人，发现女人的虚荣、浮华、奢婪、假装高雅和社会的庸俗、自以为是的放浪都奇妙地在她身上组合在了一起，要想战胜这个各种基因制造出来的怪物、打碎她身上用各种复合材料搭配形成的盔甲，还得双管齐下。

精心算计好了以后，金剑北先派老工友齐曼出场了。

二十八　当对方不肯开口时，如何让其吐出有用信息

水利局招待所位于龙阳河上游一个支流的天马渠畔，靠近盘古山，是20世纪为招待来此搞设计的上级专家修建的，后来专家不来了，就成了水站工人的宿舍，不过还保留着几间客房，间或也让上级水利部门来的钓鱼客们居住。

齐曼进屋的时候，马可丽正在愁眉苦脸地看着外面的风景。几只麻雀正在一棵老槐树上蹦着，枯枝上站着一只猫头鹰。已经一天多了，除了一个女警从小窗口里送来两碗稀饭和一个窝头外，没一个人搭理她。对时刻离不了向别人炫耀、受别人或真或假的吹捧的她来说，这真像进了地狱般的难受。看到齐曼，马可丽赶紧语无伦次地说："齐曼，曼姐，你怎么来了啊？这个地方憋屈死了。你看你穿得还是那么朴素，这件上衣有好多年了吧？我那里有最新款的上衣，还是巴黎出的，卡腰、收腹、紧袖，穿上可好看了，回头我送给你一件。齐姐，他们抓我一定是误会了，我就是一个小记者，没权没势的，在企业当文化顾问是凭自己的才华啊。我知道你和金剑北关系不错，是老工友，你不会是来给他当说客的吧？他什么出身啊，农村土包子一个，满脑袋高粱花子，满身土得掉渣！咱们什么出身啊，干部子弟啊、在市委大院里长大的啊！看在咱们姐儿们都是干部子女的分上，你跟他们说说，把我放出去。你看天也凉了，我领你到海南去旅游一次吧，那里有我大学时最要好的同学，全程接待，可以好好享受绿树、椰林、海滩和温暖的阳光。"

金剑北在齐曼心里的地位很重，特别是自己在大鬼洼里种地遭受欺凌的时候，他挺身而出的义举不仅让她免于重新进入街头捡废品人员行列，还让她发了一笔财，这很让她感动。尽管在暗地里她也会用尖刻的语言损他几句，但别人说金剑北她就忍不了。看着眼前这个满嘴跑火车、靠出卖色相满足自己的虚荣，浑身轻浮到家的女人，齐曼的刀子嘴忍不住开口了。她鄙夷地说："你别套近乎了，你也敢称是市委大院里长大的、是河海的高干子女？你也配！真是不知道人间还有'羞耻'两个字啊。我爸爸在刚建市时就是市委办公室的主任，是真正的领导

层，你爸爸是干什么的？不过是一个伙房里买菜的罢了，连进市委大楼的资格都没有，只配在伙房里劈柴、拉风箱，还办了那件丑事，竟然跟一个农村卖菜女私通。还说金剑北土得掉渣，你爸爸才真是土得提不起来呢！为那件丑事，他被发配到了华黄县，在那里才有了你！你还说你是市委大院里出生的，骗鬼去吧！你忘了，那年我跟我爸爸到那片盐碱滩上检查工作，你还才三四岁吧？正在一个盐堆旁捡小虾米呢！还说你是从小在海滨长大的，拿着螃蟹当干粮吃，那里离海还好几十里呢。再说那里的海有沙滩吗？谁不知道那个海的边上全是淤泥啊！你还记得你们家搬回河海的样子吗？市委的家属院里都是整齐的平房，住的都是科长以上的干部，你爸爸那时才是司务长，顶多只是个股长级别，我爸爸看着你家可怜，才允许你家在锅炉房边上搭了两间棚屋，像个狗窝似的。大院的孩子谁跟你玩啊？跳皮筋都不要你，我们打羽毛球都不让你捡球。后来你到处跟人说你是大院里生大院里长，和我们这些干部子弟称姐道妹论哥儿们，其实，谁心里瞧得起你啊？不过是大家都大了，你又挂着个破记者的牌子，大家不好意思揭穿你罢了，你还真当了真了。一个人说谎说得连自己都相信了，这是多么可笑的悲剧啊！还有你的婚姻，女人结了婚就该老实本分地过日子，你嫌人家升不了官，就离婚了，当初早干什么去了？还有你和那个秦山雨的关系，他是你妹夫啊，你和他不清不白的，那不是乱伦吗？人在做，天在看。你走到今天这样的地步，完全是报应！你和他勾搭在一起，贪污受贿、狐假虎威地欺负老百姓，市委大院长大的孩子有你这样的吗？我也不是什么人派来的，只是看着你可怜，看在都是女人的分上，劝你几句：你比我小几岁，也五十出头了吧？你说你这一辈子到底混了个什么啊？女人活的就是个好名声，最后是要有个好老伴、有满地跑的儿孙、有个幸福圆满的家庭。你呢？瞎忽悠，恍恍惚惚地过了多半辈子，到老形单影只，连个说话的人都没有。到了这里了，还要替别人背着黑锅，你偵当的吗你？"

齐曼的话就像连珠炮，一发一发地连续炸开，震得马可丽耳朵嗡嗡直响；像重机关枪，连续打到她胸膛上，心脏被打得七零八落；像深秋野地里下的鞭杆子冷雨，抽得她脸上红一道、紫一道的；像一把锋利的解剖刀，把她那用狗屎马尿、烂麻丝破麻袋片、狐狸毛水貂尾以及绫罗绸缎混织在一起的盔甲一层一层地剥开，让她那虚伪的灵魂暴露在了光天化日之下，令她无地自容。她几次想张口，但在这个太知道她少年底细的人面前、在当年属于市委家属院里的"大姐大"地位的人面前，她一句话也说不出来了，只能低着头用长发盖住了脸。

齐曼穷追不舍,拿出了当年宣传"红宝书"时的风采说:"毛主席教导我们说,假的就是假的,伪装应该剥掉。"说完,她一甩短发,雄赳赳、气昂昂地走了,铁门咣的一声关上了。

马可丽一下子萎缩到了地上。

下午,两个女警察过来了,一言不发地架起她的胳膊,不管她怎么叫嚷,只管把她拉出屋,拉到楼下,扔进一间多年废弃不用的仓库里。蛛网密布、破水泵张着口,生锈的角钢、工字钢咧着嘴,几条沾满尘土的胶皮管子相互缠在一起,像一堆打得难解难分的蟒蛇,四边的墙角上有几群水边常见的大红蚂蚁在忙活着,顶棚上不断传来老鼠的尖叫和跳动的声音。铁门又咣的一声关上了。马可丽就着从小窗户里透过来昏黄的阳光看着眼前这一切,感到恐怖极了。她往外喊了几声,根本无人答应。她小心翼翼地躲着那些钢铁怪物和爬行动物,找到了一个用废铁板焊成的小板凳,掏出身上最后一张发着幽香的手帕纸,铺在上面,然后坐了上去。

"咣当",铁门被打开了,进来的是魏正义手下的四大金刚之一、又坏又嘎的"小精豆子"。

"你是谁,你来干什么?"马可丽惊恐地站了起来,问道。

"小精豆子"脸上嘻嘻地坏笑着说:"大爷我正在地里赶兔子,听说这里关了个漂亮娘儿们,特来看看。"说完,围着她转着圈,用淫邪的目光看着她的脸蛋和胸脯,点着头说,"嗯,确实不错,就是年龄大了一点儿,还凑合。"

马可丽觉得窝囊极了,也倒霉透了,在这荒郊野外的一个破仓库里,真要让这个流氓做了那种事,那可是一辈子的耻辱。她心里有了主意,应付说:"小兄弟,你今天只要放过我,我给你钱,给你很多钱。"

"哈哈哈!"小精豆子拿出小刀往前一伸,把马可丽吓得一闭眼,他又收了回来,从兜里掏出一个烂苹果边削边吃边说,"你有钱?哄鬼去吧!你的卡和存折都被银行冻结了,家里的钱也让纪委抄走了,你还有屁的钱!还是说眼前的事吧。"

"不!"马可丽几乎是声嘶力竭地喊着,"我真的有钱,有很多的钱,都在南方的一个海岛上!"说到这里,她突然噤了声。

小精豆子又哈哈地笑了,收起小水果刀说:"像你这样的,老子还看不上呢!别看老子穷,也不喝刷锅水。天快黑了,我得赶紧看看我那网上挂了几只兔子了,别让人家捡了便宜。"说完一转身,走了。

隔了一会儿，门外传来了脚步声和一个人的说话声，只听一个声音巴结地说："姬主任好雅兴啊，又来拍照来了啊？是拍秋景啊还是来拍我们的秋池涨水啊？"另一个声音说："礼拜天嘛，随便转转。一方面遛遛车，另一方面我一直想拍一幅有王勃意境的'秋水共长天一色，落霞与孤鹜齐飞'图，可惜的是秋水和落霞都有了，孤鹜难找啊。"

马可丽听出来了，来人是姬北华，原来是市委办的副主任，现在是纪委常委和群联办的副主任。她对这个人的印象不错：个子不高，头发漆黑，梳得整整齐齐的，戴一副黑框眼镜，脸白白净净的，很儒雅。他也是北河大学中文系毕业生，文章写得不错，而且书法、绘画、摄影都有两下子，还是玩电脑的高手。她在报社当编辑的时候编过他的稿件，那时他在党校当教员，每次到报社送稿子的时候，顺便给不少人修过计算机，彼此也算是熟人。她用脚猛烈地踢门，只听姬北华说："这里不是个旧仓库吗，怎么还有人住啊？"水文站站长说："这我管不着，是你们纪委关的。据说是秦山雨的情人，叫马可丽，说是个记者。"

"哦？"姬北华说，"这个人我认识，按说还是我师姐呢，我得看她一眼。"

女警察打开了门，姬北华身背两个照相机进来，看了一下环境说："这就不对了嘛，人犯了错误，要慢慢做工作改正认识嘛。快换换住处，一个女人，在这儿怎么休息啊？"他一挥手，女警察又把马可丽带回了原来的房间。姬北华对站长说："天晚了，你这儿有什么吃的吗？"站长赶紧巴结地说："正好今天下午逮了两只野兔，你尝尝鲜吧。"姬北华说："你这里应该不缺鱼吧？就来个炖野兔大米饭吧，再做个鲫鱼汤。"站长屁颠屁颠地去了。

吃了两三顿窝头咸菜的马可丽似乎闻到了野兔肉的香味和鲫鱼汤的鲜味，情绪立即上来了，不自觉流出了口水，赶紧擦掉了。这一切都被姬北华看在了眼里，他望着窗外缓缓流动的渠水随口说："湖光秋月两相和，潭面无风镜未磨。你看这景色，多像刘禹锡的诗句啊！"马可丽爱显摆的虚荣劲马上上来了，指着已经发红的树叶说："停车坐爱枫林晚，霜叶红于二月花。"姬北华说："真正的秋是让人悲伤的，秋阴不散霜飞晚，留得枯荷听雨声。李商隐表达得更深沉。""对！"马可丽说，"枯藤老树昏鸦，小桥流水人家。"姬北华摇摇头说："这虽然是名句，却太普通了，恐怕连小孩子都能背得出，我感到马致远这首诗远不如李白的洒脱：长风万里送秋雁，对此可以酣高楼。"马可丽搜肠刮肚地想了半天，对不出来了。姬北华紧接着又朗诵了"只有一枝梧叶，不知多少秋声""定风小轩无落叶，青虫相对吐秋丝"等诗句。马可丽彻底没词了，脸红红的，尴尬地坐在一边。

姬北华又开口了："师姐，你的底子太薄啊。你是74年毕业的吧？我是88年毕业的。同是一个系，你们那批学生其实根本算不上大学生。你连高中都没上过吧？无非是赶上了不用考试上大学的年代罢了。你们只上了两年，我们可是正正经经地读了四年。你刚才念的几句诗词大概也是在报社看的吧？你们那时候光写大字报了吧？真正知识并没有学多少，你的大学生的牌子其实是空的。在组织部表上你们的学历填的是大普，不是本科，不过是社会上的人瞎喊你们是大学生，咱自己心里应该有数的。"他的口气有些嘲弄了。

马可丽的脸更红了，低头"嗯嗯"了两声。

看着她窘迫的样子，姬北华又问道："你是个多情的人，你喜欢爱情诗吗？"

马可丽这一次不敢充大了，怕姬北华再跟她对诗，心里很紧张，赶紧说："喜欢，能背出来的不多。"

"你承认有爱情吗？你有过爱情吗？比如你和秦山雨，咱们抛开别的关系不说。"姬北华开始乘胜追击了。

"有，我感觉是有。我们是有福共享的，包括将来。"马可丽说。

"呵呵！"姬北华冷笑了，"我看未必啊。我这里有几张照片，你看看。"说着，他掏出了几张彩色照片，上面是秦山雨和一个南方娇娃在吃饭、在唱歌、在散步、在逛商场、在拥抱。

情人之间最恨的就是男人在外面还有别的女人，而且还比自己年轻、漂亮，这一下击中了马可丽的软肋，她被激怒了，尖叫着说："这不可能！"

姬北华依旧不急不火地说："这个世界上一切都有可能，没什么不可能。你帮他弄了那么多钱，还藏得远远的，不怕他有一天把你甩掉，和另一个女人去享用吗？你也许会说我刚才给你看的照片是电脑合成的吧，我这里还有一段视频，你看看吧。"他说着打开智能手机，链接了一个私密网站：温暖的阳光照耀着碧波荡漾的海面，一片合欢树下，秦山雨正和一个南国娇娃在海滩上嬉戏，背景是一个绿色葱茏的小岛。

马可丽的胸脯急速地起伏起来，脸色由红变白。她恨声说道："这个王八蛋！这个小婊子！他们竟敢瞒着老娘我干这种事，我饶不了他们！"

姬北华幽幽地说："鲁迅先生说过，辱骂和恐吓绝不是战斗，何况他们又听不见、看不见。你们弄的钱大概就是在一个海岛上放着吧？你不怕他们把钱取出来远走海外，把你一个人孤零零地抛在国内吗？"

"这根本不可能，他们取不出来。我们是有声控密码的，除非他用炸药炸开山洞的大石门，可那样就什么也没有了。"

"声控密码？"姬北华显出迷茫的样子，"这倒是挺新鲜，不会是像有的媒体上说的段子那样，在保险柜门前大声念'廉洁自律，执政为民'吧？"

马可丽把嘴一撇说："那多土啊！我们用的是歌声，表达爱情的歌曲。"

姬北华赶紧吹捧地说："对了，师姐的歌声我听过。那年我还做报社通讯员的时候，有幸参加了你们举办的一次记者节，你那曲'桃花美桃花艳，开在那三月间。桃花红女儿娇，梦儿飞满天'，要不是看着你在台上，还以为是谭晶在演唱呢，太美了。当时，我和大多数人一样，都陶醉了。你们的声控密码不会就是这首歌吧？"

马可丽的虚荣和爱显摆的缺心眼劲头又上来了，她骄傲地说："对音乐你太外行了，刚才那首不是真正的爱情歌曲，我们俩唱的是梁祝里面的化蝶。"

"化蝶？"姬北华的眼神又迷茫了，抬头请教地望着她。

马可丽更得意了，心想自己终于扳回了一局："你连这个都不知道啊？听师姐给你唱两句。"她拿起姬北华给她沏好的龙井茶喝了一口，润了润嗓子开了口："碧草青青花盛开，彩蝶双双久徘徊。千古传颂深深爱，山伯永恋祝英台。我唱第一句，他唱第二句，那扇门才能打开。"

姬北华无声地笑了，摸了摸口袋里的录音笔，借口说去看看野兔炖好了没有，下楼走了。

晚饭送来的还是一碗稀饭两个窝头，一小碟咸菜，气得马可丽在床上捶胸顿足，大骂姬北华"小白脸子，没好心眼子"，她把在华黄县盐场跟姥姥王大花学的话都说出来了。

经过这么多年的官场磨炼，柳枫做事已经非常稳重了。眼看着年龄正在朝着60岁快速奔跑，他常告诫自己，时间宝贵，每做一件事都要有目标、有效果，不可以虚度时光。

自从接受了刘鸣弦要他跟秦山雨谈一次话的任务后，他便一直考虑着如何能使这次谈话对案件的进展有所突破。上午听了金剑北、姬北华对马可丽的攻心情况汇报后，虽然对金剑北派"小精豆子"这样的人去干侮辱恐吓的事不太赞成，但也确实突地破了这个女人的防线，把她假装出身高贵、假装有知识、假装高雅的画皮剥下来了，尤其是套取到打开藏钱山洞大石头门的歌曲声控密码，他觉得很有必要跟这个秦副书记谈一次了。

还是坐落在山间的那座楼，还是那间二楼的房子，因为柳枫的到来，屋里撤走了两张床，换上一对沙发，还破例拿来了一盒茶叶和两盒红云烟。秦山雨毕竟是当过市委领导的人，他判断是要有大人物来见自己了，会是谁呢？西岭雪，不是，她是女同志，根本不抽烟。也许是刘鸣弦，可他也不吸烟啊。那就很可能是柳枫，来河海督察巡视的组长。对于柳枫，他是认识的，只是无缘交谈。柳枫在河海当秘书长的时候，他还仅仅是党史办的一个小科员，根本够不上对方。但对于其人的文采，他从心眼里是佩服的。他们虽然都是学哲学的，但北河大学和赫赫有名的北师大根本就没法比，自己那点儿才学在他面前根本是微不足道的。秦山雨当官多年当出了毛病，也许是受马可丽潜移默化的影响，和人谈话总要占个上风头。他细细地想了一下，柳枫虽然是名校高学历，但一直是个文官，没在县里做过主官，更没在经济建设第一线拼杀过；而自己当县委一把手好几年，还做过管城建的副市长，这一点对方是没法比的。阅历就是财富，经历就是金钱。再细想自己的事，看来贪污受贿的过程他们已经找到了，但还没有找到钱，没有真实的证据。定罪不是那么容易的，凭自己和北京某些人的关系，凭马可丽的活动能力，说不定哪一天自己就得释放出去，那时，自己就可以把那些钱装上一艘游艇，离岛30海里就是公海，半个小时就可以进入另一个国家的岛屿，而后登机前往南洋，带上那个可人的小阿妹，甩掉人老珠黄的马可丽，从此就可以过人间仙境般的日子了。

正当他胡思乱想的时候，柳枫进来了，看到桌子上的烟，柳枫立刻命令撤掉，批评纪委的同志说："中央的八项规定对任何人都有效，纪委也不能搞特殊。要吸烟，我自己有。"说着，他掏出了一盒红塔山放在了茶几上，挥手让纪委的两个工作人员出去，随后递给了秦山雨一支烟，和蔼地对他说："山雨同志啊，在这儿有二十多天了吧，其实，放下繁忙的工作，想一想自己的问题，给党做一个交代，也是不错的。"

秦山雨并没有按照柳枫的谈话思路往下走，招牌式摘、擦、戴眼镜后，他勉强笑了一下说："是啊，这几十年工作是太繁忙了。柳秘你在河海工作过，我原来待的那个县真是太穷了，我从县长干起，天天为钱发愁啊：发工资的钱，修路的钱，企业改造升级的钱，我是几乎月月往上级跑啊。"紧接着，他开始喋喋不休地表开了功劳：如何与省财政厅的处长喝酒一杯给10万拼得吐血，一下子要了好几百万等，说得唾沫星子乱飞。

柳枫明白了，秦山雨是在偷换概念和混淆语言行进间的逻辑关系，而且拼酒向财政厅要百万的事，柳枫记得是那年自己被下放到嘉谷时张二牛县长做过的事。至于是秦山雨道听途说把功劳往自己脸上贴，还是他自己也确有其事，柳枫不想验证，也不想往秦山雨的问题上说，于是也就不客气了，截住他的话头说："你为县里的项目争取款项，为老百姓找钱是本分，可不该受贿那么多钱啊！。老秦，你也五十出头了，要那么多钱有什么用啊，如果拿出来，得给河海的百姓造多少福啊！"柳枫开始引导着话题。

秦山雨冷笑了一声，心里想，你大概是个富家子吧，哪知道没钱之难啊！既然说钱，那就讨论钱吧，反正我不说钱放哪儿了，你们也找不到！我也出不去，这几天和纪委那帮小干部缠得很疲乏，谈话又无味，柳枫来了有烟有茶，语言水平也高，权当消遣吧！于是他说："是，金钱不能改变一切，但一切会在金钱的作用下发生改变。柳秘岂不知，有钱男子汉，无钱汉子难吗？"

柳枫说："你说得有道理，金钱的骄傲是它可以买到一切，但是，金钱的烦恼却是它无法买到一切。自从金钱来到世上，这个世界就热闹多了，它成就了人类的发展大业，也引发了无数的事端。人类的一切成就都得益于它的相助，而一切纷争也几乎都与它有关。金钱能使人富有，也能让人疯狂；金钱成就了人生，也能摧毁人生。西晋时期，有个叫鲁褒的人写了篇很有名的《钱神论》，对金钱进行了无情的嘲讽和痛斥，他说，钱之所至，'危可使安，死可使活'；钱之所去，'贵可使贱，生可使杀'。英国大戏剧家莎士比亚在最后一部悲剧《雅典的泰门》中借主人公泰门之口痛骂金钱是人类公用的娼妇。金钱能把人送入天堂，也能把人送进地狱。"

秦山雨说："这里面讲了一个辩证的问题，通俗地说，有了钱就要用，就是不能让它闲置。如果说人在天堂钱在银行，你说是人生的骄傲呢还是人生的悲剧？所以，我把钱全用光了，你们还没法查证。"

柳枫想不到一个大学毕业生，一个党培养了几十年的干部，竟然对金钱痴迷到了这种程度，思想堕落到了如此地步，实在是没救了！想到此行的目的，柳枫站了起来，幽幽地说："古希腊哲学家赫拉克利特曾经说过，如果幸福在于肉体的快感，那么就应当说，牛找到草料吃的时候是幸福的。"

秦山雨知道这是一个著名的哲学故事，没想到柳枫居然背得一字不差，他是不敢和柳枫讨论这些的。

柳枫远眺着山峦的一处山坡上金黄的牧草和一群白色的羊群，脱口而出："美丽的草原我的家，风吹绿草遍地花。彩蝶纷飞百鸟儿唱，一湾碧水映晚霞。骏马好似彩云朵，牛羊好似珍珠撒。"声音浑厚、嘹亮、悠长，传得很远。

秦山雨也有音乐天赋，在部队时，他还跟一个政委学过手风琴，唱过风靡军营的那首名歌："欢迎的晚会上，拉起了手风琴，同志们手挽手，激动了我的心……"他还懂得五线谱。柳枫的歌确实唱得不错，再说自己目前是阶下囚，也有必要巴结一下对方，便说："柳秘书长的嗓音真好啊，比胡松华和腾格尔了，在大学练的吧？"

柳枫没有答话，指着院里一片在秋日的艳阳下特别生动的花圃说："你看，这里面的景色不错啊，咱们下去走走。"

在屋里憋了十几天的秦山雨自然求之不得，赶紧拉开门，跟着柳枫下了楼，康、尹两位处长在柳枫的示意下迅速布置好了监视的人。

这里本来是武警部队的一个后勤站，花圃是装点各个大队的院落的供应点，特聘了几个地方的老花工打理。冬春两季扣着玻璃罩，夏秋是敞开的，面积足有一千多平方米。目前正是碧草墨绿，各种颜色的菊花盛开的季节，几株牡丹、月季和美人蕉正努力绽放着最后的芬芳，还有几只蝴蝶在花间飞舞。柳枫一进来，立刻觉得心旷神怡，随口哼了一句"碧草青青花盛开"，秦山雨大概也是同样的心情，也想在柳枫面前表现一下自己的音乐天赋，紧跟着唱了一句"彩蝶双双久徘徊"。柳枫用手机录音功能一字不落地录了下来。

目的已达到，柳枫再也没有了逛园子的兴趣，怕引起秦山雨的怀疑，他还是指着满园的花草说："到了冰雪覆盖的时候，这里的一切都没有了，就如人生，婴儿出生的时候紧握双拳，仿佛在说，我什么都要；而人离去的时候，撒开双手，似乎是说，我什么也带不走。当年威震欧亚非的罗马凯撒大帝在临终时告诉侍者说，请把我的双手放在棺材外面，让世人知道，尽管我如此伟大，死后也是两手空空。"柳枫说完，也不等秦山雨说话，一挥手，纪检的人立即把秦山雨带回了那间二楼的双规室。

在河海市委的反腐指挥部里，看到柳枫含笑的脸色，刘鸣弦高兴坏了。柳枫打开手机，放出了秦山雨唱出的一句歌词，姬北华抓紧录了下来，和马可丽唱的前一句合成放在一起，形成了完整的男女对唱《化蝶》的前两句。

西岭雪敬佩地看着柳枫，拿过姬北华合成后的两句唱腔，又听了一遍说："这个马可丽还真有点歌唱天分，不过，比我表姐王嫣然还差点儿。柳秘书长要是和我表姐对唱，一定比这个精彩得多。"

柳枫听到"王嫣然"三个字，一下子脸红了，再看金剑北，这个家伙正在一旁坏笑。

刘鸣弦没听就是听了也顾不上他们打的哑谜，摊开一张地图说："我让电信部门查了，前些日子秦山雨捐款后发信息的那个手机是浙江舟山的区号。你们快来看看，他们最有可能把钱藏在哪个岛上了。我想，最起码也得有两千多万元。要是能弄回来，不仅农民工子弟小学的排水管道能修建好，还能富余一千多万呢，说不定还能救活一个企业，为我们的财政税收增加两个百分点啊。"

几个人凑在地图前，根据军分区搞来的秦山雨当兵时几个亲密战友后来的分配调动去向分析研究起来。这时，机要局局长拿着一封加密电报走了进来，说明天上午中纪委负责华北片的监察专员杭维萍要来河海。刘鸣弦惊愕地把电报看了两遍，担心地说："她来干什么？按说像秦山雨这样的副局级干部他们是管不着也没空管的，省部级干部还抓不过来呢。不会是为了这笔钱吧？咱们可不能让她带走！"

柳枫考虑大概是有关部门的案子牵涉到了秦山雨，心里对于老工友的到来很是兴奋，金剑北也很纳闷，但还是为老朋友这个时候过来高兴，只有西岭雪笑而不语。

二十九　预知危险时，怎么做好事前应对

还真让刘鸣弦猜对了，杭维萍带着几个人来河海，就是为那笔钱来的，但不是要拿走，而是要设法取出来。

杭维萍是坐着一辆挂着军牌的国产奔驰商务车来的，厚厚的防弹玻璃上涂着草绿色的太阳膜。同来的一共五个人，除了她以外，还有四个穿黑色夹克衫、高大威猛的男人，眼神机警，神色刚毅。

车刚在市委大楼前停稳，车门拉开，两个男人先一步跳下了车，站在了车门两侧，随后杭维萍稳健地走下来，另外两个男人也一步蹿了出来，立即在杭维萍周围站成了四个角，如同四根顶天立地的柱子。

自从贯彻执行中央的八项规定以来，市委院里跑的、停的全是大众帕萨特和日本的本田，老板的豪车也进不来了，这种高档车还是近一年多来首次在这里出现，引得上下班和外出办事的干部纷纷回头观看，但一看到市委书记刘鸣弦、省委的大员柳枫以及西岭雪和金剑北都亲自站在台阶下迎接，便都知趣地低头匆匆走开了。只有清运垃圾的刘白山扛着个大铁锨晃晃悠悠地走了过来，不管不顾地往前凑，嘴里还说着："哎哟，这车可真棒啊，怎么绿色的还挂着红牌啊，我看看是哪儿的啊。"正在他探头探脑的时候，那个站在东南角的黑夹克衫男人身形一晃，迎面推出一掌，也没见他脚下怎么动作，刘白山就仰面躺在了地上，手里的大铁锨"咣当"扔出了老远。刘白山爬起来，看着对方眼神中凌厉的目光，飞也似的跑了，连混饭吃的家伙也没敢拿。

杭维萍齐耳短发，稳重端庄，只是神色很严肃。尽管大部分都是熟人，但她并没有表现出过多的热情。和初次见面的刘鸣弦打过招呼后，她介绍了自己的随员，说是军事检察院的同志，随后依次握手，只是在握住柳枫的手时暗暗用了一点儿劲，在和西岭雪握手时还拍了拍她的肩膀，随后示意大家上楼。

在9楼的反腐指挥部里，四个男人拿出了一个仪器，对着墙面、玻璃窗、各种办公用具的上下左右以及四个墙角扫描了一遍，然后对杭维萍点了点头，这才

分宾主坐下。

杭维萍缓缓开口说，最近他们和有关部门破获了海军一个部队的特大贪腐案件。这个部队在浙江东南海一个离公海不远叫17号岛屿的荒岛上和社会以及海外的不法分子勾结，开办了赌场、妓院，大力腐蚀干部、大发不义之财。在侦查过程中发现，该岛东南角的一座小山头被人买去了，主人是河海山土建材集团的秦山土，卖出者是一个部队的营房部主任，和秦山雨是战友。那个小山头的顶端有一个天然的山洞，被人用两块巨大的石头凿成大门后封上了，并装有外力撞击时炸药会自动自毁的装置，经过仪器探测，里面有大量的现金和珠宝。营房部主任交代，山洞名义上是秦山土的，实际控制权在秦山雨手里，秦山雨每年付给他100万元的看护费。杭维萍他们这次来，就是想搞到开启山洞的办法，把钱和珠宝取出来。另外，秦山雨从现在开始改由他们控制审讯，押往驻地空军的一个雷达站。那个雷达站在座的人都知道，在河海的北郊，离马可夫的工厂不远，戒备森严谁也没进去过，春节慰问、军地联欢也从不参加。

说这段话的时候，杭维萍面沉似水、神色严峻，扫视着众人说："看来，这里就是你们的反腐指挥机关了，保密措施很严密。说吧，你们把秦山雨掌握的开门密码挖出来了吗？"

刘鸣弦作为市委书记，深知中央核心部门决策的谨慎与重大，地方执行是不能打折扣的，任何情况都不得隐瞒。他深呼吸了两下，简要地汇报了套取开门密码的经过，并让列席会议的姬北华拿出录音设备演示了一遍。杭维萍听过之后，使了个眼色，黑面皮的夹克衫把录音一把夺过去，收走了。

刘鸣弦心里一颤，刚要说什么，杭维萍又开口了："看来河海的工作做得不错啊，柳秘书长和金剑北同志出了不少力吧？"脸上露出了一丝微笑，还特别向两个人身上扫了一眼。眼神在柳枫的脸上停留得更多一些，显出了一丝柔情，而对金剑北则是微微的欣赏。

察言观色是每个官场人的基本功，也是必备的本领。刘鸣弦、西岭雪都露出了惊愕，只有眼睛不断扫视手机的姬北华无动于衷。

多大的官也有感情不自觉外露的时候，这是人的天性。杭维萍根本没注意他们的神情，直截了当地说："那好，既然钥匙在手，那咱们下午就出发，直奔浙江。我这里留两个人看守审讯秦山雨，你们再去两个人，只限屋子里在座的人，从中挑选二人。由柳枫、鸣弦同志你们定。"

事情突然，要求紧急，二人一时语塞，互相看着说不出话。

杭维萍见状，立刻站了起来说："那就我来点将吧。鸣弦、柳枫你们一个要坐镇、一个要督察；来时我看了你们的汇报，岭雪同志要布置治理懒政、怠政，反腐也是为了促进经济的发展，这是大方向，也是急事。我看就金剑北和这个搞录音合成的小同志随行吧。"一锤定音。

中午，刘鸣弦的意思是到市委的小伙房里炒几个菜，给大家接风送行，杭维萍果断地拒绝了，说："听说你们这儿的驴肉火烧不错，每人两个，外加一碗馄饨汤，有稀有干，再带上几个。金剑北同志去准备，柳枫同志付钱。打你一次秋风，不会有意见吧？"她的脸上意外地露出了盈盈的笑容。二人当然欣然答应。

金剑北出门打电话布置吃饭的时候，突然产生了一种不安的感觉，总觉得这次任务太重大了。刚才在杭维萍布置任务的时候，他用手机搜了一下她说的那个岛屿，觉得有些熟悉。后来想起来了，那年，为了推销村里种的渔民做桅杆用的毛白杨，他曾和魏正义去过那里。魏正义的远房表哥曾在那里的一个海军舰艇部队服过兵役，后来找了个当地的渔家姑娘结了婚，留在了当地。他仗着水兵劈波斩浪的本领，成了那一带有名的船老大。就是在那个表哥的帮助下，他推销了好几百棵树，获利颇丰。在双方签订了合同、痛饮他们带去的老白干之后，喝了家乡酒的船老大一时兴起，说要带他们去看离台湾最近的岛，架起一艘机帆船就出了海，最后就是在那个岛上歇脚的。不过他记得当时岛上是有一个排的解放军驻防的，怎么杭维萍说是个荒岛呢？当然，这事是不能问的，但他还是给魏正义打了一个电话。

吃完饭上路时，送行的刘鸣弦凑到车窗前对杭维萍说："杭专员，那可都是我们河海的钱啊！"并向金剑北使劲挤了挤眼。

杭维萍立即明白了他的意思，脆声说道："中央也不缺那几个大子儿，问题查清后，该是谁的就是谁的。"手一挥，催促司机开车。

司机就是那个黑脸的黑夹克，副驾驶座上一个微胖的也是杭维萍带来的人，另外两个留下来接管秦山雨去了。

黑脸司机技术娴熟，屁股像钉在了座椅上，两眼直视前方，旁边那个人帮他看着四周，脚下还放着两个长条皮箱，一脚踩着一个。

新修的高速公路平整顺畅，路上车也不多，再加上车挂着军牌，走的都是特殊通道，车速很快。天黑的时候在一个部队兵站休息了一会儿，第二天一早就到了南海的一个军港。接待他们的是海军基地保卫部的一个少校。少校上前行了一个军礼向杭维萍报告说，17号岛屿是离台湾前线最近的一个岛，原来驻扎着他们海军陆战队的一个排，后来台海关系缓和，就撤了下来交还给了地方。那个现在已经被抓起来的营房部主任从前就撺掇他那当大老板的表哥找地方政府买下来，开办了赌场、妓院，还设立了专门的船只接送，据说还想要炸平那个小山头，开设直升机场，后来不知道为什么没办成。现在魔窟已经被捣毁，小岛成了真正的荒岛了。

"按首长指示，基地派一艘快艇和两名战士送他们登岛。快艇和战士已经到位，何时出发？"

"马上。"杭维萍只说了两个字。

两个黑夹克立即把车钥匙交给少校，拿起那两个长方形的箱子在前头开路。到了港口码头，几人依次上船，一个少尉驾驶，两个挎冲锋枪的小战士主动坐在了船尾，金剑北、姬北华和两个黑夹克环绕四周，让杭维萍坐在了中间。快艇启动出发。

天高云淡、水天一色，海面平静，快艇划开一道白浪，嗖嗖向前。就是这样，也行驶了三个多小时才上了岛。岛屿确实不大，也就是两平方公里大小的样子，岛上比较平整，植被完好，除了东南角那座光秃秃的小山峰外，其余的地方都长着半人高的灌木丛。原来驻军的营房后来被改造成赌场、淫窟的建筑已经被公安机关用勾机和铲车推倒，成了一片废墟，变成了野生动物的乐园，间或有海鸟飞出、野兔探头、蟒蛇出没。

几个人离船上岸，顺着一段斜坡爬到了山峰半腰的一块平整的青石上，在那里看到了两扇石门，紧闭得严丝合缝，上面画着一个骷髅，旁边是一行仿宋体的中号字："此门有受到撞击后的自爆装置，请勿靠近。"

杭维萍咬着牙说："真是机关算尽，丧心病狂啊！"随之向黑脸黑夹克摆了一下手，黑脸黑夹克从他背囊里拿出一件仪器，仔细地寻找到了门上一个装得很隐蔽的接声器，然后拿出从姬北华手里抢来的小录音机，开启后放出了秦山雨和马可丽对唱的"碧草青青花盛开，彩蝶双双久徘徊"，两扇足有半米厚的石门缓缓地打开了，两个解放军战士自觉地端着冲锋枪站在了门口，微胖的夹克衫从背囊里拿出一个小螺丝刀，拆除了门后的雷管和高爆炸药。几个人走进去，一个足有两间屋子大的山洞展现在了他们的面前。山洞分上下两层，底下是一层一个巨大的足有两吨多重的红酸枝茶台，上面放着喝茶和煮咖啡的用具、整条的南京九五之尊香烟、巴西咖啡、拉菲红酒，两边是用整块花梨木雕刻成的椅子，上面铺着锦缎垫子；上层是一块平整的花岗岩，十几个透明的真空包装袋里放着一沓沓崭新的人民币，按每捆5万元计算，足有两千多万元。

　　洞里虽然没有开灯，但从靠海的一面和头顶上射过来的几丝光线并不觉得黑暗，空气还挺新鲜。杭维萍说："不用点数了，装起来吧。"两个黑夹克从一个大背包里拿出了几个伸缩橡皮袋，让姬北华打开摄像机，在镜头的监视下利索地装着现金，解放军驾船的少尉则拿着手枪在一旁转悠。金剑北蹲下来研究着那个茶台以及那对花梨木椅子，用手掂了掂，又弯下虎腰搬了搬，对杭维萍说："不对啊，这种珍贵木材扔在水里都能沉下去，我怎么能搬得动呢？里面一定有东西。"在杭维萍的示意下，少尉把手枪插入枪套，从作战靴里拔出虎牙军刀，找准一个缝隙往上一撬，金剑北一用力，掀开了半个，里面是一堆珍珠玛瑙和几卷字画，还有两颗少见的夜明珠，洞里一下子亮了不少。

　　在他们欣赏的时候，峰顶上有一双贪婪的目光也在看着洞里发生的一切。贪婪的哈喇子流了出来，那人赶紧用头套擦了擦，然后像只猿猴一样迅速地下去了。

　　洞里突然暗了下来，海面上起风了。少尉说："坏了，要刮台风，咱们得赶紧走，要不然就出不了港了。"大家七手八脚地把东西装进防水的橡皮袋里，正要出门，门外冲锋枪响了，"嘟嘟"连续两梭子，只听战士惊恐地喊道："蛇，蛇！还有大蟒，怎么这么多啊？"少尉听了，扔下虎牙刀拔出手枪，打开保险推弹上膛，嘴里呵斥着"慌什么"，随后冲到了门口。两个夹克衫男人也迅速打开随身带的长方形的皮箱，眨眼间组装成了两支狙击步枪。他们把拿出了小手枪的杭维萍往一边一推，率先跑了出去。

　　天空乌云翻卷，海浪排山倒海地涌动着，狂风刮得岛上的灌木丛东倒西歪。洞前的小山坡上除了已被战士打死的一条大蟒蛇外还有三四条大蟒蛇带着数不清的小蛇正向前涌动着，令人浑身恐怖得直起鸡皮疙瘩。与此同时，从灌木里传来一声声怪异的竹笛声。

　　富有海战经验的少尉抬手打出一枪，敲碎了爬得最快的一条大蛇的脑袋，对杭维萍说："肯定是有坏人上来了，那个可恶的营房主任一定是在被捕前把这里的秘密泄露出去了。按说这种天气蟒蛇是不会出洞的，这里的人有用竹笛驱使蟒蛇的本领，咱们得节省子弹慢慢打，坚持到天亮。我赶紧向上级报告。"说着便拿出了海事卫星手机。两个黑夹克也不答话，黑脸的略一瞄准，打得一条昂起头来的大蟒委顿了下去；微胖的那个冲着竹笛声吹响的地方打了一枪，对方的一顶帽子飞了起来，但不一会儿竹笛声又响了起来。

蛇在爬，枪在响，杭维萍不顾劝阻，也加入了战斗。只有金剑北和姬北华手中没有武器，只能干看着。金剑北的目光看到了那个炸药包，拾起少尉扔到地上的虎牙军刀，招呼姬北华拿起了一个小螺丝刀，慢慢拆掉引信，把炸药倒了出来。他大手抓起炸药，向山坡小路上扬了出去。浓烈的硫黄味立刻飘满了空中，人们打了个喷嚏，蛇也不敢动了。在竹笛的催促下，有几条蛇往前爬了几步，立刻又后退了。

杭维萍大喜，打光了仅有的五发子弹，敬佩地看了金剑北一眼也赶过来帮忙。三人把炸药粉洒成了一个小堤埝，总算挡住了蟒蛇的进攻。杭维萍毕竟岁数大了，累得一屁股坐在了地上。这时，"嗖"的一声响，一支弩箭射了过来。金剑北眼疾手快，一把推开杭维萍，挡在了她面前，那支弩插到了他的胳膊上。少尉赶紧把他拖回洞里，拿出军用急救包包扎。杭维萍也走过来看他的伤势，连声问怎么样。金剑北尽管疼得钻心，还是带着笑容说："没事，我是打铁匠出身，皮糙肉厚。"

外面灌木丛里出现了几个戴头套的人，他们手里拿着弩，短箭嗖嗖地射了过来，如漫天飞针。大家只得撤回洞口，虽然手里有枪，但子弹都不多了，只能间或开两枪震慑对方。两个黑夹克撂倒了两个袭击者后，双方就这样对峙起来。

可怕的是，几个黑头套向着快艇停泊的地点跑去。少尉急了，想带领战士往外冲，但硫黄炸药圈外有蛇群拦路，远处还有弩箭飞舞。正在这时，从岛北边传来一阵呐喊声，一艘大三尾机帆船停在了滩头，黑炭头魏正义和他那个也是海军出身的有名的船老大表哥带着一群渔民，拿着亮晶晶的鱼叉、木棒、钢管冲了过来。几个戴头套的家伙见势不妙，拔腿冲向了小艇，发动机器，转了个圈，很快隐没在黑色的风浪中不见了。眨眼间，那些蟒蛇也不知道跑到哪儿去了，一条也没有了。

两军会合，魏正义是认识杭维萍的，他心里想，河海的传言是真的。尽管此前金剑北在电话里跟他说得含含糊糊，但他还是猜到了是怎么回事。也曾在官场混过的他知道许多事是能做不能说的，起码是现在不能说，于是便打着哈哈对金剑北说："你说要利用礼拜天的时间来这里给谈丽萍的饭店收购些海参，我就知道这个岛上没银行不能刷卡，你带着那么多现金不方便也危险，正好大表哥找我来有点儿事，他说这里有不少海贼，叫上我来看看，想不到还真赶上了。"说完，对着大表哥使了个眼色。渔老大会意，把随身带的面包、香肠和矿泉水各留下了一箱，回过头豪气冲天地说："我渔老大从当兵到现在，在这一块海面上混了20多年，还没见哪个毛贼敢来捣乱，能逃出我的手心。弟兄们，走，给我追这帮兔崽子去！"众人呼啸一声，上了大船走了。

魏正义是个实在人，他这段话稍微有点头脑的人都会分析出里面的破绽。杭维平何等聪明，岂能不知？但现在也不是说破的时候，只是深深地望了金剑北一眼，眼神里既有敬佩，更多是感激和其他的东西。

远处传来汽笛声，杭维萍知道接应他们的海军舰船要到了，招呼大家说："都累了，吃些东西吧。"她打开箱子，拿出一块面包，剥好香肠夹在里面，又拧开一瓶矿泉水，亲自送到了金剑北的面前，扶着他那只受伤的胳膊要喂他，金剑北的脸红了，连连摆手。众人开始各取所需。

随着汽笛的临近，一艘小型军舰靠岸，两道雪亮的探照灯光照得小岛上如同白昼，同时还打出了一颗照明弹，如同天空中升起了一轮明月，岛上的一切都清晰可见。一位海军上校带着一队陆战队士兵进来，对杭维萍敬了一个礼，指挥着战士们四人一组，两人抬箱子，两人在一旁持枪警戒，依次上舰。最后他和几名军官手持短枪环绕着杭维萍等人进了舰长室。那两个黑夹克衫依然拿着狙击枪站在甲板上，任凭风吹浪打。

第二天，军方又派了两辆军车和一个班全副武装的战士，把杭维萍的车夹在了中间，歇人不歇车，日夜赶路，把他们连同这笔巨款送到了河海。将钱点清进了银行的金库后，在杭维萍的严令下，金剑北住进了河海军分区的医院。

看到有这么多钱，刘鸣弦高兴得不得了："这下好了，不仅农民工子弟小学的排水管网解决了，还能帮助企业创新了。"西岭雪说："有了这些证据，不怕他秦山雨不认罪。"听说金剑北受伤了，两人都赶紧要往医院跑。在他们说这话的时候，柳枫正低头看一份省委来的紧急电报，他说："你们先去，我随后就到。"杭维萍说："那我就和柳秘书长一块儿吧，正好有事说一下。"

一个是中纪委的专员，一个是省委的秘书长，说的事自然市委一级的干部是不便听的，刘、西二人带着姬北华知趣地下楼了。

西北的天空上刮来了一片乌云，再加上无风和农民烧秸秆带来的雾霾，河海的街上雾蒙蒙的。柳枫和杭维萍聊完之后坐上车往医院赶，柳枫看着她由于几天的奔波有些憔悴的脸，染过的黑发尽头露出的白色发根，想起那段青涩而没有结果的爱情。眼前这个从十七八岁就在一起的工友，在自己任嘉谷县副书记被人算计深陷泥潭时,是她将自己拉出来的,调到省委后意志消沉被省委书记批评时,又是她从中斡旋使自己重新受到重用……柳枫心里涌出了一种酸楚、感激和其他说不清的感情。两年多没见了,柳枫问道:"你怎么样,听说去年你在东北待了多半年,日子过得还好吧?"此时的杭维萍一改往日精明、干练、强势的形象,脸色灰暗,苦笑了一下说:"唉!还可以吧。我那东北抗联出身的老公公已经过世。去年在东北查一个矿山的案子,牵涉到了我的一个小叔子。案件太大了,他贪得也太多了,他也被送进了监狱。婆婆大发雷霆,把我赶出了家门,我们一家搬出了将军楼。老公虽然没说什么,可也不怎么理我了;女儿受了奶奶的蛊惑,也说我没有亲情。唉!我都成孤家寡人了。但是,我总觉得我是对的。"柳枫想安慰她几句,但想了半天,觉得无话可说,沉默了半天,就想掏出烟来抽,却被杭维萍一把夺过,凑在他耳边悄声温柔地说:"枫,咱们都老了,到了注意身体的时候了。"

和刘鸣弦等人前后脚到了医院,杭维萍立刻恢复了原来的模样,金剑北的那些工友、齐曼、吴阿杜、王雯雯、谈丽萍、李俊还有史大个子等人,看到来了这么多大官立刻走开了。金剑北用无限留恋的目光看着他们的背影,脸上流露出了一丝淡淡的悲哀。柳枫捕捉到了,上前拍着他的肩膀说:"老金,有空和他们聚聚,我也参加。"杭维萍自告奋勇也说:"再添上我,这几个人都很具文艺天赋的。"只有刘鸣弦和西岭雪不解地看着她。

接着,杭维萍讲了这次赴南海荒岛起获赃款珠宝的过程,大家都唏嘘不已,纷纷向金剑北投去钦佩的目光。杭维萍说:"剑北同志真是足智多谋、侠肝义胆啊,我们反腐战线就是需要这样的人啊。反腐是长期的,我要是在这做市委书记,一定会想法延长他的工作年龄,请他做个顾问。"她也开始投桃报李了。

聪明的刘鸣弦一下就听明白了这位中央大员的意思,说:"我也一直在琢磨呢,准备向省委打个报告,到时候还需要柳秘书长多给领导美言啊。"这句话说得非常地道,既向杭维萍表明了自己积极的态度,又把球踢给了柳枫和省委。

柳枫说:"我想,随着我国老龄化速度的加快,人力资源优势不再那么明显,保健制度的完善和人们健康水平提高后,中央肯定会把部分人延迟退休年龄提到议事日程上来的。"说到这里,他转移了话题,"通过这次行动,秦山雨兄妹、马可丽等人的贪腐问题就更加明朗化了,证据链也就可以形成了,你们纪委进一步查证后就可以移交检察部门。"

西岭雪拿出一张表说:"根据建设局局长付立柱的交代证明,繁荣街的门市房是秦山雨违规挪用省里拨来的城市改造资金建好后，低价卖给了他妹妹秦山花。张惠能拿到的是假房产证，真的在秦山花那里，秦山土行贿的证据确凿无误，虐待、欺凌以及塌窑事故瞒报死亡人数的事公安部门也快侦查完毕了，还有从南方弄来的那笔款和珠宝，昨晚已经清点过了，现金是2700万元，珠宝字画大概价值800多万元吧。"

一说到钱，刘鸣弦立刻兴奋了起来，高兴地说："这下可好了，农民工子弟小学的地下排水管网用1000多万元，还剩下1000多万元可以拿出来支持做高科技创新项目的企业。总理提出来要万众创新嘛，要是再有了钱，我们还可以搞一个应届毕业生创新扶植基金啊，多少家庭在为自己大学毕业的孩子找工作发愁啊。"

一直半躺在床上的金剑北敏捷地找到了时机，趁机说了马可夫从中科院引进的手机底填料项目已经到了快要突破的关头，只要再有1000万元进一台德国的高分子排列仪器，就能投入批量生产，填补国内空白，每年产值可达六个多亿，能为河海增加5000万元的地方税收。

一听这个，刘鸣弦更加高兴了，连声说："这样的企业一定要支持一下，不过财政的钱不能直接给企业，可以作为他贷款的担保金使用。"

西岭雪说："对马可夫还是要慎重一点儿。他毕竟是秦山雨的大舅哥，他有没有问题我们还没调查。"

刘鸣弦说道："那有什么关系？我们不能株连九族啊，现在不是没发现他有什么问题嘛，况且他的企业马上就能增加税收啊。"

"可我是纪委书记。"西岭雪倔强地说。

"纪委书记怎么了，纪委也得以促进经济和社会的发展为己任。昨天我听发改委和工信局汇报，说许多银行不给企业贷款，也不下去到企业调研解决资金困难了，还说什么怕受贿、怕担负责任，我看这就是典型的对国家、对人民不负责任，典型的怠政、懒政！你们纪委应该出台一个规定，凡是企业需要的、职能部门不支持不作为的，也要给予纪律处分。"刘鸣弦想起昨天会上他管不着的那些银行大佬们暧昧的态度心里就有气，说话语气有些激动。

柳枫站起来拍了拍刘鸣弦的肩膀说："反腐是手段，促进发展是目的。你们看，这次的这些赃款被咱们刘书记这么一合理使用，不就使河海的发展进步了一些吗？"他这句话很重要，既帮了金剑北的忙，也算肯定了刘鸣弦的做法，西岭雪不言声了。

杭维萍说:"前段时间有媒体报道说,山西那些被抓起来的贪官老婆恨恨地埋怨那些煤老板,说那帮人就知道送钱。多么无聊的报道啊!俗话说,苍蝇不叮无缝的鸡蛋,反过来讲,如果没有那些苍蝇,鸡蛋裂缝又有何妨呢?回去我要向中央有关部门建议,不仅受贿的要判刑,那些行贿的也要处理。"

三十　为什么说反腐败就是定规则

　　河海市委书记刘鸣弦这段时间特别高兴，反腐得来的赃款都派上了正经用场，农民工子弟小学建起来了；东风机械厂的老职工宿舍的楼已经起来半截了，明年那些在阴暗平房里住了几十年的老工人就可以搬进去了；又整修了两条街道；马可夫的新项目正式投产了，第一个月就销售了6000多万元；还有，繁荣街两边的门市房也收了回来，除了谈丽萍峨眉酒店集团租用了一部分外，还无偿给了一部分下岗职工和新毕业的大学生用来创业。

　　今天是周末，事不多，想着这些，他就像一个老农看着自己种出的满地瓜果那样高兴。坐在晚霞夕照的地头上咂巴着嘴，总觉得口腔和胃里缺少点儿什么。对，是馋酒了！酒这个神奇的液体，总是在人高兴的时候不请而来，这也是中国人的文化传统吧？

　　他笑眯眯地转悠到了金剑北的办公室，跟他要了一支烟，悠然自得地抽了两口说："怎么样老金，今晚叫几个人找个小店喝几口小酒吧？记住，是你请客啊！不过，我可以贡献两瓶酒，也不强，是15年的洋河大曲，是我在安徽工作的一个老同学那年上北京在我那儿白吃饭，让我扣下的。"说完转身走了。

　　做过多年秘书工作的金剑北知道，书记虽然说得随便，但完成这个任务并不简单，一是地方找得要适当，二是找的人更要合适。他算了算，正在审查秦山雨的杭维萍回了北京，西岭雪也回家和老公孩子团聚去了，柳枫的第二任妻子柳依娜前几天带着孩子来看丈夫，也来看知青时代和她一起插队的战友齐曼。据他所知，那娘儿俩今天被齐曼拉到金角湖吃鱼去了。孩子没到过农村，嚷嚷着要住一次农家院，看来今晚是不会回来了。加上柳，这就三个人了，他觉得还是少点儿，可别的工友一是和书记不熟二是知识层次也差了点儿。金剑北突然想起了智障禅师，何不叫上他呢？何况那人也不是真和尚，是个"酒肉穿肠过，佛祖心中留"的人，更是个有真才实学的老大学生，说不定今晚的酒真能喝出些什么来。

　　主意打定，金剑北看了看表，才5点多一点儿，离下班还有一个小时左右。

他先给柳枫打了电话，而后下楼开着自己的本田飞度一溜烟地到了城西的无忧寺，让智障禅师换了便装，拉着他到了繁荣街上老工友李涛在峨眉酒店旗下开的"如意小吃店"。其实这里也是他闲时喝小酒的地方，特选的。因为西岭雪做事很凌厉，为了杜绝领导干部到大饭店吃喝的现象，经常派人到各大饭店去巡查，不仅到雅间看，还要求到门口化妆蹲守、录像。谈丽萍搞的那个在楼顶的房间虽然隐蔽，但总是要从大厅经过的，保不住就会被抓住。于是他就让嘴严、稳重、曾经在电业局当过总工的李涛搞了一个小吃店，地址选得很好，就在繁荣街的中间，临街三间门面，都是卡座大厅，冲街一个小门，进去是一个小院，靠北向南是三间平房，一间是李涛的办公室兼财务室，一间是职工宿舍，还有一间装修成了一个小餐厅。门很小，只能进小排量的两厢车，院子也不大，只能停两辆小汽车。不显山不露水，很隐蔽，还很公开。

他熟练地一打方向盘，把车停在了小院里，叫来李涛交代了任务：菜要土，但要精致；主食吃饺子，但要包得小巧玲玲像元宝；又给谈丽萍打电话叫她来帮厨，条件是只服务，不能露面。对方立即明白了他的意思，连连答应，要顺便带两个服务员来，说李涛太土鳖，搞了一帮农村大嫂，是挎着小包袱蒙着蓝花巾回娘家的货，眼拙手笨让领导看着没了食欲。金剑北说："可以，但不能穿你那酒店的职业装，也不要出面和领导打招呼。"

做完了这些，他让智障和尚先到李涛的办公室打坐念经等候，自己开车到了宾馆接上柳枫重新回到市委大院，看到大楼的窗户大部分熄了灯，这才给刘鸣弦发了一条信息："小菜已备好，恭请书记品尝。"

刘鸣弦下楼上车，把两瓶酒悄悄地放在后座上，跟柳枫打了个招呼，也不问去哪里，随着车子的移动，专心欣赏起河海的夜景来。

周末的繁荣街上灯火通明、人声鼎沸，金剑北熟练地转动着方向盘，缓缓而行，依次经过"李二哥油条""王雯雯馅饼""阿慧小炒""王艳小笼包""齐曼手擀面"等用霓虹灯打出招牌的、金剑北那些工友们开的小店，间或还有"湖城青年创业辅导站""老钳工修车"等各具特色的门店。

看着这些，刘鸣弦有些兴奋地对柳枫说："凭这一点，咱还得感谢秦山雨当年修的这条街，打掉了他那些坑人的门市，现在回到了人民手中，安排了下岗职工，还能让群众享受廉价质量高的饭菜。可见，这和金钱一样，它本身并没罪，关键是怎么使用，由谁来支配。在这儿怎么样，咱们随便选一家如何？"

柳枫笑道："书记少安毋躁，老金自有安排！今天咱俩就做一回食客，不问山中事，尽吃盘中餐。"神情怡然自得，非常轻松。

刘鸣弦点头称是，但还是说了一句："别忘了啊，我还贡献了两瓶酒呢。柳秘，下次可得吃你的。"

车进小院，拿酒进屋，简洁的小餐厅灯光柔和，与往日不同的是北墙上新挂了一幅油画，是穿八路军军装的毛泽东掐着腰在延安整风会议上的讲话；墙角上有一个小音箱，放着轻柔的歌颂毛泽东的歌曲《红太阳》。声音调整得很妙，像有一点儿清风在空间里飘，既能入耳感觉到它的存在，又不影响彼此之间的交流。金剑北真心感谢老工友李涛和谈丽萍匠心独运的布置，感谢他们对今晚一个40后、三个50后四个人聚会安排的氛围。

铺着白色台布的小圆桌上，四个凉菜已经摆好：一盘花生米，一盘豆腐丝，一盘小黄瓜蘸酱，还有一盘炸蚕蛹，都是下酒的好菜。四把椅子都是离桌子十八到二十厘米，不用客人挪动就可坐上夹菜。做过多年秘书长的柳枫一看就知道是训练有素的人摆出来的，因为无论市委、省委和中央有关部门的会议所有的椅子与桌子都是这个距离，他还看到过省委的会议处长训练新去的服务员怎么才能把椅子一下拉到这个距离，还不能有太大的声音。

刘鸣弦当仁不让地坐了首座，对柳枫说："我今天拿了两瓶酒，也算是半个主人。"而后看着自己对面的空座说，"怎么还有一个没主人的椅子啊？饮酒成双嘛，多个人才热闹。"金剑北说确实还有一人，在等书记大人恩准。他随后说了智障和尚的历史背景、与老书记和马家的关系，以及在这次反腐中发挥的作用。在讲到此人是"文革"前的北大中文系的高才生时，刘鸣弦肃然动容，赶紧说："快请，快请！隐居山野的贤人，饱经风霜的高人，难得一见啊！"

随着金剑北击掌，马雨未，也就是智障和尚进了屋。刘鸣弦站了起来，离开座位说："老禅师请上座，凭师傅的年龄、学识，这个座位都应该是你的。"

智障禅师不卑不亢，虽然穿着便装，还是双手合十高宣了一声"阿弥陀佛"，而后沉声说道："佛家讲众生平等，无所谓高下。北京九五之尊的皇帝坐北朝南，海南矗立的最大的观世音面向北方普度众生。你是一方土地之主，老衲与你对酌，也算是平等了。"

刘鸣弦领会着其中禅味十足而又不失身份的味道，心里更加敬佩，端起一杯酒对众人说："来，咱们一起敬老禅师一杯酒，感谢佛祖下山，到凡间施展法术，为我们清理蛀虫、降服妖孽。"

智障和尚一饮而尽，又高宣佛号，随手敬了大家一杯，正色说道："让世道清明也是我佛的意愿，可要想实现也是很难的。我在学佛之余，也读了几段历史，包括宋、明、清史，感慨很多，我说说自己的看法。很多人问为什么读史，答案基本都是以史为鉴，我认为是不可能的。我发现，其实历史没有变化，衣服变了、饮食变了，这都是外壳，里面没什么变化，还是几千年那一套。转来转去，该犯的错误还是要犯，该杀的人还是要杀。忠臣会死，坏人也会死，再过一千年，还是会死。所有发生的，是因为有它发生的理由，超越历史的人才叫以史为鉴；然而我们终究不能超越，因为我们有自己的欲望和弱点。人生有七宗罪，傲慢、妒忌、暴怒、懒惰、贪婪、贪食及色欲，人还在重复的犯。所有的错误我们都知道，然而却终究改不掉。能改的，叫作缺点；不能改的，叫作弱点。顺便说一下，能超越历史的人还是有的，那叫圣人。但是，圣人毕竟很少，或者说没有。所以说，向上、向善的东西的前进步伐永远在路上，永远是荆棘满地，永远是历史的重复，惊人的相似。应该说，在中共召开十八大之前，是末法时代，是群魔乱舞，这次贵党能有如此的决心和魄力反腐斩妖，佛家再不助一臂之力，那就有违天意了。"

老和尚说得太直白、太深刻了，刘鸣弦的内心受到了极大的震动，他说："老禅师虽然身在世外，却如此洞明世事，所以说，反腐永远在路上。来，我再敬你一杯！"

一直没有说话的柳枫也感觉出了老和尚的不凡之处，他说："反腐除了要驱逐人们的心魔之外，关键在制度。中国官场与外国官场的不同之处在于，外国官场是一个受到法律严格限制和新闻媒体严密监督的场所，所有进入官场的人首先被作为可能的犯规者和犯罪者来对待，对其所有行为进行监督，明确规定你可以做什么、不可以做什么。一旦做了不允许做的，立刻面临去职和受惩处的危险，即使身为总统，也会遭到弹劾。中国的官场却被看作是一个伟人的熔炉和道德的高地，谁当了官谁就是最聪明、最有道德的人，他的思想就是最智慧的，他的言行就是最符合道德的。他对治下的百姓就有了父母对儿女一样的权威，被称为父母官；他就有了裁判一切的权力，谁也不能对他的决策和话语进行质疑。尤其是各地的一把手，即使他是一个浑蛋，可除了他的上级，谁也对他没办法，制约不了他。没有制度的监督、没有围墙的限制，官员早晚会腐化、权力早晚会作恶，最后肯定会祸害百姓。"

在座的四人，论年龄，数智障禅师最大；论职务，柳枫与刘鸣弦不相上下。金剑北一直按着官场的规矩和民间敬老的风俗充当着服务的角色，忙着斟酒布菜，看他们相谈甚欢，便说："万流归宗，万教归一，凡属正经的宗教都是要人们做好事。你们佛家引导人改恶从善，我们的领袖毛泽东也写了名篇《为人民服务》和《纪念白求恩》，要求并提倡大家做一个纯粹的人、一个道德高尚的人、一个有益于人民的人。我觉得，那几篇文章立意和境界比你那佛经都要高得多。"仗着和智障禅师的熟悉，他又说，"大和尚，想来你年轻的时候也没少读吧。"

谈起毛泽东，人们看着墙上的油画，话题多了起来。禅师说："岂止是读啊，当年我都能倒背如流。我是一个完整地接受了毛泽东恩惠和失误的人，不管他发动的"文革"的后果有多严重，我依然崇拜他，他曾经激起了我们青年的热血。'天下者，我们的天下；国家者，我们的国家；社会者，我们的社会。我们不说，谁说？我们不干，谁干？'多么令人振奋啊！"说这话的时候，他的眼里闪动着与年龄不相称的咄咄逼人的光彩。

柳枫也回忆起了自己的青年时代和平日对毛泽东的思考，说："不管后人怎么评价，毛泽东都是一个伟大的历史人物。事实上他的思想和意志，左右和影响了中国达半个世纪之久的漫长历史，并且还将继续影响下去。不提到他，你就无法解释上世纪所有的重大事件和细微的历史现象。大四快毕业的时候，我到陕北支教，曾经到过他写那首著名《沁园春·雪》的窑洞，看到了他手书的真迹，真是气势磅礴、挥洒天地间啊！毛泽东之后，在中国甚至在世界上，这种号令一切、具有无限权威、被人们奉若神明的人物以后还能不能出现？领袖时代让位于个性时代，正如尼采所说，上帝死了。从此以后，人类社会进入了个性张扬的时代，人人都是自己的领袖，人人都是自己的上帝。在自己当家做主的时代，就要有个人的良好信仰，自觉遵守社会法则，对自己的行为负责。在这一点上，许多毛泽东时代培养的老干部都比我们做得到位，对社会发展的未来也看得很透，给中央提出了许多好的建议；比如，我们河海的老书记徐波同志。老书记一辈子艰苦朴素，有人说他们这样的人是土鳖、是农民，我看说这些话的人是一种阶级的背叛。"

说到自己的老首长，金剑北立刻激动起来，向他们说了自己临来上班前，徐波给他看的那块杂草长到了肥沃的土地上、良种却被挤压到一边的试验田，还讲了智障禅师画的那幅画，说到二人的不谋而合。

智障禅师微微合目说："阿弥陀佛，这就是天人合一，佛界与苍生心心相印。"

刘鸣弦认真听完思考了一下说："什么刘伯温？什么是叫前推三百年、后知五百载？关键是你对你加入的这个政党无限忠诚，对其所奋斗的事业和要达到的目的有着崇高的敬意，事事处处为它操心，拿出毕生的精力去为之奋斗不息。对像秦山雨那样的劣种却在重要岗位上，也就是老书记说的肥沃的土地上野蛮生长的，还是要按毛主席说的办，'凡是反动的东西，你不打，他就不倒，扫帚不到，灰尘照例不会自己跑掉。'就是要铁腕治吏，坚决铲除。"说着，攥起拳头，朝着桌子上擂了一拳。

金剑北意犹未尽地说："事情就怕比较，我们都活了半个多世纪，经历了好几个时代，我觉得毛主席最伟大。别的不说，他老人家一生简朴，为解放中国贡献了十来个亲人的生命，孩子没有当大老板、在国外没有存款。前些日子央视的一个名嘴骂他，引起了全国人民的愤怒。没听民间的段子说吗，'毛时代的干部是两袖清风，后面时代的干部是百万富翁，再之后是贪腐成风，现在的干部是浴火重生。'虽然有些偏颇，但也代表了民意啊。"

刘鸣弦由于政事繁忙，对于这些平时考虑得不多，再说金剑北最后的发言也太敏感，也就没有插言，对着不断上来的热菜招呼着大家吃喝。他夹起刚端上来的小鸡炖蘑菇里的一只鸡腿给智障禅师说："你虽然是化外之人但也是性情中人啊，帮助我们反腐，动了亲哥哥家的人也在所不惜，真是令人敬佩啊。来，我再敬你一杯。"

智障禅师意味深长地看着柳枫说："佛家扬善除恶不分亲厚，普度众生皆为缘分，你是说我大义灭亲吧？惭愧啊，方外之人，手中无治国之利器，何以可为啊？倒是这位柳施主前天带的那个女施主心中万般柔情，面呈刚毅之色，才是讲大义之人啊。贵党的高级干部中有如此女士，真是民族幸甚、国家幸甚啊。"

柳枫心想这个和尚的目光好亮啊，看着刘鸣弦、金剑北疑惑询问的目光，不得不说了杭维萍的事。杭在东北办案双规了自家的小叔子，婆婆的电话不依不饶追到了河海，她心中苦闷，被柳枫拉到无忧寺转了一圈散心，还在佛祖前祷告了几句，不想被这个阅人无数、观察事物细致入微的和尚识破了。

酒逢知己千杯少。不知不觉间，两瓶酒已经见底，四人都有了微醉之意，金剑北要再去拿，被柳枫坚决地制止了。走出屋子，小院里分外清静，仰望星空，碧蓝如洗，月挂中天，洒下满地银光，几个人都觉得心里特别畅快。趁着刘鸣弦和智障禅师到卫生间方便的时候，金向柳枫说了马家的小女儿马可美的情况。她由于长期不上班被单位按纪委要求除了名，金求柳枫跟省群艺馆的歌舞团说一下能否让老书记的表侄女去那里上班，柳枫拍着他的肩膀说："你这个鬼家伙，怎么知道那个馆长和我是大学同班呢？"金剑北笑道："跟老和尚学的，会算。"

车是开不成了，金剑北叫过李涛，开着谈丽萍的保时捷依次把大家送回家。

因为秦山雨伏法而聚到一起说了痛快话喝了痛快酒的这几个人，怎么也没想到案件落定，但由此案带来的余波震荡，使河海这座不大的城市成为本城久久不衰的话题和外界注目的焦点：在企业家马可夫的工厂的地下室，起获了秦山雨和一伙阴谋分子造的迫击炮，破获了当年国家有关领导遭袭的秘密案件。

当年又是暖冬，十月小阳春，艳阳高照。广袤的原野上，高杆庄稼已被农人收获回家。极目千里，树叶变红，麦苗青青，油菜花怒放。金秋的尾巴如同《聊斋》中描写的可爱的狐狸，摇曳得很绚丽。

在农历十月初一，北方农村给已故亲人送寒衣上坟的日子，金剑北拉着智障禅师直奔金家墩，给老书记扫墓。除了一般的祭品外，他让那个文艺天才师兄吴阿杜按他的意思给老书记画了一幅画，那是一幅平原大地万物生长的国画：红太阳下，稻秫果林扎根沃野，生机勃勃；野草、毒花和歪脖子树被砍翻拔出，蔫蔫地趴在一边半死不活。仔细看，在良田上、在茂密的庄稼缝隙里，还有野草存在。对这画，他开始是不同意的，反复讲了老书记试验田的意思，但吴阿杜盯着他的眼睛只说了一句："你觉得贪官都清理完了吗？"他便点头同意了，说："篡改一句唐诗吧，叫'天火烧不尽，邪风吹又生。'"战斗正未有穷期，他理解了这个比他离群众更近的老师兄的意思。

老和尚带了特制的佛家素食贡品和木鱼、铜钹还有他叫不上来名字的法器以及经书。他手握方向盘说："昔日庄子妻亡击缶而歌，你要效仿啊？"智障禅师盘腿坐在后座上，双手合十说："阿弥陀佛，施主慎言，罪过，罪过。"

老书记原来住的几间茅屋还在，那两亩地由生前给他做饭的刘老善耕种着，坟墓被打理得分外干净。坟上草色染绿、青松翠柏挺立，墓碑上镶嵌的老书记那幅和农民一起锄地的照片被擦得纤尘不染，老书记脸上洋溢着亲近土地和群众的欢畅。坟前的一大片空场种上了黄菊花和串串红，错落有致，交相辉映，很像党旗和国徽。

按照当地先俗后僧的风俗，金剑北先上前磕了三个头，摆上贡品，上香烧纸，然后拿出了那张画，默默地向老书记汇报了一年多的工作，最后说："老书记，您放心吧，你们开创的事业后继有人了。我们的国家正在浴火重生、走向中兴。"然后让位于智障禅师。

老和尚也摆上贡品，点燃三炷香后，拿出那块表哥给他裹伤的带血毛巾长跪不起，号啕大哭，起来后敲响了铜跋，每敲一下就烧一张纸，好像在呼唤那边的亲人来取。最后，他盘坐在坟前，打开了经书，木鱼拿在手，念起了《大悲咒》和《往生咒》。

田野寂静，经声朗朗、木鱼声声，尤其是那不紧不慢节奏掌握得非常匀称的木鱼声传得很远，很远，好像在呼唤着人们心灵的回归。

尾 声

　　历史注定了2015年大事、喜事多，看完了振奋人心的9月4日大阅兵，演唱革命历史歌曲成了河海市委宣传部搞的群众性的文艺活动"彩色周末"的主题。谈丽萍的峨眉大酒店在金剑北的指导下主动降级转型，繁荣街上的小吃店开得红红火火，不仅把原来惠能集团的职工吸收了进来，还安排了一批毕业找不到工作的劳动技校学生。为了吸引顾客，个个店里都安装了音乐器材，根据不同年龄段的顾客播送他们爱听的歌曲和戏曲。各类媒体大批量播送的老歌使他们的嗓子发痒，金剑北便和老工友策划了一场节目，叫《革命历史歌曲串串烧》，周末到市委大礼堂演出，并且叫上领导去看。

　　大礼堂里，杭维萍、柳枫、刘鸣弦、西岭雪和金剑北坐在前排，聚精会神地看着。大幕拉开，演员阵容强大，除了乐队还站了多半个台面，清一色的军人打扮，有戴八角帽背斗笠的红军，有穿灰军装的八路军，还有穿黄衣服的解放军，看样子是要把共产党各个革命历史时期的歌曲全唱一遍。吴阿杜迈着矫健的步伐上台，向台下鞠了一个躬，指挥棒扬起，"起来，不愿做奴隶的人们，把我们的血肉筑成我们新的长城……"雄壮的国歌声震荡着全场，让所有的人都热血沸腾。

　　文武之道，一张一弛，演员安排一多一少是编排节目的技巧，既要开始人多镇得住场，也不要总让观众看着台上黑压压一片心里发烦。当年名震河海的东风机械厂毛泽东思想文艺宣传队队长的吴阿杜深谙此道，随之是脍炙人口的《十送红军》，扮演红军连长的李涛带着几个年轻战士和扮演江西红区女干部的杜慧对唱，李涛带领队伍在逼真的布景下越过山坡，走过小桥，杜慧一身小碎花衣服腰里扎着武装带，在碧波荡漾的河对面深情地唱道："三送（里格）红军（介之个）到拿山，山上（里格）苞谷，（介支个）金灿灿。苞谷种子（介之个）红军种，苞谷棒棒咱们穷人掰……深情似海不能忘红军啊，革命成功（介支个）早回家。"

　　尽管不年轻了，但卖力的表演、着意刻画的依依不舍的神态和李涛隔河相望的雄壮挥手,把军民鱼水情演绎得出神入化,引来阵阵掌声。刘鸣弦右手在自己的膝盖上打着拍子说:"这种老歌还得老人儿来唱,原汁原味,能唱出感情来,你看有些女演员唱的《抗日将士出征歌》是什么呀,比韩芝萍差远了。"西岭雪看着他那张有些古板的脸,用纯正的北京话说:"哎哟喂!刘书记也喜欢音乐啊,也会唱啊?"刘鸣弦说:"我只是欣赏,在座的懂音乐的多了,唱得好的也多了,杭专员、柳秘、金主任都是高手啊。舞台表演艺术炉火纯青,回头我们也组织一场,你也参加咋样,就怕好多老歌你不会唱。"金剑北听着他们的谈话,暗想,这个市委书记可是真不白给,了解身边的人不少情况,说不定把他们几个人历史关系也摸清楚了。

西岭雪看着打出的歌词字幕说:"到拿山,是不是'那山'啊,打错了吧?"柳枫笑道:"没有,我原来也这么认为,后来去了趟井冈山才知道,拿山是个地名,也是明朝宰相张九龄的故乡。民国初期,从山东去的一个人买下了整座山,在毛主席的影响下成了开明士绅,把这座山让给了红军,一来守卫根据地的西大门,同时种苞谷解决军粮问题,是红军出山长征到湘西的第一站。"

紧接着是《四渡赤水》,一身深灰色红军军装,戴着八角帽,缀着红五角星,腰里一条牛皮带的吴阿杜打着快板,满怀崇敬之情,把"四渡赤水出奇兵,毛主席用兵真如神"那一段唱得酣畅淋漓、热情神往。往后就是王雯雯和李俊表演的《松花江上》,齐曼、王艳领着一群人表演的《南泥湾》,还有男女演员都参加的《黄河大合唱》,把来自毛主席诗词《人民解放军占领南京》中的"钟山风雨起苍黄,百万雄师过大江"唱得气势雄浑、激荡人心。

大场面过后,大幕意外地落下了,报幕员来到台前,向大家说道:"下面,由谈丽萍演唱仿照《抗日将士出征歌》填词的一首歌曲。"

在幕布的缓缓移动下,谈丽萍一身现代军人打扮,迈着女兵的步伐走到台中央,向大家敬了一个标准的军礼,向着乐队微微点头,吴阿杜指挥着管弦乐队奏出了激越高亢的过门,谈丽萍精神抖擞,手拿话筒,气沉丹田,歌喉舒展,充满着战斗气味,嘹亮的歌声脱口而出:"全国来反腐,大众齐欢呼,党中央在北京给我们来做主,为了实现中国梦,这杆大旗多么威武。能将带精兵,中纪委打先锋,狠打老虎拍苍蝇,要还世界一个清明……"

《抗日将士出征歌》大家都耳熟能详,歌颂了许多赫赫有名的老一辈革命家、能征善战让敌人闻风丧胆的元帅、将军,听了让人一股豪情油然而生,长志气,提精神，几乎人人会唱，同时，经过金剑北和柳枫修改过的紧跟当前形势反映国人盼望情绪的新词填得也棒，这就引起了人们强烈的共鸣，全场一片沸腾，欢声雷动。在暴风雨般的掌声中，许多人也跟着唱了起来，有的青年人还把帽子、围巾和手中的可乐瓶子抛向了天空，口哨声此起彼伏，有几个热衷于广场舞的中年男女还离开座位，在走廊里和着节拍，跳起了动作刚毅、气势雄伟的舞蹈。

前排的杭维萍几个领导干部也随着大家激动地站了起来，打着拍子助威。刘鸣弦兴奋地说："看到了吗，这就是民声、民意、人民的力量啊。"

初稿完于 2015 年 11 月 7 日下午 3 时 16 分

后记　向往生活

《位子》系列前三本书《位子前传》、《位子》、《位子.2》的后记分别为"感谢生活"、"感悟生活"、"感慨生活",这些小标题在下笔时都是斟酌再三的,而这次正文截稿后,我毫不犹豫地敲下了以上的标题——向往生活。因为国人经过了焦灼的等待与盼望,四个全面治国方略如一轮红日喷薄出东海,照亮了中华大地,13亿炎黄子孙终于迈进了他们向往已久的新生活。

有人说,创作是寂寞的,作家是孤独的,我的感觉却不太相同。写作时胸中丘壑万象,各种往事扑面而来,经历过的、接触到的、听说的、观察到的各种人和事在脑海里奔涌翻腾。事物的起因、过程、结果,大千世界、芸芸众生各种人物性格的形成,思维方式、行为表现、语言特点的规律也被一丝丝抽出,形象思维和逻辑思维自然地汇聚在了一起,变成了电脑屏幕上的行行汉字。

当然,也有寂寞孤独的时候,那是在写作过程中卡壳时。我对付卡壳的办法是打开音响听歌。也许是出生年代的原因,更多的是青少年时代在学校和工厂毛泽东思想文艺宣传队里待过的缘故,我最爱听的是中国共产党革命历史歌曲和军歌、民歌,尤其是对反映红军时代的电影《闪闪的红星》里那首插曲《映山红》钟爱有加,百听不厌:"夜半三更哟盼天明,寒冬腊月哟盼春风,若要盼得哟红军来,岭上开遍哟映山红……"随听随跟着哼哼随思考。这首老歌传唱了好几十年,被无数个艺术家和歌手唱过,有许多版本,那是声乐艺术的分类。从社会发展的角度看,这首歌非常符合华夏大地党的十八大前民众的心声。党的十八大之后的这几年,人民群众的心情和感受更像一首著名的陕北民歌里唱的:"一杆杆那红旗呀半空中那飘,当红军的哥哥哟出发那了……俺的哥哥随了共产党……俺的红军哥哥跟的是刘志丹",这种深切的感受主要来自新一届党中央高高举起了反腐败的大旗,肃贪毫不手软,钢刀切下,不论高官小吏;倡廉要求严格,一把尺子衡量,谁违反了规定照章处理,据此赢得了民心。

离开工作岗位以后,自由时间多了,常去这里转转、那里看看,无论是在名城大市还是在小城乡间,不管是朋友相聚还是生面孔临时扎堆聊天,人们说得最多的都是中纪委揪出了哪个贪官、检察院批捕了哪些污吏,兴奋之情溢于言表。谈起这些贪财者的龌龊事,愤恨之言脱口而出。有一天黄昏,我在一条风景如画的河畔遛弯,碰见两个随走随说的老年妇女,一个说:"你看新闻联播了吗,中央又把某某抓起来了。你看他过去这里视察、那里讲话,人五人六的,干的那事连咱老百姓都不如。"另一个说:"别看在台上坐着那些当官的人模狗样的,说不定那个男的就是贪官流氓,那个女的就是××。"在去年那个还有些炎热的夏天,我从书店出来到位于城市中心的休闲广场闲逛,茂密的梧桐树下的石凳上坐着两个老头,一个黑瘦,一个白发。白发者说:"那家伙被抓起来了,今天中午我得喝两杯。"黑瘦者说:"人家抓起来了,关你什么事?"白发者说:"你是不知道啊,那小子和我在一个单位干过,年轻时我就看着他不是好东西,谁知他的官越升越大。你看怎么样,爬得高,摔得重吧?老天有眼,共产党有眼啊。"接着就绘声绘色地讲起那个贪官半真半假的故事,周围立刻聚集了一大伙人,听得津津有味。我在一旁心里痛了一下,一个不小的党的领导干部,却被老百姓当作妖魔鬼怪摆龙门阵,党员的形象何在、党的颜面何在?再不整肃,结果让人不寒而栗。临散场的时候,我碰到了一个一直在企业当工人的发小,他心直口快地说:"你小子不是会写书吗,怎么不把他刚才讲的写写?"我给我的《谁主沉浮》《位子》和《位子.2》的责编郭晓飞女士打电话说了这些,她说:"应该写,你的《位子.3》就写反腐吧,但是不能脸谱化,要写出人物所作所为的根源和历史背景,要有深度。"哈,要求还够高的。

在岗时,我曾经协助市委领导分管过组织纪检工作,与组织部、纪检委打交道不少,考察过干部,也接触过一些案件,对某些"两面人"阳奉阴违的做法知道一些,对贪官的手段也了解不少。作为在机关几乎当了半辈子各种文件起草者的我,也习惯性地思考过,这些人为什么能够在干部队伍里长期存在,而且还能得到重用和提拔?除了我们党过去在干部使用和监督上的制度有缺陷外,更多的是"关系网"和"山头帮"这两颗毒瘤在兴风作浪,在吞噬着我们党健康的肌体,让群众的心离党和政府越来越远,动摇着我们党执政的根基。

个别人对党不尽忠而对某个领导尽忠,信奉"圈子文化"当家臣,一些潜规则侵入了党内:在思想政治上,一些人信奉"马列主义对人,自由主义对己""两个嘴巴说话,两张面孔做人";在组织生活中,一些人信奉"自我批评摆情况，相互批评提希望""上级对下级，哄着护着；下级对上级，捧着抬着；同级对同级，包着让着"；在执行政策中，一些人信奉"遇到黄灯跑过去，遇到红灯绕过去""不求百姓拍手，只求领导点头"；在干部任用中，一些人信奉"不跑不送，降职使用；只跑不送，原地不动；又跑又送，提拔重用"；在人际交往中，一些人信奉"章子不如条子，条子不如面子""有关系走遍天下，没关系寸步难行"……

这些潜规则看起来无影无踪，却又无处不在；听起来悖情悖理，却可畅通无阻，成为腐蚀党员和干部、败坏党的风气的沉疴毒瘤。

我想，这是最主要的原因。最近中央连发的几个全面从严治党的文件是治疗这些疾病的良药。

这也是人民所向往的。

我一向认为，文学是对生活的思考，有了这些思考，也就有了这部小说。至于故事里面的那些人物，是由社会各色人等聚合而成，与读者的猜想无关。

2015年11月9日0点30分于工作室

编后记　生活如是，如是生活

　　读好书可以养胸中浩然之气，涤心中之块垒，读杨新城老师的书更是如此。何故？有幸做《位子》系列责编久久，知其正己正人，所以成己成物。

　　截至目前，杨老师的《位子》系列共创作四部，有人说写的是官场、职场，有人说写的是反腐败，有人说写的是身边人事，所谓见仁见智。《位子前传》加《位子》《位子.2》《位子.3》（《位子.3》又名《甲城乙城》）联珠缀玉串起来，简单看，是：危机下的政府应变与公关，没钱没背景的工业城市如何合理发展GDP，反腐败的尺度与力度把握，巧取贪官之财为民所用；更深层次，是重塑信仰、敬畏，重拾道德、良心。唯有信仰、敬畏，才能心中澄明，眼中有苍生万物；唯有有德、有心，才能不触碰底线雷区。

　　于官，如此；于商，如此；于民，同样如此。

　　《位子》书系又非仅仅是书系的概念，重要的是，通过这套反腐书，可以看到十八大前后的区别，新常态下的官场变化，以及为官、为商哪些可为哪些不能为。客观地讲，新常态对个体与群体，对家、国、业的影响，不囿于经济领域，而是全面覆盖了政治、文化、社会各个层面。改革、反腐的必要性以及由此带来的变化，时间既是对比，也是证明。

　　在本书《位子.3》中，杨新城老师安排建构世外桃源的金剑北重返机关，与中央派遣的西岭雪搭班子、做搭档，对坑害百姓的贪官、奸商巧施连环计，对劳中取食的百姓以政策引导、以政策成全，将重民意、纳民智、聚民心贯穿其中。问计于民，设计民生，只为民生故，只为苍生故。

　　在杨老师任职过的县，品尝他在《位子》系列中多次提到的特色小吃秋面饼卷小鱼，捕捉他自豪描绘的县城内外恣意遍野梨花白。车轮所过之处，他指引，哪些是他做县委副书记时帮扶的企业，哪些现在是国家级的高标准……我见他，豪情满怀，指点江山，眼里亦是山河江川流淌，见其眼里心底是满满热爱，亦因此感动于他对曾经治下土地、子民的情谊深长。

唯情深方以贵重。

他数次筹划并为之奔走，让家乡的品牌及家乡的能人志士走出去，以服务之心，以成全之态。于杨老师，从有为、有位的昔日县委副书记到退休于市委副秘书长岗位后的不停、不休，廉颇老矣，然为民之心不老。为民，食无求饱，居无求安，敏于事。

为民，他化身《位子》系列中的柳枫、金剑北、李一道，有时又是方囊、张二牛或是书中其他人，正也好，嘎也罢，做事亦谋事，应用之妙，在乎一心，苦心有正念，正念系民间。

做杨老师图书出版策划、责编多年，合作的是书，看到、悟到的是书里书外。我虽植根于农村，来自于农民，但与杨老师对基层的透彻、了解、理解却是天上、地下。他的书之所以好看、耐看，正是源于他强烈的炽热之心，他懂农村、农民，他希望他们好，殷切之情，比谁都急切。民为载舟之水，民为万安根源，他们木讷也好，淳朴也罢，甚或狡黠，他们是《位子》也是生活中不可或缺的路人甲、人物乙，他们参与建设、参与反腐，他们是中坚力量，甚至是决定力量。杨老师以多年基层的工作经验，以《位子》，以故事表明依靠群众、联系群众的必要、重要，以《位子》，以故事架起了从中央到地方、从官到民的一座桥梁。

一切为了群众、一切依靠群众有多重要？习近平同志在不同时期、不同场合，多次强调"人民"，指出"人民"之重，他说，"千万要记住政府前面的'人民'两字"，"群众在干部的心里有多重，干部在群众心中就有多重"。

从中央到地方、从官到民距离究竟有多远？习近平同志数次强调从群众中来到群众中去，他还厘清党性与人民性之争，指出党性与人民性从来都是一致的。

而我们部分官员所以小官巨贪、驻虫老虎，正是因为脱离群众，视位子如权贵。没有党性与人民性的统一，必定渐失党纪国法。

《位子》作者身为党员，曾为官员，关于党性与人民性他解读为：人民性是公众利益，党性是党员如何不侵犯人民的利益和为公众服务的要求与纪律，必然要做到统一。过于强调党性，或过分强调人民性都有失偏颇。他屡次塑造的《位子》系列中的政治清明世界、官民一体，正是新一届领导班子曾经做的、正在做的。

《位子》将中央大力进行的反腐设计为依靠基层和人民，是探究反腐之路；

《位子》将反腐之财还于民、惠于民，是探究根治腐败之途。全民反腐，腐败必定无可藏匿。

早在2013年12月3日，习近平同志在主持中共中央政治局第十一次集体学习时就强调：紧紧依靠人民推进改革。要坚持把实现好、维护好、发展好最广大人民根本利益作为推进改革的出发点和落脚点，让发展成果更多更公平地惠及全体人民，唯有如此，改革才能大有作为。要鼓励地方、基层、群众大胆探索、先行先试，勇于推进理论和实践创新，不断深化对改革规律的认识。

反腐是改革，改革不限于反腐。

《位子》是书，也是药。

责编郭晓飞

于人民日报社9号楼319